序言

　　自从本罗曼史的作者上一次公开露面以来，至今已有七八年之久了(无论如何，时间已长得使我无法准确记忆)。本人已成习惯，在每部拙作问世时，都要附上一篇类似的熟悉的序言，名义上是与公众闲谈，实际是对他认为更能开怀畅谈的一个人讲话。他将那人视为知音——更理解他的目的，更赞赏他的成就，更宽容他的欠缺，并且在各个方面都比一个兄弟都更亲密无间。简言之，一位作家实际上从来没遇到过全面共鸣的批评家，不过当他意识到自己尽了最大努力时，便含蓄地对那位批评家发出呼吁。

　　序言的古老形式把这一友人看作"好心的读者"、"温文的读者"、"可爱的读者"、"宽容的读者"，或者用最冷漠的说法，也是"诚挚的读者"，拘谨到刻板的作家惯于向这样一个人预先做些解释并致以歉意，因为他确信这番话会受到欢迎。我本人从未与可能具备这一切令人快慰和值得向往的品性的这样一位有代表性的读者有过亲身交往或通信联络。但有幸的是，我因此也从未把这样一位读者局限于一个神话人物。我始终坚信他的真实存在，为他年复一年地写作，尽管公众的慧眼(很可能如此)几

1

乎全然忽略我的小作品。

无疑,这样一位好心、温文、仁慈、宽容和最可爱、最诚挚的读者,对我确曾一度存在过,而且(尽管由于没有确切地址,信件投递到的可能性微乎其微)也相应地收到了我随风漫天抛撒、自信总会到他手中的信件。但是,他如今还健在吗?自从他上一次听到我的消息以来的这许多年中,但愿他没有认为自己在人世间的任务业已完成,便撤到温文读者的天堂——无论在何处——安享由于对我的善心美意而必然应得的福祉吧?我有一种伤心的预感,觉得这可能是真的。对于每位作家而言,这样的"温文的读者"诚然都要英年早逝的,他绝少能够活到超出一种文学风尚的时期,除去极鲜见的例外。在那位作家尚未完成其著作的半数之前,就会阖上他那困倦的双目。即使我能找到他,恐怕也是在某个布满青苔的墓中,墓碑上的姓名已然若隐若现,令我无法辨认了。

因此,我无心或没信心(尤其像我这样长期远离故土,在异国写作的人)假定这位朋友中的朋友、未曾谋面的神交兄弟的存在,正是他那善解人意的同情才鼓励我在序言中肆意挥洒,令那些漫不经心又居心不善的眼睛略而不读本来亦非为他们而写的内容。我现在在尽我的礼数,待说罢有关奉献给公众的本书的数语之后,就会深深地鞠上一躬,退到幕后。

这部罗曼史是我在旅居意大利的时期拟就的,经过修改之后,准备在英国的一家出版社出版。笔者原想只写一个隐含思想寓意的离奇故事,并未试图描绘意大利人的性格举止。我客居国外十分长久,不像一个外国人那样难以对一个国家的情况同时有既灵活又深刻的认识,因而便自以为可以将其品性理想化了。

意大利作为这一罗曼史的发生地,对作者来说,其主要价值是提供了一个诗意般的仙境,并不像写美国的故事那样必须坚持有根有据。除非是试验,没有哪一个作家能够设想,要写出一个如同我亲爱的故国那样的国家中的罗曼史有多么困难,那里有幸没有阴影,没有古老,没有神秘,没有如画的风景和阴暗的冤枉,除去万里晴空下的平淡的繁荣之外一无所有。我相信,要过上好长时间,罗曼史作家才可能在我们雄伟的共和国的编年史中,或在我们个人生命的独特又适当的事件中,找到易于处理的适宜题材。罗曼史和诗歌,常春藤、地衣和墙花,都需要废墟才能生长。

在修改这部著作时,作者有些惊奇地发现,他居然介绍和描写了形形色色的意大利风物、古迹、景色及其庄重。然而,当一位作家自得其乐地信笔疾书时,这些遍及意大利尤其是罗马的种种情景便会涌进脑海,难以避免地流露到笔下纸上。何况,当我在列德卡①无垠而又可怕的沙地中修改本书时,灰色的北海时时向我涌来海浪,怒号的北风一直在我耳边呼啸,景色的剧变使得那些有关意大利的回忆益发鲜明,我又何以能够不把心中所想一吐为快呢。

作者还与两位天才有一桩公案亟待了却,因为他未经获准就自作主张地引用了他们的作品。由于本罗曼史中有一位杜撰的雕塑家,这就必须为他提供一些大理石作品,以与他应该具备的艺术能力相符。因此,作者便对他在保尔·艾卡斯的工作室中见到的一个探海捞珠人的雕像和弥尔顿的一个胸像伸出了罪恶之手,并将其悄悄用于弗莱扎大路上的他那位杜撰的朋友身上。作者对这样的污点还不满足,又进一步剽窃了威廉·W·斯托瑞

---

① 英国一地名。

先生的作品：一尊克娄帕特拉^①的漂亮雕像，那位艺术家不久定会在他自己的国家和全世界备受赞赏的。作者还曾想过盗用伦道夫·罗杰斯先生的一扇青铜大门，以一组浅浮雕代表哥伦布的历史，但由于不愿卷入公共财产的纠纷而打消了这一念头。设若作者能够对一位女士行窃，自然会引用霍斯莫小姐那令人敬佩的芝诺比阿的雕像。

　　现在作者希望怀着深切的谢忱和诚挚的敬意将上述的雕塑佳品归还给其合法所有人。作者在本罗曼史中谈及他们，并非将他们卷入涉及他们的小说，而只是表达他的真实观点，他毫不怀疑，这样的观点和公众是一致的。或许毋庸赘言，作者在盗用他们的设计时，并未妄为到将这些天才雕塑家本人写进本书。他自己的大理石人像全然是子虚乌有。

写于利明顿

1859 年 10 月 15 日

---

　　① 克娄帕特拉(公元前 69—公元前 30)，著名的古埃及女王，曾被写进多种文学作品，中文有不同译名。

4

目录

自然人与社会人:人类的抉择

——霍桑及其《玉石人像》

　　熟悉文学史的读者都会有这样一种认识:在一个国家的某一历史时期,由于国势昌盛、经济繁荣,文学也会出现一个高潮,同时往往又会出现众多文人集中在某一种文学体裁上的情况,其中尤以一两个代表人物的成就更为突出。在我国有汉赋、唐诗、宋词、元曲、明清小说。在英国有以莎士比亚为代表的伊丽莎白戏剧,以狄更斯和萨克雷为代表的维多利亚小说。在美国则有十九世纪中的"新英格兰文艺复兴"和第二次世界大战前后的福克纳、海明威等人的风格各异、色彩纷呈的小说创作。

　　自从 1492 年哥伦布"发现"新大陆以来,欧洲各国开始向美洲移民。英格兰的一批清教徒(主张清心寡欲,且不重宗教仪式),因不堪忍受詹姆斯一世的迫害,便于 1620 年 9 月 21 日从普利茅斯出发,乘"五月花"号船,于 11 月 21 日抵达北美,在今马萨诸塞州的普罗文斯顿登陆。因为他们去时抱着创建人间乐土的理想,史称"朝圣的教父"。他们不畏艰苦,建设新家园,但又时时不忘故国,故称今美国东北沿海一带为"新英格兰",后来这里便成为北美的文化和政治中心。到 19 世纪上半叶,随着新生的美利坚合众国政治经济形势的新发展,出现了神学和哲学上的重大变革。脱胎于加尔文教(即清教)的惟一理教派,否定

"命定论"和"原罪观",认为人可以不必通过任何中介与上帝直接沟通,使自己获得新生。所谓"惟一理教",就是只尊上帝,以示有别于"圣父、圣子、圣灵"的"三位一体",其重大意义是把"圣子"耶稣由神变成了人,从而与教众成了平等的兄弟关系。而超验主义则进一步反对当时哲学上占统治地位的洛克的"感觉论"这一机械唯物主义观点,主张人能超越感觉和理性而直接认识真理,就此打破了旧有教条的束缚,释放了人的主观能动性,反转来又促进了社会的发展。

作为上述理论中坚分子的拉尔多·华尔多·爱默生,以其文学理论和创作实践,大大推动了美国新一代的浪漫主义文学的发展繁荣,出现了诗人亨利·华兹渥斯·朗费罗和瓦尔特·惠特曼,散文家亨利·大卫·梭罗和詹姆斯·罗塞尔·罗威尔,小说家纳撒尼尔·霍桑和赫尔曼·麦尔维尔等一批颇有建树的人物(诚然,他们在文学的其它领域也都有造诣,上面指的是他们的主要贡献),为后来美国文学的蓬勃发展打下了深厚的基础。

纳撒尼尔·霍桑(NathanielHawthorne, 1804–1864)出身于马萨诸塞州萨莱姆的一个名门望族,世代都是虔诚的清教徒。其两代先祖曾是马萨诸塞殖民地政教合一的权力机构中的要人,参与了1692年驱巫案和后来迫害教友派的活动。家庭和社会环境中浓重的宗教气氛深深地影响了霍桑,使他自幼性格阴郁,耽于思考。而祖先在迫害异端中的那种狂热则使他产生了负罪感。在他四岁时,做船长的父亲病死在外,全靠才貌双全的母亲将他及两个姐妹抚养成人。他十四岁时在缅因州外祖父的庄园住了一年,附近的湖光山色陶冶了他,使他形成了孤僻的个性和诗人的气质。他在波多因大学读书时深为同学所推重,几位同窗好友——如后来成为诗人的朗费罗、当了总统的皮尔斯和投身海军的布里奇,都对他日后的生活和创作产生了影响。大学毕业后,除去短期担任过海军督察、参与布鲁克试验农场活动、任驻英国利物浦领事和赴欧洲旅游外,他先是在故乡居住了十二年,潜心思考、读书和写作;1842年结婚后迁居超验主义文人荟萃的康考德,在浓重的哲学和文学氛围中度过后半生。

霍桑的身世和经历,使他形成了复杂的世界观和独特的创作思想及手法。他的写作态度十分严谨和认真,最初的手稿都因自己不满意而焚毁,后来开始发表的作品也曾匿名,但在出版了第一部短篇小说集《复述的故事》后,即作为短篇小说家而闻名。1850年他的第一部长篇小说《红字》问世后,更是名声大噪,成为公认的最重要作家。他的大部分小说均以新英格兰为背景,描写了自早期移民以来二百多年间的种种事件和场面,刻画了众多的人物,既是历史画卷,又是风俗图片,确实能让我们学到比任何历史书上的记载都要更加生动、真实的东西。

《玉石人像》是霍桑的最后一部长篇小说,也是惟一一部以外国——意大利为背景的长篇。但我们仍能从中看出他独特的写作风格和寄寓于作品中的深邃哲理。

霍桑曾多次明确指出,他写的是"罗曼史",不是"小说"。用我们今天惯用的术语来解释,就是他用的是浪漫主义手法,而不重写实。他的这种主张与实践,与他的哲学观密不可分。同爱默生那句名言"每一种自然现象都是某种精神现象的象征物"一样,霍桑也认为,客观物质世界仅仅是假象,其"灵性"才是本质。在本书中,肯甬的大理石雕像、希尔达的鸽子、圣母像前的长明灯,乃至山水草木、风雨阳光,除去渲染气氛,往往都有更深刻的象征意义,值得我们去仔细品味。

霍桑作为杰出的小说家,堪称是一位悬念大师。在本书中,我们从一开始就被多纳泰罗的家案、米莲的身世,那个神秘人物的真实面貌等等所吸引,后来我们又为希尔达的失踪和肯甬一样焦急……。这样的伏笔若到了大仲马手中，一定会编出洋洋洒洒的故事。但在霍桑笔下，多纳泰罗的祖先是半人半兽半神（这十分符合古希腊罗马神话中的人物特征），令人感到扑朔迷离。米莲的身世也写得隐隐约约。那个神秘人物则始终影影绰绰。至于希尔达那段失踪的前后，更是数语带过。如果把大仲马的故事比作工笔画，那么霍桑画的就是大写意，虽然没有纤毫毕现的精雕细刻，但在整体气氛的烘托和人物心理的描绘上，却于亦真亦幻中有着令人难忘的感染力。

以前有很多评论家认为霍桑的世界观中有明显的保守倾向。如果指的是他往往发思古之幽情，未免牵强，因为那不过是许多浪漫主义作家和诗人的一种题材，而且就其作品的精神而论，往往有一种与祖国——新生的北美合众国一起奋进的昂扬。本书的故事发生在意大利，时时涉及古罗马的文化遗产。书中四位主要人物中有三位是艺术家，作者借他们之口，对文艺复兴以来的众多艺术大师及其作品作出了连美术史家都只能颔首翘指的富含真知灼见的评论。如果说霍桑对罗马天主教的不屑还带有清教主义的宗教观，那么他对罗马古城腐朽没落的刻意嘲讽，对专制政治的深恶痛绝，对某些传世绘画所持的批判态度，难道不是在为新世纪呼吁吗？在他之后并以他为师的亨利·詹姆斯（1843—1916）常以美国人在欧洲为故事题材，但他对欧洲悠久和优雅的文化的崇拜却是跃然纸上的。而霍桑身在欧洲时隐含着对新兴的合众国的歌颂，倒是与瓦尔特·惠特曼的诗歌有异曲同工之妙。

人们早已注意到，霍桑的作品中常常探讨"爱"与"恨"、"善"与"恶"的命题。本书的四位青年男女主人公构成两对情侣，而且故事的发展就是他们爱情的悲欢离合，这是自不待言的。另外，他还明确地提出了一个问题："罪"是否会有助于一个人接受

4

教育,从而使精神(灵魂)得到更高的升华? 这在我们看来或许是无稽之谈,但对霍桑时代弥漫于欧美的基督教"原罪观",却是极大的触动和突破。按照教义,自从亚当与夏娃在伊甸园中偷食了禁果,懂得了男欢女爱,被逐出天堂、谪降人世以来,就犯下了罪孽,因此人类的"罪"是从其始祖开始便与生俱来的,这就是所谓的"原罪",是每个人生而有之的,因此人的一生就是赎罪。惟一理教派否定原罪观,就是要人们摆脱负担,力求发展。霍桑在本书中提出上述的以罪求升华的观点,简直是大逆不道,难怪希尔达要肯甬噤声呢。由此看来,即使就霍桑浓重的宗教思想而论,也并非是保守的,而是有其历史上的进步意义的。我们切不可对前人苛求。

霍桑作为浪漫主义文学的一代宗师,诚然不会忘记浪漫主义鼻祖卢梭的观点。卢梭早在十七世纪中就提出**自然人与社会人**的概念。就是说,处于原始状态的人类,生活于大自然之中,天真无邪,朴实纯洁。但随着社会的进化,人类开始沾染了种种恶习与劣性,因此,社会人虽然比自然人具有了更多的智慧和知识,却失去了许多美好的品德。在本书中,霍桑把这一观点融入多纳泰罗这一形象,使卢梭的观点具体化了。在作者看来,多纳泰罗若依旧待在他那阿卡狄亚式的贝尼山中,没有进入人类文明之都、亦是腐败之都的罗马,没有对米莲产生爱,也没有卷入米莲的恨的话,那将始终保持朴素的快活天性,安享大自然之美。结果他却一失足成千古恨,在负罪感的重压下郁郁不乐,直至以银铛入狱来赎罪,岂不是自讨苦吃? 所幸他的苦难教育了肯甬和希尔达(她身上亦带有颇多的自然人的天真,亦因此而可爱),而且按作者的希望,也能教育他自己,最终求得灵魂的飞升。作者在这里提出的正是我们人类至今仍面临的抉择:做自然人还是社会人? 而当"回归自然"蔚成风气时,不正是回荡着

5

本书主题的余音吗？

　　总之，作为一部传世佳作，最主要的并不在于其有无引人入胜的情节，而在于其有无刻画得栩栩如生的人物，有无诗一般的语言或者说独具特色的文字风格，尤其是有无深邃的哲理。而霍桑的作品是具备这些长处的。虽然他有些玄奥的观念以及为表达严密的思考而常用拗口的长句，但他的作品值得细细咀嚼，方能体会其中隽永的内涵。这或许就是与通俗故事的雅俗之分吧！试问，那些仅以情节取胜的小说，你一旦知道了结局，难道还有必要再去重读吗？而霍桑的书恰恰值得我们反复研读。

　　霍桑认为万物都有灵性，固然并不足取。但他就此大大发挥了比喻象征的描写手法，发人深思，引人联想，无论如何也是功不可没的。至于他那种渲染气氛、深挖心理的技巧，更为后世所推崇。他不但把自己的小说称作"罗曼史"（本书就有一个副标题，叫《贝尼山的罗曼史》），而且还进一步称之为"心理罗曼史"，以表明自己对心理描写的重视，他因此而被认为是美国文学史上浪漫主义小说和心理分析小说的开创者。他那前后呼应的紧密结构，渐进渐明的情节发展，尤其是通过深挖心理而凸现人物性格，当年就被师事他的麦尔维尔推崇备至，后来更被亨利·詹姆斯、威廉·福克纳直至犹太作家索尔·贝娄和艾萨克·辛格、黑人女作家托妮·莫里森等继承发扬，足见霍桑对美国乃至世界文坛的巨大贡献。

　　谨以上述心得与读者共享，欠妥之处尚望方家教正。

译者

1999 年初秋，于北京

6

第一章

米莲,希尔达,肯甫,多纳泰罗

　　我们将高兴地引起读者关注其命运的四个人,此刻刚好站在罗马卡匹托尔山上的雕塑美术馆的一个展厅里。就在那个房间(上楼梯后的第一间)的中央,躺着刚刚昏死过去的《弥留的斗士》的高贵和最感人的身躯。沿墙立着的有安提努斯①、亚马孙②、利西亚③ 的阿波罗、朱诺④,都是古代雕塑中的名作,尽管这些雕像的大理石因年深日久而发黄,或者由埋藏了它们若干世纪的湿土造成了腐蚀,其理想的生命之宏伟和优美依然不可磨灭地熠熠闪光。这里还可看到人类灵魂的象征(至今仍与两千年前同样贴切):一个儿童的漂亮身形,胸前搂着一只鸽子,但受到一条蛇的威胁,表示对身边的单纯或邪恶要作出选择。
　　从这间展厅的一扇窗口,我们可以看到一段宽宽的石阶,沿

----

① 疑为安条克或安提柯,为古塞琉西国王。
② 希腊神话中居住在黑海边的一族女战士。
③ 利西亚为小亚细亚西南地中海边一古国。
④ 罗马神话中的天后,主神朱庇特之妻。

1

着卡匹托尔山的古老而广阔的山基一路下去,直通正下方的塞伯提朱厄斯·塞维鲁① 的倾圮的凯旋门。再向前,目力所及之处,是沿着孤零零的广场(古罗马的洗衣妇们在阳光下晾晒她们的亚麻布衣物之处)边缘延伸的山脚,山坡上是杂乱无章的现代建筑——中间挤着古老的砖石,以及在异教寺庙的旧地基上利用原有的立柱建起的基督教堂的圆顶。稍远一些——从其间堆积的历史考虑,还是有一段距离的——竖立着古罗马圆形剧场的遗迹,拱顶的尖塔间透着明亮的蓝天。远处的景色被奥尔本山脉所阻。一切废墟和变化,仍与当年罗穆卢斯② 从他未建完的城墙上朝那个方向看到的一样。

我们匆匆一瞥这一切,看到了晴朗的蓝天,青翠的远山,和伊特鲁利亚人③、罗马人及基督教三重古迹的令人敬仰的废墟,看到了展厅中那些闻名世界的雕像,希望能将读者置于在罗马时时体会得到的心境。那是一种沉重记忆的模糊感,一种对往昔生活厚重积淀的感受。这里正是历史的中心,现时反倒被压下或挤出,而我们个人的私事和兴趣在这里只有在别处的一半真实。透过这些中介来看,我们的叙述——其中交织着一些空泛虚幻的丝线,与其它材料相混,构成了人类生存的最普通的内容——可能与我们生命的一切质地看来截然不同。

置身于古罗马的大量遗迹之中,我们如今所处理和梦想到的一切看似过眼烟云。

我们正要介绍的这四个人,在与罗马人在其中构筑他们生命的方型花岗石的对比中,很可能意识到了目前的这一梦幻特

---

① 塞维鲁(146—211),古罗马皇帝(193—211),他扩建新军团,压制元老院,吞并两河流域,征服不列颠。
② 罗马神话中战神马尔斯之子,罗马城的创建者。
③ 意大利中西部古国的居民,在罗马人来到亚平宁半岛前已有自己的文化。

征,甚至形成了他们此时情愫的想象中的欢乐。当我们发现自己消失在阴影和虚幻中时,似乎不值得伤感,而只该开怀大笑,并且不去问其究竟。

我们的这四位朋友中间,有三位是艺术家或与艺术有关。此刻,他们同时看出了古希腊雕塑家的一件著名代表作——一座古代雕像——和他们当中的第四个人十分相似。

"你必须承认,肯甬,"朋友们称她为米莲的一个黑眼睛的年轻女子说道,"你从来没用大理石凿过、也没有用泥塑过比这更生动的人像,尽管你自以为是个技巧娴熟的人像雕塑家。这样的刻画形神兼备,完美无缺。假如只是一幅画,其相像或许还有些想象中的错觉。但这可是用潘特里克大理石雕的,是个实实在在的东西,可能经过了准确的测量和加工。我们的朋友多纳泰罗就是普拉克西泰尔斯的农牧神① 雕像。难道不是这样吗,希尔达?"

"不太……差不多……是的,我真的这样看。"希尔达答道。她是个新英格兰姑娘,长着一头褐发,对形式和表现有极清晰精微的感觉。"如果说这两张面孔中有什么不同,我想,原因可能在于:雕像是农牧神,生活在森林原野之中,与农牧人相仿;而多纳泰罗对城市更熟悉,和我们一样。但实在太像了,像得出奇。"

"没那么出奇的,"米莲调皮地低语,"因为阿卡狄亚中的农牧神从来都不像多纳泰罗这么呆头呆脑。就算是人类的智慧再低吧,他也难以企及。可惜啊,再没有这类朴实的生灵与我们的朋友为伍了!"

"嘘,调皮鬼!"希尔达回敬道,"你太不领情了。无论如何你都清楚,他在崇拜你这一点上智慧有余呢。"

---

① 通常是人身单腿的形象。

"那他就是更大的傻瓜了!"米莲挖苦地说,使得希尔达平静的目光露出了些惊讶的神色。

"多纳泰罗,我亲爱的朋友,"肯甬用意大利语说,"你该为我们大家对这雕像看法一致而感谢我们呢。"

小伙子笑着,做出了那雕像保持了两三千年的姿势。事实上,若不是服饰上的差异,假如把雕像的那件狮皮衣换成他的现代宽大短外衣,再把粗制的牧笛换成他的手杖,多纳泰罗俨然就是那尊玉石雕像神奇地软化成的血肉之躯。

"不错,像极了。"肯甬用雕塑家的精确目光验看了石像和真人之后评论道。"不过,有一处,或者说有两处,我们的朋友多纳泰罗的浓密卷发让我们无法说连细微末节都分毫不爽。"

雕塑家说着,便把众人的注意力引向他们正在观察的美丽雕像的双耳。

然而我们不该停留在仅仅论及这件精妙的艺术品,还应不顾词不达意的困难,尽力描述一下其神奇的特色。

那雕像是用大理石雕刻的一个青年的全身像:右臂靠在一截树干或树桩上,一只手随意地垂在身侧,另一只手握着一根牧笛之类的林中之神的乐器。他惟一的袍服由狮皮做成,肩头以狮爪扣住,垂在背上一半处,裸露着四肢和前胸。如此展示的形体显得雄健庄重,轮廓丰满浑圆,比起古代雕塑家惯于采用的健美形体更多血肉而更少夸张的肌腱。面部特征与躯干相应,外形和五官极其爽目,但显得圆润甚至好色,尤以喉部和下颏为甚。鼻梁挺直,稍向内弯,因此具有一种难以尽述的和蔼可亲的魅力。嘴小而唇丰,似是要率真地微笑,引动别人也会露出笑容。整尊雕像——与其它用大理石这种坚硬材料雕出的人像全然不同——传达出一种友好和钟情的内涵,似是一个随和、开朗、易于快活而又并非不为怜悯所动的人。这种石像的材料仿

4

佛摸上去暖和,并具有真实的生命,只要长时间地注视,就不可能不对它产生一种好感。它与我们最令人愉快的同情心十分接近。

或许正是由于这雕像缺乏道德上的严肃和高尚英勇的性格,才使之在人类脆弱的心目中成为如此赏心悦目之物。这里所代表的生命,并没有被赋予道德原则,也不可能理解道德观念,但凭借其单纯却透露出真诚。我们不必指望他为一个抽象的事业牺牲或奉献。在那个软化成人的大理石中没有丝毫烈士的成分。但他有一种强烈而温馨的吸引力,可能在冲动之下做出壮举,甚至在需要时为之而死。这尊雕像也很可能通过其情感的中介而获得教益,因此,他天性中更粗蛮的动物成分尽管绝不可能完全排除,却最终可能被抛到背后。

确实,动物本性是这尊雕像构思中的最精华之处。因为野生物与人类的特点在古代诗艺的这一奇特又真实自然的概念中相遇并结合了。每当我们试图对低等生物加以理性或和谐的认识时便使我们困惑不解的那种无言的神秘,被普拉克西泰尔斯巧妙地融进了他的作品之中。不过,这谜只体现在两个确定的标志之上,就是雕像的两只耳朵:外形像树叶,顶部有些尖,像是动物的。虽然在雕像中看不见,恐怕可以视为被细绒毛所遮。在这类神话人物的较粗糙的表现中,有另一种兽类的标记——一个理所当然的尾巴。即使普拉克西泰尔斯的雕像有这样一条尾巴的话,也被充当他的袍服的狮皮遮住了。因此,那对毛茸茸的尖耳,便成了他属于林中野生物的惟一特征。

只有具备最精致的想象力、最细微的品味、最温馨的情感和罕见的艺术熟巧的雕塑家——简言之,兼有诗人气质的雕塑家——才可能首先想到这种外形的山林之神,然后再把这种活泼好动的东西成功地嵌入大理石中。这既不是人,也不是动物,更

5

不是妖魔,而是在友好的基础上形神合一的一种生灵。这一概念随我们的触摸而粗糙,在我们的把握中变坚硬。然而,参观的人如果长时间地揣摩这尊雕像,就会感受到其魔力。林中生活的一切欢乐,住在森林原野中的生物的所有的友好幸福的特性,似乎连同人类灵魂中的血缘品性糅进了一种物质。树木、花草、林中小溪、牛、鹿和质朴无华的人——这一切的本质早经浓缩,并依然存在于普拉克西泰尔斯的雕像的大理石那无色的表面之内。

毕竟这一想法并非梦想,而是一个诗人对人与自然更为和谐、他和每个动物关系更为亲密的时代的忆念。

第二章

农牧之神

"多纳泰罗,"米莲开心地叫道,"别把我们撇在这困惑之中吧!把那些棕色的卷发向边上甩一甩,我的朋友,让我们看一看,这种酷似是不是一直延续到耳朵尖。果真如此的话,我们就会更喜欢你了!"

"别,别,最亲爱的小姐,"多纳泰罗哈哈地笑着回答道,不过仍然十分认真。"我恳求你把我的耳朵尖随便想象成什么样子算了。"这位意大利青年纵身一跳,轻盈得像个名副其实的农牧神,从而躲得远远的,让那双伸出来的纤手无法够到,仿佛用实际的检验把疑问解决了。"我倒愿意像一只亚平宁山脉的狼,"他在《弥留的斗士》的另一侧站触住后,继续说道,"看看你还会不会这样轻柔地触摸我的耳朵。我家的人谁都无法容忍那样触摸的。从我的祖先一直到我,那儿都是一处最敏感的部位,一碰到就痛。"

他讲的是意大利语,带有托斯卡纳① 的土腔,而且是一种未经训练过的发音,可以看出此前他一定主要是和当地人交谈。

"好啦,好啦,"米莲说道,"你的敏感部位——果真如此的话,应该说两个敏感部位——会平安无事的,反正我是不会去触摸那儿了。不过话说回来,这种相像太奇妙了!若是像到耳尖的话,又是多么好玩啊!噢,当然,对于多纳泰罗这样地道而又普通的青年是不可能的。"她用英语继续说,"不过,你们看看这一特点如何确定了这雕像的地位啊。当把它置于无法维系它和人类的兄弟关系的境地时,它仍然使我们倾心于这个亲族。它不是超自然的,只是处于自然的边缘,但仍在自然的圈子之内。这种概念的无以名状的魅力是什么呢,希尔达?你比我体会得细微呢。"

"我也感到费解,"希尔达沉思着说,又往后缩了一步,"我不愿再想下去了。"

"不过,有一点是肯定的,"肯甬说,"你同意米莲和我的看法,这尊农牧神的雕像中有某些动人和难忘之处。在很久很久以前,他一定确曾存在过。大自然曾经需要、而且依然需要这一美丽的造物:处于人和动物之间,与双方都很和谐,理解各自的语言,而且在他们彼此的存在之间加以沟通。真可惜,他从生活的尘土飞扬的艰辛旅途上永远消失了,除非——"雕塑家用活泼的低语补充道,"多纳泰罗就是活生生的一个这样的生灵!"

"你无法体会这种想象是如何攫住了我,"米莲半开玩笑半认真地应道,"现在来设想一下,有一个与这位农牧神相似的真的活物,他享受着自然尘世的温馨和情爱,在欢乐的林间溪边寻

---

① 位于意大利中部,从亚平宁山脉向西一直延伸到海边的地区,包括佛罗伦萨、比萨、锡耶那等城市,从伊特鲁利亚至文艺复兴时期都是文化中心。标准意大利语即以当地方言为基础。

8

欢作乐,就像我们的四足兄弟那样生活——就像人类在其童稚期那样,从不去想什么罪孽、悲伤或伦理道德,他的生活该是多么幸福、多么温暖、多么满足啊!啊!肯甫,假如希尔达和你、还有我——至少是我——长着一对尖耳朵!因为我猜测,农牧之神是没有良知、没有懊悔、没有心理负担、没有任何形式的烦恼回忆,也没有阴暗的前景的。"

"最后一点的悲剧色彩太浓了!"雕塑家说道。他注视着她的脸,惊异地发现她面色苍白而且还有泪痕。"你怎么会情绪骤然大变啦!"

"随它自来自去吧,"米莲说道,"就像罗马的晴空突然来了一场雷阵雨。你看,不又是万里无云了嘛!"

多纳泰罗在他耳朵的形状这件事上的执拗显然让他付出了代价。这时他来到米莲的身边,用一种吁请的神色盯着她,仿佛求她原谅。他那种无言又无奈的恳求姿态中有一种动人之处,足以逗人发笑,就像你看到一条猎犬觉得自己有错或不体面时的那副样子会忍俊不禁一样。这年轻人的性格令人难以捉摸。他充满了动物的活力,举止中透着欢乐,又是那样英俊和健壮,给人留下的印象是天生无所欠缺又无所吝惜的完美。然而,在与其交往中,他的这些密友又惯于不露痕迹地默许他像个孩子或别的不懂规矩的东西似的对礼法习俗不管不顾,并原谅他对自身的乖戾认识不足。多纳泰罗身上有一种不确切的特性,使他不受拘束。

他抓住米莲的手,亲吻着,并且紧盯着她的眼睛,一言不发。她面带微笑,对他有些漫不经心地抚爱着,就像对一只拦路迎接的爱犬那样。这也并非胸有成竹的抚爱,而只是一种触摸,介于指头的碰与拍之间。这可能标志着疼爱,或者是顽皮地假作惩罚。无论是哪种情况,反正看来给予了多纳泰罗极度的愉快,以致他绕着《弥留的斗士》的木制围栏跳起舞来。

"完全是跳舞的农牧神的步法，"米莲靠近希尔达说，"他多么像个孩子或者像个呆子啊！我仍然觉得我只是把多纳泰罗当作不会飞的小雏鸡来对待。而他虽然正处于青春年少，却无法宣布拥有这种特权，他至少该有……你认为他有多大了，希尔达？"

"大概二十岁吧，"希尔达答道，又看了多纳泰罗一眼……"不过，我确实说不准。再想一想，又不像这么大，也许更大些。他与岁月无关，脸上有一种青春永驻的样子。"

"所有智力低下的人都是那副样子。"米莲轻蔑地说。

"多纳泰罗的确如希尔达所说，生就的青春常驻的面孔，"肯甫评论道，还笑出了声，"因为从这尊雕像的日期来判断，我越来越相信，普拉克西泰尔斯是有意为他而雕的——他至少有两千五百岁了，但仍像原先一样年轻。"

"你多大岁数了，多纳泰罗？"米莲问道。

"小姐，我不知道，"他回答道，"反正不大，因为自从遇到你我才开始活着。"

"瞧，老于世故的人说起愚蠢的恭维话来也不过如此巧妙了！"米莲惊叫道，"自然和艺术有时是一体的。但我们的朋友多纳泰罗的例子却是一种多么可喜的愚钝啊！居然不知道自己的年龄！简直可以和长生不老等同了。我要是能够忘记自己的年龄就好了！"

"还没到这样希望的时候呢，"雕塑家评论道。"你并不比多纳泰罗年龄大嘛。"

"那我就满意了，"米莲继续说，"但愿我能忘记我这辈子中的一天。"随后她像是修正这一暗示，又连忙补了一句："妇女的日子过得乏味，哪怕有一天不予计数呢，也要谢天谢地了。"

上述谈话就这样进行着,那种心情是所有富于想象力的人——无论是艺术家还是诗人——都乐于投入的。在这种思维框架中,他们有时发现他们最深刻的真理往往与最无聊的玩笑同时迸发出来,说出真理或开个玩笑,表面上并没有区分哪个更有价值,或者对哪个更为珍惜。那尊农牧神的雕像和他们活生生的伙伴之间的酷似,给这三位朋友留下了半认真半玩笑的深刻印象,并把他们带进某种飘渺的境界,在那里飞升;因为感到自己在飞升,那双沉重的肉体凡胎的脚离开了生命的真实土壤,这是很愉快的。一时间,世界当真飘摇起来,而且就在这刹那间,把他们从自己所思所言的一切习惯的责任感中解脱出来了。

可能正是在这一影响之下——或许是因为雕塑家总是对彼此的作品说三道四——肯甫对那座《弥留的斗士》批评了起来。

"我曾经十分敬佩这座雕像,"他议论道,"不过,后来我发现自己对一个人这么长时间地撑着一条胳膊做出要死的姿态感到厌烦了。若是他受伤这么重,何必不一头倒下去死掉,还费什么劲呢?转瞬即逝的时刻,迫在眉睫的紧急情况,两次呼吸之间觉察不到的间歇,不该用这大理石永远保持的姿态来表现。在任何雕刻出来的物体中应该有一种永恒的静止,因为必然有一个实体嘛。不然的话,就像把一块大理石抛到空中,运用某种魔法,让它停在那里。你觉得它应该掉下来,而对它不遵守自然规律感到不满。"

"我明白了,"米莲调皮地说道,"你认为雕塑应该是一种化石似的过程。不过,说真的,你那种僵死的艺术可一点不像希尔达和我的艺术那样挥洒自如。在绘画中,没有这类的对表现短暂时间的妨碍。或许,因为绘画可以极其充分地讲述一个故事,并且有力地烘托出使之成为一首史诗的那种环境。比如说,一位画家绝不会把那位农牧之神从远古时代贬谪到孤苦伶仃、没

11

有伙伴温暖他那颗纯朴的心的地步。"

"啊,农牧之神的雕像!"希尔达叫道,做出了有点不耐烦的姿态。"我盯着他看的时间太久了,现在我看到的不是一尊永远年轻的美丽的雕像,而仅仅是一块剥蚀和失色的石头。在雕像身上发生这样的变化是理所当然的。"

"而且类似的变化肯定也发生在绘画上,"雕塑家回敬道。"是雕刻家的情绪改变了那形象本身。我不喜欢任何画家在没有我的赞同和协助时来改变和提高我。"

"那就是你缺乏一种感觉。"米莲说道。

几个人此时从这个馆藏丰富的雕塑美术馆的一个展厅踱向另一个展厅,不时驻足观赏众多的高贵和美好的形体,那都是古罗马人埋在地下的坟墓中,后来又被发掘出来的。不过,古老的农牧之神在多纳泰罗身上再现,仍要比所有那些大理石的阴魂生动多了。若是每座雕像都具有生命的温暖该多么好啊!若是安提努斯扬起眉毛,告诉我们他为什么总是伤感;若是利西亚的阿波罗弹起他的七弦琴,在拨动第一下时,另一个用红色大理石雕的农牧之神那本来保持不动的舞蹈动作造型,此时欢快地向前跃起,带动那些年轻的萨梯① 们晃着长毛的羊腿,用小蹄子踏着地板,都和多纳泰罗拉着手跳舞,那该是什么景象啊!酒神巴克斯也会在他那因年深日久而脏污的表面上渗遍玫瑰红色,从他的基座上走下来,向多纳泰罗的嘴唇递上一串紫葡萄;因为酒神认出了他是林地中的小精灵,一向与他分享欢乐的。而且在这座石棺中,这些精雕细刻的形象可能会拥有生命,会绕着圈互相追逐,那种狂欢劲头在这些埋葬多年的旧棺木上实属罕见。尽管尚有一些细微的死亡的暗示小心翼翼地掩藏着,在欢乐和

① 希腊神话中的森林之神,人形而长有羊的角、耳、尾,嗜嬉戏,好色。

12

哄闹的象征中却始终在向外窥视。

不过，随着四位朋友一步步走下楼梯，他们的想象力的作用就逐渐平息成冷静得多的情绪了，最近时常攫住他们的这种欢乐心境往往会有这样的结果。

"你知道吗？"米莲私下对希尔达悄声说，"我怀疑多纳泰罗与那农牧之神的雕像相似的真实性，这一点我们刚才一直在不住口地谈。说实话，我始终不像肯甫和你那样强烈地感受到这一点。不过我屈从于你们乐于想象出来的事情，那只是为了一时的开心和好奇罢了。"

"我可是认真的，而且你看起来也一样由衷，"希尔达边回答，边回头瞥了一眼多纳泰罗，仿佛要让自己确认那相似。"不过面孔时时多变，同样的五官往往不是一个样子。至少，对一双眼睛来说，表情比轮廓更引人注目。他突然之间变得多么伤心忧郁啊！"

"依我看，还气恼呢！对，气恼比伤心更甚呢。"米莲说道。"我以前曾见过一两次多纳泰罗处于这种情绪之中。若是你认真琢磨一下他，你就会发现在我们这位朋友的气质中古怪地混杂着斗牛犬或别的同样凶猛的野兽的品性。像他平素那样温文尔雅的人身上，你是很难想到会有这种野蛮品性的。多纳泰罗是个十分奇怪的青年。我但愿他不要总是不停地纠缠着我的脚步。"

"你已经把那可怜的孩子迷住了，"雕塑家哈哈笑着说，"你有一种迷惑人的本领，所以你就会有一长串追随者。我看到就在那边那根柱子背后还有一个呢，而且正是由于他的出现，才惹得多纳泰罗气呼呼的。"

他们这时已经从宫殿的大门口走了出来。在前廊的一根圆柱后半藏半露地站着一个人，这种人在罗马的广场和街道上司空见惯，而在别处却没有。他看上去仿佛刚从一幅画中迈步走出来，而且事实上他也很像要觅路走进许多画面。他完全像一个活模特儿：肤色黝黑，胡子浓密，外貌粗野，衣装随便，画家们会按照他们的画面的目的或要求，把他画成圣徒或杀手。

"米莲，"希尔达有些惊讶地悄声说，"那是你的模特儿！"

第三章

地下的回忆

米莲的模特儿与本书的故事关系重大,故此必须描写一下他初次露面的奇特方式,以及他后来如何自诩为年轻女画家的追求者。不过,我们应该首先用一两页篇幅谈一谈米莲本人的特殊地位。

这位年轻女士身上有一不明之处,虽说不一定意味着什么错误,却使她于罗马之外的任何地方在被社会接受方面处于不利地位。事实是好也罢、坏也罢,没有一个人对米莲有所了解。她露面时没人介绍,她只是租下了一间画室,把她的名字放到门上,并显示出作为一位油画家的相当好的天分。确实,她那些操画笔为业的同行们对她的画作了倾盆大雨式的严厉批评,说那些作品作为一个业余画家的闲情逸致的一挥而就还是满不错的,但缺乏一位真正画家的出众作品的那种训练有素的技巧和实践。

然而,米莲的绘画不管可能有什么毛病,却在当代绘画的赞助人中大受青睐。无论那些绘画缺乏什么技巧,也被她能够投

15

入作品中的激情大大弥补了,这是所有的人都能感觉得到的。她的本性就是丰富多彩的,因此,她的绘画相应地也是如此。

米莲在和别人交谈时显得畅所欲言,态度始终落落大方,似乎易于结交,而且不难发展成亲密的友谊。这至少是在短暂的交往中她给人留下的印象,但不是一心想了解她的人的最后结论。米莲对一切进入她圈子中的人都表现得活泼自由、和蔼可亲,他们可能不知不觉地感受到这一点;但这只是由于他们没有和她深交,只停留在她今天的优雅,而绝少进一步深入到她的昨天。但出于某种微妙的品性,她与人们保持着一定的距离,但又不让他们觉察到他们被排除在她的内圈之外。她很像那种光的幻象,能召来光明并在我们面前闪亮,眼见得伸手可及,却总有一臂之遥,触摸不到;我们前进一步,本想抓住这幻影,却发现它仍在我们所能触及的范围之外。终于,人们开始认识到不可能接近米莲,也就干脆放弃了这种努力。

不过,看来她承认有两个人更接近真正意义上的朋友,而这两个更中她意的人亦未辜负米莲的选择。一个是一位年轻的美国雕塑家,他前途无限并已然声名鹊起;另一个则是一位美国姑娘,她像米莲一样是位画家,不过处于全然不同的艺术领域。米莲的心流向这两个人,以与他们(尤其是与希尔达)的交往和友情来弥补自己的孤独,而对于其余的外界,她是宁肯以这种孤独来把自己包围起来的。她的两位朋友意识到米莲紧紧抓住他们的强烈渴望,便也不遗余力地对她热情相待:希尔达确实以一位姑娘的最热诚的友情来回报她,而肯甬则对她表示了男子汉气概的关怀,其中绝无任何可称之为爱情的成分。

一种亲密关系终于在这三位朋友以及另一个人之间形成了。那第四个是一位意大利青年,偶然来罗马游览,便被米莲那种引人瞩目的美貌所吸引了。他追求她,追随她,以简单的执著

16

坚持至少要把他当作她的相识。他终于如愿以偿，若是换成更狡猾的人用更巧妙的手段来追求，可能就会铩羽而归了。这位青年虽然才智不足，却以他的许多可人的特性赢得了米莲和她的两位朋友的善意而又有些藐视的对待。就是他，他们叫他多纳泰罗。而他与普拉克西泰尔斯的农牧之神雕像的酷似，则构成了我们故事的主调。

这就是米莲来到罗马数月之后，我们所看到的她的情况。不过，应该补充一点：世人不可能让她隐瞒自己的来历而又不把她当作种种猜测的主要对象。考虑到她本人的多方面的魅力以及她作为画家所引起的注意的程度，这原是十分自然的。关于米莲原先的生活有许多故事，有些很有几分可能，而另一些则显然是不着边际的传闻。下面我们引用数则，由读者来判断应该归于可能还是传闻。

比如，据说米莲是一位犹太大银行家的女儿和继承人（这想法大概是由于她脸上某种丰富的东方特征而产生的），为了逃避和那个金融家族的另一支的继承人——她的一位表兄结婚，从她父亲那家长制的家中出走。他们家中这样联姻的目的，是为了把积累的大量财富保持在其家族之内。另一个故事暗示她是一位德国公主，为了国家的利益，她要嫁给一个衰老的君主或仍在襁褓中的亲王。根据第三种说法，她是南美一个庄园主的后代，受到了良好的教育并得到了财产，但她血管中的一滴致命的非洲血液使她深以为耻，她便放弃了一切，逃离她的祖国。还有一种解释，说她是一家英国贵族的女士，只是出于对艺术的热爱和倾慕，才抛弃了高贵的地位，来到罗马的一家画室，试图以画笔谋生。

在上述所有的情况下，传闻仿佛都是由米莲随时给人留下的大量印象引发出来的，似乎言之成理，她对此也无可奈何。无

17

论她放弃了什么，应该都是出于自愿。但还有别的推测，都一致认定米莲是一个商人或金融家的女儿，那人在一场巨大的商业危机中破了产。由于她爱好艺术，就试图以绘画为业，否则就只有外出当家庭女教师了。

不管这些事情是否属实，米莲虽然长得美貌，但从谜团中拔了出来，总还会连带着些根。她是个美丽而动人的女人，却当真处于云端之上，完全被迷雾包围着。因而在她最普通的表现中都会有一种精灵似的味道。即使在她的挚友肯甫和希尔达看来，也是这样。但这就是米莲那种自然的谈吐、慷慨仁慈和天生的真性情所产生的效果：两个人把她作为一个亲爱的朋友放进他们的心窝，把她的优秀品德都看得真真切切，而从未想过她所隐瞒的是邪恶的。

现在我们继续叙述我们的故事吧。

我们已在卡匹托尔山雕塑艺术馆中结识的那四位朋友，在数月之前，刚好结伴去了圣·加里斯都① 的地下陵寝。他们兴致勃勃地下到宽阔的坟墓中，靠火炬照明，在一种梦境中游历。在那种梦幻般的环境中，对教堂的通道和肮脏的地窖——主要是后者——的回忆，似乎都已支离破碎，并且已无可奈何地搅作一团。他们所走的由向导开辟的错综通道，是在已被遗忘的年代里，在红褐色的易碎岩石中开凿出来的。两侧都有水平的壁龛，如果举着火把凑近去看，就会辨认出变成白色骨灰的人体轮廓，里面是男男女女的全尸。在这些湮灭了的灰尘中间，或许会有一条大腿骨，一触即碎；或者是一个头盖骨，为自己的不幸处境龇牙咧嘴，而这本来就是那东西的丑陋和空洞的模样。

有时候，他们那阴暗的通道有些上坡，这样，一道阳光穿过

---

① 即加里斯都一世（？—222），意大利教皇（217？—222），陵寝为他所建。

一条缝隙照到他们身上,甚或还照进一个埋藏死人的壁龛。之后,他们又沿着缓坡向下走,或踏着险峻的、粗粗凿出的石阶,越来越深地向地下走去。狭窄而弯曲的通道时而宽敞一些,形成小祈祷室,这里无疑曾经由石制品点缀过,并且由长明灯照明。然而,这一切照明和装饰都早已熄灭或剥落了。确实,只有这些古老的敬神地点的几处低低的顶棚上还残存着脏污的灰泥片和描写《圣经》场面和主题的壁画,是废墟中最可怕的地段。

在一座这样的小祈祷室中,向导指给他们看一个低矮的拱房,下面埋着殉教的圣·塞西莉亚①,后来有一位雕塑家参观后,便用大理石为她雕出了永恒的美丽形象。

在一个类似的地点,他们看到了两座石棺,一座里面放着一具骷髅,另一座里面是仍然穿着生前袍服的枯尸。

"这一切真让人丧气!"希尔达说道,打了个冷战。"我不明白我们到这里来干嘛,也不晓得我们为什么还不快走。"

"我讨厌这一切!"多纳泰罗叫道,声音大得出奇。"亲爱的朋友们,我们马上回到令人愉快的阳光下去吧!"

从一开始,多纳泰罗就对这次察勘没有什么兴致。因为如同多数意大利人一样,尤其是出于他自己那种简单的要求肉体愉快的天性,这位年轻人对坟墓、头骨以及哥特人的头脑乐于思考的死亡观念等一切恐怖的事物都极其厌恶。他打着冷战,畏惧地打量着周围,靠近了米莲,若不是有她的魅力的影响,他才不会到这种阴暗的地方来呢。

"你多像个孩子啊,可怜的多纳泰罗!"她以一向对他惯用的随便口吻评论道,"你居然怕鬼!"

"是的,小姐,怕极了!"真诚的多纳泰罗说道。

---

① 圣·塞西莉亚(?—230?)罗马的基督教女殉教者,音乐主保圣人,因拒绝崇拜罗马诸神而被杀头。

"我也信鬼，"米莲答道，"而且在某种地方会为此颤抖。不过这些墓穴已经很古老了，而且这些头盖骨和白色骨灰又这么干，我觉得不会再作祟了。与地下陵寝相关的最可怕的想法是其无止境的延伸，还有在紧紧包围着我们这小小炬光的黑暗中，在错综复杂的迷宫中，可能会迷了路。"

"以前有人在这里迷过路吗？"肯甬问向导。

"当然有，先生。不算太早，在我父亲活着的时候就有一个。"向导说道，然后又以对自己所说坚信不疑的语气补充说："不过第一个在这里迷路的人是古罗马时的一名异教徒，他躲进来是为了探听并出卖那些得到祝福的圣徒，他们当时住在这些阴沉的地方做祷告。你听过这故事吧，先生？在那该诅咒的异教徒身上发生了奇迹，从那时起（至少有十五个世纪），他一直在这黑暗中摸索，寻找走出这地下陵寝的道路。"

"后来有人看到他了吗？"希尔达问道，她对这类离奇的事既敏感又轻信。

"我从来没亲眼看到过他，小姐。圣徒保佑我！"向导答道，"不过，众所周知，他在近处盯着来到地下陵寝的人们——尤其是那些异教徒，希望把那些迷途的人引入歧路。因为那个迷了路的倒霉鬼简直和渴望令人愉快的阳光一样，企盼着有个伙伴陪他受罪呢。"

"无论如何，这种对同情的强烈欲望表明，在那可怜的家伙身上仍有些可亲之处呢。"肯甬评论道。

他们这时来到了一个比他们此前看到的要大些的祈祷室，那地方呈圆形，虽是在大块坚硬的红砾岩中凿出来的，却有石柱和雕刻的顶棚，以及通常建筑设计的其它特征。然而，作为一座教堂，是太小了，勉强只有两人高，而两墙之间的距离不过两三步远。当他们将火把凑在一起照亮这封闭的小地方时，巨大的黑暗如同笼罩着我们渺小生命的无垠神秘一般向四下蔓延,几位朋友鱼贯走进黑暗,从我们眼前消失了。

"咦,米莲到哪儿去了?"

一伙人从一张面孔匆匆看到另一张面孔,意识到就在他们为不幸迷路的那种依稀的可能心惊胆战之时,他们当中的一个人已然迷失在巨大的黑暗之中了。

第四章

地下陵寝中的幽灵

"她绝对不可能迷路的!"肯甫诧异地说,"她刚刚还在说话嘛。"

"不,不!"希尔达大惊失色地说道,"她落在我们身后,我们已经有好一会儿没听到她的声音了!"

"火把! 火把!"多纳泰罗绝望地叫道,"我要去找她,不管这黑暗多么可怕!"

但那向导把他拉了回来,并且肯定地告诉大家,除去扯破嗓子高叫,再无它法帮助他们丢失的伙伴。因为在这种封闭的狭窄通道中,声音会传得很远,米莲极有可能听到叫声,便能循声而来。

于是,他们一起呼喊,肯甫用他的男低音、多纳泰罗用他的男高音、向导用高昂而又激烈的意大利语喊着,简直使罗马所有的街道都共振了。而希尔达则用细声细气的尖叫——比起其余的人合在一起的吼叫传得更远——开始高叫,用尽肺部的力气嗨嗨哟哟地喊着。没有令读者牵念得太久(因为我们不拟让诸

22

君对这场面特别感到兴趣,之所以要提一下,只是为了铺陈随后的麻烦和奇特的纠缠),他们很快就听到一个女声呼应着他们的召唤了。

"就是那位小姐!"多纳泰罗高兴地叫道。

"不错,那当然是亲爱的米莲的嗓音,"希尔达说道,"看,她已经过来了! 谢天谢地! 谢天谢地!"

他们朋友的身影此时由她自己手持的火炬照得可以辨认了,她正从一条通道中向他们走来。米莲来到众人面前,不像一个刚刚从昏暗神奇的迷宫中获救的恐惧万分的姑娘那样热烈兴奋和心有余悸。她对大家的询问和七嘴八舌的祝贺没有当即作答,而是如他们事后回忆起来的,她的神色有些心不在焉,一副只想着自己心事的样子。她面色苍白到极点,持火炬的手紧张得发抖,使得火苗不规则地忽闪着。最后这一点是刚刚经历激动或受惊的主要表现。

"最亲爱的,最亲爱的米莲,"希尔达一边激情地叫着,一边张开双臂,搂住她的朋友,"你离开我们跑到哪儿去了? 愿上帝保佑,总算把你从那不幸的黑暗中解救出来了!"

"嘘,亲爱的希尔达!"米莲悄声说,还怪里怪气地笑了一声。"你肯定是上天的指引才把我带回来的吗? 果真如此,那就是通过一个古怪的信使,你得承认。瞧,他就站在那儿。"

希尔达为米莲的说法和举止吃了一惊,便向她指点的暗处望去,果然看到一个身影就站在一个有亮光的小祈祷室的门口,处于令人生疑的暗处。肯甬也在同时辨出了那人,并举着火把靠拢过去,尽管向导试图劝阻他,说是一旦超出小祈祷室的祭献范围,幽灵就有能力将他肢解。不过,雕塑家还是听进了这番警告,随后每当走近这种地方时,向导只是对别人重复这类话,而不必再费事对他解释这是为他好了。这时,向导陪着肯甬向那身影走去,不过仍在设法拖住他。

　　他俩终于走到那人近前,凭借他们的火炬在一片漆黑中勉强提供的冒着烟的亮光,可以看清那个幽灵了。

　　那陌生人完全像是画出来的,外表甚至有些戏剧式的夸张。他身穿一件宽大的外衣,像是用野牛皮做的,下面是一条翻毛羊皮马裤,如今罗马城外的康帕纳平原上的农民还常穿这样的裤子。他那身穿着打扮很像古代的萨梯们。事实上,地下陵寝中的幽灵可能代表的是那一湮灭的族类的最后幸存者,他藏身于阴暗的墓穴之中,为已失去的林中溪边的生活哀悼。

　　再进一步观察,他还戴着一顶宽檐的圆锥帽,在其阴影中,一张野气的脸看不很清楚,而且事实上还被蓬乱的密匝匝的胡须遮住了大半。他的眼睛眨着,不安地躲避着火炬的亮光,就像一头对半夜比正午更亲切的动物。

　　总之,这个幽灵在雕塑家的脑海中留下了相当深刻的印象,只不过他习惯于靠在西班牙踏板上,几乎每天都要观察类似的形象在等候某位画家将他们邀进其神奇的绘画王国中去。是啊,尽管肯甫对这陌生人的特殊外貌类型已经十分熟悉,仍禁不住感到惊讶:竟然会看到这样一个人物突然从地下陵寝的空旷黑暗中显身。

　　"你是什么人?"雕塑家说着,把火炬举得更近些,"你在这里逗留多久了?"

　　"一千五百年!"向导咕哝着,声音大得所有的人都听见了。"这就是我向你们讲过的那个异教徒的幽灵,他原想出卖受到祝福的圣者!"

　　"是的,就是那幽灵!"多纳泰罗叫道,还打了个冷战,"啊,最亲爱的小姐,你刚才落在那些阴暗的廊道里是件多么可怕的事啊!"

"废话,多纳泰罗,"雕刻家说道,"这人并不比你更像幽灵。惟一奇怪的是,他是怎么来到这里,藏在这地下陵寝之中的。我们的向导或许可以解开这个谜。"

那幽灵向前走了一步,并把一只手放到了肯甫的胳膊上,总算表明了他是个血肉之躯。

"不要问我是什么人,也不要问我在这黑暗中待了多久了,"他用粗哑的嗓音说,好像喉咙里堵着一大块东西。"从今以后,我只是一个随着她脚后的阴影。在我找不到她的时候,她来到我面前。她既然把我叫来,就要承担我在世上重新露面的后果。"

"圣母马利亚!我祝愿小姐为她的奖励而高兴,"向导半是自言自语地说,"无论如何,地下陵寝中彻底摆脱他了。"

我们不必对此场面再多赘言,只要在下面略叙一句也就足够了。当米莲迷失在那错综的通道中的短时间中,她遇到了一个陌生人,便引着他向前,或许是由他带着退后,先是走进火炬的亮光中,随后又走进了光天化日之下。

此事后来的怪异之处在于,如此简短而又随意地形成的联系,并未随着其由以诞生的事件的过去而结束。仿佛她帮了他一把,或者他帮了她一把,休论是哪一种情况吧,便赋予了他无法废除的权力:要求米莲的关怀和保护。从那天起,地下陵寝中的幽灵绝不容许她长时间看不到他。他以比意大利乞丐一旦找到一个施主便惯于紧随不舍还要执拗的劲头,纠缠着她。的确,数日之内他偶尔也消失过,但总要重新出现,在她身后遛达着,穿过狭窄的街道或攀上她的上百级台阶,坐在她门口。

他时时被请进她的画室,在她的许多素描和绘画中留下了他的模样,或是他的影子和印象。那些作品的寓意深刻的氛围,产生了广泛的影响,她那些同行冤家们宣称那是无可救药的矫揉造作画风的实例,会毁掉米莲真正的艺术造诣的光辉前景。

有关那次冒险的故事不胫而走,不但超出了通常颇多闲言碎语的外国人的圈子,甚至还传进了意大利人当中,他们仍受着潜在的迷信精神的蛊惑,自然添油加醋,以讹传讹。于是,当上述故事返回盎格鲁-萨克逊人中间,再说给德国艺术家听时,他们便按照他们的风尚附上浪漫的点缀,遂膨胀成堪与蒂克① 或霍夫曼② 的作品比美的荒诞故事。因为在为传奇故事增添不可思议的情节上,任何人都不需要什么良知。

这件事情最合理的、也是最为听众接受的版本,实际上出自地下陵寝的向导之口,影射的是门朱厄斯的传说。这个人或鹿,或者人魔,大概是在戴克里先③ 称帝早期迫害基督徒时的一个奸细,他潜入圣·加里斯都的地下陵寝,抱着恶毒的目的,要查出逃亡者的藏身之地。但当他狡猾地溜进那些黑暗的廊道时,刚好来到一处小祈祷室,里面的祭坛和十字架前点着一个灯捻,一名教士正在履行其神圣的职责。由于上帝施恩,有一个短暂的时刻容许门朱厄斯拥有基督的信仰和仁爱,他可以跪倒在十字架前,让圣光照进他的灵魂,由此而终身得到赐福。但他拒绝那神圣的冲动。于是,那片刻一过,代表一切真理的献祭的灯光便以永存的错误迷惑了那恶人,而祝福的十字架则烙印般地封住了他的内心,从此再也无法敞开来接受认罪了。

从那时起,门朱厄斯这个异教徒便在宽阔而又可怕的地下陵寝中徘徊,按照一种说法,是要寻觅和蒙骗新的牺牲品堕入他的苦难。但根据另一种说法,是要设法控制住漫不经心的游人,

① 路德维奇·蒂克(1773—1853),德国早期浪漫派作家。
② 厄恩斯特·西奥多·霍夫曼(1776—1822),德国作家、音乐家,代表作为小说《小查尔斯》,小说集《谢拉皮翁兄弟》。
③ 戴克里先(243?—316?),由禁卫军拥戴为帝(284—305),开创古罗马四帝分治局面,改革内政,迫害基督徒。

使之拉着他的手,引他出来,走进光明。不过,即使这个人魔的诡计和求告得逞,他在地面上也只能逗留一时。他会恩将仇报,在搭救他的人身上留下犯罪的印记,或者给社会带来某种旧时的瘟疫或其它早已埋藏的被人忘怀的邪恶,或者也可能把古罗马人知道的、如今已朽烂成飞灰的某种罪孽教给当今的世界,然后匆匆返回地下陵寝,因为长期的徘徊已使那里成为他最温暖的家园了。

米莲本人和她挑选的两个朋友——雕塑家肯甫和温柔的希尔达,时常在一起笑谈涉及她那次历险的广为传播的离奇故事。她的两位密友(——从一切普通含义来说,他们确是如此)也总是不失时机地要她对那件神奇的事情作出解释。既然不可否认其存在,而其本身又令人费解,甚至超出了想象力的范围,那总该解释清楚。而米莲有时则对他们的询问报以一种忧郁的玩笑,靠她的想象讲些益发不着边际的传奇,连德国的天才或意大利的迷信者都望尘莫及了。

比如说,她除去黑眼睛中露出笑意,还会满脸做出一本正经的奇怪神情,声称那个幽灵(他活着时原是一位艺术家)曾答应她要教会她一种失传多年但十分有价值的古罗马壁画艺术的秘诀。一旦掌握了那个诀窍,米莲在当代艺术家中将名列前茅。他们当时谈妥的惟一条件是:在以最为辉煌灿烂的设计丰富了一段灰墙之后,她要随他回到那一团漆黑中去。哪一位真正献身艺术的人不肯——哪怕以如此巨大的牺牲——换取如此无可匹敌的出色成就呢!

若是她的朋友们仍要求她作出更合理的解释时,米莲或许就会回答:她在地下陵寝的一条阴暗的走道里邂逅那个老异教徒后,就与他争论起来,想就此要他皈依基督教的信仰,从而获得荣光和满足。为了如此崇高的目的,她甚至不惜以自己的获救为赌注来拯救他:若是在十二个月的期间内,她不能让他认定多年来他一直在磕磕绊绊地探索的罪孽的话,她就要如约陪他返回他受罚的黑暗之中。可是,天啊! 到目前为止,这场争论却不祥地有利于那个人魔。而米莲(她对希尔达耳语说)已经可怕地预感到:再过数月,她就会与太阳永别了! 值得注意的是,她的所有这些浪漫幻想都殊途同归于一个可怕的终点。看来连她也难以想象:同她这代表厄兆的随从的交往,除去灾难性的后果之外还会别有坦途。

这桩怪事若非表明一种沮丧的心态,并由许多其它征兆加以佐证的话,原也没有什么。米莲的朋友们不难以这种或那种方式看出,她的幸福遭到了严重的阻遏。她的精神往往被压抑到深深的忧郁之中。即使她有高兴的时候,也绝少是一种健康的欢乐。尤有甚者,她变得郁郁寡欢,不时还要发一阵脾气,这经常会使那些最爱她的人大伤脑筋。即使与米莲无关痛痒的熟人也为她这种像是心情不快的发泄感到不安,尤其是在他们不慎影射到那个模特儿的时候。在这种情况下,他们难得有机会继续谈起那个话题,相反,倒要苦苦解释;而由于事实本身没有多少有利的余地,只能是越描越黑,惹得她益发不信。

读者可能会认为,这样一件偶然小事,原没什么可大惊小怪的,完全可以解释清楚,不必超出其可能性而走那么远。那个幽灵很可能只是罗马的一个乞丐,其团伙时常栖身于地下陵寝以外的地方。或者,他是一个朝圣的人,他们至今仍从遥远的国度到圣地来顶礼膜拜,这种早期基督徒云集之处被看得尤其神圣。或许作为一种更为言之成理的推论,他可能就是城里的一个窃贼,康帕纳平原上的一个强盗,一名政治犯或手上沾有鲜血的杀人犯,由于警察的忽略或纵容,得以在这地下的僻静处所藏匿,这是自古以来不法之徒惯用的避祸之处。他还可能是个疯子,本能地回避着别人,以住在坟墓中间而窃喜,他的可怕的叫喊声在距离我们很远的地方回荡着,犹如传自编写《圣经》的时代。

至于那陌生人对米莲如此倾心地寸步不离,则可以她本人的吸引力来作出相当有力的解释。其余的嘛,他的执拗似乎也没什么奇特的,因为有些人会认为,把悠闲的意大利的这些流浪汉与可能命运不济、祈福不成的人牵扯到一起,无论对他们有利可图,抑或为他们的幸运而放弃小利,实在都无关紧要。

这样,除去米莲本人的行为,就没有什么可说的了。要解释的只有她的含蓄内向、她的压抑忧郁、她的狂暴易怒、她的乖戾无常了。如果作出宽容的解释,即使是这种症状也有充分的理由:一个小巧的年轻女性,身处罗马的神经质和病态的环境中,以需要想象力的艺术为业,就会受到冲动和疲惫的影响。至少希尔达和肯甬试图以此向自己作出说明,并想用这种看法影响那些可能接受他们影响的人。

米莲的一个友人对此情况感到伤心,他就是那位意大利青年多纳泰罗。如我们所述,他曾亲眼目睹那陌生人的初次露面,而且从那时起,他就对那个神秘、阴暗、散发着死亡气息的幽灵持有偏见。这种情绪不很像人类的不喜欢或痛恨,而更像低等动物有时显示出来的那种本能的、无缘无故的反感,这通常比精确的内在性格更可信。那模特儿的阴影总是要投射到米莲散发在她身边的光明之中,造成多纳泰罗的颇多烦恼。然而他生性和蔼可亲,欢欢喜喜,只知高兴,因此完全能够在他的乐天中抽取出一些东西,做一些忍让,靠余下的生活。

第五章
米莲的画室

　　建于三百年前的一座宫殿的院子和台阶,是现在罗马的特色,对一个陌生人来说,这比他听到过的被描绘得更崇高的许多东西更能引起他的兴致。你穿过雄伟的宽敞高大的肮脏入口,或许看到一圈昏暗的柱子,构成环绕院子的围墙。在柱子与柱子的间隔处点缀着古老雕塑的残迹,无头及断腿的躯干,和概无例外的无鼻的胸像——若是活人能够在那种并不芬芳的空气中丢了鼻子,该有多好。浮雕以及从一些更古老的宫殿移来的装饰,镶嵌在四周的墙上,每一块墙石都来自圆形大剧场以及当年未被蛮族夷为平地的其它帝国废墟。在其中两根柱子之间还立着一个没盖的石棺,上面所有的十分突兀的雕塑都碎裂了。或许其中曾装过某个著名历史人物的遗骸,虽然如它今只是装院中垃圾和一把破扫帚的容器。

　　在院子的中央,在意大利蔚蓝的天空下,在这座大宫殿四面上百扇窗户的俯瞰下,有一座喷泉。那喷泉的水从一个石盆流向另一个石盆，或从一个那伊阿得① 瓮中涌出，或从无名的妖魔口中喷出许多小水珠。那些石像当初由贝尔尼尼② 或别的什么人创作出来时只是人造的怪物，可是如今，从潮湿的大理石缝隙和裂口中长出来的一片片青苔、一簇簇野草、一根根铁线蕨和各种碧绿的草叶却告诉我们，大自然已经将人工喷泉收进她宽阔的胸怀，像林地中的喷泉一样视为己出了。听吧，那欢愉的低语、涌动的飞溅声！你犹如听到了林间小瀑布的清脆的声响，不过在这里别有一种来自回荡着其自然语言的庄严回声的悲怆哀鸣。看来喷泉历经三个世纪的戏耍，其实并不畅快。

在院中的一个角落里，一条两边是柱子的门道通向台阶。那又宽又低的石阶一路向上，当年走着的是建造这一宫殿的罗马贵胄的亲王和主教，而当他们走下来时，更是神采飞扬，准备上路去梵蒂冈或奎里纳尔③，在那里摘下红帽子，换成三层冠。但所有那些显赫一时的人物最终都最后一次从这世袭的石阶上走下，把大道留给外交官、英国贵族、美国富翁、艺术家、商人、洗衣妇和各色人等的脚去踩踏，所有这些人都会把这座无所不包的宫殿中那些金碧辉煌的大理石镶嵌的客厅当作他们虚浮的奢侈，或把简朴的阁楼视为应该为之支付的必需。可惜，这座宫殿（——为豪华的大批扈从的吃住而建，却无欢乐的壁炉或天伦之乐的任何踪迹可寻）没有一处地方使最高贵或低贱的居住者感到有舒适可言。

在雕塑艺术馆出现那一场景之后的翌日上午，多纳泰罗迈着轻快的步伐走上楼梯。他一层又一层地走上去，穿过一个又

① 那伊阿得，希腊神话中住在河、湖、泉中的水泉女神。
② 乔万尼·劳伦佐·贝尔尼尼（1598—1680），意大利建筑家、雕塑家和画家，巴罗克艺术风格的代表人物。
③ 罗马的七座山之一，上面建有同名的宫殿，一向为最高行政当局的办公地点，常与梵蒂冈相提并论，二者分别代表政、教。

31

一个由华丽的石雕装饰的门框,不知疲倦地一直爬到第一个这样的地方——这里,轻奏乐段的华彩和中庸平和的雅致让位于一种阿尔卑斯山区似的冷漠和赤裸的外观。粗石的台阶、原木的栏杆、砖铺的走道、脏污的粉墙,构成了这里宫殿的特征。最后,他来到一扇橡木门前,门上面钉着的一张硬纸上用油彩写着艺术家米莲·席法的姓名。多纳泰罗敲响了门,门应声而开,门闩是由里面的一根绳子来固定的。他穿过一个小门厅,便与米莲迎面相见了。

"进来吧,野蛮的农牧之神,"她说道,"把阿卡狄亚的最新消息告诉我吧!"

女画家此前没有在画架前工作,而是忙着一件女性的活计:修补一副手套。

在区别于男性活计的这种女红的特征中,有某种极其赏心悦目、甚至感人肺腑之处,它至少有非常温馨、柔情和赢得人心的功效。男人们除去主要的谋生职业就没有这种附带的本领,而女人——无论她们社会地位高下,智力或天赋上是否聪慧,或生得是否美貌——却总有些小手艺活儿来填充闲暇的短暂空余。她们所有的人都熟悉拈针。一位女王无疑也会偶尔一试;女诗人可以像运笔一样自如;发现过新星的女性眼睛,可以从天光的灿烂处转到在她巾帕的气揣边或衣裙不经心磨损处穿动的晶亮光洁的小工具上。她们在这方面远胜过我们。细细的丝线或棉线把她们时时与生活的这种亲切、文雅的小趣味相联系,其不断发生的影响对她们修身养性至关重要,而且可以排除可能会积郁成疾的危险。人类的大量同情心沿着这条神奇的线延伸着,从女王的御座到女缝工的藤椅,把无论贵贱的女性连成一体。我认为,有高深思维和造诣的妇女乐于缝纫,是健康优雅特性的象征。只有当她们做针线活时,心境才最为平和。

而当活计出于并非外来的缘由放到了女人的膝头,飞针走线不由自主地停下来时,那就表明有了烦恼,这简直和心悸同样说明问题。米莲此刻就是如此。甚至在多纳泰罗站在面前凝视着她的时候,她似乎忘记了他的存在,不容他进入她的思绪,听凭那只破手套从她不动的手指落下。那青年虽然头脑简单,单靠他的同情心也知道出了什么岔子了。

　　"亲爱的女士,你伤心了。"他凑近她说。

　　"没什么,多纳泰罗。"她回答道,又做起针线。"是啊,可能有一点伤心。不过对我们这些普通百姓,尤其对妇女来说,也没什么稀奇的。你是乐天派,我的朋友,对这种伤心病一无所知。不过,你来到我这间昏室有何贵干呢?"

　　"你为什么要把房间弄得这么昏暗呢?"他问道。

　　"我们这些画家都有意地不用日光,而只用一些局部光,"米莲说道,"因为我们认为,我们在试图描摹大自然之前,和她是有分歧的。你听起来觉得很怪吧,不是吗? 但是有时候用我们人工安排的光线与阴影,可以画出挺美的画来。用我的一些乐趣使你自己开心吧,多纳泰罗,这样渐渐地我就进入那种心情,可以开始绘制我们谈过的肖像了。"

　　这个房间具有画室的常见外观,有一种似乎很难属于这个真实世界而更像一位诗人魂牵梦系的想象中的景象。这里有速写、素描,有画了一半的比我们在现实中看到的更宏伟、更美丽的人或物。窗子要么关着百叶,要么遮着厚厚的窗帷,只有一扇例外,半开向没有太阳的那部分天空,只让一些光线从高处射进,与阴影形成鲜明的对比,不然的话,屋里的东西就看不出画意了。铅笔画钉在墙上或散放在桌上。一些没有装框的油画背朝外,只把一片空白对着人的眼睛,把米莲用她的技法在另一面绘出的无论多么光彩的景色或人物之美都粗暴地遮住了。

多纳泰罗有些惊异地看到,在房间的最昏暗之处,隐约有一个留着深色头发的女人,伸出两臂做出悲剧中绝望的发狂姿势,似乎在召唤他和她一起进入黑暗。

"别害怕,多纳泰罗,"米莲看到他注视那神秘的昏暗角落,便微笑着说道,"她对你没有恶意,即使有,也无法加害于你。她是一位可以随便处置的女士:时而是个浪漫的女英雄,时而是个村姑。不过全都是做给人看的,真的,是人造的,为的是穿上绚丽的披巾和别的袍服——是用来设计时装的。她的存在的真正目的就在于此,虽然她装扮成各种各样的身分,在生活中扮演诸多角色,但实际上这可怜的木偶在世上却无所作为。嘿,我不经心地变得挖苦起人来了,像是以我这个人体活动模型来描述十之八九的妇女。她最大的用处就是能给我作伴。我若是像她倒好了!"

"她原来只是个关节可以活动的模型人,"多纳泰罗惊叫道,"居然能改变外观!我的目光第一次落到她身上时,我还以为她的双臂在动,似乎召唤我救她脱离危险呢。"

"你时常受这种想象中的罪孽行为的困扰吗?"米莲问道。"我不该这么想。"

"实话告诉你,最亲爱的小姐,"意大利青年回答道,"我在阴暗的老房子里,在黑暗中,总感到恐惧。我不喜欢昏暗的角落,除非那是个避暑的地窖,浓荫密布的凉亭,或者林中的某个隐蔽处,比如我家四周就有许多这样的地方。即使在这类地方,如果有一缕阳光悄悄射进来,阴影也会因它欢快的闪亮而更好呢。"

"是啊,你是个农牧之神嘛,这你也知道的,"美貌的女画家说道,想起前一天的情景,笑了起来。"可惜如今这世道发生了令人伤心的变化,变得凄凉了。可怜的多纳泰罗,不再是你的族类当年住在阿卡狄亚的树林里,在灌木丛的荫凉中与山林水泽仙女们玩捉迷藏游戏的幸福时代了。你在人间重新露面,晚了好几百年呢。"

"现在我就不理解你了,"多纳泰罗答道,样子很困惑,"小姐,我只是乐于在你活着的时候活着;而且无论你在哪里,城里也好,乡村也罢,我也一定要在那儿。"

"我不知道我该不该让你这样说,"米莲若有所思地看着他,说道,"许多年轻女人会认为这是对她们的冒犯呢。希尔达绝不容许你这样讲话,我敢说。"她旁白似地接着说。"不过他只是个孩子,一个单纯的孩子,对他遇到的第一个女人就敞开了心扉。假如那边那个人体模型有幸先遇见他,她也会像我一样让他神魂颠倒的。"

"你生我的气了吗?"多纳泰罗忧伤地问。

"一点没有,"米莲回答道,坦诚地向他伸出了手。"请你浏览一下这些素描,等我有闲情和你好好聊一聊。我看,我今天没心思为你画像了。"

多纳泰罗像一只长毛垂耳狗那样温良驯顺,也像那些比世间的男女更善解人意的宠物一样,平时喜欢逗人玩,但会随着女主人的情绪变化而伤心。于是,按照米莲的吩咐,他努力把注意力转向在一张桌子上乱七八糟地堆放着的钢笔素描和铅笔画。幸好,这些画还能给这可怜的青年一点慰藉。

他拿起的第一幅画是给人印象很深的素描,画家在上面粗粗画了一张草图:雅亿正在往西西拉的太阳穴上钉钉子。① 那幅画是她用有力的几笔勾勒出来的,有一两处笔触简直是生死攸关,仿佛当雅亿做出挥锤谋杀的第一个动作时,米莲就站在一旁,或者仿佛她就是雅亿,感到难以遏制地以这种姿态来作出血

---

① 《圣经》故事,西西拉是反对以色列人的迦南将领,他到希伯来妇人雅亿的帐篷中避难,被她所杀。

淋淋的表白。

她心中有关这狠心的犹太女人的第一个概念显然是地道的女性的：可爱的身材和英勇高贵的美貌。但是，米莲要么是不满意她的作品，要么是不喜欢这可怕的故事，她的铅笔随意加了几笔，立即把那女英雄改成低劣的谋杀者了。显而易见，这样的一个雅亿在西西拉停止呼吸之后，会马上搜寻他的口袋的。

在另一张草图中，她想画的是犹滴① 的故事，这是前辈的大师时常表现的内容，而且风格彼此各异。在这幅图中也是一样，起初她一心一意地画出了一个激情暴烈的主题，但事实上又用最后几笔，对先前有力地左右着她的手的那种感情彻底地嘲讽起来了。荷罗孚尼的头(顺便说，还留着今天某个当权者那样的两撇胡子)已经完全砍了下来，正向上对着犹滴的面孔，转动着眼睛，扭动着五官，既凶狠又得意地威胁着。而犹滴则满面惊恐，恰似一个厨娘要把一个小牛下锅时，看到那副轻蔑的样子而露出的表情。

一幅又一幅，画的全是妇女，而且都是对男人复仇的角色。这位女画家的想象力似乎始终在这些流血的故事上徘徊，而且那些行凶的妇女手上都沾着鲜血，这实在少见。同样不寻常的是，无论以什么形式——古怪至极抑或伤心透顶，她都能表达出一种寓意：妇女不管受到什么动机的驱使，都应该从她内心出发去为人类生活而奋斗。

一幅素描表现的是希罗底的女儿接收盛在盘中的施洗者约翰的人头。② 总的构思看来是借自佛罗伦萨乌菲吉美术馆中伯

---

① 《圣经》的《次经》中说，亚述大将荷罗孚尼引兵攻打耶路撒冷，被犹太寡妇犹滴所杀，全城遂得救。
② 《圣经》故事，希罗底的女儿莎乐美因善舞而为希律·安提帕小王所悦，遂应其所求，赐以施洗者约翰之头。

纳尔多·卢尼的作品,但米莲为那位圣徒的脸上加了一种温和及升天的神色,他那哀伤而满足的眼睛向上紧盯着那女孩。在那神奇目光的力量下,她的全部女性气质当即觉醒,表现出爱和无限的懊悔。

这些素描对多纳泰罗的怪脾气具有电击火炙般的作用。他打了个冷战,脸上露出困惑、恐惧和厌恶的神色。他拿起一张又一张素描,似乎要把它们一一撕碎。最后,他把那堆草图一推,从桌边退回,双手相交,紧紧蒙住眼睛。

"你怎么的了,多纳泰罗?"正在写信的米莲抬起眼睛,问道。"啊!我本来没想让你看那些画的。它们都是从我脑海里溜出来的幽灵,并非我的创作,而是纠缠着我的东西。看!这里是一些小东西,也许会让你满意些。"

她递给他一个夹子,里面的素描表现的都是更高兴的心境,其中一幅试图体现女画家更真实的性格。即使这些传统主题都没有表明她本人的个性,米莲也显然具有广泛的想象力和把心性注入作品的独特天才。后面一组素描画的是家居和日常生活场景,概括得精细入微,似乎我们随时随地可见。不过仍有些难以说清的增删,使悲惨生活和人间天堂全然不同。这些画中的感受和同情都是深刻而真实的。其中有每个人都曾一度经历过的场面:一个男人使一位少女温柔而纯洁地承认了她的忸怩的爱情,她那苗条的身材对他的搂抱半推半就,让人猜不出究竟。这里还有由一系列精密构思的组画表现出的婚后各阶段的感情,那是将圣火在两颗心中点燃,并从青春直烧到暮年,使得两张面孔历经变化,却始终如一地美。

这中间还画有一只已穿得半旧的童鞋,里面隐约可见那幸福的小脚印。这是一件使一位母亲从其内心深处微笑或哭泣的东西。不过,若非米莲揭示出来,现实生活中的母亲大概不会鉴赏一只小小的童鞋中的诗意。以相当的深度和力度描绘的这幅画及类似的主题画，以及这些作品时常具有的深邃内涵，实在奇妙之极。仍然青春年少的女画家，诚然不可能靠她亲身经历过的亲切而丰富的生活来作画。或许只有第一幅，就是少女承认爱情的那幅，是一件难忘的事情，而并非提前的设想。不过，应该高兴地认为，从第一幅到最后一幅，这些画都是一种美好想象的产物，描绘的是一位女性内心的温馨而纯洁的假设，从而超出司空见惯的严峻而又充满尘俗的现实生活的启迪，把属于妇女生活的画面更为真实、更加美好地理想化了。如此看来，这些素描所暗示的力量和多方面想象中的感受，使米莲能够以女性的悲喜来丰富和充实她的生活，而无论她个人的生活原本多么贫瘠。

还有一点值得注意，那就是画家虽然从其内心深处赞许他人的幸福，却不肯拥有属于自己的幸福，这一点影射得十分真切。在所有那些表现普通生活和理想化的情感的素描中，总画有一个躲得远远的人物：时而在一对恋人所坐的树丛的枝叶间窥视，时而在一对新婚夫妇坐在新壁炉边时透过结霜的窗户从外向里偷看，有一次还从一辆六匹马拉着的得意地滚滚前进的轿车中探出身来，盯视一家农舍门前简朴的欢乐场面。每一幅上都是这同一个人影，而且总是画得悲悲切切的样子。况且每幅画中的那个人虽然轻描淡写，那面貌和身段都有米莲本人的痕迹。

"你是不是更喜欢这些素描，多纳泰罗？"米莲问。

"是啊。"多纳泰罗说道，其实心存疑虑。

"恐怕不太喜欢吧，"她哈哈笑着答道，"像你这样一个小伙子——何况还是个农牧神呢，怎么可能懂得人生悲欢和阴暗的交织？我忘了你是个农牧神了。你不可能深受不幸，因此你就只能有一半的享乐。好啦,这里有一个你更乐于欣赏的主题。"

那幅素描画的只是乡村舞蹈,但其乐无穷,所以看上去赏心悦目。而且其中没有任何欠缺,除去那种奇怪的哀伤悲叹,那倒是我们乐极之时往往随之而来的。

"我打算把这幅素描画成油画,"画家说道,"而且,我想让你——多纳泰罗,成为他们所有的人当中跳得最疯野的。你愿意找一天坐在这里,或者说得确切些,在这里跳舞、为我做模特儿吗?"

"噢,最高兴不过了,小姐!"多纳泰罗惊喜地叫道,"瞧,该像这样。"

于是他便跳了起来,像一个欢乐的精灵的化身,在画室中翻翻旋转,最后用一只脚趾站住,仿佛他那快活的天性只能通过身体的这一部分与地面相触。这时,在画家始终小心地隔绝着阳光的幽暗画室中,便有了一种勃勃生气,似乎一股亮光已冲了进来,照亮了四壁之内的欢乐场面,最终只停留在地板的中央。

"太让人佩服了!"米莲带着赞许的微笑说道,"如果我能在画布上抓住你的形象,那将是一幅辉煌的绘画。只是我担心在我画完最后一笔,表现得栩栩如生时,你会从画中跳出去。这几天里找个时间,我们就试一试吧。现在嘛,为了奖赏你那欢乐的表演,你会看到还从未向人展示过的东西。"

她走到画架跟前,那上面钉着一幅画,背面向外。她把画翻转过来,露出了一幅美妇的肖像,那种美,一个人终其一生也只能遇到两三个人能具有——不管见到过多少次;那种美似乎能进入你的意识和记忆,之后就再也摆脱不掉,无论你是苦是乐,总令你魂牵梦系;它把你的内心王国变成一块征服了的领土,只是她不肯屈尊在那里安身定居。

她十分年轻,生就一种通常被认为是犹太人的外貌;她的脸色没有盛开的玫瑰似的红润,但也并不苍白;那双深色的眼睛,虽然向世人敞开,却是那样深不见底。她长着一头浓黑的头发,却丝毫不像别的妇女的黑色发卷一样有一种粗俗的光泽;若她当真是犹太血统,那么这就是犹太人的头发,没有哪一个基督教少女的头上会拥有这样的幽光。凝视这幅肖像,你就看到了拉结是什么样子,当时雅各认为值得向她求上七年又七年的婚①。或许她还可以成熟得像犹滴那样:她以自己的美征服了荷罗孚尼,然后因他过分崇敬她的美而将他杀死。

米莲看着多纳泰罗在那幅画前沉思,看出他那单纯的着迷,她脸上焕发出喜悦的笑容,还混有一丝轻蔑。至少,她的嘴角翘了起来,她的眼睛炯炯发光,仿佛她既不屑于他的崇拜,也不屑于她自己对此的欣慰。

"这样看来,你喜欢这幅画,多纳泰罗?"她问道。

"噢,喜欢得无法形容!"他回答道,"太美了! 太美了!"

"你认出这是谁的肖像了吗?"

"小姐,"多纳泰罗惊叫道,把目光从画面转向画家,惊奇于她何以这样问,"这种相像是不会弄错的,就像你俯向平静的泉水并有魔法把你在水中的映像呼唤出来一般,这就是你嘛!"

多纳泰罗道出了真相。我们始终克制着没有在我们的叙述中更早地描绘出米莲的美貌,因为我们预见到此时再呈现给读者或许更为有力。

我们不知道那肖像是否比本人更美。可能不是,因为肖像只勾出了一张可爱的面孔的轮廓,尽管米莲和一切画自画像的画家一样,难免赋予自己某种别人的眼睛辨别不出的优雅。画家们都喜欢画自画像,在佛罗伦萨,有一座美术馆,里面有上百

---

① 《圣经》中说,雅各是西伯拉罕之孙,以撒之子,以色列人的祖先,拉结为其第二个妻子。

幅自画像,包括一些最著名的作品。可以说,在所有这些自画像中都有自传式的个性表现,其品性、表情、高傲和愉快,若非从内心画出来,都是难以观察到的。然而其逼真酷似又绝不会有所减少。同样,米莲也无疑将只有她内心才知晓的某种暗示效果传达进了她的肖像之中,或许还想就此试探一下,像多纳泰罗这样单纯而又自然的看画人会不会觉察出来。

"这样的表现使你满意吗?"她问道。

"是的,"多纳泰罗迟疑着说,"只可惜它不像你有时那样笑得和阳光一样明媚。不,它比我初时想的要哀伤。你难道不能让你自己笑一下吗,小姐?"

"强笑比皱眉还难看呢,"米莲说道,就在她说话时,她满脸绽出了自然明媚的笑容。

"噢,快抓住它!"多纳泰罗鼓着掌叫道,"让这笑容在画上放光!唉,已经消失了!你又伤心了,十分伤心。而肖像也伤心地盯着我,仿佛从我刚才看它最后一眼以来,有什么邪恶降临到它头上了。"

"你看来是多么茫然啊,我的朋友!"米莲答道。"我有点不信你是个农牧神了,在你这阴郁的情绪中,有一种神秘和可怕的东西,就像白天对我们这些常人一样自然。我劝你无论如何也要用你这双天真幸福的眼睛看看别的面孔,绝不要再盯着我了!"

"你说了也没用,"青年回答道,那种深沉的强调口吻是她以前从未听他用过的,"不管你用什么阴郁的样子遮掩你自己,我都要对你穷追不舍。"

"好啦,好啦,好啦,"米莲不耐烦地说,"不过,现在先让我自己待一会儿吧。因为,坦率地说,我的好朋友,你有点让人厌烦了。今天下午，我要到鲍格才① 庭园去散步。你要是高兴，就在那儿和我会面吧。"

---

　　① 鲍格才家族为意大利一贵族世家，其成员于十六至十九世纪初在意大利的社会、政治方面作用显著。

42

第六章

圣母的神龛

多纳泰罗离开画室之后，米莲便出发了。她穿过城里一些蜿蜒交错的小路，来到了一条街的宽阔处——或者也可以说是小广场的地方。周围有一家散发着酸面包常有的香气的面包房，一间鞋铺，一个亚麻布店，一家烟草店，一座彩票代办处，一处有哨兵在门前巡逻的法国兵站，一个水果摊，那个罗马人摊主正在那里出售栗子仁、干无花果和一些头一天的花束。附近自然还有一座教堂，其正面向上耸成一个小尖塔，上面竖有两三个带翼天使或神话人物的石像，对着近旁一座又老又破的宫殿的上层窗户吹着石雕喇叭。这座宫殿的特色与罗马的通常建筑风格大不相同，具体地说，顶部方正、宽大、高耸，有一座中世纪的塔楼，周围还有雉堞和射孔。

在雉堞的一角矗立着一座圣母的神龛，就是我们在罗马街角随处可见的那种，不过极少有甚至没有像此处这样独一无二地立在超过人的视力所及的高度的。与那座古老的塔楼及其高耸的神龛相关的还有一段传说，我们就不在这里插叙了。不过，若干世纪以来，在圣母像前一直点着一盏灯，无论正午还是子

43

夜,一天的二十四小时中始终亮着。而且,只要那塔楼还矗立着,恐怕要一直亮下去。一旦它熄灭,那座塔楼、宫殿及附属的一切房地产,就要根据一则古老的誓约,从其世代相传的所有人手中转为教堂的财产。

米莲逐渐走近,她抬头望去,看到的确实不是那盏长明灯的火苗——因为照亮了神龛的明亮阳光已然将其吞没了,而是一群白鸽上下翻飞于塔顶的最高处,它们的银翼在纯净透明的天空中闪光。有几只鸽子停在宫殿的上层窗户的边缘,为了这个有利的位置而推推挤挤地争斗着,全都伸喙扑翅,乱糟糟地碰撞着窗玻璃。有几只鸽子原已落在下面的街道上了,听到窗户中间锈蚀的合页被碰开的声响,也急忙纷纷飞了上去。(罗马的窗户都是有合页的,中间一扇可以开启。)

一个身穿白衣的漂亮少女在窗口露了一下脸,把两只小手中捧得满满的某种粮食伸出窗外,施舍给那群鸽子。看来那食物很合那些羽族的口味,因为它们尽量从她手中啄上满满一口,还追向空中并冲到地上,去啄食下落在便道上的颗粒。

"这是多么美好的景色啊。"米莲边想边露出和善的微笑,"那个漂亮、纯洁的小家伙,她自己又多么像一只鸽子!我敢肯定,别的鸽子准把她当作一个姐妹了。"

米莲穿过宫殿深深的前廊,转向右边,开始爬一段又一段的楼梯。就其企望的高度而言,堪与雅各的天梯——至少也可与巴别的通天塔的楼梯相比了[①]。在整个罗马都听得到的那种城市噪音——车轮在不舒服的铺路石上隆隆的滚动声,在高房之间的狭窄街道上回荡着的粗嘎的叫嚷声——在这里都变得模糊并最终消失了,恰如我们仰面向高处攀登时世上的嘈杂声总会

---

① 均出自《圣经》故事:雅各曾在梦中见到天梯。巴别为一城名,诺亚的后代拟在此建通天塔。上帝怒其狂妄,遂使建塔人操不同语言,塔因此不得建成。

消失一样。她向高处、更高处爬去。她从让狭窄的光线射入楼梯的一排窗户向外望去,目光掠过一排城中屋顶,连最宏伟的宫殿都阻拦不住它们。只有教堂的圆顶在这一带的高空中耸立着,那上面的金色十字架才与她的眼睛等高。惟一的例外是从罗马的中心拔地而起的安托奈努斯① 圆柱,它直插云霄,顶部立着的圣·保罗像恐怕是与她相伴的惟一人形了。

终于,楼梯到达了终点。此外,在楼梯终点的小入口处的一侧,还有一节十二级的木梯通往塔楼的屋顶和传奇式的神龛。另一侧是一扇门,米莲敲响了那门,只是友好地宣布自己的到来,而且无疑会受到殷勤的接待,因为她不等回答,就抬起门闩,走了进去。

"你为自己找到了一个什么样的隐居处啊,亲爱的希尔达!"她惊呼道,"你高踞于罗马一切恶毒的气味之上,呼吸着香郁的空气;甚至在你那处女的攀升中,你超脱于我们的虚荣和情感、我们的凡世灰尘及污泥之上,只有鸽子和天使作你最近的邻居。若是天主教徒把你作为圣者,像古时你那同名人一样,我是不会奇怪的。尤其是你已经担起让灯在圣母神龛前保持长明的职责,这近于宣誓加入了他们的宗教。"

"不,不,米莲!"希尔达说着,她早已高高兴兴地朝她的朋友迎了上来,"你不该叫我天主教徒。一个基督徒姑娘——甚至还是清教徒的女儿——肯定会在不放弃她祖辈信仰的前提下向上天的女性致敬的。你可真好,爬这么高到我的鸽笼中来!"

"这确实不是证明友谊的小事,"米莲答道,"我想,至少该有三百级的楼梯呢。"

"不过这对你有好处啊,"希尔达继续说,"在高出罗马屋顶

---

① 即马库斯·奥勒利乌斯(121—180),罗马皇帝(160—180),对外经年用兵,对内迫害基督徒。

45

差不多五十英尺的地方,使我得到了在五十英里的距离处才能有的一切优势。这里的空气使我精神十分振奋,有时我觉得有点想从我这塔楼的顶部飞出去,因为我相信会向上飘的。"

"噢,求你千万别试!"米莲哈哈笑着说,"万一证明你还不够天使的资格,你就会发现罗马便道的石头是很硬的。而你若当真是个天使,我担心你再也不会降回到我们中间来了。"

这位年轻的美国女子是个生活自由的例证,那种生活方式使得一位女画家有可能在罗马过得愉快。她住在她的塔楼中,可以和她的一个鸽子伙伴向下飞到街道上一样自由地走下楼去,进入城市的腐败气氛中。在自我保护下,她独来独往,完全独立自主,只由她照看着的那神龛的圣母监督着,在她那雪白的名声上没有猜疑或阴影的情况下我行我素。艺术家的生活习惯将这样的自由赋予女性,而在别处她们则要受众多狭窄的限制。或许这表明,当我们允许妇女进入更宽广的追求和事业时,我们也应该去掉我们现时的陈规陋习的桎梏,不然就成了对未婚或已婚女性无法忍受的限制了。这一体系似乎在罗马也毫无例外地起作用,而在许多其它情况下,如同希尔达的实例,心灵和生活的纯洁获准以其它城市的社会中所不知的程度去自我维护,成为自己的证明和保障。

希尔达还在她的祖国之时,就早已被行家宣布为绘画艺术的一位确定无疑的天才了。甚至在她求学的时候——距今尚不算太远——她的素描就被一些爱好者抓住,珍藏在他们精选的大师代表作中间。她那些想象细腻的画面,或许缺乏来自于密切接触生活的真实,却有感情和想象的温柔动人的力量,令你似乎在用天使的眼睛看着人性。随着时间和阅历的增长,可以期待她掌握更浓黑和更有力的笔法,会为她的作品增加其所需的浮雕效果。如果希尔达仍留在她的祖国,她并非不可能创作出独特的作品,值得悬挂在当地的美术馆中,我们希望,那里的艺术会理所当然地在未来的许多世纪中绵延下去。不过,希尔达是个孤儿,没有近亲,又拥有一笔财产,她觉得自己有可能来意大利。在这个所有艺术家向往的中心,似乎绘画在别的气氛中便无法放出异彩,似乎雕塑不在这片汉白玉的土地上就无法变得优美和具有表现力。

希尔达的豪爽勇气把她平安地带过陆地和海洋,她那刚柔相济的毅力在这座名城中为她赢得了一席之地,就像一朵花为自己找到了一道缝隙和一些土壤,不管那是什么古墙,其细根都能抓牢,并由此而生长。她在塔楼这里住了下来,在罗马有一两个朋友,而在居所却没有生活伴侣,只有那一群在她住处附近的一处废墟房间中搭窝的鸽子。它们很快便和这位金发的撒克逊姑娘熟悉了,仿佛她生来就是它们的血亲姐妹。她常穿的白色裙袍和它们雪白的羽毛浑然一色。在艺术家的圈子里都称希尔达为鸽子,把她那高高的住所叫作鸽子窝。当那些鸽子远走高飞,寻求对它们有益的东西时,希尔达也张开翅膀,谋求上帝为她的同类备下的精神和想象的食粮。

我们不晓得她在意大利求学的结果,就其可见部分而论,是否已被认作是良好或有希望的。答案是肯定的,自从希尔达来到这绘画之乡以来,似乎完全失去了当初引她来这里的那些设想所带来的冲动。无疑,姑娘早先的梦想是把她头脑中的形式和色彩投入可见的世界,让诗歌和历史的动人心弦的场面通过她独具个性的概念和方法在人们的眼前活跃起来。但随着希尔达越来越熟悉充满罗马众多美术馆的神奇艺术,她就越来越不认为自己是个有创造性的画家了。她身上发生这一变化是不足为怪的。她生来具备深刻和敏锐的鉴赏力,她有非同寻常的辨别和崇拜珍品的天赋。恐怕没有别人能如此充分地识别、如此沉醉地欣赏在这里展示的绘画奇迹了。她反反复复地看——不，不是看，而是感觉——一幅绘画，她把一位女性的全部温柔而又强烈的同情心都投进那幅画中；她不仅靠智力而且还靠心力和这种同情的引导之光，直抵大师隐藏于作品中的中心点。就这样，她实际上是用她自己的眼睛观察着画作，于是她对她感兴趣的任何绘画的理解就十分完美了。

这种深刻的鉴赏力部分取决于希尔达那既健康又小巧的体魄，以及与此优越性相关的她那运用自如的手和细腻有力的触觉，这种天赋虽与绘画天才无关，却在作业时不可或缺。

希尔达的情况或许不乏其它例证：以她绝顶的天赋从前辈大师的杰作中获益匪浅，结果却使她放弃了取得独创性成就的初衷。她对这些艺术家崇拜得五体投地，对他们教会她的一切感激不尽。在他们面前，她只感到自己卑微，只想对他们忠心敬畏，而不可能妄图跻身于他们之列了。看到他们所达到的美的奇迹，世界似乎本来就已然设计得丰富多彩了，除去把那同样的美更广泛地扩散到人类中去，不该再有奢望了。她从国内带来的一切青春的希望和雄心全都被抛到了九霄云外，恰如她最亲近的人所见，这一切已经消失得无影无踪了。从此之后她一心只想——即使不是宗教信仰式的狂热，也是敬慕之极——抓住和重现由当年不朽的笔触洒到画布上的一些荣光。

于是希尔达成了一位临摹画家：在梵蒂冈的陈列馆，在潘菲立－多瑞阿宫、鲍格才、科锡尼、西阿拉的美术馆，她把画架竖在圭多、多梅尼基诺、拉斐尔① 以及他们之前的早期画派的虔诚

---

① 意大利绘画史上有两个圭多，一为活跃于 13 世纪的锡耶那的圭多，一为圭多·莱尼(1575—1642)，此处应指后者；多梅尼基诺(1581—1641)，罗马和波洛尼亚早期巴罗克折中主义画家；拉斐尔(1483—1520)，意大利文艺复兴盛期的著名画家和建筑师。

画家的许多名作之前。来自外国的艺术家和参观者看到这位苗条的女孩的身影在世界名画前面全神贯注,忘乎周围的一切,似乎只活在她的追求之中。他们无疑会笑她不知天高地厚,居然梦想临摹那些精湛的造诣。但是,如果他们停步,从她肩头望过去,并足以敏感地理解他们眼前的情景,很快就会趋于相信:前辈大师的精灵正在希尔达头上盘旋,并引导着她白皙的纤手。事实上,无论那些精灵是从什么样的福地和多彩的美中降临的,对于这位如此文雅纯粹的崇拜他们天才的人,在她重复他们的杰作时助上一臂之力,也是值得一为的使命。

她的临摹确实令人惊叹。单用精确一词是不够的,中国人的临摹才叫精确呢。希尔达的临摹有一种超凡入化的生命力,能够散发原作的芬芳——诚如一位雕塑家要把一个活人的运动和多彩注入他的石像中那样难于捕捉和保留。只有观察最熟练的临摹画家的努力——有些临摹画家要终生反复临摹一幅画——以及如何概莫能外地丢掉包含着不可估量的最终价值的不明所以的神韵,这时我们才能理解他们所从事的工作并非易事。

希尔达通常不试图复制整幅杰作,而是挑选画中精华达到极致的高贵和精致的局部,诸如圣母的天神式的哀伤,体现人间光彩的翱翔的天使,或圣者弥留的面孔上的天国之光。而这些都是要用她的全部灵魂来呈现的。若是一幅画由于时间太久和失于保管而发黯变乌,模糊不清,或由于擦拭或外行的手法重描而受到损害,她似乎有本领看出原本的光泽。出于她手的复制品,令观者信服那上面的色泽就是前辈大师在原作上留下的表现他最难以捉摸处的最后一触的。在一些临摹中(至少那些最赞赏希尔达的敏感和能力的人这样相信),她甚至能够把大师们隐藏在他们的想象中而并未成功地表现在画布上的东西体现出来。像她这样具有如此深刻的共鸣心,加之她那巧手的技艺和精确,这样的结果并非不可能。在这种情况下,这姑娘只不过是一个精致的工具、一件得心应手的机械零件,借此之助,某些已故的绘画大师的精灵,在自己凡世的手辞别人间数世纪后的今天,在其画具也朽蚀成粉末之时,才第一次得以将其理想付诸实现。

我们并非要把她描写得太过神奇,不过,希尔达——或是善意地戏称她为鸽子,早已被慧眼独具的评判者们宣称是罗马无与伦比的最好的临摹画家了。在对她的复制作品作出细致入微的检验后,技巧最高超的画家们声明,她是一步不差地遵照原先画家体现他的观念的同样步骤,才一点一点地达到这一效果的。其他临摹画家——如果他们值得如此称谓的话——只作表面的模仿。这一意义上的大作的复制品成千上万。如我们已经说过的,有些画家终其一生都在临摹,甚或是一次又一次地临摹一位名家的一幅作品,这样他们就把自己变成了圭多机器或拉斐尔机器。确实,他们的复制品往往能够奇妙地骗过疏忽的眼睛。不过他们完全是从外部来绘制的,追求的只是表面上的形似。这些人肯定会丢弃那种难以捉摸之处,那种构成了作品的生命和灵魂从而使其不朽的无价之宝。希尔达可不是这样的机器,她像宗教狂似地工作着,因此就创造出了奇迹。

在这一切当中,在她如此牺牲自己、虔诚地认可最高的艺术成就之时,有着比发挥她那相当不错的天分去创作体现她自己观念的作品时更高尚、更可贵的东西,这使我们深受震撼。她完全可以独树一帜,赢得人人侧目的名声;她完全可以为这个已然拥挤不堪的世界再填充一些绘画——有价值的绘画诚然不缺,但最佳之作即使有,也大为不足;她完全可以满足那些其品位不足以欣赏拉斐尔的人。那只能降低艺术标准,去迁就观众的理解力。她选择了更美好、更崇高、更大公无私的角色,把她的个人希望、名声和长期铭记的前途,都置于她所热爱和敬仰的那些已去世的大师的脚下,从而使这个世界因为有了这样一个弱女子而更富有了。

既然杰作的美和光彩都包含在其中,她就以耐心、信念和自我牺牲把那种光彩揭示出来,并为了人类而加以发扬。她把那些奇妙的绘画从美术馆阴冷的角落里,从教堂的蒙着窗帷、绝少见天日的小祈祷室里,从人们难得获准一见的戒备森严的亲王的房间,带到了光天化日之下,让世人得以欣赏其全部神奇的辉煌。希尔达的真正的鉴赏力在人类天性中实在非常罕见。对于她自愿做那些昔日的魔法师的侍女,而不是在她自己的圈子中做一个次要的魔女那样一种大度的自我奉献,对于她勇敢而又谦恭的慷慨,我们只有用崇敬来稍表补偿。

她是她以处女之爱来敬慕的拉斐尔的侍女!但愿希尔达值得花费时间从这一职责中解脱出来,以便给这个世界一两幅值得称作原作的绘画;愿她描绘白雪和月光的奇妙想象,以便在绘画上与文学界众多女性的成就相媲美!

第七章

贝雅特丽丝

　　米莲很高兴地看到"鸽子"希尔达待在她的塔楼家中,因为希尔达终日忙个不停,在充满她的生活的那种甜美的辛勤中感到一种高雅的乐趣。她习惯于一早就离家,在美术馆中一直待到天黑。被她挑中作她一天伙伴的人(这是为数极少的)都感到幸运,他们在她的引导下参观前所未见的罗马艺术宝库。并非希尔达能够就绘画发表有学识的论述或谈话——连她本人都可能被她自己艺术中的术语搅得晕头转向,也并非她对她崇拜得五体投地的大师及画作有多少话要说,而是即使她沉默地与作品共鸣,也会有力地引着你自己的理解和感情追随着她,赋予你第二种目光,使你能够以几乎和她同样深刻和微妙的感受来看出杰作的精彩之处。

　　到此时为止,旅居罗马的盎格鲁－撒克逊人都已经可以一眼认出希尔达了。这可怜的孩子不知不觉之中已成了这座永恒的城市中的一景。当她坐在她的画架前,置身于由胡须蓬乱的青年、白发苍苍的老者和衣装褴褛、面色苍白的妇女组成的一群临摹者中间时,时常被人指给陌生的人看。上了年纪的看门人都熟悉她,像对亲生子女那样照看她。有时候,一位年轻画家虽然把画架摆在了画前,却没有去临摹那幅画,而是把正在工作的希尔达的独特肖像画到了他的画布上。这真是再好不过的选材了,而且不是悟性和技巧极高的人也难以画得恰到好处。无论什么时候她都非常好看,那种美是我们新英格兰当地的风采:浅栗色的发卷,微微黑红但很健康的两颊,敏感、聪颖却十分柔媚、善良的面容。但每隔片刻,那副女孩式的花容会随着内心的思绪和情感而焕发出动人的美貌,直升到表面,随后就又会消失不见。因此,考虑到这种不时反复出现的变化,确实让人觉得希尔达似乎只能为她灵魂的阳光所见。

在其它方面,她也是一个好的描绘对象,因为她有非同一般的优雅别致,这或许是不自觉地由某种艺术家总会穿的别具一格的衣装形成的。其效果是使她看上去像是画中人,一个有些理想化的形象,无法应付,甚至无法过于接近。希尔达作为女性的自我,她落落大方,举止令人赏心悦目,表现出一种温和快活的秉性,既不过分撒野,也不会长时间地沮丧。她身上有某种单纯,使得每个人都是她的朋友,但同时又兼有一种微妙的含蓄品性,不易觉察地将那些不适于她的圈子的人拒之于外。

米莲是她有生以来最亲密的朋友。米莲比她大一两岁,对意大利了解的时间更长,也更善于应付那些狡猾自私的居民。她曾帮助希尔达安排生活,并鼓励她度过了罗马令每个新来的人感到畏惧的最初几周。

"可是你今天刚好在家,我有多走运啊,"米莲说道,继续着本书数页之前开始的话题,"我简直没指望能找到你。我想请你帮个忙——想请你负责一件事。咦,这是什么画?"

"看嘛!"希尔达边说边拉起她朋友的手,把她引到画架前,

"我想听听你的意见呢。"

"你若是真画完了，"米莲一眼就认出了那幅画，评论道，"那倒是你从未企及的奇迹呢。"

那幅画只画了一颗女性的头：一张非常年轻、孩子气却美丽非凡的面孔，头上的白纱下露出一两个发卷，被遮着的茶褐色头发很浓密。一双棕色的大眼睛虽然迎着观众的目光，但显然在以奇异而又无效的努力在回避着人们。眼睛略显红色，使人想问：那女孩是否刚刚哭过？整张脸十分安详，毫无扭曲或受到惊扰的神色；但也看不出来那表情为什么不高兴，为什么画家不添上一笔，让她焕发出笑容。事实上，这是人们画过和看过的最哀伤的画面了；它蕴含着深不可测的悲哀，观者会出自本能地产生这种感觉。正是那种悲哀使这美丽的少女超凡脱俗，将其置于幽远之处——尽管她的面孔近在咫尺——使我们如同见鬼一般要打冷战。

"千真万确，希尔达，"她的朋友在仔细端详了那幅画之后，说道，"你还从未画过这么奇妙的作品。不过，你是受到什么诱惑或者什么秘密兴致的驱使，才临摹圭多的这幅贝雅特丽丝·钦契① 的呢？你可是做了件无与伦比的好事。罗马的画店里弄不到一幅地道的贝雅特丽丝的复制品呢，她那些肖像不是欢乐，就是哀伤，要么就是卖弄风情，从来不见一件真货。"

"我听说有一件精美的临摹品，"希尔达说道，"出自一位能够理解原作精神的画家的手笔。那人叫汤普森，由于（和我们其余这些人一样）不准把画架竖在那幅肖像前，他只好一点一滴地

———————

① 贝雅特丽丝·钦契(1577—1599)，罗马贵族妇女，一说因其残暴的生父发现她与男仆有恋情，她便与后母及兄弟合谋，雇人将父杀死。但律师却为她辩护说，是她父亲要对她乱伦，此说被教皇驳回，将她砍头。这一传奇遂成为许多文学和美术作品的主题。圭多·莱尼即画有她的肖像，藏于罗马巴尔贝里尼宫。但她并非但丁《神曲》中的那位同名女主人公。

偷画出来。我呢,我明知道巴尔贝里尼亲王对任何恳求都充耳不闻,我别无它法,只好日复一日地坐在画前,让那幅画深深渗进我心中。我深信肖像已然印在那里了。那是一张感人肺腑的面孔。只是那么美丽的脸无论如何也难以令人痛苦。好啦,经过这样一番我自己也不知道有多少次的揣摩之后,才回到家里,尽我所能把那形象画到画布上。"

"那么现在已经成了,"米莲说着,仍在以极大的兴致和乐趣端详那幅画,她心中已经夹杂着由那幅画激起的痛苦的共鸣了。"用油画、蜡笔素描、宝石浮雕、腐蚀版画、雕刻版画等手法制作的宣称是贝雅特丽丝的造像随处可见,把那可怜的姑娘画成哭肿了双眼、频送媚眼,或神采飞扬得似在跳舞,神色凄苦得似在挨打,还有形形色色异想天开的误解。但这幅才是圭多笔下的贝雅特丽丝,她在地牢里一觉醒来,登上断头台。你现在画出来了,希尔达,你能解释是什么情感赋予这幅画这样神奇的力量吗?就我而论,我虽然深深体会到了其影响,却说不出所以然来。"

"我也无法用语言来表达,"她的朋友回答道。"不过在我作画之时,我始终感到她仿佛在竭力摆脱我的目光。她知道她的悲痛十分强烈和巨大,所以应该为了世界、也为了她自己的缘故,永远要孤苦下去。这正是我们觉得贝雅特丽丝和我们相距如此遥远的原因,即使我们和她目光相遇,也无法缩短这距离。看着她的眼睛令人伤心欲碎,让你感到无能为力去帮助或安慰她。而她既然比我们更清楚她处于无可挽回的境地,也并不要求帮助或安慰。她是一名堕落的天使——堕落然而无罪。但正是这种深深的悲痛,以其重量和阴暗,使她落到了尘世,而且虽然将她置于我们无法企及之处,却让我们能够用眼睛看到她。"

"你认定她无罪吗?"米莲问道,"我觉得不是这么简单。若我能假装看到了她如此奇特又悲哀地凝视着我们的那一朦胧地带，贝雅特丽丝本人的良知并不否认她有邪恶之处，而且决不会得到宽恕！"

"她悲痛之极，简直近似罪孽深重了。"希尔达说道。

"这么说，"米莲问道，"你认为她是无罪而遭难的了？"

"啊！"希尔达打了个冷战，回答道，"我真的快要把贝雅特丽丝的历史忘掉了，只一心想着那幅肖像所要揭示的她的性格了。对，对，那可是害人的罪孽，无法可赎的罪行，而且她也这样认为。因此，是那个悲惨的家伙回避了我们这么多年的目光，而且永远消失在乌有之中了！她的命运是罪有应得！"

"噢，希尔达，你的天真真像一柄利剑！"她的朋友惊呼道，"你的判断常常十分严峻，虽然你似乎性格温柔，心地善良。贝雅特丽丝的罪孽或许并不大，或许根本就无罪，甚至可能是那种环境中的真正的美德。如果她视之为罪，大概是因为她天性软弱，无法对抗加诸于她的命运。啊！"米莲激动地往下说着，"我若是能够钻进她的感受该有多好！但愿我能够抓住贝雅特丽丝·钦契的灵魂，一直拽进我的身体里！我就会用我的生命去弄清她是否认为自己无辜，抑或从一开始就是个罪大恶极的凶犯。"

米莲说这番话的时候，希尔达的目光从肖像移向她的面孔，发现她朋友的表情变得和画中人分毫不爽，不由得暗自吃惊，似乎米莲那种一心要弄清可怜的贝雅特丽丝的神秘的热切希望和努力已然得到成功。

"噢，看在上天的份上，米莲，别作出这种表情！"她叫道，"你可真是个出色的演员！我从前竟然没看出来。啊！现在你才又是你自己了！"她边补充边吻了她，"把贝雅特丽丝留给我以后再说吧。"

"那就把你那幅有魔法的肖像遮住吧，"她的朋友回答道，

"不然我的目光总没法离开它。说来奇怪,亲爱的希尔达,像你这样天真、小巧、纯洁的灵魂,怎么能够抓得住这幅肖像中微妙的神秘之处?为了如此完美地复制这幅作品,你是一定做到这一点不可的。好吧,我们不要再谈它了。你知道吗,今天一早我就来找你,是因为有一件小事。你肯帮我办一下吗?"

"噢,当然,"希尔达笑着说,"只要你信得过我办正经事。"

"唉,其实也不是什么难事,"米莲回答道,"只是要你替我保存一下这个封套。"

"可你为什么不自己保存呢?"希尔达问道。

"部分原因是由你保管更安全,"她的朋友说,"我在平常的事情上马马虎虎。而你呢,既然能高高地住在世间之上,必有一种主妇式的精心有序。这封套没什么重要的,而且我也许不再向你要回去了。你知道,我要在一两个星期之内离开罗马。你对这里的乌烟瘴气采取轻蔑的态度,当然会留在这里,用整整一个夏天在你心爱的美术馆中流连忘返。好啦,从今天起的四个月内,除非你听到我的消息,否则就请你把这个封套按这个地址递送出去。"

希尔达读出那地址,是钦契广场三层楼,卢卡·巴尔博尼先生。

"我会亲手送去的,"她说,"准时在从今天起的四个月之后,除非你对我另有要求。或许我会在贝雅特丽丝祖先的那座阴暗的老宫殿中遇到她的灵魂呢。"

"若是那样,"米莲继续说道,"不要错过和她谈话的机会,而且要取得她的信任。可怜的小家伙!她要能把心中的块垒吐个痛快才好呢,若是她肯定能得到同情,她会乐于这样做的。她把自己完全封闭起来,一想起她我就心烦意乱。"她掀去希尔达罩着肖像的那块布,又看了一眼,"可怜的贝雅特丽丝姐妹!无论她有什么罪孽或悲痛,她毕竟还是个女人,希尔达,她是个姐妹啊。你画得太好了,希尔达! 我真不知道圭多会感激你还是要嫉妒你这位对手呢。"

"嫉妒,真的!"希尔达惊呼道。"若不是圭多在我周身激起了力量,我的痛苦就会抛得一干二净了。"

"毕竟,"米莲接着说,"这幅肖像如果出自一位女性之手,我们现在反倒会忽略掉其中的什么内涵呢。我有个雄心勃勃的打算,想亲手临摹一幅,把缺乏的东西补足。好啦,再见。不过,等一下,我准备今天下午到鲍格才家的别墅的庭园中去透透空气。你可能认为这很愚蠢,不过我倒觉得有你在身边就很安全,希尔达,虽然你娇小苗条。你来吗?"

"啊,今天不成,亲爱的米莲,"她回答道,"我已想好再为这幅肖像添上一两笔,到日落之前恐怕不能出去了。"

"那就再会吧,"她的客人说,"我就把你留在你的鸽笼里吧。你在这里过的是什么甜美而又古怪的日子啊。与古代大师的灵魂对话,喂养和呵护你的鸽子姐妹,还要给圣母的长明灯添油!希尔达,在你照看圣母的神龛时,你向她祈祷吗?"

"有时我会感动得这样做的。""鸽子"回答着,垂下了目光,脸也红了。"她原本是个女人嘛。你认为这样做不妥吗?"

"不,这要由你自己判断了,"米莲说道,"不过,你下次祈祷时,记着我吧!"

她走下长长的楼梯,就在她走到街上时,那群鸽子又从便道上匆匆飞上最顶层的窗户了。她抬头向上望去,看到鸽子在希尔达的头上盘旋。因为那姑娘在她的朋友走后,对米莲举止中的哀伤和困扰比先前更难以忘怀,于是便从她那高高的住所上俯身向下,向她飞了一个少女亲切的吻,既是告别的姿态,也希望借此能振奋一下米莲的心绪,对她那不为人知的哀伤稍加慰藉。雕塑家肯甬刚好路过街口，看到了那一飞吻，心里希冀着能在半空抓到那吻，或得到希尔达的准许后保存下来。

第八章

城郊别墅

多纳泰罗在弄不清该是下午还是上午去的情况下,就出发去鲍格才别墅的庭园,赴米莲对他信口一提的约会了。

这片庭园的入口(我的所有读者想必都知道那里,如今人人都去过罗马了),就在教皇门之外。经过米切尔·安吉罗式建筑的那个并不突出的门楼之后,游客走上一分钟,就从罗马铺着熔岩石的不舒服的小便道来到宽阔的砾石车道,再行驶不远就是一片美丽幽僻的软草坪。那里虽然幽僻,却不荒凉,因为教士、贵族和平民百姓,外来者和本地人,凡是呼吸罗马空气的人,都可随意进出,来此懒洋洋地享受他们称作生活的白日梦。

但多纳泰罗的享受要活跃得多。他很快就在树影婆婆的小路上愉快地作深呼吸了。从这样的原野风光能激起的他的兴致来看,把他看作与他酷似的石像所代表的既柔情又贪玩的乡村气的农牧之神的近亲,倒也不仅是想入非非。若是和风轻拂他那绺绺卷发,突然露出他也有一双毛茸茸的树叶形尖耳,该是多么令人开心的发现啊(其中也会夹杂些许难过)!那将表明多么纯真的一种野性啊！多纳泰罗若是与我们认为是低等物种的农牧之神联系起来（不需要可怕的中介环节），将其单纯融入他的智力，恢复一部分人类已然失去的天性，又会把他的同感共鸣扩大到多么丰富神秘的领域啊！

这青年此刻漫步其中的景色，是按照我们在美丽的古老童话中的想象来安排的，比起西方世界粗陋的自然景观有着更明朗的天空、更柔软的草坪，更古老的树木，也就更美丽如画。圣栎树苍劲古老，似乎生长多年未受惊扰，既未被雷电击倒，更没受过斧锯的亵渎威胁。它们早已经历了梦幻般的古老记忆，只是在若干年前才因高卢人最近一次袭击罗马的城垣而处于严重的危险之中。它们似乎由于有生以来便对长期宁静颇为自信，都显得有些慵懒。它们在绿草地上雍容地斜立着，把粗大的树枝四下伸展，虽然与附近其它威风凛凛的巨树构成一片高贵的浓荫，但彼此间距甚大，树枝绝不互相妨碍。在那一片枝叶遮蔽下静卧的肃穆宁谧真是无与伦比，而由这些长者的树冠抛撒在起伏的草坪绿荫上的令人愉悦的阳光也无比妩媚。

在这座庭园的另一处地方，意大利五针松竖立起浓密高大的细枝，如同直插云霄的绿岛，从远处向草地投来一片树荫，令人分辨不出单棵树的树影。这里还有夹道的柏树，如同丧烛的昏暗火苗，向四周铺开暗淡而不是欢愉的光芒。在更开阔的地带，虽然时节尚早，也已开遍花朵奇大的银莲，有白有红。而紫罗兰的蓝色眼睛虽未与人目光相遇，其浓郁的芳香却暴露了其藏匿之处。雏菊也很茂盛，不过只比谦卑的英格兰种稍大，也就不值一提了。

比起英国最精致的园林景色来，这些点缀着树木花卉的草地，由于疏于管理而更具天然特色，因而更美丽动人，沁人肺腑。由于少有人为的干预，大自然静悄悄地在这里工作着，并在此安

61

身立命。当然，这里仍有足够的人工呵护，从许久之前直到现在始终未断，但只是防止野生植物泛滥失控。结果就形成了理想的景观，如同是由诗人的头脑设计的林地风光，从而可以在随便什么地方再现类似的庭园。

林中的空地有若干喷泉，把水喷进水草丛生的大理石水池；或者像天然瀑布似地越过一块块石头，把低吟传向远方，衬得那一片静谧益发令人神往。四处都有些随意立着的古老祭坛，上面是古罗马的铭文。尽管这里环境幽雅，那些石像仍因年深日久的腐蚀而发灰，有的半掩半露，有的高踞于底座之上，也有的断落在草地上。晚近的人像、大理石或花岗岩的廊柱、拱顶，在林中小路边随时可见，要么是古老的遗迹，要么带有人力毁弃的细微痕迹，其实倒比真正的古董要好。无论属于哪种情况，青草都在四散的柱头上生长，花卉都在宽拱和庙门的缝隙中扎根，再蔓延到人字形山墙上，仿佛自从其种籽飞来这里，已经历了上千个夏季。

在罗马这片废墟的故土上还要营造人工的废墟，这是多么古怪的念头，又是多么多余的劳动啊！不过，即使像这样靠人工雕琢来仿效岁月对古老的寺庙和宫殿的腐蚀，恐怕也有数世纪之久了，起初不过是异想天开，后来便诚心诚意，值得敬重了。这一切的结果便是既阴郁伤感又赏心悦目的梦幻般的景色，也只有在罗马郊外王公贵族的别墅式住所中才能见到。必须历经若干岁月和世代，需要生长、衰朽和人类智慧的共同合作，才能有我们如今看到的这种优雅而又有野趣的景色。

最后的魅力则是由城里那污浊的空气赋予的。想到在冬季和早春会有这么多美景都失色或者只有一半尚可欣赏，而且不会作为人类的家园再有人居住其中，便不免有一种百感交集的懊恼。如果在夏天来到这里，在太阳金色的余晖中漫步于林荫小路之上,热病就会与你挽臂而行,死亡则在狭长景色的昏暗的远端静候着你。于是这场景就像荒寂的伊甸园,而且也如同伊甸园一样,在一阵致命的咒语之后,就被移到人所不及的范围之外了。不过,多纳泰罗丝毫没有感觉到笼罩着这里的上述梦幻般的忧郁。当他在阳光的阴影中穿行时,他的精神似乎获得了新的活力。阳光的闪烁,喷泉的水珠,树叶在树枝上的舞蹈,林地的芬芳,新绿的萌发,古老森林的宁静和自由,全都交融在他深深的呼吸之中了。

古老的灰尘,罗马的霉腐,他在其中荒废了许多大好时光的滞闷的空气,坚硬的便道,废墟和腐朽的一代代古人的气味,阴冷的宫殿,女修道院的钟声,祭坛的浓香,他在教士、士兵、贵族、画家和妇女中间、在那些又暗又窄的街道上度过的生活——这一切场面都从这青年的心头升起,乌云一般地阴沉沉地笼罩着他,而他竟不知其有多浓重。

他如同饮了醇酒般地陶醉于这景色的自然影响之中。他在林中小道的忽明忽暗中与自己赛跑。他跃起抓住一棵圣栎树下垂的粗枝,在空中摆起身躯向前一荡,飞到了前方。他在一阵狂喜之中,抱住一株粗树,似是把它想象成值得钟爱并能温柔地呼应的活物。他用双臂紧紧搂抱着大树,如同一个农牧之神拥着温馨的山林水泽仙女——按照古老的传说,她们就是住在粗糙的树皮里的。随后,为了与把他与他的亲族本能有力地连接起来的亲切的大地靠得更近,便伸展四肢,卧倒在草地上,用嘴唇亲吻紫罗兰和雏菊,而这些小花也以其少女式的羞怯用吻回报他。

就在他躺在那里的时候,他高兴地看到了一些墨绿色的蜥蜴,它们本来在吸收了太阳热量的石头或倒地的立柱上焐着身体的,此时却踯躅着不肯靠它们的小脚爬过他身上。而栖息在最近的细枝上的小鸟,则在鸣啭啼唱,不为任何惊叫而中断。它们可能把他认作了同类,或者以为他是从那块地里长出来的。这些大自然的小宠儿对他这活生生的人并不惧怕,犹如一丘长满青草野花的黄土早已掩埋了他的尸体,使他寻回了人类的存在已然使之疏远了的与大自然的同感共鸣,因而也就没有可怕之处了。

我们所有的人在城中久住之后,吸到第一口乡野的空气,就会感到血液在周身的血管中兴奋地涌动。但能像多纳泰罗那样感受的人却为数甚少,他在托斯卡纳芳香的森林生活中长大,是个天真简单的人,只在老罗马的腐朽阴暗中生活过数月之久。他最近已渐渐习惯了与大自然隔绝了许多个世纪的那些铁石心肠的街道,除去在人们较少涉足的广场的便道上冒出的草叶或废墟顶上的簇簇野草,这里绝少大自然的踪迹。因此,他的欢天喜地恰如一个离家走失的孩子发现自己突然回到了母亲的怀抱。

最后,他估计已到了米莲前来赴约的时间,便爬到最高的一棵树的树顶上,从那里四下张望,随着微风前后摇摆着身体,犹如那风便是枝繁叶茂的活巨人的呼吸。多纳泰罗将周围的迷人的大地尽收眼底:从树丛中直指天空的石像和圆柱,在阳光下熠熠闪光的喷泉,俯拾皆是的迤逦弯曲的小路,以及不断发现的新老风景点。他也看到了那栋别墅,大理石门面上镶满了浅浮雕,许多壁龛中都立着雕像。这里是如仙宫般美丽的地方,似乎只有这一仙居中的老爷、女士才适合在此居住,每天早晨起来便享受昨夜最幸福的梦境所描述的那样甜美的生活。多纳泰罗看到了这一切,但他最初的扫视范围过大,直到他的目光几乎落到他身体的正下方,他才看到米莲刚刚踏上通向他这株大树根部的小路。

64

他从树冠中下来,等待她来到树干跟前,然后再突然从一根横悬的粗枝上跳下,在她身边着地。这如同摇晃树枝让一道阳光撒下。这一道阳光也照亮了米莲周围的阴影,焕发了她那苍白面容的阴暗的美,同时也在多纳泰罗的目光中得到愉快的呼应。

"我简直不知道,"米莲微笑着说道,"你到底是从地底下蹦出来的,还是从云端里落下来的。无论怎么来的,都受欢迎。"

他们俩就这样一起向前走去。

第九章

农牧之神和山林水泽仙女

米莲颇忧伤的情绪，起初可能对多纳泰罗的精神有一种影响。当他有她陪伴，况且不像以前那样待在罗马的沉闷中，而是在晴朗天空下的阿卡狄亚式的树林中，本会热情奔放，结果却受到了抑制。他有一段时间沉默不语。诚然，多纳泰罗情感冲动时，往往拙于用言词表达。他经常的表现方式是自然的动作语言，是他那灵巧身躯的本能动作，以及不自主的面部表情。只要是一定限度之内的思想及感情，他那表情一时之间能表达相当多的意思。

他自己的情绪似乎逐渐提起了米莲的精神，而且也反射回他身上。他便自然而然地沿着林中小路手舞足蹈起来，做出奇怪可笑的样子。他还不时跑到她前面一点，然后站在那里看着她沿日影婆娑的小径向他走来。随着她每走一步，他便以一种堪称是放肆的姿势来表达因她的身影越来越近而感到的欢乐。其实，他采用的只是自然人的语言，不过如今别人已经弃置或忘记，因为这种标志和象征已经轻而易举地被语言取代了。他给米莲的印象是：他不像是一个地道的人，甚至不是一个孩子，而是在美好崇高意义上的动物——在进化程度上尚未企及人类所达的高度，然而在那种不足的限度内却是更完美的。这一印象以其合情合理的离奇充满了她活跃的想象，她对此暗笑之后，便设法向这青年说明。

"你是什么呢，我的朋友？"她惊讶地说，心中时时想着他与卡匹托尔那尊农牧之神雕像的奇特酷似。"如果你当真是那个你和他长着同样面貌的愉快的野生动物的话，请你务必把我介绍给你的族类吧。即使不是无处不在，在这样的地方总会有他们存在的。敲敲这棵圣栎树的粗皮，把德律阿得斯① 唤出来！请水泽仙女从那边的喷泉中湿淋淋地出来，用沾水的手和我握上一下！别担心我会退缩，即使是你那粗野的表亲，毛茸茸的萨梯，从他那远古的巢穴中用他的羊腿跳跃而来，要和我在这草地上共舞，我也不会害怕的！还有，难道酒神巴克斯——你和他是亲密无间的老朋友了，而且他也特别喜欢你，难道他不到这里来和我们一聚，不为你我把丰美的葡萄汁挤进他的杯子里吗？"

多纳泰罗笑了。他笑得确实很开心，因为他在呼应着从米莲黑色的深眼睛中放出的兴奋的光彩。但他似乎不很理解她那兴致勃勃的谈话，也不准备解释他属于什么造物，或询问他的同伴把他和什么上天的或诗意的族类联系在一起了。他看来只晓得米莲很美，对他笑得很优雅；只晓得在这阳光明媚的森林景色中，还有在这小环境中，她还含有女性温存的魅力，此时此刻非常甜蜜，他本人又极其幸福。看着他对米莲抱有如此的信任，为有她在身边如此高兴，如此纯情，实在令人兴奋不已。他一无所求，只想在这个可人儿身边，尽情发泄因这一简单的福分而发自

---

① 希腊和罗马神话中的树神。

内心的狂喜。一个低于我们的幸福族类的生灵有时表现出来的兴高采烈的能力,是我们人类少有或没有的。

"多纳泰罗,"米莲说道,她若有所思地看着他,虽然兴致勃勃,却仍有一丝伤感,"你看来非常幸福,是什么原因啊?"

"因为我爱你!"多纳泰罗回答道。如此大事他却脱口承认,仿佛是世上最自然之举。而在米莲这方面呢,恰似受到他那种单纯的感染,她听到他那句话并没有生气或烦恼,不过也没有呼应的激情。如同他们已蹚过阿卡狄亚的界限,来到文明体制之下,在这里,青年男子可以像鸟儿唱出求爱歌声似的无拘无束地坦率承认自己的爱情。

"你为什么要爱我呢,傻小子?"她说道,"我们毫无共同之处,在这广袤的世界上,没有比你我更不相同的两个造物了!"

"你是你自己,而我是多纳泰罗,"他回答道,"所以我爱你!不需要其它原因。"

当然,没有更好的解释得通的理由了。可以设想,多纳泰罗质朴无华的心更容易被一个像他一样天性清澈单纯的女性吸引,而不易为一个像米莲看上去的那样已然被哀伤或委屈侵袭过的人动情。或许,从另一方面说,他的个性需要一些阴郁的因素,而在她身上恰恰找到了这种成分。时而透过她的眼睛闪出的意志的能量和力量,可能已然将他俘获;或者正是她秉性中那种变幻不定的明与暗——刚刚还在心花怒放,继而便因神秘的忧愁而伤感,才使这青年神魂颠倒。经过我们尽可能作的这样一番分析,多纳泰罗本人所归结的理由也就令人满意而又可取了。

米莲并没把那番表白看得很认真。他张开手掌,如此随意地捧出他的爱,使她只当作是一个玩具,她可以摆弄一时之后再还给他。然而多纳泰罗的心却似喷泉那样新鲜,即使米莲实际上比她所表现出来的还要厌世,也会发现这泉水似的涌动和洋溢的情感足以为她解渴消愁。她离那尘封的中世纪是太远太远了,那时代的一些女性还是品尝过这种新鲜的。然而,即使是她,也在支配着多纳泰罗言行的纯朴中,发现了难以表达的魅力。不过,若非她准确无误地抓住了其中的真实光芒,就会被错当成残缺或发育不全的智力的流露,是愚蠢的行为。她对他交替地表现出几近敬佩或全然轻蔑,却不清楚哪一种看法才是来自更深处的评价。但她暗自决定,假如他们俩明天肯定会由于生活道路不同而分手,因而今天要采集一些就像紫罗兰和银莲花这样刚好长在他们脚下的小小乐趣的话,那也只不过是一种无可厚非的消遣罢了。

然而,一种正直的冲动还是驱使米莲对他发出了她认为对于想象中的危险并不必要的警告。

"假如你再聪明一点,多纳泰罗,你就会认为我是个危险人物了,"她说道,"假如你追随我的脚步,是不会引你到好结局的。你该怕我。"

"我还会很快就畏惧我们所吸的空气呢。"他回答道。

"你完全可以嘛,因为这里瘴气冲天。"米莲说道。她继续说下去,暗示着一种模糊的表白,犹如心思过于沉重的人时常对孩子或动物甚或地穴吐露真情,因为他们认为秘密一传进洞中就会立即被埋葬。"我要肯定地告诉你,太接近我的人会面临巨大的危险的。那就接受我的警告吧!是悲惨的命运使你走出亚平宁山中的家园——我想是某个古朴的城堡,有葡萄园,有无花果树和橄榄园。我说,是悲惨的不幸把你带到了我身边。你本来在那里有幸福的生活的,难道不是吗,多纳泰罗?"

"噢,是的,"青年回答道,虽然没有回到记忆之中,却在尽力让他的头脑返回往事中去,"我记得想过那些高兴事:在乡村的欢宴上与农妇跳舞,在酿酒季节品尝香甜的新葡萄酒,在寒冷的冬夜喝我们那里著名的陈年佳酿,大吃个大味美的无花果、杏、桃、樱桃和瓜。我时常骑着马,带着猎犬,在树林里便很高兴,看着各种飞禽走兽在树木繁密、环境幽僻的地方出没更是高兴。但从来也不及此时这种高兴的一半!"

"在这片赏心悦目的小树林里?"她问道。

"在这儿,和你在一起,"多纳泰罗答道,"就像我们现在这样。"

"他是多么知足啊!他有多傻,又是多么兴高采烈啊!"米莲自言自语道。然后又对他说:"不过,多纳泰罗,这样的幸福能持续多久呢?"

"多久?"他惊叫道,因为对他来说,展望将来比回首往昔更使他茫然。"为什么要有终止呢?多久?永远!永远!永远!"

"这孩子!这傻瓜!"米莲说着,突然爆发出大笑,但同样突然地止住了笑声。"不过,他当真是个傻瓜吗?唉,他只用了几句自然的话,便表达了深意,表达了对真正的爱情一定会带来的爱情永生的深刻信念。他使我困惑了,是啊,还迷惑住了我。他真是个又温存又漂亮的野生动物!简直像是戏耍一条小猎犬!"

她的眼睛中充满了泪水,同时却又从中闪出笑意。当时,她先是一时感到悲喜交加,因为她觉察到了一股带着从未污染的清纯、崭新之爱的和风吹拂了她那疲惫而窒息的心,然而那颗心却无权就此复活。那种微妙的享受使她明白,那是禁止享有的欢乐。

"多纳泰罗,"她匆匆惊呼道,"为了你自己的缘故,离开我吧!和我在这片树林中漫步,并非如你所想的那样是一种幸福,因为我是一个来自异国他乡的姑娘,受着难对他人言说的命运的重压。假如我愿意,我本来可以使你怕我——或许恨我。如果我发现你这样爱我,我是应该作那种选择的!"

"我什么也不怕!"多纳泰罗边说边以充分的信任盯住她那深不可测的眼睛。"我要永远爱下去!"

"我白说了。"米莲心中思忖着。

"那么好吧,在这一个小时之内,让我就做他把我想成的那样的人吧。明天完全来得及回到我的现实中去。我的现实!那是什么呢?难道过去就这么不可改变吗?未来就如此不可改变吗?我正走在那个坚如磐石的实实在在的昏梦中间,竟然无法逃脱其樊笼了吗?算了吧!至少在我的精神里还有那种虚无的东西,可以让我像多纳泰罗那样兴高采烈——就这一小时总还可以吧?"

她立即振奋起来,犹如此前一直压抑着的内心火焰此时获准以其幸福之光充满她,并将她的双颊燃亮,在她的眼中跳舞。

多纳泰罗仍像他原先看起来的那样活泼欢快,此时他敏感到米莲快乐起来的情绪,便做出更狂野和变换不停的动作。他围着她蹦蹦跳跳,发泄着内心的欢乐。他用来表达的语言已听不出个别的词义,还夹杂着几声宛如鸟鸣一般自然的歌唱。随后他们二人便一起放声欢笑,听着自己笑声的回音,又笑着来呼应,于是这片古老而又肃穆的林地里便充满了这两个快乐的精灵的欢声笑语。一只鸟儿刚好在欢唱,多纳泰罗发出一声奇特的叫声,那长着羽毛的小家伙就飞过来,在他的头上盘旋,如同已经认识他好几个夏天了。

"他是多么接近自然啊!"米莲看着她的同伴和小鸟如此亲密,说道。"在这一小时之内,他会使我和他本人一样回归自然的。"

当他们在芳香的野地中漫步时,她越来越感受到他那轻松天性的影响。米莲本是个既压抑又冲动的人,在不同心绪下简

71

直判若两人,仿佛把一个忧郁的姑娘和一个高兴的少女一起捆到了她的腰带里,并用有束缚魔力的胸针控制她们。确实,她在本性上更趋于忧郁,不过也完全有能力发挥尽情嬉戏的精神,以充分补偿那许多小时的阴郁。如果说她的灵魂适于潜藏在黑暗的洞穴之中,那么她也能在洞口前的阳光下疯狂地活动。除去像多纳泰罗那样的动物精神式的新鲜无比的欢乐方式,忧郁的人一旦从他们惯于禁锢自己的黑暗中逃逸出来,其欢天喜地和狂野的兴奋,是无与伦比的。

因此,阴郁的米莲在多纳泰罗式的欢乐的领域里,几乎有过之而无不及。他们并肩赛跑,又叫又笑;他们用早春的花朵互相抛掷,还把这些野花采集起来,用绿叶编成花冠,戴到两人的头上。他们像孩子或青春永驻的造物似的在一起嬉戏。他们把日常生活的清规戒律抛得一干二净,仿佛他们生来便永远好动,被赋予了永不衰竭的欢乐,而不只是更深沉的高兴。那是远远投回阿卡狄亚生活或更远地直抵黄金时代① 的一瞥,那是在人类还没有受到罪孽和悲痛的压抑,欢乐还没有由于反衬出幸福的阴影而变得黯然的时光。

"听!"多纳泰罗叫道,他本来正要用花束缠上米莲的秀手,胜利地拖着她向前走,却突然停下了,"在小树林中的什么地方有音乐!"

"很可能是你的亲族潘② 正在吹他的笛子呢。"米莲说道,"咱们去找他,让他鼓起那粗糙的腮帮,吹出最欢快的乐音吧!来,绵延的乐音会如一根五彩缤纷的丝线引导我们前进呢。"

"或者像一串鲜花似的,"多纳泰罗应着,用他已编好的花串拽起她。"这里走,来!"

---

① 指神话中人类早期的一个自由自在的时代。
② 希腊神话中人身羊足、头上有角的畜牧神。

第十章

林中之舞

随着音乐鲜活地传到他们的耳中,他们便踏着那抑扬有致的节拍,即兴自创步法和姿态,跳起舞来。每个变化的动作都自有其优美之处,值得刻入大理石,用于未来时日的更长久的欢乐。可惜这些动作随创随失,而且在记忆中都被下一个动作取代了。在米莲的动作中,尽管尽情地投身于这欢乐的时光,却依旧有一种艺术之美。而在多纳泰罗的动作中,则有一种与优雅并行的难以尽述的奇异的魅力。他以甜美迷人、极富感染力的笑声,以近乎伤感的手舞足蹈,深深地打动人的心弦。这正是这位森林造物区别于他身边美丽的同伴的显而易见的最大特点和最为感人之处。以此为分野,米莲相似于一位山林水泽仙女,而多纳泰罗也在同样程度上像一位农牧之神。

确实有一些转瞬即逝的时刻,她比他毫不逊色地完美扮演着森林中的角色。每逢这时瞥上她一眼,你会以为是一株橡树分开其糙皮,在自由舞蹈,并在她的人形上赋予了与簌簌作响的树叶相同的精神;或可想象成她是从一股喷泉底下的卵石中钻

73

出来的水仙,在阳光下嬉戏,并向四周抛洒着抖颤的亮晶晶的水珠,随后便消失在一片映出彩虹的水珠的阵雨之中。

如同喷泉最终会沉降到池底一般,也有征候表明米莲那种嬉戏的精神终于也有殆尽之时。

"啊!多纳泰罗,"她笑着说,不得不停下来喘口气,"你有我所不及的优越性,却不公平!我并非真正的林中造物,而你却是个真正的农牧之神,对此我坚信不疑。趁你的发卷此刻正在摇撼之时,我觉得我窥见了你的尖耳朵。"

多纳泰罗把手伸到头上打了个响指,那是农牧之神和萨梯最先教给我们做,而且似乎从他的整个灵巧的躯体内散发出愉悦。然而,他的面容上有一种令人难于领会的暧昧,似乎他担心这一时的停顿可能会打断那种激情,并抓走让他可怕地静候了数月时光的这位活泼的同伴。

"跳啊!跳啊!"他兴趣盎然地叫道,"我们若是喘上一口气,我们就会回到昨天的我们。听,就在这一丛树木之外有音乐。跳吧,米莲,跳吧!"

他们此时来到了一片长草的林中空地(在那块人造的野景中有许多这样的空地),周围设有石头座位,上面经年的青苔善意地试图蔓延开来,取代座垫。在一处石头板凳上坐着那些音乐家们,正是他们的乐曲引动我们那一对狂野的人到达那里。他们实际上是一个流浪乐队,这样的乐队在罗马乃至全意大利随处都有。乐队由一架竖琴、一根笛子和一把小提琴组成,虽然初看起来十分简陋,但演奏者的技巧足以奏出说得过去的和声。那天刚好是个欢宴日,所以,他们没有在日晒下的城市市场或无人呼应的宫殿的窗下演奏,他们想来这里试试森林的回声。因为在教堂的庆典期间,罗马城内外到处都散布着欢乐的人们,随时准备跳舞或作其它形式的消遣。

当米莲和多纳泰罗从树丛中走出来时,那些乐师们就用各自手中的乐器,比先前更加卖劲地弹啊,拉啊,吹啊。一个长着一双明亮的黑眼睛、面颊棕红的小姑娘,手中拿着一面四周有串铃的羊皮鼓,边敲边摇。多纳泰罗没有停下他轻快随意又有节奏的动作,一手抓过那不够悦耳的乐器,举到头上挥动着,奏出了有着难以描述的效果的乐音。他一边跳着轻快的舞步,一边敲鼓摇铃,一气呵成地做出欢乐的动作。

或许是那铃鼓声中自有魔法,或许是至少迷住了他本人和米莲的精神中有一种感染力,很快便有许多欢庆的人们被吸引到这片场地上,或单个或成对地跳起舞来,好像一个个都乐疯了。其中有一些我们在罗马街头常见的不戴头巾和帽子的平民妇女,油腻的头发上插着银簪。也有一些来自康帕纳平原和村庄的农妇,身穿猩红或其它艳丽色彩的鲜明华丽的服饰,那是比较美貌的少女不敢穿戴的。随后来了一位大概是从特拉斯蒂沃尔来的时髦的罗马人,把旧大氅披在身上,如同一件古罗马的宽外袍,但不久便因为激烈的动作使他周身发热,被他甩掉了。三名法国兵欢蹦乱跳地挤进了人群,他们都穿着鲜红的肥腿军裤,短剑在身侧摇晃着。还有三位蓄着夸耀的胡须、戴着灰色软帽的德国艺术家。一名瑞士籍的教皇卫兵穿的是米歇尔·安吉罗为他们设计的怪模怪样的彩色制服。两位年轻的英国游客(其中一位是勋爵)拉起农妇作舞伴,冲进圈子跳起了舞。同时冲进来的还有一个穿羊皮马裤的粗鲁汉子,他那模样就像土气的潘本人,跳舞的欢乐样子也像潘。除去上述人等,还有来自康帕纳平原的一两个牧民和几个农民,他们身穿天蓝色的夹克,紧身半长裤的膝头还饰有缎带。最后是几个可怜的农奴,由于缺乏营养,又只呼吸污浊的空气,个个形容憔悴,面带菜色,但他们仍打起一时的精神,加入了多纳泰罗的跳舞行列。

在这一片阳光灿烂的林间空地的周围，似乎再现了黄金时代，把人类从冰冷的礼仪中融化了，把他们从烦人的限制中解脱出来了，让他们在这种童稚式的嬉戏中混杂到一起，而鲜花（——大地古老的胸膛上开满了鲜花）则在他们的踩踏下欣欣向荣。在这热情奔放的时刻只有一个人是例外，如我们已经想到的，他便是我们的一位美国乡亲，他对这场面嗤之以鼻，不肯屈尊置身其间。

弹竖琴的手指飞快地拨动着，拉提琴的弓子在弦上来回闪动，吹笛子的迅速地鼓着腮帮吹出欢乐的乐曲，而多纳泰罗则举着铃鼓高过头顶，踏着不知疲倦的舞步，引导着这伙快乐的人群。当他们围成一个大圈，一个接一个地欢歌曼舞之时，似乎再现了一只古瓶外圈上雕刻的由山林水泽仙女、萨梯和酒神的信徒们参与的舞蹈场面；又像是一具石棺的前面和两侧雕刻的景色，和其它用具上的装饰一样，也都是狂欢的队伍，对珍藏其中的白骨和骨灰表示嘲讽。你可能把大理石棺上的这种图案当作结婚庆典。但片刻之后，如果你看着这些寻欢作乐的人们，从石棺的一头转到另一头，就会心存疑窦：这欢乐的行列是否在走向一个幸福的结局？一名青年在跳舞的人群中突然倒下。一辆马车翻倒断裂，把乘车人头朝下摔到地上。一位少女似是晕了或累了，靠在了一个朋友的胸前。这种场景中总有些悲剧事故投下阴影。而一旦看到这种不测，你便不忍再去观察那欢乐的部分，一心只想着由此悄悄暗示的惨淡哀伤。

我们所描述的这场狂舞与石棺上雕出的画面极其相似，在欢乐之中也暗含着阴暗的特色。就在这疯狂和混乱之中，米莲突然发现自己面对着一个陌生的人影，那人在空中舞动着匪夷所思的袍服，在她面前踮着脚尖得意地跳着，简直是在和多纳泰罗的灵敏一比高低。他就是那个模特儿。

过了一会儿，多纳泰罗才意识到她已经退出了舞圈。他疾忙向她跑去，躺到米莲所坐的石凳旁的草地上。但是一种奇怪的遥远和不可接近的感觉突然之间笼罩了她。虽然他明明看见她伸臂可及，然而她的目光似乎如同星光一样远在天边，而且她凝视他时面带的忧郁的微笑也毫无温馨可言了。

　　"回来！"他叫道，"这一个幸福的小时为什么结束得这么快？"

　　"该到此结束了，多纳泰罗，"她这样说着，作为对他那番话和伸出的手的答复，"而且我相信，这样的时光在人的一生中并不常常重复出现。让我走吧，我的朋友，让我在你面前悄悄地消失于这些树的阴影中吧。看，我们的这些欢乐的伙伴已经不见了！"

　　不知是竖琴弦断了，小提琴走了调，还是吹笛人接不上气，反正音乐刚好停了下来，跳舞人也突然止住了步子。整个五颜六色的乱糟糟的一群人就像来时那样快地作鸟兽散了。在米莲的记忆中，那场面有一种幻觉的特征。仿佛一群萨梯、农牧神、水泽仙，中间还有潘，只在片刻之前，还在这片古老的树林中戏耍，如今转瞬之间由于某个亵渎的目光过于靠近地盯着他们，或是某个闯入者给他们的欢乐投下了阴影，林中庆典便全然消失了。即使还有几个作乐的人迟滞在树丛中，他们也在普通百姓的外表和装束下隐藏起他们原有的特征，躲进日常生活令人厌倦的千篇一律之中了。不久之前还是阿卡狄亚和黄金时代，魔咒破除之后，如今这里只剩下一片娱乐场，靠近罗马的城门——多年来这里罪恶和灾难丛生，战乱和流血不断，各样的死亡不计其数，已然腐蚀了所有的土壤，并使空气对人肺造成了致命的严重后果。

　　"你应该离开我，"米莲比先前更急迫地对多纳泰罗说，"我不是说过了吗？走吧，而且不要目送我。"

"米莲，"多纳泰罗紧握着她的手，悄声说，"站在那边树荫下召唤你随他去的人是谁？"

"嘘，离开我！"米莲重复说。"你的时间已过，他的时间到了。"

多纳泰罗依旧看着他刚才指点的那个方向，他的面部表情可怕地变化着，或许是出于恐惧——无论如何也是由于愤怒或痛恨，五官简直都移了位，令米莲几乎认不出他了。他龇牙咧嘴，使他有一种动物气恼时的模样，那是除去在具有最简单和粗鲁本性的人身上之外，我们很少在常人身上看到的。他周身似乎还打了个冷战。

"我恨他！"他咕哝道。

"你就满意吧，我也恨他呢！"米莲说道。

她本来没想把这话说出来，却脱口而出，这是因为她自己心中的阴郁情绪与多纳泰罗强烈表达出来的感情达到了共鸣。即使两滴水或血自然的相互交融，也比不上她把恨融入他的恨那样不分彼此了。

"要不要我掐住他的喉咙？"多纳泰罗露出一脸凶相，悄声说，"让我这样做吧，我们就可以一劳永逸地摆脱他了。"

"以上天的名义，不要施暴！"米莲惊恐地说，唯恐他在此突发的狂怒之下，再也不轻易受她控制。"噢，可怜可怜我把，多纳泰罗，即使不为别的，也想想我在情绪沮丧时仍让自己陪你度过这狂欢的一小时吧！别跟着我。从今以后就让我听天由命吧。亲爱的朋友——善良的、单纯的、可爱的朋友，想着你曾经把强烈的恨或爱都抛进了你幸福生活的源泉，我就不会更不幸了！"

"不跟随你！"多纳泰罗重复着，他的心情已经由气愤平息成了难过，与其说是听取了她的劝告，不如说是由于她语气中忧郁的甜蜜，"不跟随你，我还有什么别的路可走呢?"

"我们会再谈谈这件事的，"米莲依旧安慰着他说，"很快——明天，等你愿意的时候。现在只要你离开我。"

第十一章

不连贯的句子

不久前还是一片欢乐和音乐的喧闹的鲍格才林地,此时只剩下了米莲和她那奇特的追随者了。

一阵寂寞突然在他们周围扩散开来。这或许象征着这两个人关系中的特异之处:把他们隔绝起来,在他们的生命之流和可能就在附近的别的河流之间建起一道不可沟通的障碍。因为正是某种不幸或罪孽造成的这样一种人世间的主要不便,才使得不幸的角色或罪孽的牺牲品——由于在他和他渴望相会的那些人中间插入了一个全然缺乏同情的中介——自外于人世了。

或许是由于这一道德上的疏远——他们相互间的冷漠遥远,传到我们耳中的,只是那天下午米莲和那个自从参观地下陵寝以来始终追随着她的不祥人物之间一些模糊的低语。要把这些神秘的片言只语编织成连贯的图景,犹如把被风扯成碎片并吹到四处的一封信搜集到一起。许多含有深意的词语,许多完整的句子,尤其是那些可能属最重要之处,已经随风飞得太远,无法寻觅了。假如我们用猜测来弥补,就可能得到与实情截然不同的主旨。然而如果不这样努力,就会留下一个不可知的缺口,在我们的叙述中就会缺乏连续性和可靠性,以致未对其危险作出相应的警告,就到达了不可避免的悲惨结局。

我们可以肯定的是,这个不祥人物似乎对米莲有一种可悲的神秘迷惑力,犹如那种天生恶毒又狡猾的野兽和爬虫有时对其牺牲品的作用。她本是勇气十足的人,竟然对他加之于她的奴隶地位逆来顺受,看了她那种无能为力的样子委实令人震惊。那条一头缠在他腰间、另一头握在那人无情的手中,或许是以对双方同等的折磨将他俩捆扎在一起的巨大铁链,一定是在由邪恶的情感点燃、又由邪恶的行为续火的恶毒的熔炉中锻造的。

然而,让我们相信米莲可能是无罪的,而只是属于我们凡人最难以猜透的谜语中的一种命运。天意注定,每桩罪行都会造成许多无辜者的极度痛苦,连那惟一的罪人也难逃其劫。

无论如何,她此时用以对抗他的迫害的力量已经是绝望无力的了。

"你跟得我太紧了,"她用发颤的低声说,"你给我的空间太狭小,逼得我都喘不出气来了。你知道这会落个什么结局吗?"

"我很清楚会是什么结局。"他回答道。

"那就告诉我吧,"米莲说道,"我就可以把你的预见和我的相比。我的预见是十分阴暗的。"

"只能有一个结果,而且会很快到来的。"那模特儿回答道。"你必须抛弃你目前的面具,另戴一个。你必须从这个场面中消失,和我离开罗马,不留一点痕迹,让人无法追踪你。你十分清楚,我有力量迫使你就范。你明知道拒绝的危险。"

"并不是你用来吓唬我的危险,"米莲说道,"可能是另一个,不过没那么难以忍受。"

"那是什么呢?"他追问道。

"死！一死了之。"她回答道。

"死，"她的迫害者说道，"并不像你想象的那么简单和适宜。尽管你的精神敏感而又烦躁，这好几个月来的麻烦，我控制着你的这种奴隶地位，都难以使你的面颊比我看到的少女时的你更苍白。米莲——我不愿说出另一个名字，那会使这些树叶在我们头上颤抖的——米莲，你不能死！"

"难道就没有一柄匕首对准我的心脏？"她说道，这时她才第一次看着他的眼睛。"难道没有毒药可以结束我的生命？难道台伯河就不能淹死我？"

"可能，"他回答道，"因为我相信你是凡人。不过，米莲，相信我，当这个世界上还留有这么多罪孽和灾难的时候，你的命运还不是死。我们有一个需要我们共同实现的目标。我也挣扎着要逃避它。我和你一样急于挣脱我们之间的纽带，把以往埋进深不见底的坟墓，直到你在最后审判日的审判台前面对着我之前，使我们不可能再相遇！你很难设想，我采取了什么步骤来保证这一切。结果又是怎么样呢？我们在地底下奇妙的邂逅使我坚信，我那样打算全是徒劳。"

"啊，致命的巧遇啊！"米莲双手捂着脸，叫道。

"是啊，你认出我的时候，你吓得心直跳，"他继续说，"但你并没有猜到，我心里同样害怕！"

"我们头上的地面当时为什么没塌下来，砸到我们身上，强迫我们分开，把我们一起埋葬呢？"米莲的感情一阵强烈爆发，她叫道。"那样我们就可以在那阴暗的通道里游荡，直到我们在黑暗中走上相反的道路而双双消失，这样我们躺倒在地，喘着最后一口气死去时，就互不相干了！"

"那是痴心梦想，"那模特儿说，"在所有那些漆黑如夜的迷宫小路中，我们还会彼此找到，或生或死都在一起。我们的命运

82

交织在一起。细线扭成了一根粗绳，把我们拖向邪恶的死亡。若是绳结断了，我们还可能逃跑。但那绳结，你的断指既解不开，我的肌肉的力量也弄不断，我们只能屈服！"

"那就像我做过的那样请求援救吧，"米莲惊叫道，"请求我放开你，既然我是你的恶魔——就像你是我的恶魔，我求你放开我一样。你的生活毫不愉快，我知道你过去曾经企求过！"

米莲说着这番话的时候，一种恐惧的战栗看似攫住了她的迫害者，以致他在她眼前周身发抖，面如死灰。在这个人的记忆中，有些事情使他一想到祈祷就害怕。再也没有比提及上天有求必应的慰藉和救援在等待着虔诚的灵魂更难忍受的折磨了。这种折磨或许是当地对宗教观念深为迷信的一种气质的表征，但是经过冤枉、虐待和贬低之后，最终只能从提供最纯洁、最高尚的安慰的源泉那里找到可敬畏的东西了。他十分恐怖地看着她，目光中挣扎着强烈的痛苦，使米莲都觉得他可怜了。

此时，她猛然想到他可能会发疯。这样的念头以前从来没有认真地出现在她的脑海中。不过，此时一想起，立刻就出现了她所知的许多可能的结果。可是，天啊！这就是她邪恶的命运：不管他发不发疯，他控制她的力量都是一样的。当然，如果由一个疯人来行使那力量，只能更暴虐罢了。

"我不会给你痛苦的，"她安慰着他说，"你的信仰使你能得到补赎和赦免的安慰。试试这样做是不是有所帮助，就让我自己待着吧。"

"你休想，米莲，"他说，"我们是捆在一起的，绝对不能再分开了。"

"为什么看来这么不可能呢？"她继续说着，"想一想我是如何从过去的一切中逃出来的吧！我为自己开辟了新天地，找到了新朋友、新职业、新希望和新享受。我认为，我的心已然没有负担了,就像我未曾有过苦难的生活一样了。人的精神并不因一次创伤而消失,也不在生活的一次考验中耗尽。让我们分开不见,这样对两个人都会好的。"

"我们曾经幻想过我们永远不再见面了,"他回答道,"可是我们在地下又重逢了。假如我们现在分手,我们的命运还会在沙漠里、在山顶上或者在什么看来最平安的地方把我们重新扯到一起的。所以你是白费话。"

"你把你的意志误当成铁的必然了,"米莲说道,"不然的话,当我们在古代的那些鬼魂之间相逢时,你完全可以容忍我像鬼魂似地溜过你身边的。即使现在,你也还可以放我自由地走开。"

"绝不!"他以不肯通融的意志说,"你的重新露面摧毁了数年的努力。你知道我有左右你的力量。服从我,不然的话,我很快就会行使那权力的,而且我绝不会在那时刻到来之前停止跟踪你。"

"那么,"米莲益发平静地说,"我预见到了结局,而且已经对此向你发出了警告,那就是死!"

"你自己死,米莲,还是我死?"他直盯着她,问道。

"你以为我会杀人吗?"她说着,打了个冷战,"至少你没有权力把我想成这样!"

"不过,"他继续说,目光中露出阴沉的含义,"人们曾经说过,这只白手曾一度沾过鲜血。"他说着拉起她的手,握在他自己的手中,尽管她极其反感,而且更觉得极度痛苦,极力挣扎着想把手抽回。他强把她的手举到微弱的天光下(林间已然昏暗了),仔细地验看着,仿佛想要发现他用来奚落她的想象中的血迹。他微笑着放开了她的手。"这手看起来很白,"他说道,"不过,我本来就见过这么白的手,那是倾全部海水也洗不干净的。"

84

"我的手上没有污迹，"米莲挖苦地回敬道，"但那是在你的手握住它之前。"

风吹走了他们后来说的话。

他们一起向城里走去，路上继续谈着，无疑都是有关他们过去生活的一些奇怪又骇人的事情，既涉及这个阴沉的男人，也涉及他所迫害的这个年轻美貌的妇女。在他们的言谈和语气中，似乎有一种罪恶的气息和血腥的味道。然而，我们如何能够想象，米莲身上会溅上血罪的污点呢！或者，从另一方面说，若是她没有污点，无辜的她又如何会忍受她从黑暗中唤出的那个幽灵加给她的奴隶地位呢！即使如此，我们仍有理由相信，米莲会继续恳求他，卑躬也罢，热情也罢，蛮横也罢，只要能够他走他的路，而由她自由地追随她自己悲苦的小径。

他们就这样在鲍格才庭园的绿色田野中向前走着，不久就接近了城墙。若是米莲抬头，就可能看到希尔达和那位雕塑家正靠在女墙上。然而她走在一团烦恼的迷雾中，难以看清迷雾之外的一切。当他们来到众目睽睽之下时，她的迫害者便落在后面，而且收起了他俩单独会面时他所采取的那种傲慢的态度。教皇门处人头攒动。那些在城外度过庆典日的寻欢作乐的人们，此时正拥进城里。一伙骑马人从拱门下向里走，一辆旅行马车刚好停在门里，通过教皇海关的刁难检查。在宽阔的市场上也拥挤着各色人等。

但是，米莲烦恼的溪流在穿过人生的洪水时保持着自己的航线，既没有汇入洪水，也没有改道。她以一种女性别出心裁的哀伤，找到一条路，跪倒在她那未被发现的暴君面前，就在大庭广众之中，继续恳求他给她自由，但仍是徒劳一场。

第十二章

漫步品齐安山

　　希尔达给贝雅特丽丝·钦契的肖像添了最后几笔之后，就在黄昏时分飞下她的鸽笼，前往品齐安山，指望能听上一两曲提神的音乐。她在那里与那位雕塑家巧遇。其实，肯甫早已摸清了这位美貌艺术家的日常生活规律，并惯于以此安排自己的活动，以便常常进入她的活动范围。

　　品齐安山是罗马的贵人们最为中意的休闲地，当前亦如罗马大多数的产业一样，不再属于当地人所有，而被来自高卢①、大不列颠乃至大洋彼岸的野蛮人所占，他们已然不动声色地攫取了这座不朽之城中一切赏心悦目和值得纪念的地方。这些外国客人若不为克雷芒教皇② 或无论哪位教皇念上一声祷告，可真是忘恩负义。因为正是他们灵巧地夷平了山顶，围起了城垣；正是他们铺下了宽阔的车道人路，并以多种树木使之浓荫密布；

---

　　① 法国的古称。
　　② 历史上曾有过十多位克雷芒教皇。

正是他们使一年四季的各种花卉在绿茵茵的中央草地中盛开；正是他们在适当的地点挖出水池，镶上巨大的大理石沿边，使不断涌动的喷泉充溢其中；正是他们把早已深埋土中的不朽的方尖塔树立在地面之上；正是他们在林荫路的两侧设下了基座，在上面摆满了众多名人——政治家、英雄、艺术家、文学家和诗人的胸像，他们虽出自意大利本土，却为全世界增光添彩。简言之，品齐安花园是那种使陌生人（他们一心只为留恋美景而不计花销）与尽情享受生活、不务治理王朝正业的教皇们心神相契之地。

在这块令人心旷神怡的地方，穿红军裤的法国士兵随处可见。这些蓄着胡须、戴着灰色假发的老兵，胸前或许还佩着在阿尔及尔或克里米亚参战的勋章。如今，分派给他们的和平职责只是关照儿童们不要践踏花床，年轻的恋人们不要采摘鲜花插在他们心爱的人的头发上。这里，有一些患肺病的姑娘，萎靡不振地坐在大理石椅上，晒着变幻莫测的阳光。她们最为纯洁的呼吸已然中了某种气候之毒，是由朋友们带到这里来治疗的。这里，终日都有保姆到来，携着红脸蛋的英国婴儿，或是照看着来自遥远的西方世界的蹒跚学步的幼儿。这里，在阳光明媚的午后，有各色各样的马车辚辚驶过，从红衣主教旧式的绚丽的紫色轿车到现代的灰色四轮四座马车，不一而足。这里，也有骑着训练有素的良种马的骑手在疾驰。简言之，这里涌动着罗马的车水马龙，是世界上首屈一指的休闲和兜风的人们的瞬间聚集地！这里有美丽的夕阳斜照，无论你向哪个方向投去目光，都有值得一看的景致，在经年累月的日出日落中，或者以其自身的美景夺人，或者以其历史名胜瞩目。这里，在每周特定的几个下午，还有一只法国的军乐队向可怜的老城的半空发散出多彩的乐曲，使古城上方漂浮着与其没有回响的喇叭声同样高亢的旋律。

希尔达和那位雕塑家(他最喜欢单独和他这位年轻的女同胞在一起,于是便提出了这一建议)已经走出了人头攒动的圈子,离开了围着音乐的人流。他俩实际上遛到了品齐安山最远之处,靠在女墙上俯瞰穆罗·托特——罗马最古老的一段残破的城墙,它从那里伸展开去,仿佛随时都会在自身的重压下坍塌,然而又似乎依然是人用双手堆砌起来的最坚不可摧的工程。在远处的蓝天中耸立着索拉克特和其它高顶,在我们的想象中遥遥闪亮,但在我们的肉眼看来简直不是真实的存在,因为它们在我们的苦思冥想中,已然具备了只能属于梦幻的飘渺品质。但是,这些还都是罗马城中及其四郊康帕纳平原上众山的实在轮廓。这里不是梦幻之乡,而是写满了因果相袭的值得纪念的事件的历史巨页,它犹如在时间的反复冲刷下已然变得字迹难辨了。

不过,且不要纠缠历史吧——我们的叙述本与历史无涉,只不过罗马的灰尘都沾有历史,而且必然会落到我们的纸面上,混进我们的墨水中——我们还是返回到仍然靠在城墙上的我们那两位朋友身上去吧。在他们的脚下,是宽阔的鲍格才庭园,到处绿树成荫,其中映现着石柱和雕像的白光,闪亮着一股向上蹿着的喷泉,这一切到了一年中的晚些时候,就会被繁茂的枝叶的阴影遮蔽了。

在这温湿的气候中,植物枝繁叶茂,与寒冷北方的居民所司空见惯的景色大不相同。春天早在二月间就已到来,并不急于主动地冲进夏季。人们有充分的时间思索每一处开放出来的美丽,观赏鲜绿、柔嫩的叶芽,领略一年中给予我们少女般魅力的那香甜的崭新青春,之后,新婚似的夏季才肯到来,而且又迟迟不肯步入成熟的秋季。在我们国家,处女的春天过于匆促地进入新娘的盛夏。然而在这里,布满鲍格才庭园靠近城墙这一带的幼树上的绿叶,经过一两个月宜人的生长,仍处于柔嫩的新叶状态。

在圣栎树丛中的幽深之处,希尔达和肯甬听到了正渐渐消失的乐声和欢歌笑语。可能就是我们试着描述过的那种狂欢的哄闹,远远传到了罗马的城墙,并在途中逐渐削弱,显得忧郁。那声音慢慢平息了下去,不过这两个聆听的人仍在尽力从较近的军乐队的乐曲声的喧嚣中将其分辨出来。可惜那远处的欢声没有重新出现。过不多久,他们就看到一个孤独的身影沿着一条小径从庭园中看不清楚的地方向城门走来。

"瞧!那不是多纳泰罗吗?"希尔达说道。

"毫无疑问,就是他,"雕塑家回答道,"可是他走得多么沉闷,而且像是走过了多么漫长的路啊!看上去他要么是疲惫不堪,要么是哀伤之极。若是多纳泰罗是个能够犯下情绪低落的罪孽的人,我就会毫不迟疑地认定他是在伤心呢。在我们看着他走过的这一百来步中,始终没见到他惯有的那种蹦蹦跳跳的步态。我开始怀疑他是个地道的农牧之神了。"

"那么,"希尔达十分单纯地说道,"你曾经认为并且仍在认为他是那个奇特、狂野、欢乐的族类中的一员,在远古时代常常在林中嬉戏的了?我也这么认为,真的!不过,直到此刻之前,我从来没那么相信过,除去在诗歌中以外,还真有那种农牧之神存在。"

雕塑家起初只是微笑着。后来,随着那想法进一步深入他的脑海,他便开怀大笑,并且从内心深处希望(——他爱恋着希尔达,只是从未对她言明罢了)为了她这种不着边际的念头,他会用一吻来奖励或惩罚她呢。

"噢,希尔达,在你那顶小草帽下边藏着一个什么样的甜蜜信念和单纯幻想的宝库啊！"他终于叫道。"一个农牧神！一个农牧神！那么说，伟大的潘其实并没有死！那整个的神话家族还活在一位少女幻想中的月色下的幽隐处。而且我毫不怀疑，他们觉得那地方比起往昔的阿卡狄亚还要更可爱、更好玩。像我这样和大理石打交道的人若是也能在那里游逛，该是多大的福分啊！"

"你为什么这么笑呢？"希尔达问道，脸也红了。因为肯甫的这番嘲弄无论是多么友善地表达出来的，还是让她心烦。"我说的那番话怎么会让你觉得这么傻呢？"

"嘿，那可不是傻，"雕塑家继续说，"而是可能比我所揣摩的更聪慧。不过，真的，当我们想到多纳泰罗的地位和外部环境时，这看法确实让人感到清新的愉悦。怎么，我亲爱的希尔达，他可是在意大利托斯卡纳出生的，有那一带一家古老贵族的身世。而且在他和他的先人们居住的亚平宁山脉中，他拥有一座长满青苔的塔楼，自古就有他们自己的葡萄园和无花果树园。他对米莲的男孩式的激情将他毫不见外地引进了我们这个小圈子，而我们中间那种开明的、艺术家式的单纯的交谈，也把这位意大利青年包容在内，他和我们大家使用同样畅快的语言。不过，如果我们对他的地位和头衔加以应有的尊敬的话，我们就该向多纳泰罗毕恭毕敬地鞠躬，向这位贝尼伯爵大人致意。"

"那可是个滑稽的念头——比把他当成农牧之神要滑稽多了！"希尔达说道，这次轮到她大笑了。"不过，我可不满意这样，尤其是你本人就认定他与那雕像十分相像嘛。"

"除去缺了一对尖耳朵，"肯甫说道，又自言自语地补充说："还有一处小小的独特之处，那是在农牧之神的雕像中都看得到的。"

"至于贝尼伯爵大人的耳朵，"希尔达答道，想到他们的游伴

90

竟然要加上这样一个尊称，不禁又笑了，"你知道，由于他那一头浓密的卷发，我们绝对无法看到他耳朵的形状。咦，我想起来了，有一次米莲假装要检看他的耳朵，他竟像一头胆怯的野鹿一样向后惊跳。你对此怎样解释呢？"

"噢，我当然不会同这样确凿的证据争论。除此之外，他酷似农牧之神的事实是十分贴切的。"雕塑家回答说，仍然难以严肃起来。"不管是不是农牧之神吧，多纳泰罗——或者叫贝尼伯爵——是个少见的野物，而且如我在另一个场合所说，他虽然十分温柔，却不喜欢被人触摸。用一种并不苛刻的说法，他身上有相当多的动物本性，仿佛他是在林中出生，小时候四处乱跑，始终都缺乏家教。即使在我们这个时代，在亚平宁山脉中的一些邈遐地区，生活仍是十分单调和没教养的。"

"许多人都有这种倾向，"希尔达说道，"对一切神秘费解的事情都作这样的解释，我很不以为然。你为什么不允许我——也还有你自己——把他想成一位农牧之神来得到满足呢？"

"若是这样想你更高兴的话，亲爱的希尔达，就请你坚持你的信念吧，"雕塑家说道，"而我要尽力做一名劝喻者。多纳泰罗已经请我和他一起在他的古塔度过这个夏天，我打算在那里调查一下那些森林贵族的谱系，他的祖辈的情况。而如果他们的阴影召唤我进入梦境，我会心甘情愿地随他们去的。不过，说起多纳泰罗，有一点我倒想弄清楚。"

"那么，我能帮你吗？"希尔达说道，眼睛回视着他的目光。

"他有没有赢得使米莲动情的些许机会呢？"肯甬暗示着。

"米莲！她可是既有天才又有成就的！"希尔达惊叫道，"而他则是个粗鲁的没教养的男孩！不不，不！"

"看似不可能，"雕塑家说道，"不过，从另一方面说，一个才女有时候会莫名其妙地钟情于人！米莲近来十分苦闷和哀伤，这是你我都知道的。她虽然年纪轻轻，但晨光似乎已然从她的生命中黯淡下去了。如今来了多纳泰罗，他有足以照亮他自己和她的自然阳光，并且给予了她的心和她的生活全都重新快乐起来的机会。天赋高的人并不要求他们所爱的人同样智力超群。他们只赞赏自然情感的健康涌动，只赞赏真情实意、纯朴的欢乐、对钟爱的充分满足。而在米莲的心目中，多纳泰罗具备了这一切。确实，她可以叫他傻瓜。这样的情况是必然的：一个人的教养和他失去这种情感的能力成正比。"

"我的天！"希尔达叫道，不易觉察地拉开了和她同伴的距离。"这难道是对教养的惩罚吗？请原谅，我不相信这一点。只是因为你是一位雕塑家，便认定只有冰冷坚硬的东西才能雕琢得完美，就像你照自己的想法使一块大理石在手中成形一般。而我却是个画家，我只知道最精致的美应该是彻底地柔软的和温暖的。"

"我说了一句蠢话，真的，"雕塑家回答道。"连我自己都奇怪，因为从我切身的体会中本可以得到更明智的见解的。纯真的爱把人类早期的纯朴带回给我们最世俗的人身上了，这才是对真情的最可靠的考验呢。"

他们就这样一边谈着，一边沿着品齐安山平顶上的边缘时断时续的女墙缓步而行。他们不时地停下来，透过他们思绪的孔隙眺望展现在他们面前和下方的变换的景色。

从他们此时站立的平台处，有一片陡坡直通教皇广场。他们向那块开阔地望去，高大的宫殿，教堂的圆顶，以及出自米歇尔·安吉罗的头脑而建成的带有装饰物的门廊，一一尽收眼底。他们还看到了那座红色花岗岩的方尖塔——即使在罗马，这也是最古老的陈迹了——在广场中央矗立着，底座是一个四层的喷泉。罗马的一切建筑和废墟（不论建于帝国时期、更早的共和时代或者更久远的帝王年代)都有一种超凡脱俗、虚无飘缈的特征,使我们觉得这种不可摧毁的丰碑提供了摩西和古以色列人从埃及回到沙漠中的一桩回忆①。在看到这些云纹大理石的立柱和火红花岗岩的圆柱时,他们可能会深怀敬畏地相互耳语:"那样子真像我们和我们的父辈在尼罗河岸边常见的古老的方尖塔。"如今,那座毫无朽迹的方尖塔正是当代的旅行者进入弗莱明门之后第一眼见到的古建筑!

希尔达和她的同伴举目向西望去,目光越过看不到的台伯河,直达圣·安吉罗城堡那个异教徒皇帝的巨大坟墓顶上的天使长。

再向远望,出现了一大片建筑,都有巨大的圆顶,那是早在我们所有的人亲眼目睹这座城市之前,就极尽想象之能事,将其膨胀成巨球的模样,飘在我们的崇拜之上的。从我们这两位朋友如今站立的精确位置看过去,或许是最可取的视角了。若是再近些,圣彼得大教堂就会将自身的宏伟隐藏在其彼此分离的各部分的雄浑的一片之后,而我们就只能看到其前面,或者其侧翼,或者其带柱前廊的长度和高度,而不得见其浩瀚的全貌了。但是在这样的距离处,这座世界级的大教堂,这座全球教士之首的宫殿的全部轮廓,就可一览无遗了。尤其是在这么远的地方,哪怕我们眼见的是真切实在的目标,我们的想象力仍会不吝援手,协助人类感觉上的不足,使我们得以公正地判断其雄伟。我们同时需要信念和想象,才能体会到那原本是真实存在的东西:在远处群山的紫色轮廓之前,以上帝的最可爱的蓝天为背景勾勒出来的,正是人类有史以来所造的最伟大的建筑。

肯甬和希尔达对久居罗马的人早已熟悉的这一景色静观默

---

① 参见《圣经·旧约》中的《出埃及记》。

想了一段时间之后,便把目光重新落到脚下的广场之上。他们看到了刚刚走进教皇门的米莲,正站在方尖塔和喷泉的旁边。她做了个手势,肯甬觉得既像恳求又像命令。她似乎在示意一个此前一直随伺她的人影,此刻她想单独待上一会儿。然而,那个顽固的模特儿仍然不肯走开。

这时,雕塑家注意到了一个情况,按照他可以作出的解释,要么区区不值一提,要么有什么神秘含义使他难以相信自己的眼睛。只见米莲跪倒在喷泉的台阶之上,这可是毫无疑问的事实。若是别的人看到她这姿势,或许会以为她采取这样的姿势只是为了便于把手指伸进从一个石狮的口中涌出的泉水。但是当她这样洗过手之后合起手掌,仰面看着那模特儿时,肯甬被一个念头强烈地攫住了:米莲是在全世界面前,跪倒在那黝黑的追随者的脚下!

“你看到了吗?”他问希尔达。

“看到什么了?”她反问道,对他激动的语调感到惊讶。“我看到米莲在那清爽宜人的水中洗过手。我也常常把手指浸到罗马的喷泉中,回想着在我的新英格兰村庄中充当我的一个玩伴的小溪。”

“我觉得我还看到了别的情况,”肯甬说道,“但无疑是我看花了眼。”

不过,若是他当真一眼抓住了米莲那姿态中隐藏的含义,那该暗示着多么可怕的奴性啊!虽说她似乎是自由自在,而且他看上去与乞丐无异,那个不知名的游民随后便会把美貌的米莲披枷戴铐地拖过罗马的街道,那可是比当年任何被俘的女王随在凯旋而归的皇帝身后更为残酷无情的。难道可以想象,她是犯有什么大错——肯甬无法想象那到底有多大——或有什么致命的弱点,使这个黝黑的恶魔占了上风,从而才这样奴役她吗?

"希尔达，"他突然说道，"米莲到底是何许人？请原谅我，不过你当真了解她吗？"

　　"了解她！"希尔达重复道，为她的朋友的缘故，脸气得通红。"我十分清楚，她是个宽宏善良的好人，是个真心诚意的忠实朋友，我挚爱她，她也挚爱我！除此之外，我还要了解什么呢？"

　　"你那灵敏的本能认为她一切都好吗？就没有一点不利于她的看法吗？"雕塑家毫不在意希尔达语气中的激动，不紧不慢地继续说。"我自己对她的印象和你一样。不过，她是如此神秘的一个人！我们甚至不晓得她是我们的乡亲呢，还是英国或德国人。人们会说，她血管中有盎格鲁－萨克逊的血液，而且有地道的英国口音，但仍有许多不像英国的血缘，也不像美国的。只有在罗马，而且也只有作为一位艺术家，她才可以在她过去的生活不露痕迹的情况下在社会上立足。"

　　"我挚爱着她，"希尔达说道，语气中仍带有几分不快，"而且完全信赖她。"

　　"不管我的头脑有何想法，我的内心至少还是信赖她的。"肯甫回答道。"何况罗马也不像我们新英格兰的村庄，在那儿，我们的一举一动，我们说出的每一个字眼，我们结交的每一个朋友，都要得到我们个别邻居的认可。在这些具体事情上，教皇的专制统治倒是比我们的老家允许我们呼吸更自由的空气。而如果我们愿意对与我们交往的人采取大度的观点，我们是能够在不损害我们自己的合理范围内做到的。"

　　"音乐停了，"希尔达说道，"我现在要走了。"

　　从教皇广场有三条互相毗邻的街口通往罗马的市中心：左边是巴比诺街，右边是利别塔街，居中则是闻名于世的科尔索林荫道。看来米莲和她那奇怪的同伴走的是这三条街中第一个提到的那条，很快就不为希尔达和雕塑家所见了。

后面这两个人也从沿坡顶的宽阔的正路离开了品齐安山。在他们的下方，在那片陡坡的底部，城市向四下伸展开来，那里有一片接一片的红瓦屋顶，高踞其上的是上百座教堂的圆顶，此一处彼一处地竖着一座座塔楼，地势较高的宫殿的上层楼窗俯视着众多的宅邸。在远处的一个地方，他们可以看到安东尼望柱在建筑群中央拔地而起，靠近它的则是罗马万神庙的环形屋顶，它那永远睁开的眼睛向上天仰望着。

　　除去这两座建筑之外，他们所看到的一切几乎都建于中世纪，虽然材料取自罗马帝国时期的古老巨石和耐久砖块。因为圆形剧场、金宅、无数的罗马神庙和帝王贵胄的宫邸的废墟，为这一切广厦陋屋提供了建材。其墙壁更是价值难估，因为都是用珍贵的古代雕像砌就的，可惜当年大火焚烧后竟用于如此不堪的目的。

　　如今存在的罗马是在教皇统治下建设起来的，看似一堆瓦砾，被抛进了从帝国时代到我们当前的巨大断层之中，只起到了填充作用。在这两千余年的大部分时间里，那一部充满模糊不清的政治和战争以及时断时续的灾难的编年史，与经典历史相比，仿佛也是支离破碎的废纸了。

　　如果我们定要把当今的罗马城和那座历史古都联系起来，那只是因为它是建在其坟墓之上的。向地下深挖三十英尺，就会发现古代的罗马，如同一个巨人的死尸般躺在那里，在数世纪的岁月中腐朽着，甚至没有一个幸存者有力量去埋葬它，直到时光的灰尘缓缓地在那僵卧的形体上堆积起来，自然形成了一座坟墓。

　　我们不知道该用什么样的恰当的比喻的字眼来形容静卧在我们面前的罗马：那些不见阳光的陋巷，那些宫殿所在的街道，那些用本来为装饰异教徒的寺庙而磨光了的华丽的大理石砌成的教堂,那些与从成千个香炉中冒出的香气相混的上千种异臭,那些借助早已死去的生物的些许营养活着的小生命。到处都有一些残破之物暗示着前朝的辉煌,而且到处都有十字架以及堆积于其底部的垃圾。总而言之,罗马有激动人心的历史,又有令人压抑的阴沉萎靡。就其导致的忧郁心情的深度而论,是已知的任何地方所不及的。

但是,我们又怎能对罗马说出不善和不恭之词呢?这是属于全世界、属于一切时代的城市啊!对于这座城市,伟人们曾经做出了众多的业绩。同样对于这座城市,衰败已然超出了往昔的统治和辉煌!就在此时,夕阳正在将其金色的斗篷罩向这里,使我们认为低劣的一切都变得宏伟了。所有教堂的钟声骤然同声响起,似乎那是胜利的轰鸣,因为罗马依然堂皇。

"我有时想象,"希尔达说道,由于她很敏感,总是对景色印象强烈,"罗马——仅仅是罗马——会把别的一切挤出我的心。"

"但愿不要这样!"雕塑家脱口叫道。

这时他们已然来到从斯帕纳广场向上通往品齐安山这一带坡顶的大石阶处。破衣烂衫的丐帮中的百万富翁老别波——奇怪的是居然没有一位画家把他画成圣·彼得① 在美丽的庙门前治愈的跛子那样——正在跨上他的驴子,载着他当天乞求来的丰富的施舍,准备离去。

那个模特儿用他的褴褛的披风遮着脸,沿台阶走来。别波斜眼睨着他,嫉恨这个侵入他的合法地盘的人物。不过,那个身影向西斯廷纳街走去了。在下面广场上靠近那宽大台阶的底部,站着米莲,她的目光垂向地面,仿佛在数着赎罪者朝拜罗马的大道上铺着的硌脚的小方石子。她一直把这个姿势保持了好

---

① 《圣经》中耶稣的门徒,后为天堂的守门人。

几分钟,后来一个乞丐向她强求要钱,她才像是着了魔似地抬起头来,用一只手按着额头。

"她一直沉湎在什么伤心的梦幻之中,可怜的人儿!"肯甫满怀同情地说,"即使现在,她仍然把自己禁锢在一种笼子里,而笼子的铁栏杆就是她自己的心思做成的。"

"我担心她不太舒服,"希尔达说道,"我下台阶去看看米莲。"

"那就再见吧,"雕塑家说道,"亲爱的希尔达,这个世界麻烦太多,令人茫然!我一想到你住在那座塔楼中与白鸽和纯洁的思考为伴,高高离开我们大家,以圣母作你的家中朋友,我就感到说不出的慰藉。你自己都不知道,你保持圣母神龛的灯长明,那光能够投射到多远!昨天晚上我经过塔楼下,那灯光使我振奋——因为那是你点燃的。"

"这对我有一种宗教含义,"希尔达平静地应道,"尽管我不是天主教徒。"

他们分手了,肯甫匆匆沿西斯廷纳街走去,指望能够赶上那模特儿。为了米莲的缘故,他急于弄清那人的底细和出没之处。他觉得看到那人远远地走在前面,可是他还未走到特里顿喷泉,那昏暗的身影就消失了。

第十三章

一位雕塑家的工作室

　　这一段时期,米莲似乎被一种烦躁不安所驱使,有事无事总要出门。一天早晨,她到肯甬的工作室去拜访他,她是应他之邀去看一座新雕像,他为此注入了大量心血,如今泥样已近完成。米莲觉得,除去希尔达之外,最热心和可信的人便是肯甬了。每逢她生活中遇到困难,她首先想到的就是到希尔达跟前去得到女性的同情,到雕塑家那里去寻求兄长般的忠告。

　　然而,在她接近她和他们之间那无声的鸿沟的边缘时,却茫无目的。她站在那漆黑的深渊的一边,伸出手去,却永远握不到他们的手。她用力叫喊:"救命,朋友们! 救命!"但如同她在梦中喊叫一样,她的声音会不为人所闻地消失在咫尺天涯之中。这种无法接近别人以得到人类温情、只觉得人们变作冷雾一团的孤独感,是那样无边无际又令人心寒,往往成为任何事件、不幸、罪行或特殊性格的一种最凄凉的后果,使人与世隔绝。米莲的情况时常就是如此,她有一种本能的渴求,想得到友谊、爱情和亲密的交谈,但被迫求助于空泛的形式,致使她内心的饥渴只能靠幻影来填充。

肯甬的工作室位于科尔索林荫道和科别塔街之间的一条横马路上——或者确切地说——一条肮脏的陋巷中。那条阴冷狭窄的小巷夹在两侧高大而破败的建筑物中间,并不比罗马十之八九的街巷更令人不快。在一栋住宅的门上有一条大理石匾额,铭文的大意是宅中雕塑家租用的几个房间原为杰出的艺术家卡诺瓦①所占用。正是在这块领地中(——卡诺瓦虽是个天才,但他并非使他过往之处成为圣地的人,而只是引起人们对那地方的兴趣而已),我们这位年轻的美国雕塑家如今暂时栖身。

雕塑家的工作室通常都杂乱得不堪入目,与石匠的作坊相差无几。这里的地面上铺着砖或地板,墙上涂着灰泥;有一两把旧椅子或者只有一方大理石(不过其中可能蕴含着优雅的设想)充当座席;白粉墙上有一些匆匆勾出的裸体草图。这些草图大概都是雕塑家的初期构思,或者后来固定进不朽的石头中,或者仍然停留在梦一般的不可触摸的阶段。此外还有几个黄泥或石膏做的小小的人体草型,展示出最终雕出不会损毁的石像之前的第二阶段进展。随后看到的是精心设计成型的泥塑,由于出自雕塑家本人的直接制作,是他那双巧手一点一点地塑造成形的,也是最接近他的心灵和想象的,甚至比大理石的最后成品更动人。在用这个泥人翻出的石膏模子中,人像之美奇异地消失了,只有从名贵的卡拉拉大理石中才再次散发出纯白的闪光。在肯甬的工作室中,这几个进展阶段中的作品和已经完成了最后的精雕细刻的一些成品,应有尽有。

在这里还可能目睹到雕凿大理石的实际过程,如今的雕塑家很少亲自动手这样做了(因为难以达到想象中的满意程度)。

————————————

① 安托尼奥·卡诺瓦(1757—1822),意大利雕塑家,新古典主义倡导者之一,其雕塑多为名人而做。

在意大利,有一批人,其机械的雕刻技艺或许比古代那些雕出布拉克西特利斯① 所设计作品的石匠、甚或比那位古希腊大师本人的刀法更娴熟。凡是大理石能够有效地形象地表现的东西,只要把实体摆在他们眼前,他们就可以做到。雕塑家只消为这些人提供他设计的石膏模型和一块尺寸足够的大理石,告诉他们人像就嵌在那块大理石之中,应该将其从外表的赘物中释放出来即可。到时候,无须他用自己的手指碰一下他的作品,就可以看到使他成名的雕像。他的创造力只靠一语之劳便可制作成形。

可以肯定地说,再也没有其它艺术中的天才具备如此得心应手的工具,可以轻松愉快地摆脱单调乏味的实际操作了。借助他人之手做出巧夺天工的艺术品,却被人们惊叹雕塑家那双手竟然无所不能。若是我们都知晓雕塑家与大理石上不朽的美好表现力全然无涉的话,我们的艺术家们因为那些雕得活灵活现的纽扣、扣眼、鞋带、领结以及构成一件雕像主要声望的现今时尚的种种小巧部件而赢得的赞誉要打多少折扣啊!那些东西都不是他的作品,而是出自某个无名的人形机器的雕技。

米莲在一间前室中逗留了片刻,观看一座已完成一半的胸像,其面部表情似乎是要从石头中挣扎出来,而且好像要靠其情感和智慧的辉光来粉碎那坚硬的石质。随着那位熟练的雕工看似漫不经心又十分有效地一刀一凿地削下去,人们会不由得认为,外层的石料无非是多余的包裹罢了,深藏其中的人的面孔早自卡拉拉石灰石岩脉最初形成之时起就已存在了。另一座胸像已近完成,不过肯甬最信任的助手之一仍在工作,用精雕细刻刮掉一些难以觉察的东西,只有地上的一小堆石屑证明了这一点。

---

① 布拉克西特利斯,活动时间为公元前 370—公元前 330 年,古希腊称雄一时的最伟大的雕塑家。

"如同这些胸像闭锁在大理石中一样，"米莲思忖道，"我们每个人的命运也存在于时间的石灰石之中。我们自以为命运是自己雕出来的，但其最终的外形是先于我们的一切行动的。"

肯甬正在里面那间房里，听到前室中的脚步声，就甩掉了他工作时所戴的面罩，走出来迎接客人。他穿着灰色的工作服，头上扣着一顶小帽，那一身打扮比他走出家门时穿戴的正式衣装更适合他。雕塑家的面容随着岁月的流逝，会为和他本人同样出色的艺术家提供一个值得描摹的对象：五官线条清晰，似乎就是在大理石上刻就的；完美的前额，深陷的眼睛，以及被浅褐色的胡须遮住了大部分但显然是敏感而又小巧的嘴。

"我没法伸出手来让你握了，"他说道，"手上沾满了克娄帕特拉塑像的泥。"

"我是不会碰泥的，那是肉体凡胎，"米莲回答道，"我是想来看看，在你的大理石中是不是有平静冷漠的东西。我自己的艺术过于神经质，过于情感化，太多地充满了激动，使我无法整天不停、一刻也不休息地画下去。好啦，你有什么要给我看的？"

"请你看看这里的一切吧，"肯甬说道，"我喜欢请画家观看我的工作。他们的判断没有偏见，而且可以用他们的艺术之光来给我启迪，比起一般的外界看法更有价值。而且也比我的雕塑家兄弟们的看法更有价值，他们从来没有公正地评价我，恐怕我对他们也一样。"

为了满足他，米莲便看了一圈那些大理石的或石膏的样品，房间中有好几件这样的作品，包括肯甬迄今设计制作的原型和模型的大部分。他年纪尚轻，还没有堆积这些作品的大展厅。他所能展示的主要是一个刚起步的艺术家在各个方向上的探索和试验。他像一位严格的教师一样要求自己，从失败中比力所能及的成功中获得的收益更大。不过，有些作品还是颇为可取。

可能是由于新石雕的纯净而柔和的光芒迷惑了人们的判断力，以至出现了溢美的赞赏。米莲很欣赏一个漂亮青年的全身像，那是一个采珠人，他让海底的水草缠住了，死于珠蚌中间，如今无论是值钱的贝壳还是水草，对他都是价值相同了。

"这可怜的青年，他消亡在他所追寻的奖赏之中了。"她评论道。"但是死亡中自有一种多么奇特的功效啊！虽说我们不能人人都得到珍珠，一个空贝壳也会同样使我们满意的。我喜欢这座雕像，尽管其喻义过于冷酷；而且从身体的姿态来说，没有定在充分松弛的位置上。"

还有一个弥尔顿① 的头像，神情庄重而平静，风格与众不同。虽然没有参照任何胸像或绘画，其可信性却胜出一筹。因为有关这位诗人的一切人所尽知的艺术作品，都被我们这位雕塑家深刻地研究过并在其头脑中融会贯通。从格雷托钵修士会教堂的诗人坟墓上的胸像，到四处搜罗来的原作的小肖像和绘画，其各自特有的逼真之处都被融进了这一件作品；同样，经过研读且酷爱《失乐园》、《科玛斯》、《利西达斯》和《快乐的人》，雕塑家在使他的石雕因诗人强大的天才精神而升华方面，取得了连他自己都不知道的成功。在弥尔顿和其他死者的枯骨都化作灰尘之后的这么长的时间里，取得如此成功是个伟大之举。

工作室中还有好几幅半身肖像画，其中有两三位是我国的名人，那是肯甫离开美国之前，获准当面绘制的。他当时之所以要这样做，是因为他由衷地相信，他所创作的胸像，在漫长的岁月中，石雕的会蚀毁，铜铸的会破碎，尽管那些伟大人物永垂不朽。不过，年轻的雕塑家可能低估了他的材料的持久性。这里还有一些人（他们死后不会被人们长久记忆，是可以从他们生前

① 约翰·弥尔顿(1608—1674)，英国诗人，1652 年双目失明。代表作为《失乐园》等。

的不高的价值来预见的),他们的面孔本该用雪而不是用石头来表现。后人会不知如何处理这样的胸像——虚荣的自我评价的硬梆梆的石制品,不过无疑会发现,完全可以把它们砌进石墙或化成生石灰,就像这些大理石从未被雕成人头的外表一样。

然而,一座大理石胸像的这种几乎不会损毁的特点,这种可以永远保存下去的优越性,其实并非好事!无论所雕的是我们自己还是别人,只要想想我们这副尊容只在极短极短的时间里令人感到兴趣,也就足够令人伤心的了。美国人若想以这种方式使自己不朽,则尤其罕见。由于我们美国家族世代相传的延续时间之短,重孙们不知道其父亲的祖父是势在必然的,因此,最多过上半个世纪,拍卖人的锤子就会响亮地敲下去,将头像按其石雕的价值成交!想一想都令人寒心:若是我们的容貌作为积满灰尘的白色幽灵留给下一代的陌生人,他们就会捏我们的鼻子(如我们所见,有人对凯撒就是这样做的),若是没人看见,就是把鼻子瓣下来也不会有谁追究!

"是啊,"米莲的头脑里转过上述的念头之后,说道,"如果我们让坟墓光秃秃的,不留下石碑石像,一个凡人若满足于坟上只有好心且迅速长满的青草,此外再不留下具体的纪念物,那倒是美好的思想境界。我还觉得,当这个世界摆脱掉过去因认为是虔敬之举才堆在背上的这些石头忆念的重负时,也就更清爽、更美好了。""你的这番话,"肯甬评论道,"同我的全部艺术背道而驰。雕塑以及人们从中自然得到的欣悦,在我看来恰恰证明花费一些时间来展示我们的观点是值得的。"

"好啦,好啦,"米莲回答道,"我不该和你争论把你的沉重的石块抛给可怜的后世的问题。说实在的,我认为你和别人一样有所成就。瞧,这些胸像,尽管我表面上挖苦了一番,还是让我觉得你简直是一位魔法师。你把活生生的人变成了冰冷、安静

104

的石头。对他们而言，这是多么有福的变化啊！但愿你能为我这样做！"

"噢，太高兴了！"肯甬叫道，他早就巴望能够以这张美丽而又表情丰富的面孔为模特儿了。"你愿意什么时候开始呢？"

"嗨，我不是这意思。"米莲说道。"来，再让我看看别的。"

"你认识这个吗？"雕塑家问道。

他从桌中取出了一个旧式的小保险盒，是象牙做的，由于年代久远，已然发黄，上面雕满了古代的人物和花饰。即使肯甬认为可以把这个珍贵的盒子说成是出自本弗努托·切利尼① 之手，其精心的设计和技艺也不会使他言不可信或影响那位老艺术家的声誉的。至少那也是切利尼流派和时代的作品，而且可能是美第奇② 宫廷中某位贵妇用来藏过珠宝的。

不过，揭开盒盖之后，里面并没有放光的钻石，而只有用轻柔的棉花包着的用大理石精雕细刻的一只姿态十分优美的小手。如此珍藏的最精致的艺术，使那只石雕的手掌似乎真有柔嫩之感。若是触摸一下那些小巧的手指——假如吝惜的雕塑家允许的话，你简直会相信，一种少女的温馨会从手指上悄悄传进你的心窝。

"啊，这可太美了！"米莲由衷地微笑着惊呼，"这简直和鲍尔斯在佛罗伦萨给我看的露丽的带有婴儿胖窝的手不相上下。他对那只手显然十分珍惜，如同出自他那颗伟大的心灵的一件作品。这也可以和哈里叶特·霍斯玛的那双勃朗宁夫妇③ 相握的手比美，那是两个高贵的诗人生命的美好结合和个性的象征！

---

① 本弗努托·切利尼(1500—1571)，意大利雕塑家和金匠。
② 美第奇家族是意大利的银行家、富豪和文艺保护人，1434 年起统治佛罗伦萨。
③ 罗伯特·勃朗宁(1812—1889)和伊莉莎白·勃朗宁(1806—1861)，都是英国著名诗人，婚后移居意大利，支持佛罗伦萨的独立运动。

不，我毫不怀疑，这只手比那两件艺术品都好，因为你一定是满怀激情地工作的，虽然制作的只是少女的手掌和纤巧的指尖。"

"这么说，你果真认出来了？"肯甬问道。

"这世上只能有一只这样的手可以做模特儿，"米莲回答道，"这么小巧纤细，这么完美匀称，然而又有一种能力非凡的特性。我曾经上百次地看过这只手在工作，但我从未想到你居然已经赢得了希尔达！你是如何说服那位羞怯的少女让你把她的手做成石雕的？"

"从来没有过！她根本就不知道！"肯甬连忙回答，急于维护他心上人的少女的骄矜。"是我偷着做的。这只手是个纪念。我时常盯视这只手，甚至还握过一会儿。当希尔达对我不屑一顾时，我若是再不把这只手复制得栩栩如生，我工作起来一定会笨手笨脚的了。"

"但愿有一天你能赢得那只真手！"米莲好心地说。

"我没有什么理由抱这种指望，"雕塑家泄气地答道，"希尔达并不生活在我们世俗的氛围之中。她虽然看上去十分温柔，但要赢得她的芳心，简直如同把一只白鸟从夏日自由的天空中引诱到地面上来一样困难。说来奇怪，虽然她那么娇小柔弱，却给人一种全然自立的印象。不，我永远得不到她。她虽然极富同情心而且乐于接受他人的同情，但她并不需要爱。"

"我同意你的部分看法，"米莲说道，"男人普遍抱有一种错误的看法，认为女人天生特别乐于把她们的全部身心投入到术语上所谓的爱情中去。至少，我们并不比你们更需要爱情，只是我们心无旁骛。当女性有其它的生活目标时，她们并不急于坠入情网。我可以举出许多在艺术、文学和科学上卓有成就的妇女，以及许多以不那么显眼的方式发挥其心灵和头脑的良好作用的女性，她们都过着高尚而独身的生活，而且至今想不到要作出与你们男人相关的牺牲。"

"希尔达正是这样一位女性！"肯甬伤心地说，"一想到这里，我就为我自己、同样也为她感到心灰意冷。"

"好啦，"米莲笑眯眯地说，"或许她会把被你雕得如此完美的秀腕扭伤呢。若是那样，你就有希望了。她矢志要学习，而且她的纤手和女性的心灵如此忠贞地奉献给了那些昔日的大师们，他们才是你真正的情敌呢。"

雕塑家边叹气，边把希尔达的石手珍藏进那只象牙盒中，心中还思忖着，那只真手充满温情地紧握他的手以应答他的爱——这种可能是太小了。他甚至不敢于去亲吻自己亲手做的那个形象，因为那只手也是希尔达幽远而羞涩的神圣的一部分。

"现在，"米莲说道，"就让我瞧瞧你请我来看的那件新雕像吧。"

第十四章

克娄帕特拉

"我的新雕像?"肯甬说道,由于一心想着希尔达,他已经把这件事全然忘记了。"就在这儿,在这块布下面蒙着呢。"

"我希望不是裸体的。"米莲发着议论。"所有的青年雕塑家似乎都认为,他应该呈现给世人某个一丝不挂的女性胴体的样品,并称之为夏娃、维纳斯、水泽仙女或者什么别的名义,算是对没有穿着体面衣服的辩解。我看到这样的作品就感到羞愧,更觉得厌烦。现在,人们都惯于生来就穿上衣服,实际上并不存在裸体的人了。因此,你应该直言不讳地承认,一位艺术家不可能怀着一颗纯洁的心去雕刻裸体,只是出于不得已才用罪孽的目光偷偷地瞥上模特儿一眼——这就算是好的了。在这种情况下,大理石显然失去了其纯洁高雅。毫无疑问,一位古希腊雕塑家是在光天化日之下、在那些纯洁端庄的少女当中找他的模特儿的,因此,古代的裸体雕像就像紫罗兰一样谦恭,随便披点什么也足以显示自身的美。至于吉布森先生的彩色维纳斯(我相信一定被烟草汁沾污了)以及当今所有其它的裸体作品,我当真

108

不明白,他们要对这一代人说些什么？而且我将乐于看到更多的生石灰堆来取代这些石雕。"

"你对我这门艺术的教授们过苛了，"肯甫半开玩笑半认真地说，"你当然也没有全错。我们注定要接受某种衣饰，而且要充分加以利用。但是我们该怎么办呢？难道我们该采用当今的服饰去雕刻——比如说——身穿撑裙的维纳斯吗？"

"那可就成了一块圆石头了，真的！"米莲哈哈笑着继续说，"但这样的困难更进一步坚定了我的信念：除去肖像胸雕，雕塑在活生生的艺术中再无权占有其一席之地了。它曾经冲出自己的路，但也公平合理地走到了头。现在再也没有一个新的流派了，甚至没有称得起的新姿态。格里诺① (——我从名人中找例证)丝毫想象不出新东西。克劳福德也一样，只能在裁缝线上做点文章。连你也会承认，当今世界上有独创性的雕像或群雕也就是那么五六个，而且这仅有的几个还都是年代久远的老古董。一个熟悉梵蒂冈、乌菲奇美术馆、那不勒斯美术馆和卢浮宫的人，会当即指出任何现代作品借鉴于古代的哪个类型，尤其是那些在古罗马时代就开始落伍的原型。"

"请别说下去了，米莲，"肯甫说，"否则我会把凿刀永远丢弃的！"

"如此看来，多亏了我，我亲爱的朋友，"米莲继续说，她那不平静的思绪在这一番慷慨陈词之中找到了某种宣泄，"你们雕塑家才必然成为世界上最伟大的剽窃分子了。"

"我不承认，"肯甫说道，"不过，谈及这门艺术的实际状况，我又无法完全和你对立。只要卡拉拉采石场仍然出产纯净的石块，而我的祖国也有质地满不错的大理石山脉，我就坚定不移地

---

① 霍拉旭·格里诺(1805—1852)，美国新古典派雕塑家，艺术评论家，曾长期旅居罗马。

相信,将来的雕塑家会重振这种美丽艺术的雄风,以其宏伟和精雅的新形式来布满这个世界。或许,"他微笑着补充道,"人类会乐于穿更便当的服装。或者从最差的方面说,我们这些雕塑家也应该掌握把平面绒布弄出透明的效果的技法,使崇高的人物透过如今的上衣和裤子仍然可见。"

"但愿如此吧!"米莲说道,"你已经超越我的忠告了。把那个蒙着的人体给我看看吧,我担心我已提前作出批评了。为了有所补偿,我现在打算称赞一番。"

但是,当肯甬正要取下泥模上的蒙布时,她把手放到了他的胳膊上。

"先告诉我主题是什么,"她说,"因为我有时候很迟钝,弄不明白你们这伙人的作品的主题,而大大地得罪了你们。你知道,把一个人物或故事浓缩和限定在雕塑准许的狭窄空间之内,还要让人一目了然,那是很难的!真的,我想,雕塑家们仍然都有个习惯:先完成一组人物造型——要按照大理石的具体尺寸来确定这种进展,然后再选出主体,就像博洛尼亚的约翰① 制作《萨宾纳的洗劫》时那样。你是不是也照着那榜样做的?"

"没有。我的人像是为克娄帕特拉而做的,"肯甬回答道,被米莲的嘲弄搅得有点不安。"她所处的那个特殊的历史时期可要你自己去弄清了。"

他揭开了蒙在泥模上以保持湿润、防止蒸发的那块布。一个坐姿的女性出现了。她从头到脚的服饰都一丝不苟地遵照古埃及的风范,是对那个国家的奇特雕塑、它的硬币、绘画、彩绘的木乃伊棺椁,以及从金字塔、坟墓和地下陵寝中发掘出来的任何其它标记进行研究的结果。连僵硬的埃及头饰都没有漏掉,只

---

① 应指乔万尼·达·博洛尼亚(1529—1608),生于法国的佛兰德斯,雕塑家,属风格主义艺术流派,《萨宾纳的洗劫》为其代表作之一。

是毫不失真地糅和成了丰富的女性装饰。本来看似难以克服的困难得到了勇气十足的对待和灵活的解决,以适应既优雅又端庄的目的。于是克娄帕特拉的坐像便穿上了符合她的历史时代和女王身分的袍服。作为托勒密王室的女儿又是如此美貌的女人,当然要穿上最好的衣服来增加她美丽的豪华,以在渥大维的冷眼中燃起烈火。

一种引人注目的宁静——这在雕塑中是不可多得的长处,除去石块原有的那种笨重的静态不算——贯穿于人像的周身。观者会觉得克娄帕特拉在她那炽烈和喧嚣的生活之外得以坐下来,在一瞬间——实际上只是在两次脉搏之间——放弃了一切活动,让周身的血脉和肌肉得以放松。那是绝望的宁静,真的。因为渥大维已经看见了她,却不为她的迷人之处所动。不过,在这女人的内心深处仍闷烧着一团烈火。无疑,那宁静是十分彻底的,仿佛再也不会动一下手脚。然而,这尤物却潜藏着精力和凶猛,她可能像雌虎一样扑到你身上,把正通过你喉咙的呼吸遏止在中途。

面部刻画得出神入化。雕塑家没有回避那种努比亚人的丰满嘴唇和埃及人的其他容貌特征。他的勇气和正直得到了巨大的报偿,因为克娄帕特拉的美显示出无与伦比的富足、热情和优越,而如果他在真情实况面前畏缩,选择了顺从的希腊典型的话,就会表现不足了。她的表情深刻,阴郁,陷入沉思;她回眸望着往昔的生活和当前的局势,同时却在抖擞精神,准备新的奋争,或者严格地顺从即将降临的厄运。初看起来,有某种温柔情怀夹杂在众多强烈激情的成分之中。至于是如何把这种因素注入雕像之中的,就说不清楚了。再瞥上一眼,你就看得出她如磐石般不可动摇,如火焰般残酷无情。

简言之,完整的克娄帕特拉——凶狠,淫荡,热情,温柔,恶

111

毒,可怕,充满有毒而又迷人的娇媚——被揉捏进了一两个星期前还在台伯河边的一堆湿泥里。不久,就要刻进一种不可摧毁的材料之中,神化成人们永远保存的一个形象,在一个又一个世纪中对她的雕像的热情都不会减弱。

"这是一个什么样的女人啊!"米莲沉默了好一会儿之后,惊呼道。"告诉我吧,就在你创作她时,她是否设法以她的愤怒或她的爱情来制服你呢?随着她在你手下越来越趋近于温热的活人,你是不是不敢碰她了?我亲爱的朋友,这是件伟大的作品!你怎么学会做出它来的?"

"它是许多思想感情的具体化,是辛勤的努力和手工劳动的成果,"肯甬说道,并非觉察不到他的作品的成功,"但是我说不清它最后是怎么成了这种样子的。我心中有一团火,便把那火投入了材料——就像亚伦① 把古以色列人的黄金投入炉中一样,于是在烈火中间便升起了你现在所看到的克娄帕特拉。"

"我最感到惊诧的,"米莲说道,"是你如此完好地表现了与那一切看似不调和的成分混合在一起的女性特色。你是从哪儿得到这些秘密的?你在你的温存的希尔达身上是绝对找不到的,而我承认这确是真实的。"

"当然不是在希尔达身上,"肯甬说道,"她的女性特色是超凡脱俗类型的,是任何阴暗或邪恶的影子无法相比的。"

"你是对的,"米莲继续说道,"确实有你说的超凡脱俗类型的女性,希尔达就是其中的一个。她会因她做的第一件错事而死的——假如她有因一念之差铸成错误的时刻。至于哀伤嘛,希尔达虽然看似瘦弱,却承担得起重负。至于罪孽,哪怕轻如鸿毛,她也受不了。我现在觉得,假如哀伤或罪孽临到我头上,我

---

① 亚伦,《圣经》人物,摩西之兄,为犹太教的第一位大祭司。

112

是哪一种也承受不了的,更不消说两种同时到来了。不过我的良知仍和希尔达的一样洁白。你怀疑这一点吗?"

"别这样说,米莲!"雕塑家感叹道。

他很惊诧她会突然把话题转到这样的怪念头上来。她的腔调——其中不是表达了而是遏制了许多情感——听起来也很不自然。

"噢,我的朋友,"她突然冲动地叫道,"你当真要做我的朋友吗?我太孤独、太孤独了!我心中有个秘密在烧灼着我,在折磨着我!有时候我担心自己会因此而发疯,有时候我希望为此而死掉,但这两种情况都没有发生。啊,若我能对哪怕一个人悄声说出来也好啊!而你——你深深地看到了女性的内心,你博大的胸怀宽容了那种东西。或许……或许只有上天晓得,你可能会理解我!噢,让我说出来吧!"

"米莲,亲爱的朋友,"雕塑家回答道,"如果我能帮助你,就像对一个兄长那样畅快地说罢。"

"帮助我?不!"米莲说道。

肯甫的呼应是十分善意坦诚的,然而米莲仍然敏感地在他准备倾听她的故事的热心表示中捕捉到了某种保留和惊讶。说实在的,在雕塑家的灵魂深处,他怀疑让他聆听这可怜的遭罪的姑娘说出如此渴望要说的事情,对她或他是否真有好处。如果需要对朋友积极尽责,他一定会义不容辞地尽力而为。但如果只是一颗压抑的心寻求发泄呢?在那种情况下,坦白出来就不一定有好处了。她的秘密越是奋争着要说出口,就越肯定会改变她和听到她的秘密的朋友之间原先维持的一切关系。如果他让她讲出来,他若不能给她在这种情况下所需的全部同情,米莲就会越来越恨他,而且更痛恨她自己。

这本是肯甫心中所想。但他的不情愿——无论他是否意识到了——毕竟来自爬进他内心并待在暗处的一个疑点。尽管这种猜疑仍很模糊,但米莲在盯视他的眼睛时立刻就察觉到了。

"啊,我会恨你的!"她叫道,与他未出口的想法不谋而合。她几乎被如此逆转的感情冲动憋住了。"你和你的石头一样冷漠无情。"

"不,上帝知道,我是满怀同情的!"他答道。

其实,无论他的猜疑由于米莲掩藏的神秘而显得多么正当,已然在他多愁善感的真诚之中化解了。此时他已准备好要接受她的信任了。

"那就收起你的同情心,留给接受这种安慰的哀伤吧,"她说道,强力平息着自己。"至于我的悲痛,我自知如何应付。这全然是一场误会:你只能把我化成你那克娄帕特拉的大理石伙伴,此外你什么忙也帮不了我。而且我肯定地告诉你,我和她不是一类人。忘掉这愚蠢的场面吧,我亲爱的朋友。今后我俩目光相遇时,再也别让我看到你又想起今天这件事。"

"既然你这样要求,一切都会忘光的。"雕塑家在她要走时握着她的手回答道。"还请你记住,只要我能帮你,我随时都会尽力的。此外,亲爱的米莲,让我们还像以往一样坦诚友好地相聚。"

"你不像我原先想的那样真诚,"米莲说道,"你不必尽力让我觉得一切都没变化啦。"

他陪她走过前室时,她指点着那个采珠人像。

"我的秘密不是一颗珍珠,"她说道,"不过谁要是想挖出它,就会葬身海底的。"

肯甫关好门之后,她便疲惫地走下台阶,但中途停了下来,像是在与自己争论:要不要返回去。

"已经造成了伤害,"她想着,"其实我还是需要安慰那种伤

114

害的。我失去了——我在沮丧的盲目中越了轨——以后会证实，我失去了这位头脑清晰又诚挚热心的青年的真诚友情，却什么也没换得。我此刻就回去，求他倾听怎么样？"

她又迈上了两三级台阶，重又停住，自己咕哝了几句，又摇了摇头。

"不，不，不，"她思忖着，"而且我也不晓得怎么会梦想到这一步。除非我把他的心攫为己有，而他的心是希尔达的，我是不该从她那里偷取的。他的心永远不该是珍藏我的秘密的地方。那不是宝贵的珍珠，就像我刚刚对他说的。但我那深红色的宝玉——血一般的红——价值连城，不能存放在一个陌生人的盒子里。"

她走下了台阶，发现她那个"影子"正在街上等她。

第十五章

一伙艺术家

米莲参观肯甬的工作室的当天晚上,由于复活节的前一周已然过去,盎格鲁－撒克逊人便聚会了一次,到场的主要是美国艺术家,还有他们的零散的英国兄弟,以及仍然滞留在罗马的旅游者,几乎无一遗漏。米莲、希尔达和雕塑家三个人全出席了,和他们一起来的是多纳泰罗,他的生活如今已远远偏离了原有的天性,像条长毛垂耳的爱犬似的,只要是他获准能去的地方,总要紧随在他心爱的恋人身边。

聚会的地点设在这伙艺术家群体中一位著名成员的寓所里,那本来十分宽敞的地方显得有些阴暗。这次聚会是非正式的,客居罗马的外国人通常每周都要举行招待会,会上和蔼可亲的人们——有时也会有令人不快的人——不拘礼节地彼此结识。

一个人若是仅仅对艺术感兴趣,是难以在这伙人中满意地找到称心的同伴的,尽管他们的观点和追求中都有扩大世界艺术宝库这一共同目标。

罗马之所以成为艺术家心仪的居留地,成为使他们事先为之感叹,而一旦呼吸到其迷人的空气之后又不忍离开的理想家园,主要原因之一无疑是他们在这里为自己找到了力量,以他们的人数之众,足以创造一种同心协力的氛围。在其它地方,他们只是与他人隔绝的陌生人。而在这片艺术的领地上,他们却是自由公民。

无论就单个人而论抑或从群体而言,在这伙使用凿刀和画笔的兄弟中间,都没有出现普遍地相亲相爱的情况。相反,精明的旁观者会觉得,已被如今的诗人们抛弃的文人相轻的妒嫉和敌意仍然困扰和咬啮着这群富于想象力的人们的内心。其原因不难设想。寄托着雕塑家或画家成功前景的是公众的雅趣,但这部分人远远小于文学家们可以感染的人众。这部分人仅限于富有的恩主。而艺术家都深知,这些富人在判断需要最精微的感受力的艺术品上是盲目的。于是,艺术上的成功就部分地依赖于手腕。几乎不可避免的是,即使天才的艺术家也会藐视他的天才兄弟的声名,而且绝不肯说一句可能有助于他人售出一件雕塑或绘画作品的好话。人们很少听到一位画家对他那门艺术中的什么事情慷慨地连声称赞。而一位雕塑家除去他自己的大理石作品之外也绝不会对别的雕塑施以青睐。

尽管有这种同行冤家的隔膜,但艺术家们总能从彼此的存在和接受中意识到一种交往的温情。他们一想到在祖国的毫无同情的城市里独守自己的工作室,就会不寒而栗。正因为他们能得到这种手足之情,而且远比他们在美术馆的收益更弥足珍贵,所以他们便年复一年地滞留在意大利,任凭他们的创造性从身上消亡,或作为一种野性被磨掉。

当晚的人群中包括好几位为人所知的男女,不消说,还有更多的人是理应被人知道的。在我们卑微的书页上将他们一一指名道姓地介绍一番,而且——假如我们对自己的品位信心十足——按照他们各自的成就为他们加冠封衔,那将是一大快事。机会在诱惑,但无论从我们要加以介绍的那些人抑或为数远远更多的仍需留在暗处的人的角度来说,都是难以成功,而且更是十分危险的。尤其是,书写的墨水会有一种腐蚀性,可能在那些艺术家敏感的皮肤上引起糜烂,而不是令人舒心的骚痒。因此,我们只好把在本章中描写那些在色彩斑斓的画布上或月色般白亮的大理石中声名闪烁的人物时的愉悦,就此放弃了。

不然的话,我们原可点出一位艺术家,他以倾慕的柔情研究着大自然,以致大自然将他揽入她的胸怀,使他能够复制她的湖光山色,绘出看似更美的大地的面貌,然而又是画家内心观察到并以他的技艺为我们阐释出来的周围的真实景色。靠了他的魔法,月亮将其光芒从画面中远远射出,而夏夜的暗红也千真万确地映到了观者的面孔上。或者,我们原也可说出一位诗人画家,他的诗歌有绘画的生动,而他的画面上满是为飘渺的生活而描绘的天使、仙女和水中精灵,因为他在诗意的心境中曾与他们面面相觑。或者,我们原亦可在一位画家面前鞠躬敬礼,因为他以过于认真的情感和过于细腻的笔触,十分真诚地、近乎宗教狂热般地绘制着,使世人当即承认他把多少心血和操劳凝缩进了普罗斯彼罗肃穆的眉头和米兰达少女的可爱之中①;或者,正是从这位画家内心的什么深处,天使才引出了圣·彼得。

上面的画龙点睛似的暗示无非是信手拈来,虽是出于善意,但无一中鹄,却往往歪打正着,这样下面就易于继续了。不过,这样讲讲恐怕无妨:在罗马,美国艺术中的绘画要比雕塑表现得更好。不过,在公众心目中,雕石头的似乎比绘画布的更有分

---

① 参见莎士比亚剧作《暴风雨》,前者为被人篡位的米兰大公,后者是其女儿。

量。或许是由于前者所使用的材料有更伟大的命运和更坚实的物质，因而他们付出的劳动比起色彩的不真实的幻觉感有一种体力上的优越性。做雕塑家本身就非同寻常，而画家除非个别人出了名，却什么也不是。

在场的有一位雕塑家，是个英国人，他有美好的想象力，而且指端也能做出美好的东西。他为人平和、单纯，有长者风，在稍稍突出的前额下方，闪着一双晶亮的褐色眼睛。他的侧轮廓生就像希腊人，仿佛他自己用刀削过。四十年来，他把生命花费在制作维纳斯、小爱神丘比特、酒神巴克斯和众多其它梦幻作品——或者应该说冰霜作品中的大理石后代，它们都是出自希腊神话的蒸汽，在今天的呆滞的窗玻璃上结晶了。他比别的在世的人天生有更精巧的能力。他早已放弃了真实的基督世界，堕落成了异教的理想主义者。在我们当今的世界上，对他的忙碌或成效是极难作出定论的。这位令人起敬的雕塑家对他所用的纯净材料敬爱有加，在剥去大理石的高雅时，赋以人为的暖色。于是看着他的裸体女神雕像，人们会有一种罪孽和羞耻感。无疑，这些雕像以其所有的神性袒露在他的想象力面前。不过，它们以淡黄的色彩，装扮成裸妇的样子，站立在世俗的目光面前。然而，无论对他的风格大胆地提出何等批评，这样一个十分谦逊而又对自己的原则和实践充满彻底和纯朴的自信的人，这样一个对他那种古典成就已代表了雕塑对现代生活的全部影响感到满意而又不形于色的人，与他结识一下还是有幸的。

在他的艺术兄弟中间，这位显赫人物的分量和权威是显而易见的，因为他只要并不引人注目地一开口讲起某个艺术话题，很快便会成为一小伙年轻的雕塑家们的核心。他们吸进他的智慧，似乎可将此用于创造灵感的一切目的。与此同时，他却柔声细气地侃侃而谈，仿佛舍此无它，并且时常用一种温和的、强调的"是的"来认可他自己的结论。

这位老练的雕塑家的不请自来的听众主要都是我们自己的同胞。公道地说,他们是一伙十分心灵手巧的艺术家,每个人大概都为兴高采烈的公众奉献过一尊裸体雕塑,或是以雕出扣眼、鞋带、外衣缝线、衬衫前胸以及其它这类现代服饰的优雅细部的更高技艺赢得了声誉。他们诚然是些聪明能干的人,而且有些还远胜于此,不过确切地说,仍然称不上是雕塑家中有开创精神的人。的确,为满足我们先前提到的要求,一位雕塑家应该比斟酌韵律节奏的诗人更有诗人的修养。他的材料或工具不是瞬息万变的语言,而是纯净、洁白、不朽的物质。这样的材料无论做成什么样子,都会永存,因此就必须以一种宗教式的使命感对它不折不扣地行使有力的保护职责,只能以一种虚无的生命来温暖大理石,作为对其忠心耿耿的谨慎及其永不衰朽的精确的回报。在这方面,大理石具备一种神圣的特性。一个人只要在内心中感到某种奉献精神和神职身分,在公众面前就会表现为认真对待英雄主题,或通过材料之美精巧展现高尚神圣。

恐怕并没有如前所述的观点以及由此引发的疑虑,曾经困扰过大多数聪慧的雕塑家的自满自足。依他们之见,大理石并不具备我们加诸这种材料的圣洁和尊严。无非是采自卡拉拉的白色石灰石,切成方便的石料,价值也就在每磅两三美元之数。经过他们自己千篇一律的构思或所雇石匠的开凿,将其雕琢成形,便可轻而易举地以高得多的价格重新售出。这种凭借一些玩泥小技——也就是只适于捏捏蜡制品的人,居然大言不惭地自诩为雕塑家。想一想有多么可怕吧:由当代艺术家按照十余个彼此各异的模式东拼西凑起来的裸女形象,本来毫无意义,竟然要和卡匹托尔的维纳斯一样长存于世!他的群雕——既然不存在道德或理智的喻义,雕的是什么也就无所谓了——竟然不会比拉奥孔① 那不朽的极度痛苦更早地碎掉!

不过,我们依然热爱艺术家,甚至包括那些其长处我们不敢恭维的人。雕塑家、油画家、蜡笔速写家,或者无论他们采用的是哪一种艺术门类,就我们当晚所见的而论,要比我们平日在普通的社交场合遇到他们时令人愉快得多。他们并不完全局限于实际生活中的那种肮脏环境。他们都有追求,如果坚定不移地走下去,这追求会引导他们到达必有一种旨趣的美丽的彼岸,哪怕他们为拣拾路边的金渣而有所延误。他们的实际事务(虽然他们谈起来和别人谈起棉花、政治、面粉桶和白糖时没什么两样)议论起来总要涉及某种理想。这样,当客人们在宽敞的沙龙中三三两两地随处聚在一起时,四下里就响起了轻松愉快的闲聊声。那种气氛不再是完全的生活琐事,我们在绘画中所见的那种恬淡湿润的色调与灯光融合为一了。

这种良好的效果由于许多奇巧的艺术珍品的展现而相得益彰,那些小玩艺都是主人小心翼翼地摆放在几张桌子上的。主要是罗马及其附近地下埋藏丰富的小件古董——印信、珠宝、青铜小人、中世纪的象牙雕刻,诸如此类的东西不用花多少钱就可以买到,但在艺术博物馆中却是无价之宝。

与这些遗迹同样引人兴趣的是一大夹古画,据其收藏者的看法,其中有些画面显然出自名家之手。这些古画大都保存不妥,支离破碎,因年代久远而发黄,因漫不经心而破损。其中最好的几幅,是在糙纸上用笔墨粗粗草就的原稿,而如果是用炭条或铅笔画的,现今也抹掉一半了。这样粗糙和随意的草稿在别处是难以见到的。然而恰恰是这种匆匆草就的素描稿更有价

---

① 希腊神话中的特洛伊的祭师,因警告国人勿中木马计而触怒天神,连同两个儿子被海中巨蟒缠死。表现他们父子与巨蟒搏斗的雕像体现了痛苦与英勇,为古希腊雕塑中的一件珍品。

值,因为艺术家似乎是灵机一动,便抄起手头现成的材料,把那转瞬即逝的想法牢牢抓住。这样,通过一张油污、沾土、褪色的纸片上的画符似的几笔勾勒,我们便能够悄悄溜到一位昔日大师的身边,观察他天才的表现。

根据好几位行家的鉴定,拉斐尔① 本人的手曾经将其吸引力传达到其中一幅草图上。果真如此的话,这幅草图显然是一幅如今悬在佛罗伦萨大公一间私室中的备受称赞的圣母像的最初构想。另一幅草图是列奥纳多·达·芬奇② 的,似乎是藏于塞阿拉宫中的他那幅《谦逊和虚荣》的数幅构图之一。至少还有六七幅别的作品,收藏者认为都是水平同样高的原作。无论如何,相信其可靠性都足以令人欣慰,因为这些东西比起由他们精心绘制的那些最完美无缺的、光彩夺目的最终艺术成品更能使观者体会到一位伟大画家的魅力。在这种初稿中,有一种四溢的神性。而且也只有在这里,你才能发现纯粹的灵感的光芒,而画家后来辛辛苦苦地用强烈的色彩表现出来的,反倒有些像以次充好了。这些设计图历经三百年的揉搓损毁,仍令人感受到崭新构想的芳香。其魅力的一些部分恰恰在于其尚未完成,因为它给人启迪,引人遐想。而完成的绘画,如果是佳品,便会一览无遗;如果是拙作,则会令人困惑,使人愚蠢,毫无动人之处,因而让人伤心透顶。

希尔达对这一大夹丰富的原稿兴致勃勃。她长时间地盯住一幅草图一动不动,米莲便问她发现了什么。

"你仔细看看吧,"希尔达将草图递到她手中,答道,"如果你

---

① 拉斐尔(1483 – 1520),意大利文艺复兴盛期的画家和建筑师,作品有《圣礼的辩论》和《西斯廷圣母》等。
② 列奥纳多·达·芬奇(1452 – 1519),意大利文艺复兴时期的画家、雕塑家、建筑师和工程师,有多方面的成就,代表画作有《最后的晚餐》、《蒙娜丽莎》等。

透过像是随便画上去的铅笔印迹,用心琢磨这设计,我想你会看到一些非常奇妙的东西。"

"我担心那是白费力气,"米莲说道,"我既没有你那种信念,亲爱的希尔达,也没有你那样的感受力。咦!真的,这是多么模糊的一张草图啊!"

那幅草稿本来就画得很浅,而且比起别的藏稿受时间和虐待的破坏更甚,但仍可以看出曾有过要抹去这设计的意图(或许就是画这张图的同一只手所为)。在希尔达的指点下,米莲终于清晰地辨认出了一个带翼的人形,手中握着一把抽出的剑,脚下卧着一条龙或是一个妖魔。

"我完全相信",希尔达用佩服的口吻低声说,"圭多本人的笔触就在这张古旧的纸片上!果真如此的话,这就是嘉布遣会教堂中他那幅大天使米迦勒脚踩妖魔绘画的原始草图。这幅草稿中的构图和布局同那幅绘画一模一样;惟一的差别是妖魔的面部更向上一些,恶狠狠地瞪着大天使,而大天使则极端厌恶地转过目光。"

"莫怪呢!"米莲应声说道。"圭多这样表现米迦勒,他的表情很符合他那爱挑剔的性格。他根本不可能直盯着妖魔的面孔看的!"

"米莲!"她的朋友用责备的语气叫道,"你伤我的心了。你明明知道,却假装用轻蔑的口吻说起凡世画家画出来的最美丽、最具神性的人物!"

"原谅我吧,希尔达!"米莲说道。"你用宗教的观点来看待这些问题,我是无论如何也做不到的。圭多的大天使诚然是一幅精致的绘画,但给我的印象却不像给你的那么深。"

"嗯,我们不谈这个吧。"希尔达回答道。"我想让你在这幅草图中注意的,是妖魔的那张脸,它和已完成的那幅作品中的妖魔完全不同。你知道,圭多始终坚持说,那张脸和潘菲列红衣主教相像是由于随便的想象。瞧,这张脸才是他最初的构想。"

"而且比起那幅成品,这个妖魔更显得精力充沛。"肯甬接过那幅素描稿,说道。"在大天使的脚下,这条辗转扭动的强龙的丑陋传达了什么样的精神啊! 这张脸也并非不可能的。我敢说,我在什么地方见过这张脸,是长在一个活人的肩上的!"

"我也这样看,"希尔达说道,"从一开始我就注意到了。"

"多纳泰罗,看看这张脸!"肯甬叫道。

可以想象,那位意大利青年对艺术问题感到索然无味,很少或从不就此发表意见。他只把那幅素描在手中捏了一分钟,便厌恶而抵触地一抖,把它放下了,脸上皱起的眉头集中了他的全部痛恨。

"我太熟悉这张脸了,"他低声说,"这是米莲那个模特儿的脸!"

肯甬和希尔达都承认,他们早已看出或想象到了多纳泰罗如此有力地加以肯定的东西。他们半开心半认真地加诸米莲那随从的怪异性格,由于把他化作了二百多年前的一幅画中的妖魔的一部分,而益发突出了。难道是圭多在对罪孽和不幸极尽想象之能事时用铅笔表现出来的,恰恰与这张面孔不谋而合吗? 或许,那本来就是某个人的真实肖像,当年使那位大师挥之不去,如今又缠住米莲了吗? 那个不祥的阴影,是否从大师早年的阳光灿烂的生涯直到阴暗笼罩的晚年,始终追随着他呢? 而在圭多死后,那个幽灵是否潜藏于古墓之中,等待着一个新的牺牲品,直到米莲倒霉地与他邂逅呢?

"我根本不承认这种相似,"米莲眯起眼睛盯着那幅素描,说道,"何况,由于我曾经为那张面孔画过二十次肖像,我想你们会承认我的判断最可靠。"

这时他们又讨论起圭多的大天使,四位朋友商妥,翌日上午他们去参观嘉布遣会教堂,好好验看一下那幅议论中的画,最主要的是看看绘画和素描之间相似这一引人好奇的情况。

这时十点钟已过,有几伙一直站在阳台上的人宣布月亮已然升起,他们提议上街去散步,沿途观赏在意大利明媚的月光下产生最佳效果的一些废墟景色。

第十六章

月色中的散步

　　月下散步的提议得到与会者中年轻人的欢呼同意。他们当即出发,走下一层层楼。他们脚下的路靠蜡烛的昏光来照亮,蜡烛对上上下下的罗马楼梯是夜间的必需设备。他们从院中走出,抬头望去,只见天空亮亮堂堂,似乎有一种淡紫或暗红的色彩,至少比别处清冷、皓白的月色中的天空显得绚丽。月光照到对面宫殿的正面,映出了前廊的檐口和立柱上的建筑装饰,以及地下室窗户的铁栅,使建筑物有一种监狱似的外表,底部更显得衰微破败。在那座宫殿的底层,一只鞋匠正在给他的小店关门;一只卖雪茄的人的灯笼,在沿通道吹来的骤风中忽闪;一名法国哨兵在廊前来回巡视;一只在附近转悠的无处可归的狗向这群人肆意吠叫,仿佛它才是这一带的护卫总管。

　　宁静的空气中充满落水的声响,来自何处却不得见,显然就在附近。这种愉快而又自然的音响,不同于林中远瀑,在城市的喧嚣平息之后,会在罗马的许多街道和广场上听到。这座古城的每个时代的执政官、皇帝、教皇和大人物,要使人对他们的记忆永存,最好的途径便是依靠这种移动而不可摧毁、崭新而从不改变的涌上又落下的水声。那些历史要人在这种不安定的物质中写下了他们的名姓,成为较青铜和大理石更耐久的记录。

"多纳泰罗,你最好从那些欢乐的男孩似的艺术家中找一个同伴,"米莲发现这位意大利青年在她身边时说道,"这会儿我的心情不好,就像那天下午在鲍格才庭园我们带着大家跳舞时一样。"

"我再也不想跳舞了。"多纳泰罗回答道。

"你的语调多么忧郁啊!"米莲惊呼道,"这意气消沉的罗马正在一点点地销蚀着你,你若是不赶快回到你在托斯卡纳的葡萄园中去,就会和其余的人一样,在变聪明的同时逐渐沮丧下去。好啦,把你的胳膊给我吧!不过要当心,不会有什么活泼愉快传到你身上的。今天夜里,我们要沉稳地走路!"

这伙人或是同气相求或是随心所欲地成双成对并肩而行。一位雕塑家总要挑一位画家,画家则要找雕塑家作同伴,而不肯找同门艺术的兄弟。肯甬自是巴不得以希尔达为伴,还拉着她稍稍离开这伙兴致勃勃的散步人。但她却紧靠着米莲,似乎以她温和平静的方式,婉拒与他或其他熟人结伴,而与众人分开。

他们就这样走着,尚未走出几步,狭窄的街道就伸进了一处广场,它的一侧是在月色下水光粼粼的罗马最著名的喷泉。那喃喃的水声——更不消说其隆隆的高吼了——早在他们刚一走出户外时,就一直在大家的耳鼓中响着了。那就是特列维喷泉,其珍贵的水来自远在城墙外的源泉,经过地下管道引到这里,再喷出飞溅的水珠,其纯洁如同那位初次把阿格里帕① 引到她父亲门外喷泉边的处女。

----

① 马库斯·阿格里帕(? —前12),奥古斯都的密友、副手和得力将领,曾任罗马执政官、护民官和宰相。

"我要喝这水，手能捧起多少就喝多少。"米莲说道。"过几天我就离开罗马。按照传说，离别前喝进特列维喷泉的水，能够保证上路人回来，不管他遇到什么艰难险阻。你喝吗，多纳泰罗？"

"小姐，你喝什么我就喝什么。"青年说。

他们和别的人都走下台阶，来到池边，喝了一两口泉水之后，便站在那里观赏起喷泉的荒唐设计。贝尔尼尼流派的某位雕塑家准是对大理石发了疯。那是一座大殿的正面，上面有壁龛和许多浅浮雕，人像中有阿格里帕的那位传说中的处女和好几位寓言中的女伴。底部则是罗马海神尼普顿和他的几匹挣扎着的骏马，身边有吹着号角的半人半鱼的希腊海神，以及二十余个想象出来的怪物，在柔和的月色中，不像本来那样狰狞。

不过，这毕竟是人工设计和雕凿出来的一件宏伟的艺术品。宫殿正面的基部，按照精心的艺术安排和杂乱的有序布局，堆着大块的碎石，样子像是从大洪水以来就堆在那里了。从正中的陡壁上，瀑布呈半圆形落下，而从四周上百个孔隙中则喷出白花花的水汽，石雕妖魔的口鼻中涌出的水流，闪着亮晶晶的光点下落。而其他漫流的一股股水，却放肆地蹦跳着越过布满青苔的滑溜溜、绿茸茸的石头，因为在历经上百年的狂戏中，大自然已经把特列维喷泉及其全部精巧的装置收为己有。水流以喜悦的匆忙和不停的鸣响，一路跃动着，闪亮着，冲击着，终于注入了以大理石镶边的大水池，用抖颤的潮涌将其充满。人们不但能看到从主壁上不间歇地淌下的弧形雪帘中时时飞溅出的泡沫，也可看见在小股喷水中闪亮着的无数白点。水池占据了整个广场，可以踏着一级级的台阶走到池边。在这座人工湖中，小船可以漂流，从此岸航行到彼岸。

白日里，在罗马难得有比特列维喷泉周围更富生活气息的场景了:广场上到处都是卖蔬菜和水果的摊贩,还有炒栗子的、卖雪茄的,以及其他在广场上转来趱去兜售的人们。这里还挤着一些闲人,懒洋洋地靠着铁栏杆。一些林中居民来到这里为的是一睹著名的喷泉。这里还可看到提桶的男人、拿罐的孩童和头顶水罐的少女(如同父权时代一样古老的一幅图景)。因为特列维的水为远近的人们所需:对发烧的嘴唇是最清新的解渴物,是兑酒的最称心的天然水,是最有益健康的饮用水,其天生的纯净实属罕见。但在子夜时分的此刻,广场上冷冷清清,看着那不驯顺的水在月色中顾自嬉戏,竟使所有精致艺术的浅薄都与喷泉那强有力的简朴一样拥有一种自然的外观,实在让人心悦。

"若是我们美国的一座城市中有这样的水力,"一位艺术家设想着说,"又会怎么样呢?我不知道,他们会不会用来推动棉纺厂的机器?"

"那些好人会拽倒那些生动的石雕神像,"肯甬说道,"而且很可能他们会给我派一个任务,让我雕出三十一个州(是这个数目吧?)的姐妹,每个人都要从各自的水罐中把银白色水流注入一个大池中,那是用来代表国家繁荣的大水库。"

"噢,如果想要点讽刺的话,"一位英国艺术家评论道,"你就能把那些一模一样的三十一个州都用来清洗国旗上可能沾上的污渍。那边那家洗衣房中的罗马洗衣妇都在户外洗濯,完全可以胜任模特儿的角色。"

"我常常想在月色中看看这座喷泉,"米莲说道,"因为这里是科琳和内维尔勋爵①　在他们一时不和而分手后的会面之处。

---

① 　出自法国女作家斯塔尔夫人(1766 – 1817)的浪漫小说《科琳,或意大利》(1807),奥斯瓦尔德·内维尔在罗马爱上了旅居该地的女诗人科琳,但她不肯回英国重过刻板的生活,后内维尔另娶,科琳遂郁闷而死。

请你们之中过来一个人，跟我来，让我试试看在水中能不能认出那面孔。"

她俯身在水池的石边上，听到有脚步声悄悄从她身后走来，而且知道有人正把目光越过她的肩头向前面望去。月光直落到米莲的身后，照亮了宫殿的正面和雕像及石头的全部景象，映得水面抖抖闪闪。人们记得，科琳就是在水中的映像中认出内维尔勋爵的。不过，就米莲此刻的情况而论（由于水面在波动，泉水又清澈透明，加之她不得不采取的俯身的角度），没有出现映像。而且由于同样的原因，科琳和她的恋人也不可能就此互相辨认出来。事实上，月光把米莲的身影、同样也把随在她身后一边一个的两个人影投到池底。

"三个影子！"米莲惊呼道，"三个分开的影子，都是又黑又重，沉到了水中！他们躺在水底，仿佛三个人全是一起淹死的。我右边这个影子是多纳泰罗，我从他的卷发和他扭头的姿势上认得出他。我左边这伙伴可让我弄不清，无形的一团，和凶兆一样难以辨清！这会是你们中间的谁呢？啊！"

她说话时已然转过身，看到她身边的就是那个陌生人，他随同在她身旁已经司空见惯，这对所有的艺术家来说，又奇怪又可笑。认出那人之后，大家哄堂大笑。那模特儿向米莲靠过去，她则边向后缩边咕哝着什么远处看着的人听不清的话。不过，从他的姿态来判断，他们的结论是：他在邀请她洗洗她的手。

"他不可能是意大利人，至少不是罗马人，"一位艺术家评论道，"我从来不知道他们当中有谁在乎沐浴。看看他现在的样子吧！他像是在竭力洗掉上千年的尘土和时间的污迹！"

那模特儿把手浸到他面前这个硕大的浴盆中，使劲地搓着两手。他还不时地盯着水中，仿佛要想看看，经过洗手之后，整个的特列维喷泉脏到什么程度。米莲露出真正的恐怖的神情，

130

看了他有一会儿,甚至还靠近他向池中望着。她平静下来之后,用一只手掬起一些水,按照一种古老的驱魔方式,把水向她的迫害者脸上洒去。

"以所有圣者的名义,"她高声说道,"消失吧,妖魔,让我从今以后永远摆脱你吧!"

"这是徒劳的,"那伙快乐的人们中有人说道,"除非特列维喷泉涌出的是圣水。"

事实上,这种驱魔法对那个顽固的妖魔或者无论什么幻象,根本就没有效用。他继续洗着他那双褐色的干瘦的手爪,他还在向大池中盯着看,似乎罗马的这个硕大的水杯中全部的水需要染成墨黑或血红。而且他示意米莲照他的样子去做。旁观的人放声大笑,但还是有所控制,因为那家伙露出了出奇地反感和狰狞的模样。

米莲感到她的胳膊被多纳泰罗蛮横地握住了。她回头看他,只见他那野性的眼睛中闪着老虎般的恶狠狠的亮光。

"让我来淹死他吧!"他低声说,由于气愤和可怕的厌恶,还直发抖,"一会儿你就会听到他临死的咕咕声了!"

"安静些,安静些,多纳泰罗!"米莲劝慰着说,因为这个天生温存又贪玩的青年似乎已经冒着动物般的怒火了。"别伤害他吧! 他疯了,如果我们听凭自己被他的古怪行径激得不安,我们就和他一样发疯。我们别理睬他,让他留在这里好了,如果他从中可以得到慰藉消遣,就让他在泉中洗手,直到把池水洗干吧。这与你我又有何相干,多纳泰罗? 好啦,好啦! 安静些,傻小子!"

她的口气和姿态就像是在哄一条愤怒的义犬,而忠心耿耿的狗正准备对某个假想的要冒犯它的女主人的东西施行报复。她抚弄着青年的卷发(他的突然发怒和凶狠似乎使他的头发直

131

立起来),并用她柔软的手掌摸着他的面颊,真到他的怒火稍稍平息下去。

"小姐,我还像你初次见我时的样子吗?"他问道,还发出了一声沉闷且微颤的叹息。此时他俩向前走着,与其余的同伴拉开了一些距离。"我觉得,这几个月来,自己身上发生了一种变化。尤其是最近这几天,变得越来越厉害了。欢乐已从我的生活中消失,全部消失了! 丝毫不见了! 摸摸我的手,是不是热得烫人? 啊! 我的心烧得更烫!"

"我可怜的多纳泰罗,你病了!"米莲怀着深切的同情和怜悯说道,"这个忧郁和易致病的罗马,已经把属于你的欢乐多彩的生活偷走了。回去吧,我亲爱的朋友,回到你那群山环抱的家乡去吧,在那里(我从你告诉我的情况中可以看出),日子充满了简朴而无可厚非的愉悦。你在那里享受到的东西,在这个天地里是没有的,你难道没发现吗? 跟我说实话,多纳泰罗!"

"是的!"青年回答道。

"看在上天的份上,那这里又有什么可留恋的呢?"她问道。

"我的心中有一种烧灼的痛苦,"多纳泰罗说道,"你正在其中间。"

这时,他俩已远远地把特列维喷泉抛在了身后。那周围的景象已经引不起进一步的幻觉了,因为大家认为米莲的迫害者头脑有了毛病,他的任何奇异做法都不足为怪了。

他们穿过几条窄街之后,又走过了神圣使徒广场,很快便来到了图拉真① 广场。从整个罗马的表面上看来,似乎由于时间的努力而把那座古城埋葬了,仿佛古城是一具尸体,而时间则是掘墓的教堂司事。于是,长达十八个世纪的表土在坟墓上堆积

---

① 图拉真(53? – 117),公元 98 – 117 年的古罗马皇帝,颇有政绩,曾将领土东扩到波斯湾。

得越来越厚,其中有徐徐撒播的尘埃,也有晚近的废物,都层层垒在了更古老的废墟之上。

　　这也是图拉真广场的命运。直到数百年前,某位对文物感兴趣的教皇开始挖掘,出土了完整的周围饰有表现古代皇帝黩武行径的浅浮雕的巨大圆柱。在其前面的一片地方,是一处石林,由一座不复存在的庙宇的长短不齐的破损石柱组成,排列依然整齐有序,看得出当年的雄伟,显然未遭到过进一步的破坏。广场上的现代建筑(——无疑是在其古代的雄伟的废墟上完全重建的)俯视着这些石柱矗立的大坑。

　　一根巨大的灰色花岗岩立柱躺在广场中,就在那片地方的边缘处。这是一个证明过去的巨大而实在的存在物,使古罗马实际上变得看得见、摸得着了。任何对历史的研究、任何思想的力量、任何歌唱的魔力,都无法像古罗马的统治者和老百姓做出的这个坚实的实例这样生动地使我们确信:罗马曾经存在过。

　　"看见了吧!"肯甬把手放到石柱上说,"在这根石柱的粗糙物质上还保留着一处打磨的痕迹。即使此刻,天已经这么晚了,我还能很敏锐地感到白天太阳的温暖,这是曝晒透了的结果。这根石柱要始终经受这种日晒。十八个世纪之前的打磨刚刚完成了一半,还有今天的日照,热量一直保持到半夜,看来与石柱本身相比,都同样算是短命了。"

　　"石柱虽然又硬又重,"米莲议论道,"在它里边却可以找到舒适。石柱会在这里永远躺下去,使得所有的人类烦恼看来只不过是一时的忧虑罢了。"

　　"而人类的幸福也会转瞬即逝的,"希尔达叹着气评论道,"而且美丽的艺术也保持不了更久!我不乐于去想,这块粗笨的石条,只因为其巨大,便较任何绘画能保持得无比地长久,哪怕其精神生命应该使之不朽呢!"

"我可怜的小希尔达,"米莲说道,还亲热地亲吻了她,"为了使一幅画永存的缘故,你肯不肯牺牲这最大的人生安慰——这可是我们从一切事物的短命中,从每逢推测时就要说的'这也会过去的'那句千真万确的话中推演出来的——肯不肯放弃这种说不出的好处呢?"她们的说教式的谈论被其余人的叫声打断了。原来,他们在一起说说笑笑之后,突然异口同声地扯着嗓子喊叫起来:

"图拉真!图拉真!"

"你们为什么这样大叫大嚷?把我们的耳朵都震聋了。"米莲说道。

事实上,整个广场上始终充斥着他们的大声闲聊,从周围的房子反射回来的回声在多个方向上重复着"图拉真"的叫声,仿佛大家在拼命寻找那位皇帝,可惜连他的一把骨灰也未发现。

"怎么?有机会在这种有反响的广场放开喉咙,挺好嘛,"一位艺术家回答道,"何况我们还真希望把图拉真唤出来看看他的柱子呢,你们知道,他生前都没有看到过的。这儿有你的模特儿(人们说,他是活在图拉真生前并犯下罪孽的)仍在罗马游荡,为什么图拉真皇帝就不能露面呢?"

"死去的皇帝对他们的柱子没什么兴趣,恐怕是的,"肯甬议论道,"从柱子的基座到柱顶盘绕着的描写图拉真血腥战争的丰富的雕刻,在他那幽灵的眼睛看来,可能只是丑陋的场面呢,若是他想到这根好几层的巨柱要陈放在最后审判席前,作为他对血肉之躯肆虐的一件证物的话。如果请我雕刻英雄纪念碑,我一定会想到这一点,就像我在柱脚浅浮雕上所做的那样!"

"石头里面也有说教呢,"希尔达回味着肯甬的道理,面带微笑地说,"尤其是罗马的石头。"

一伙人继续向前走,不过稍稍偏离了直道,为的是看一看乌尔托战神庙的笨重残迹,那儿如今有一群修女在里面住持,那是战神宅邸中的鸽巢。他们在不远处经过了密涅瓦① 神庙的门廊圆柱遗迹,那是最丰富多彩的建筑,下半截被潮水似地积压在死去的罗马的表面土壤中埋着,而上半截则被时间的咬啮和暴力的破坏损毁得不像样子了。在这座古代神殿建筑的遗址内,开设着一家面包房,门开在一侧。古代庄严神圣的遗迹被用于今天最平庸的必需,这在罗马比比皆是。

"面包师刚出炉了一批面包,"肯甬指出,"你们嗅到有多酸了吗? 我若是不了解现代的罗马人喜欢发酵的酸味面包,一定会想象是密涅瓦(为了报复对她神庙的亵渎)狡猾地向这炉面团中加进了醋。"

他们拐进阿列桑德利亚大街,来到和平神庙的后门,穿过高大的拱门,沿着一条两侧是篱笆的小巷继续向前走去。十分可能,一条堂皇的罗马大街就埋在这貌不惊人的陋巷下面。他们此时已走出现代城市的密布的狭窄街道,踏到了土路上。在这里,古代宏伟的种子尚未像别处那样孳生出肮脏的作物。这条巷中杂草丛生,两侧都是乱槽槽的废墟堆,还有哈迪安设计和建筑的宽大庙宇的光秃秃的遗址。尽头是一处陡坡,坡底处有一条泥沟,在明亮的月光下,沟的两侧矗立着古罗马圆形大竞技场的高大的弧形围墙和众多的拱门。

---

① 罗马神话中司智慧、艺术、发明和武艺的女神,相当于希腊神话中的雅典娜。

第十七章

米莲的烦恼

　　如同平素的月夜一样，这一著名的废墟门口停着好几辆马车，四周和里面却一片幽静。值勤的法国哨兵站在主要的拱门下，好奇地睨着这伙人，但没有阻拦他们进去。圆形大竞技场的里面，月光倾泻下来，铺满了这里的巨大空地。月光照亮了虚墟一层层的看台和长草的拱门，使得这一切看起来过于清晰分明。这种纤毫毕现的明亮，带走了昏暗造成的无可估量的神秘效果，那种效果原可帮助人们的想象力建起比这剧场更宏伟的建筑，再将其化为更具诗情画意的腐朽。拜伦的著名描绘胜于现实。他用心灵之眼透过众多介入的岁月观看这里的景色，似乎不是由这明亮的月光，而是由星光朦朦胧胧地照亮这一切的。

　　我们那伙朋友纷纷坐了下来。有三四个人坐在一根侧卧的石柱上，一个人坐在一块说不出形状的大理石上——那东西曾经是古罗马的祭坛，余下的坐在一处基督教神龛的台阶上。他们虽属哥特人和蛮族①,但那种在一起畅谈的样子,倒像是现今在意大利的那个温文愉快的民族。就在这座圆形大竞技场里,当年曾有多少角斗士和野兽搏斗并死亡,又有多少殉教的基督徒的热血被彼时的罗马人最凶残的野兽吮舐过啊!此刻这里仍有许多娱乐和消遣的玩艺。一些少男少女正穿过开阔地开心地赛跑,在有拱门的底层看台的暗处玩着捉迷藏。人们不时可以听到一个嬉闹的女孩又叫又笑的尖声。她的影子泄露了秘密:原来她投在一个青年的怀抱里。年纪稍长的人们坐在大竞技场周围散放着的大理石断柱残块之上,用意大利语那种短促的节奏轻快地交谈着。大竞技场中心的大黑十字架的台阶上坐着一伙人,唱着断续的歌曲,在音段中夹杂着欢声笑语。

在这种地方寻欢作乐有些奇特。那座黑色十字架标志着地球上的一个特别血腥的地点,垂死的角斗士成千上万次地倒下去,许多比战场上更大的人类痛苦都得以忍受下来,只是为了多方的消遣。不过,这地方从这一切罪行和悲惨中却衍生出一种非同寻常的神圣。一条碑文上写道:印在黑色十字架上的每一次亲吻,都可获得七年的放纵,七年的减缓炼狱之苦,和及早地享受上天的祝福。经历了中世纪之后,在累积的罪孽如此之多、残留的诱惑如此之少的时候,比起把生活全用在亲吻圆形大竞技场的黑色十字架上,不是能把生活利用得更好嘛!

除去中心处的奉献活动之外,整个地区由于一系列的神龛而倍显神圣。这些神龛沿着圆圈矗立着,每一座都纪念着救世主受难的处境中的一个场面。一个朝圣者按照一种普通的习俗,正跪着从一个神龛移到另一个神龛,每到一处都要进行苦行赎罪的祈祷。步履轻快的姑娘们跑着横穿他爬行的路线,或是

---

① 古罗马亡于哥特人等蛮族之手,哥特人即日耳曼人,盎格鲁一撒克逊人为其一支。

在他跪倒的神龛近旁与她们的朋友们嬉戏。朝圣者对此不闻不问，而姑娘们也绝无不敬之意。因为在意大利，人们按照自己的方式，让宗教与生意和游玩并行不悖，而且他们也惯于在两次欢乐或两次罪孽之间，跪倒在地祈祷，或者观看他人祈祷。

在我们的描述即将结束之时，在投到圆形大竞技场上部的大片阴影中，可以看到一点红光闪烁。那红光时而穿过一系列的拱门闪亮，或在从某个废墟的深处升起时，投出更大的一片亮光。它时而被长到那个令人晕眩的高度的一丛灌木所遮拦。那红光沿着大竞技场的看台越升越高，直到如同与高墙顶部相接的蓝天中的一颗星。那红光表明，一伙英国或美国人在月色中对这里进行了必不可少的参观，而且因为拜伦的——而不是他们自己的狂喜而兴高采烈。

我们的这伙艺术家，坐在倒地的石柱上、异教的祭坛上和基督教神龛的台阶上，几乎以同等的注意力，同时欣赏着这里的月光和阴影、当前的欢乐和模糊的回忆。艺术家们确实由于追求理想而有些超凡脱俗，因此也就能够抓住在普通人群的生活气氛中飘浮的短暂的芳香。即使他们个别地讲缺乏想象的天赋，但总体上说却共有一种特性、一种天才、一种法宝，使他们得以比他人更充沛地融入这种月色和浪漫的淡淡的喜悦之中。

"这多让人高兴啊！"希尔达说道，照例逢到高兴就叹息一声。

"是啊，"肯甬说，他坐在石柱上，挨着她，"我们现在所观赏的圆形大竞技场，比起当年八万人一排高过一排地挤坐在一起观看他们的族类被狮子和老虎撕得粉身碎骨时，要让人高兴得多了。想到这座大竞技场实际上是为我们而建，在修成差不多两千年之后，才派上最好的用场，真是奇特极了！"

138

"韦斯巴芗① 皇帝头脑中大概想不到我们，"希尔达微笑着说道，"但我照样为他建了这个大竞技场而感谢他。"

"恐怕他从他所娇纵的嗜血的人们那里得不到太多的感谢，"肯甬继续说，"想象一下吧，那八万个孤魂怨鬼在夜里凑在这里，从拱门破损的看台上向下张望，对他们曾经欣赏过的野蛮娱乐，一方面痛心疾首地懊悔，一方面又渴望着能够再从头观赏一次。"

"你把哥特人的恐惧带进这平和的月景中来了。"希尔达说道。

"不，我有充分的根据证明这座大竞技场挤满了鬼魂。"雕塑家回答道。"你还记得本弗努托·切利尼在《自传》② 中描写的那个名副其实的场面吗？ 与他熟识的那位招灵巫师画了一个魔法圈——我猜想就在如今立着黑十字架的地方——并且招来了无数的妖魔。本弗努托亲眼目睹他们——巨人、侏儒和其他外貌可怖的东西——在那边的墙上面蹦蹦跳跳。那些鬼魂活着的时候准是罗马人，而且是这座血淋淋的竞技场的常客。"

"我看见了一个鬼魂，就是现在！"希尔达有些毛骨悚然地说。"你们没注意到那个朝圣者吗？ 就是那个跪着沿那圈神龛转了一圈，而且在每座神龛前都要虔诚地祈祷的那个人。现在他已经在那条轨道上走了很远，就在他面对我们的位置上，月光照亮了他的面孔，我想我认出了他！"

"我也认出了他，"肯甬说道，"可怜的米莲！ 你认为她看到他了吗？"

他们环顾四周，看到米莲已经从神龛的台阶上站起身而且

① 韦斯巴芗(9-79)，公元69-79年时的古罗马皇帝，大竞技场等罗马大型建筑均由他营建。
② 参见第十三章注，这位16世纪的雕塑家兼金匠写的《自传》也很有名。

消失不见了。事实上,她是退到正开在他们身后的一道拱门的深影中了。

多纳泰罗的忠心守护绝不亚于一条猎犬,他此刻已然悄悄跟在她身后,成了一个有某种恐怖之处的场面的天真的目击者。美貌的米莲不知道他就在近旁,自以为没人看得见她,便开始狂烈地舞动起来,她咬牙切齿,拼命向四下甩着手臂,还用力跺脚,仿佛她抽身到一旁,只是为了把一阵短暂的疯狂发泄出来。处于极度烦恼或强烈冲动却又必须隐忍的人,就会用这种狂野的方式来放松自己的神经。不过实际上,他们会觉得放声尖叫是更有效的出路。

于是,米莲在大竞技场阴暗的拱门下甩掉她的自我控制之时,我们便可以把她看作是个疯女人,她把长期的精神病因素集中在瞬间表现出来了。

"小姐,小姐!可怜可怜我吧!"多纳泰罗边走近她,边叫着,"这太可怕了!"

"你怎么敢偷看我!"米莲惊叫道,随后又压低声音说:"男人受到比这小的冒犯,都会一心想死的!"

"只要你愿意,或者需要,"多纳泰罗恭顺地说,"我就不惜一死。"

"多纳泰罗,"米莲靠近那青年,低声说着,刚才那几乎发疯的举动仍使她的嗓音打颤,"如果你珍重自爱,如果你愿意得到凡世的幸福——像你这样的人是最应有福的,如果你会像你的先人一样,在你的橄榄园和托斯卡纳葡萄园中安度晚年,如果你要让你的孩子享受同样的宁静、幸福和与世无争的生活,那就离开我远远的。别回头看!什么也别再说,就此走掉吧。"他伤心地凝视着她,但没有动。"我告诉你,"米莲继续说,"我头上笼罩着巨大的邪恶!我自己清楚,我看得见那邪恶就在天上,我感觉到它就在空气中！它定会将我彻底压倒,就像这座拱门会坍下来,砸到我们头上！要是你站在我旁边,它也会压倒你的！现在就走吧,当邪恶的精神靠近时,就照你的信念要求你的,画个十字。离开我,不然你就永远毁了。"

多纳泰罗的脸上本来似乎只有单纯的表情和欲火中烧的美,此时却被一种更高尚的情操所照亮。

"我绝不会离开你,"他说道,"你无法把我从你身边赶走。"

"可怜的多纳泰罗！"米莲换了口气说,更像是自言自语,而不像对他讲话。"难道就没有别人追求我——追随我,没有别人执著地分担我的折磨和命运,而只有你吗？人们都说我长得美,而且我也曾幻想过,只要我需要,我能让全世界拜倒在我脚下。可是看啊！这里就是我的最大需要,我的美貌和我的天赋给我带来的只是这个可怜、单纯的男孩。人们都说他只有一半头脑,确实,他除了高高兴兴之外无所适从。而我却接受了他的援手！明天,明天我会把一切都告诉他！啊！用我这样的苦恼来染黑他乐天的本性,真是罪大恶极啊！"

她向他伸出手去,在多纳泰罗把嘴唇印到她的手上时,她惨笑着。他俩正要从拱门深处出来,就在那时,那个跪着沿神龛的轨迹转圈的人,刚好抵达米莲刚才所坐的台阶的那座神龛。他在那里照例祈祷,或者像是在祈祷。不过,肯甬——他坐在近旁,把那人的脸看得一清二楚——惊讶地发现,那个祈祷者只是表演着一种规定的赎罪苦行,而毫无理应具备的实实在在的悔罪感。即使在他跪倒之时,他的眼睛仍转来转去,而且米莲不久也就觉出他已经发现了她,尽管她藏身在拱门的暗处。

"无论如何,他显然还是个好天主教徒,"有一位艺术家悄声说,"毕竟我们恐怕不能把他说成是在地下陵寝中徘徊的那个老异教徒。"

141

"那些传道总会① 的神学博士们或许可以使他皈依，"另一位说道，"他们执行这样的任务有一千五百年了。"此时，这伙人认为该继续他们的散步了。他们从圆形大竞技场的一道侧门出来，左边是君士坦丁② 拱门，上方是已经成了瓦砾的凯撒宫的废墟，其中的一些部分又有了新的外观：或是中世纪的女修道院，或是现代的别墅。他们转向进城的方向，走到了旧罗马大道上铺着的扁石板上，穿过了提图斯③ 凯旋门。月亮把门洞内部照得很亮，能够看到镶在大理石内壁上的犹太式的七枝花灯。原来的那件可怕的战利品此刻仍埋在台伯河的黄土淤泥中。若是俄斐④ 黄金能够重见天日，无论按犹太人还是非犹太人的估计，那可都是昔日的最弥足珍贵的文物。

站在如此众多的古代尘埃之中，难免不令人产生一种陈腐的神秘感，成百上千的游客都曾经坚持这样说。在这条铺路石磨得半光的大道上，在提图斯的这座凯旋门下，罗马军团曾经迈着大步出发，到遥远的地方去征战。他们凯旋归来，带着大批的俘虏和无法估价的战利品。罗马人的每一次胜利都是令世界骄傲的最令人眼花缭乱的欢庆盛典，络绎不绝的队伍招摇着流过这些石板路，穿过这座高大的拱门。信笔提及这样的往事并非离题。只要我们能创造出对我们故事中的人物的兴趣，就是涉及西塞罗⑤ 的脚如何踏到那边的那块石头上，或是贺拉斯⑥ 如

---

① 罗马天主教的传道总会由红衣主教组成，负责海外传教。
② 指君士坦丁大帝(288？ －337)，306－337年间的罗马皇帝，于330年迁都拜占廷，将该地更名为君士坦丁堡。
③ 提图斯(39－81)，79－81年间的古罗马皇帝，曾夷平耶路撒冷，他即位后新建的凯旋门至今犹存。
④ 俄斐为《圣经·列王记》中盛产黄金和宝石之地。
⑤ 西塞罗(前106－前43)，古罗马的政治家、演说家和哲学家，任执政官时力图恢复共和制，后被杀。
⑥ 贺拉斯(前65－前8)，古罗马诗人，从倾向共和转而拥护帝制，曾写诗歌颂奥古斯都的统治。

何惯于在附近散步,使他的步伐同他头脑中吟唱的颂歌合拍,不也是明智之举吗?那个庞大而威严的时代的鬼魂们如此密集,反倒使今天的现实中的人显得稀少了,他们站在拱门和石柱近旁时颇有些鬼头鬼脑,连他们那并不结实的血肉之躯看起来都像是石雕群像了。

这伙艺术家继续向前走去,时常遇到和他们一样的成双成对或成群结伙的半夜闲逛的人们。在今晚这种月色明媚的夜晚,罗马是不眠和惊醒的,到处都充满了欢歌笑语,谁若是按时上床就寝,这喧闹声就会融入你的梦境。但最好还是走上街头,投身到这欢乐的时光中去。因为在罗马的氛围中,白昼时的那种沉重的倦怠感,在月色星光下就轻松得多了。

此时他们来到了古罗马广场的遗址一带。

第十八章

在悬崖边缘

　　"咱们可以定下来了，"肯甬坚定地跺了一下脚，说道，"这里就是那处地裂的准确地点，就是库尔提乌斯① 和他那匹骏马猛跌下去的深坑。想想看吧，这么暗的大裂口，深不见底，还有半人形的妖魔和狰狞的面孔，隐隐约约地从洞中向上看着，把从坑边向下窥视的好人们吓得要死。如今有了一个人们从未想到的题材，可以编成一个可怖的鬼故事，依我看，其喻义和这道沟一样深呢。毫无疑问，这里面有预言式的幻象——罗马所有的未来灾祸的暗示——哥特人、高卢人、甚至今天的法国士兵的形象。这么快就把它填塞起来，真是一大遗憾！我倒一心想往里面窥视一番呢。"

　　"我想象，"米莲议论道，"每个人逢到意气消沉的时候都会向里面窥视的，就是说，在他心思最深的时候。"

---

　　① 　马库斯·库尔提乌斯，传说中4世纪时的罗马英雄，他全副盔甲骑马冲入地震时在罗马广场附近裂开的地洞，满足了预言家所说的将罗马最珍贵之物投入洞中方可弥灾的说法。不过他自视为罗马最珍贵之物也引起本书中人物的非议。

"这么说，那个深洞在哪里呢?"希尔达问道，"我可从来没向里面窥视过。"

"耐心等一等，就会为你敞开的。"她的朋友回答道。"那个裂缝仅仅是在我们脚下的一个黑漆漆的洞口而已，是到处都有的。人类幸福所依托的最坚实的物质，不过是覆在洞口的一层薄壳，其真实程度也就足以撑起我们脚下的舞台幻景。用不着地震，裂缝就会开的。只要比平时的步伐稍稍沉重一些就足够了。我们必须时刻轻手轻脚地不去踩透那层薄壳。我们终归是要沉沦的! 库尔提乌斯早早跌了下去，不过是个愚蠢的壮举。因为，你看嘛，整个罗马都被那道深沟吞噬了，他先走那一步又有何用? 凯撒宫掉了下去，只有其瓦砾发出了空洞的轰隆响声! 所有的神殿全都翻了进去，成千上万的雕像随后也被抛了进去! 所有的军团和军乐队，在奏着进行曲行进在沟边时，也落了进去。还有一切英雄、政治家和诗人们! 全部堆在了那个自以为能拯救众人的库尔提乌斯身上! 我不愿意笑话那位英勇骑手的志得意满，却又无法避免。"

"听你这样讲我很难过，米莲，"希尔达说，她天生的愉快的虔敬被她朋友的关于人类命运的阴郁观点震惊了，"在我看来，没有什么地裂，我们脚下也没什么可怖的空洞，除非是我们心中的邪恶要挖掘出一个。若是有这样一个地裂，我们就用美好的思想及行为在上面搭起一座桥，平平稳稳地走到对面去。无疑，是罗马的罪孽造成那条深沟敞开了。于是库尔提乌斯就以他英勇的自我牺牲和爱国精神将其填平，那是古罗马人所知的最大美德。每一桩错误都加深了沟的深度，而每一件正确之举又使之弥合。由于罗马的邪恶远远多于美好，整个国家最终全都沉陷了进去，真的。不过，本来不见得会如此的。"

"唉，希尔达，结局终归是一样的嘛。"米莲沮丧地应道。

"这也是毋庸置疑的,"雕塑家接下去说道(因为他的想象力被这个神奇的地裂极大地激发起来了),"罗马人所流的血,无论在战场上,或是在竞技场中,还是在十字架上——不管是公开的或是私下的残杀——都淌进了这条致命的深沟,并且就在我们的脚下形成一个巨大的地下血湖。从凯撒胸部的三十处伤口流出的血,也流向那里,从弗吉尼亚① 胸前纯洁的小伤口流出的血,也流进了那里! 毫无问题,弗吉尼亚是由她父亲刺死的,准确地点就在我们现在站的地方。"

　　"这么说,这地方永远填不满啦!"希尔达说道。

　　"流血中还有这种潜在的福分吗?"米莲问道。"不,希尔达,别顶嘴! 我正确地接受了你的意思。"

　　他们重新向前走。这时,从广场的撒克拉大街,从夹在和平神殿和凯撒宫坡上的一道道拱门下面,又升起了月色中散步的人们的歌声。于是,空中便充满了互相冲撞的民歌旋律,并且汇成了一股到处可闻又听不清楚的曲调,人们分辨不出其中任何一支歌曲的主调。这些好的榜样,以及当时和谐气氛的影响,激励了我们的艺术家朋友们也要一展歌喉。且不管他们的歌唱技巧和声音洪亮的程度如何,反正他们是齐声高唱了——我们相信一定是那支《欢呼,哥伦比亚!》,它恐怕要让古老罗马感到以回声来准确重复的极端困难。连希尔达也用她那柔细甜润的嗓音加入她故国歌曲的合唱。米莲起初没有出声,大概是熟悉那种抑扬顿挫。但是,她突然唱出了宽厚而又激昂的歌曲,似乎融进了别人的整个声音,随后又盖过他们,直升到原本是一片寂静的高空。那悦耳的嗓音的音量,唱出了极度的烦恼。她始终有一种冲动——终于在必要时爆发了——要放声高唱。但她一直

---

　　① 罗马神话中为免受执政官污辱而由其亲父杀死的贞洁少女。

146

压抑着,直到这齐声高歌给了她机会,得以用高叫来松弛一下她的内心。

他们走过了弗卡斯望柱,俯视着一片挖掘的地带,那里有一大堆乱糟糟的立柱、拱门、铺路石板和散乱的瓦砾——被时间之胃狼吞虎咽时掉落下的残渣——在卡匹托尔山脚下或倒或立。那座著名的小丘(只是叫作山而已)此刻在他们面前拔地而起。沿山坡修建的笨重的石头工程,犹如罗马本身一样古老,那样子像是在容忍着世界保持任何物质或作为。这些工程曾经支撑过卡匹托尔山,如今又肩负着中世纪工匠们在古老的基础上建起的那座仍然屹立着的高塔,俯视着比任何其它场景所能展示的更饶有历史趣味的更宽广的册页。在罗马石头工程的同一基座上,无疑会升起其它他建筑,并且像其它昙花一现的事物一样也会消失。

在一个现场参观者看来,罗马的历史事件和罗马生活本身,似乎不像其后的哥特时期那样遥远,这倒是值得注意的。我们无论站在罗马广场中或是卡匹托尔山上,仿佛看到了罗马时代近在咫尺。我们忘记了在那个时代和我们之间隔着一道鸿沟,其中横亘着所有那些黑暗残暴、无文字记载的世纪,其中有基督教诞生时期,骑士和浪漫时代,封建体系和较罗马更为美好的一种文明的婴幼期。或者,如果我们记得这些中世纪的时期,它们依然比奥古斯都时代显得更远。其原因可能在于:古罗马的文学复苏了,为我们创造了一种对古典时期的亲切感,而我们无法对随后的各个时期形成这种感觉。

不仅如此,意大利的气候剥夺了时代的可敬畏之处,使之显得比实际要近。圆形大竞技场也罢,沿亚壁古道① 的坟墓也

---

① 公元前 312 年由古罗马监察官亚壁乌斯监建的大路,由罗马至布林迪西,全长约 366 英里。

罢，罗马广场上最古老的石柱也罢，乃至任何其他罗马废墟，尽管早已坍塌倾倒，都从来没有引起我们在面对一座英格兰修道院或城堡，看到其布满青藤的灰墙时的那种对古老久远肃然起敬的感受。然而，我们在罗马废墟处拣到的一砖一石，都要比英国古迹奠基之时早得多。这是因为大自然情有独钟地将英国古迹布满青藤，宛如旅鸫用林中树叶掩盖其死去的雏鸟一样温情。因为大自然竭力要把它们变成她自己的一部分，便逐渐抹掉其人工雕凿的痕迹，用她自己的青苔和蔓延的葱绿将其铺满，直至她把整座建筑夺回去。可是在意大利，只要人一开凿石头，大自然便就此放弃她的权力，再不去那里染指。任其在太阳下曝晒，年复一年地赤裸光秃。除去这种自然的不利条件，在罗马，一个接一个世纪也尽其所能使废墟进一步废弃，偷走那里的大理石和刀劈斧削的石头，只留下黄色的砖块，就其风景效果而论，人们对它也再无敬意可言了。

这伙艺术家从罗马广场蜿蜒而上，来到卡匹托尔山顶的康皮多格里奥广场。他们在那里站了一会儿，观赏马库斯·奥勒利乌斯① 骑马的青铜像。月光的照射使曾经盖满骑者和马匹身上的包金残迹闪闪发亮。那层金膜虽然几乎掉光，但那副威武的外貌犹在，人物身上仿佛罩着一层帝王袍服的光辉。那是世界上这种帝王造型中最富雄伟气派的。早年异教皇帝的那种英姿，看上去那么威风凛凛，舍我其谁地君临天下，令人望而生畏，甘心服膺。它自有一种使人敬爱的魅力，即使在一个满怀民主观念的人的心中，也足以激起瞬间的效忠之情。他的一只手臂向前伸出，做出无限权威和广施福泽的姿态，似乎在颁布一项政令：任何要求都不会得到批准，但顺民的最高利益自会予以考

---

① 马库斯·奥勒利乌斯(121－180)，161－180 年间的罗马皇帝，宣扬禁欲主义和宿命论，对内迫害基督教，对外常年用兵，后死于军中。

虑。他的一道命令本身就是一种福祉。

"这座铜像的雕塑家懂得一位国王应该是什么样子,"肯甫评论道,"而且也懂得人类的心,知道他们如何像孩子对待父亲一样,在什么样的头衔下,怎样敬仰真正的统治者。"

"噢,哪怕只有一个这样的人呢!"米莲哀叹道,"在一个时期,在全世界有这样一个人也好啊,那样,我们这些可怜人的凄苦、恶毒的奋争就会很快地解脱掉啦。人们会带着无论什么样的悲痛——这之中甚至包括怀着沉重的心的可怜而又脆弱的妇女——来到他的面前,把这一切陈放在他脚下,再也不需要重新拿起来了。主持正义的明君会明察秋毫的。"

"对王家的职权居然抱这样的想法!"肯甫微笑着说,"这是希望一切十全十美的妇人之见。不用说了,希尔达也是这样想的喽?"

"不,"心平气和的希尔达回答道,"我绝不会谋求人世间的国王作出这种协助的。"

"希尔达,我的虔信宗教的希尔达,"米莲突然把那姑娘拉到她跟前,悄声说道,"你知道我是怎么想的吗? 我宁肯献出我所有的一切和我的希望——乃至我的生命,那该多么自由——来换取片刻的你对上帝的那种虔信! 你猜不透我对宗教的需要。看来,你当真认为上帝洞悉一切并关怀我们啦?"

"米莲,你吓坏我了。"

"嘘,嘘! 别让他们听见你的话!"米莲压低声音说。"你说我吓坏你了,看在上天的份上,怎么吓的? 难道怪我吗? 我的举止里有什么发狂之处吗?"

"只是刚才那一会儿,"希尔达答道,"因为你刚才似乎怀疑上帝的意志。"

"我们另找时间再谈那个,"她的朋友说道,"此时此刻,那对我是一团漆黑。"

当你面对城市方向时,在康皮多格里奥广场的左侧,位于从卡匹托尔山通往低处平地上的罗马的又长又宽的石阶路顶端,有一条窄巷或通道。我们那伙朋友此时走了进去。那条小路有些上坡,沿一座宫殿的墙根伸展,不久便穿过一个门洞,直抵一个铺了地面、有矮墙环绕的小院。

由于某种原因,这里给他们的印象是极端孤独。一侧是高耸的宫殿,在月光照耀下,显示出所有的窗户都是钉死或关闭的。即使那看似荒凉的宫殿中尚有一位住客,也不见他的眼睛俯视小院。小院的其余几面都只有矮墙,现在看来是刚好建在一座峭壁的边缘上。这伙人从崖边望去,看到的是从他们脚下到台伯河对岸的一带山岭之间的一大片拥挤混乱的屋顶。一条长长的雾带在屋顶上空刚刚漂浮到那一带山岭的中间,勉强能透过月光,露出看不清的河道。远远的右方,月亮悬在圣·彼得教堂的圆顶上和许多小些和近些的圆顶上。

"城市的景色有多么美啊!"希尔达感叹道,"我以前还从来没在这地方看过罗马呢。"

"这里应当看得到好景致,"雕塑家说道,"因为正是从这里——至少我们只要愿意就可以这样想——许多著名的罗马人对他的家乡城市以及一切其他人间俗物看了最后一眼。这是塔尔皮亚岩石①的一侧。俯身在胸墙上向下看一看嘛,尽管悬崖脚下已经积起了三十英尺的厚土,对一个叛国者来说,还是够他摔死的。"

他们都俯身下望,看到悬崖垂直地落到底部,或者,更惊险

---

① 塔尔皮亚是罗马神话中侍奉灶神的处女,她背叛罗马,打开城门迎接入侵的塞宾人,反被塞宾人用盾压死。以她命名的岩石后来成为将叛国犯从这里抛下处死的行刑处。

的是,那座宫殿在他们头顶上耸立着。这里已经不是原先悬崖的自然的草木丛生的前沿了。因为看上去它像是封在了古老的石头工程之中,只有透过那工程,才能在一处处地方看出那可怖和可疑的岩石原貌。在稍稍突出的地方长着青苔,从石缝中钻出小灌木,但仍不足以使峭壁稍减其险峻。意大利的月光虽然明亮地照到高处,却难以显出哪里是人工雕凿,哪里是自然形成,而是留下一片几乎雷同的模棱两可的难以确知的外观,文物学家和古董商们通常认为这是罗马保持的一大特点。一些依悬崖的底部和侧面而建的其貌不扬的房屋的屋顶,几乎直升到崖顶的半腰。但从胸墙的一个角度看,峭壁陡直地落进一个铺石的院落。

"我看这里比哪儿都更名副其实地是叛国者的跳台,"肯甬说道,"因为从这里到卡匹托尔非常方便。那些铁石心肠的老家伙们真想得出,居然把他们的政敌从蠢立着元老院和朱庇特神庙的山顶上扔下去,因为他们要扰乱国家,而这两座建筑正是国家的标志。这也象征地说明了,当年有人从野心的高位多么突然地一跌到底。"

"好啦,好啦,已经半夜了,"另一位艺术家说,"太晚啦,别在这儿讲大道理了。我们简直是在悬崖边上做梦。咱们回家吧。"

"真的,该回去了。"希尔达说道。

雕塑家希望他能得到护送希尔达到她住的那座高塔脚下的荣宠和美差。于是,当大家准备返回时,他把胳膊伸给了她。希尔达开始时接受了,但当他们这一行人鱼贯穿过小院落和康皮多格里奥广场之间的通道时,她发现米莲已然落在了后边。

"我得回去,"她从肯甬的臂弯中抽出胳膊,说道,"不过请你不要和我一起走。今天晚上有好几次我都觉着米莲有心事,有些悲哀或困惑。或许,她对我说一说可以轻松一点。不,不,你别回去！多纳泰罗足以保护米莲和我了。"

雕塑家颇受伤害，或许还有些气恼。但他深知希尔达出于温情作出决定时的心绪和她的独立性格，所以不想违拗她。因此他只好听凭那无畏的姑娘只身返回原路了。

与此同时，米莲并未注意到同来的别人都已离开，她仍待在峭壁边上，而多纳泰罗则陪伴着她。

"掉下去还是会要命的，"她越过胸墙，打量着深底，不禁打了个冷战，自言自语地说，"是啊，肯定会的！即使没有过于沉重的心，一个人的身体重重地落到那些石头上，也足以把他摔得粉身碎骨了。这么快就完了！"

多纳泰罗可能未被她注意到，此时他就紧跟在她身边。他也像米莲一样将上身探出低矮的胸墙，剧烈地打了个冷战。不过他似乎感到了萦绕在崖边上的危险幻想在诱使不经心的人舍身跳下，造成可怕的遗恨，因为他在赶紧抽身回去之后，又比刚才更远地探出身体向下望去。随后他便默默地站了一会儿，大概是竭力回想着这地方与历史的牵连。

"你在想什么，多纳泰罗？"米莲问道。

"他们都是谁，"他认真地盯着米莲的面孔，问道，"那些当年从这里被推下去的人？"

"他们都是扰乱世界的人，"她回答道，"他们的生命是别的人类的祸根。他们出于一己之私，毒化了大家共同呼吸的空气。在古罗马时代，对这种人有一种干脆的做法。就在他们得意之时，仿佛是复仇巨人之手抓住了他们，把这种背时的人抛下悬崖。"

"做得可好？"青年问道。

"做得很好，"米莲答道，"毁掉一个活该遭此下场的罪人，无辜的人就得救了。"就在他们作这番简短的交谈之际，多纳泰罗有一两次带着警觉的神气向旁边瞥着，就像我们常见到的猎犬的样子：在它更直接地盯着身边的某些东西时，总要对可疑之物顺便看上两眼。而米莲似乎直到此时才初次觉察到不久之前的欢声笑语已经换成了鸦雀无声。

她四下张望，发现她那些欢乐的伙伴都已走开，连希尔达也不见了。只要那位柔情宁静的姑娘在身边，她总是会有一种难言的安全感。都走了，只剩下她自己和多纳泰罗还在这不祥的悬崖边上滞留。

不过并非如此，他们并不完全是绝无仅有的两个人！在胸墙的基座处，月光的阴影中，有一处处深深的空壁龛。其中一处可能原先安置过一尊人像，其实那里并不是空的，因为此时有一个人影从那里出来，接近了米莲。米莲恐怕有理由惧怕来自这个陌生的迫害者的某种难以尽述的邪恶，也深知这是她自己的灾难带来的危害，因为当他凑近时，一阵冰冷、病态的绝望爬过她周身，乃至阻遏了她的呼吸，麻木了她本来十分敏捷的思维。米莲似梦非梦地记起她曾经跪下双膝，但是，在她对那狂乱时刻的全部回忆中，她看到了隐约显现的自己，难以辨清她做了些什么，又承受了些什么。不，甚至分不清她到底当真在那场面中做过和承受过什么。

与此同时，希尔达已离开雕塑家，转回来找她的朋友。虽然隔着一段距离，她仍然听得到她那些同伴走下卡匹托尔山回城时的欢笑声。他们又开始了新旋律，可惜其中缺了她自己的柔和嗓音以及米莲的有力而又圆润的声音。

那座小院的院门在合页上一摆，自动地半掩上了。希尔达（她的一切动作中都展示着她的温柔本性）正要轻轻把门打开，却惊得中途停住了手。只听得院内起止于一次呼吸之间的一阵搏斗声。同时或随后便是一声恐怖的高叫，那叫声颤抖着升到空中,又颤抖着回到地面。接着是一阵静寂！可怜的希尔达已然看到了院子里面一件事的全过程,虽是一闪而过,却像是永远封存在了不朽的坚硬材料之中。

第十九章

石像生变

　　小院的门缓缓地晃了一下,便又自己关上了。如今里面只剩下了米莲和多纳泰罗二人。她扭绞着双手,狂乱地看着那青年,而他的形体似乎变大了,目光中闪着的怒火突然间激励了他,使他变成了另一个人。在他的体内发展出一种智力,那是我们此前所了解的多纳泰罗的天性中所不具备的。不过,那个单纯和快乐的人也一去不复返了。

　　"你做了什么事啊?"米莲惊慌失措地低语。

　　怒火仍在多纳泰罗的脸上泛光,现在又在他眼中闪亮了。

　　"我做了对一个叛逆理应做的事!"他答道,"我做了你的目光要我做的事,在我把那个坏蛋按到胸墙上的时候,我曾经用我的眼睛问过你!"

　　最后这句话像子弹似地射中了米莲。这可能吗? 她的目光曾挑动或赞成过这种行为吗? 她自己也不知道。可是,天啊! 回想一下刚才那触目惊心的混乱不堪的一幕,她无法否认——她仍不清楚是否就该这样——当她看到她的迫害者受到道义的

155

惩处时,她心中确实燃起了一种狂放的兴奋。是恐怖?是狂喜?抑或二者兼而有之?无论那是一种什么心情,毕竟在多纳泰罗把他的牺牲品抛下悬崖时,它燃烧得更疯狂了,而且在那人的尖叫颤抖着向下落去时,燃烧得越来越疯狂了。随着那人在下面的石头上致死的一撞,她心中才产生了难言的恐惧。

"我的目光要你这样做的!"她重复了一句。

他们俩俯身在胸墙上,认真地向下望去,仿佛有什么价值连城的珍宝落了下去,而且还是可以找回来的。在底部的铺石上是一团漆黑,躺着一堆没什么人形的东西,只有一双手伸了出来,似乎在一瞬间想抓住小块的方石。但现在那两只手也一动不动了。米莲盯着那堆血肉直到她数够一百的时间——她是认真地数到一百的。不动弹了,连手指都不动了!

"你把他杀死了,多纳泰罗!他完全死了!"她说道,"死得和石头一样了!我要是这样掉下去,也会这样的!"

"你难道不认为他该死吗?"多纳泰罗厉声问道,他身上由激情发展而成的智力仍在泛光。"当时根本来不及权衡轻重,但是在我把他按到崖边上的刹那间,他经过了审判,而且就在你的目光呼应着我的目光时,对他的判决就在那一瞥之间定案了!休要说我杀了他是违背了你的意愿,休要说他的死未经你完全赞同,事实上,再喘上一口气,你就会看到我倒在他身旁。"

"噢,别再说了!"米莲叫道。"我惟一的自己的朋友!别再……别……别再说了!"

她转过身面对着他,这个沾了血的有罪的孤独的女人,她面对着她的同谋犯,那个直到最近还是无辜的青年,如今被她拖进了她的命运。她紧紧地搂着他,把他紧紧地拥在她胸口,让两颗心紧贴在一起,直到两个人各自的恐惧和痛苦合成一种情感,一种忘乎所以的狂喜。

"是的，多纳泰罗，你说的是实情！"她说，"我的心是赞成你的做法的。我们两个人一起杀死了那个坏蛋。这一行为把我们纠结在一起，像盘成一圈的巨蛇一样，永不分离！"

他俩又向底下那堆死尸投去一瞥，使自己确信它就在那里。整个事情太像一场梦了。随后他俩便从那致命的悬崖边转过身来，手挽手、心连心地走出院落。他们本能地留心着不分开一两步远，唯恐那阴冷和恐怖会乘机袭击他们单个的人。他们的行为——由多纳泰罗亲自动手、被米莲当场接受的罪行，如她所说，像一条巨蛇似的把两个人的灵魂无法拆解地联到了一起，并以其可怕的收缩力把他们扭成了一个人。这要比婚姻的约束更紧密。在最初的时刻里，这一结合十分紧密，仿佛他们之间新的合谐使所有其他的联系全都消失了，他们就此从人类的链条中解放了出来。一个新的天地，一条特殊的法律单独为他俩而创设了。全世界都不能接近他们，他们是安全的！

当他们来到从卡匹托尔下山的石级时，从远处传来了喧闹的欢歌笑语。那次危险的冲击真是来得疾又去得快啊！那欢乐的声音仍然来自刚刚还是他们伙伴的那群人。他们辨出了不久之前还和他们和拍共唱的那些人的嗓音。但这些嗓音已不再亲切了，听起来很陌生，而且是来自时空的深处，其遥远只牵连着这两个罪人过去的生活，突然扩展开来的道德上的孤立把他们包围了起来。不过，在他俩和所有的兄弟姐妹之间横亘着的难以测量的呼出的废气，已经越来越近，从来没有过的逼近，把他们两个人压成了一个人！

"噢，朋友！"米莲叫道，她简直把灵魂都投入了这个字眼，使之具备了沉重而又丰富的含义，而且似乎此前从未被人说过。"噢，朋友，你是否像我一样意识到了把我们俩的心弦编织在一起的这种伙伴关系？"

"我感觉到了,米莲,"多纳泰罗说道,"我们吸进同一口空气,我们过着同一种生活!"

"只是在昨天,"米莲继续说道,"不,只是在短短的半小时之前,我还在一种冰冷的孤独中颤抖。没有友谊,也没有姐妹之情能够靠得近近的,足以保持我心中的温暖。可是刹那间,一切全都改变了,再也不会有孤独感了!"

"再也没有了,米莲!"多纳泰罗说道。

"再也没有了,我的美丽的人!"米莲呼应着,同时盯着他那由于感情的力量而显得更高尚,甚至英勇的面孔。"再也没有了,我的无辜的人! 当然,我们没有犯罪。牺牲一条不值分文的卑鄙小人的生命,却把另外两条生命永远牢固地结合在一起了。"

"永远,米莲!"多纳泰罗说道,"用他的血牢固地结合的!"

青年为自己脱口说出这样的字眼吃了一惊。这个字眼可能证明了他想象力的单纯,一语道破了此前他未曾梦想过的东西——对包含着罪孽的结合的厌恶。用血来结合,就会腐烂,就会变得越来越臭气熏天,但毕竟把他俩永远紧密地结合在一起。

"忘掉它! 把它抛在你脑后吧!"米莲边说边用她的同感探察着他心中的剧痛,"这一行为已经起到了作用,也就不再存在了。"

他按照她的忠告把以往抛在了身后,或者说从中提取了强烈的麻醉剂,足以载着他们胜利地度过他们命运的最初时刻。因为罪孽自有其销魂的时刻。违法的最主要的结果就是获得了自由的快感。就此便(从基部躺着一个死人的阴暗合谐中)升腾起一种幸福或疯狂,使这对不幸的人将它想象成完全抵得上他们永远失去的昏昏然的清白。

就在他俩的情绪上升到庄严的疯狂之时,他们继续向前走

158

去,不是偷偷摸摸的,不是心惊胆战的,而是以一种庄重的面貌和步态走去。激情赋予了他们(如同对更卑下的形态一样)短暂的高贵姿态。他们走在罗马的大街上,仿佛他们已置身于自古以来就徘徊在这座血污的城市中的那些威风凛凛又罪孽重重的身影之间。并且,按照米莲的建议,为了在庞培广场的旧址昂首阔步,他们转向了侧街。

"因为这里曾有过壮举!"她说,"一次像我们那样的流血行为! 谁晓得呢,或许我们会遇到杀害凯撒的那些高尚而又时时伤心的兄弟们,并和他们相互致意呢。"

"现在他们是我们的兄弟了吧?"多纳泰罗问道。

"是的,他们所有的人,"米莲说道,"还有许多世人从未想到过的男男女女,由于我们刚才的行为而成了我们的兄弟姐妹!"

这一想法使她不寒而栗。如此看来,由于她和她惟一的伙伴的罪行,他们要被送去的遥远幽僻之处——那个奇特而孤独的乐园又在何处呢? 是否根本就没有这样的一处避难所,而只有挤满了罪犯的熙熙攘攘的大道呢? 无论什么样的手——上面染了血渍的,投过毒药的,掐死过初生婴儿的,趁老祖父入睡时扼住其喉咙,剥夺了他最后几口气的——如今当真有权伸出来与他们两人的手相握,以表示志同道合吗? 可以确定无疑地说,这种权力是存在的。想起来真可怕:一次个别的错误行为融进了大量的人类罪行,从而使我们——仅牵挂着我们自己孤立的小罪孽的人——为全人类的罪孽负疚。如此说来,米莲和她的恋人并非孤立的一对,而是由成千上万罪人构成的团体中的两员,彼此之间都要望而生畏、不寒而栗的。

"但并非现在,还不到时候,"她自言自语地咕哝着,"至少在今晚还不会懊悔!"

他们漫无目的地走着,刚好拐进了一条街,街的一头耸立着希尔达的那座塔楼。她那高高的卧房中有一盏灯,在圣母的神龛中也有一盏灯,这两盏闪亮的灯是群星之下最高的亮光了。米莲拉了一下多纳泰罗的胳膊,让他站住。就在他们远远地望着希尔达的窗口时,他们看到她来到窗前,把窗子推开。她向前探出身子,把她握着的双手伸向天空。

"这纯洁的好孩子!她在祈祷,多纳泰罗,"米莲说道,看到她的朋友如此虔诚,她感到一种单纯的欣喜。随后她自己的罪孽感便冲击了她,她用她的嗓音中那厚实的力量高喊:"为我们祈祷吧,希尔达,我们需要呢!"

希尔达是否听到这叫声并辨出了是米莲的声音,我们不得而知。那窗户当即关上了,她的身形也从雪白的窗帘后消失了。米莲觉得这是一个征候,表明她那罪恶的灵魂的呼叫被拒之于天国之外了。

第二十章

葬　歌

　　嘉布遣会教堂(读者可能还记得,我们的一些熟人曾约好在那里一晤)就在巴贝里尼广场的一侧。米莲和多纳泰罗按照他们约好的时间,在上述场景之后的上午,径直来到这里。只有心怀鬼胎而且疑神疑鬼地怕在众人眼中露出马脚的人,才会如此小心翼翼地按时赴小小的约会。他们专注于普通的事物,从而为生活加上平庸的外观。

　　然而,与这样一个事实相对照的一切平常事件,给人的印象又是多么驯顺、呆板、令人厌倦啊!仅仅过了一夜,昨晚还胆大妄为的灵魂,次日上午就变得那么心惊胆战啊!当狂喜的激情和热度退去,落进曾熊熊燃烧的烈火的死灰之中,并靠生命的物质来喂养自身时,心是多么冰冷啊!一旦缺少了促其犯罪的疯狂冲动,罪恶的匕首就会那么无力地向前伸出,背叛他,将他抛在进退两难的尴尬境地!

　　米莲和多纳泰罗走近教堂时,发现只有肯甬一人在台阶上等候他们,希尔达本来也说好要来的,却尚未露面。看到雕塑家,米莲便抖擞精神,成功地扮出一副振奋的样子,即使是最细心的观察家,也会觉得那效果是自然就有的。她善解人意地和雕塑家讲起希尔达缺席的话题。由于她暗示出多纳泰罗听说了那种从未公开承认、却可能明摆着的依恋关系,使得肯甬有些心烦。他想象着米莲认识不到那种最严格的微妙限度。他甚至想入非非,内心中得出结论:这种缺陷在女人身上较男人更普遍,最高的优雅仍是男人的属性。

但对女性泛泛地这样看,是不公的,尤其是对这位可怜的米莲,她本无必要强颜欢笑的。不仅如此,美好的心意很可能由于巨大的不幸和受着罪行的剧烈震惊而出现偏差,以致再敏锐的感受力都会因此而变得模糊;其努力则会在生活中的一切细小行动上留下蛛丝马迹。

"你离开我们之后,看到过那亲爱的孩子的什么情况了吗?"米莲问道,依旧抓住希尔达这个话题,"我在回家的路上伤心地想着她,因为再没有比和希尔达深夜长谈更能确保我做高高兴兴和清清白白的美梦了(我有过二十次这样的经历)。"

"我可以想象得出,"雕塑家庄重地说,"不过,我没什么机会来享受那样的谈话,倒也是件好事。我离开你们之后,不知希尔达怎么样了。在我们大家一起走的时候,她始终也不是我特定的伙伴。我最后看到她时,她正匆匆赶回卡法列里宫的小院中去找你。"

"不可能!"米莲叫道,大吃了一惊。

"那么说,你没有再见到她?"肯甬略带诧异地询问道。

"不是在那里,"米莲平静地回答道,"真的,我紧紧地随在其余人的身后。不过,别为希尔达担忧吧。为了她照看神龛前的灯长明不熄的那一片虔诚,圣母也会关心这好孩子的。此外,我始终觉得,希尔达在罗马的这些邪恶街道上是安全的,就像她的

162

白鸽从塔顶上飞下来穿梭往来于马蹄之间一样平安无事。上天肯定会对希尔达格外垂青的，即使对别人没有惠顾。"

"我从宗教上相信这一点，"雕塑家继续说，"不过，我若是知道她平安地回到了她的塔楼，我的心情就更平静了。"

"那你就放心好了，"米莲回答道，"我看见她（那是我所记得的最后的甜蜜景象）从窗口探出身来，突现在天地之间！"

肯甫这时看着多纳泰罗。

"你似乎有点魂不守舍，我亲爱的朋友，"他观察着说，"罗马这种倦怠的气氛，不是你在家乡所惯于呼吸的酒般的空气。我还没有忘记你好客的邀请，要我在今年夏天到你在亚平宁山中的城堡去拜访你。我向你保证，这是我定好的目标，我一定会来的。我们俩都该深吸一点山中的清风了。"

"可能吧，"多纳泰罗说道，神色少有地忧郁，"我小时候，老宅看着让人高兴。但是我现在回忆起来，那也是个阴暗的地方。"

雕塑家更专心地打量起这青年，却惊诧地发现，那种生机勃勃的优雅而新鲜的光彩竟然从他脸上完全消失了。而先前，哪怕他站在那里一动不动，外貌也流露出一种贪玩好动的神气。如今全都不见了。他的所有的青春的欢快及与之同在的举止的单纯，即使没有全然消逝，也被销蚀了。

"你一定是病了，我亲爱的伙计。"肯甫惊叹道。

"是吗？可能吧，"多纳泰罗随声附和地说，"我还从未生过病，不知道那是什么滋味。"

"不要让这可怜的小伙子幻想有病吧，"米莲拽着雕塑家的袖子，悄声说，"他若是发现自己和我们常人一样被迫吸进增加肺部负担的忧郁空气，他就会当即倒下死去的，这是他的本性。不过，我们应该让他离开这个既充满梦幻又令人生畏的老罗马，

163

在这儿，除去他本人，谁也不会觉得快活的。这里的影响过于沉重了，不利于他这样的人生活。"

上面这番谈话主要是在嘉布遣会教堂的台阶上进行的，说了这么多之后，米莲便掀起了皮门帘，那是意大利所有的教堂门口都要悬挂的。

"希尔达把约会忘掉了，"她议论道，"要么就是今天早晨她太贪睡了。我们别再等她了。"

他们进入了中殿。教堂的内部不算很大，但修建得很好。中殿上方是拱顶，两侧各有一排昏暗的小祈祷室，而不像通常的那样是两条侧甬道。每间小祈祷室都有一座圣徒的神龛，悬在一堆祭品之上。圣坛上方是圣像，由帘幕严实地遮着，不知是否出于名家之手。像前圣烛长明，照亮了信徒们的奉祀。中殿的地面主要由大理石铺砌而成，外观因年深而破损，东一处西一处地用砖块做了修补，看起来很寒酸，一些地方还镶嵌着中世纪风格的墓碑，上面稀奇古怪地刻着花边、人物和肖像的浅浮雕，以及由于人们的踩踏已然变得难辨的拉丁文诗文。这座教堂属于嘉布遣修士会的一处修道院。通常当一个修士会负责这样一座建筑物时，地面似乎从不刮擦或清扫，简直和养狗场一样毫无圣殿的外观。而在一切修女的教堂中，那些贞女们则概莫能外地要以洁净的墙壁和地面的可见的奉献、处女般的清洁来显示她们自己心地的纯洁。

我们的朋友们进入教堂之时，他们的目光当即落到陈设在中殿正中的一个醒目的东西之上。那要么是个真正的尸体，要么第一眼看去像是做工精细的蜡脸和恰当地裹了衣服的死修士。这个形象——实际上是蜡塑的也罢，泥捏的也罢——躺在一个略略高出地面的停尸架上，两侧各有三支巨烛，头顶和脚下也各有一支，都明晃晃地燃着。与这一葬礼场面相协调的还有

164

音乐。从教堂地板下传来的《深沉》的又低又悲的旋律,像是由坟墓本身发出来的。那哀乐凄凉地在葬礼的拱顶上盘旋,在平坦的墓碑和哀婉的铭文间渗透,如同阴沉的浓雾般弥漫了教堂。

"在我们离开教堂之前,我要凑近去仔细看看那修士,"雕塑家声明说,"我在学习我这门艺术的过程中,从死者身上得到了许多启示,那是活人从来无法给予我的。"

"我完全能够想象,"米莲回答道,"一件泥塑的形象都是照搬另一个现成的作品的。不过,我们还是先去看看圭多的绘画吧,这会儿光线正好。"

于是,他们便拐进入口处右侧的第一座小祈祷室。他们在里面看到的,当真不是那幅绘画,而是拉得很严的帘幕。意大利的神职人员并不顾及创作一幅神圣艺术品的目的本身,即通过迅速的视觉中介,使天使、圣徒和殉教者可见地降临人间,以此敞开宗教情感;他们不惜牺牲这一崇高目的,或许还有随之而来的许多灵魂的福祉亦未可知,而只希望赚上几个小钱。出自名家之手的所有作品一概藏在帘幕之后,除去新教徒之外很少揭示给人看,因为新教徒嘲讽这些作品并非出自奉献的目的,而只肯定其艺术观赏的价值。

不过,他们很快就找来了教堂司事,毫不耽搁地揭开了帘幕,让他们看到了将一只神脚踏在他那倒下的敌人头上的年轻的大天使。那是最伟大的未来事件的一个形象:正义战胜邪恶——这是我们所热切希望(至少在我们年轻的时候)却又发现它迟迟不肯到来的公道。

"希尔达能在哪里呢?"肯甬惊问道,"她从来不惯于爽约的,何况目前这次活动完全是因为她才安排的。你知道,除去她本人,我们都一致同意我们对这幅画的记忆。"

"可是我们错了,而希尔达是对的,这你可以看出来,"米莲说着,把他的注意力指到引起他们前一晚上争论的地方。"举凡她那清澈柔和的目光所落过的绘画,是很难发现她有看走眼的地方的。"

"何况她对这幅画的研究和敬佩是很少有其他作品能相比的。"雕塑家议论道。"说来也不奇怪,因为世上难以找到另一幅这么美的画。大天使的面部多么出色地表现了上天的威严啊!其中还夹杂着与罪孽打交道时的一定程度的痛苦、烦恼和厌恶,哪怕是抱着镇压和惩治罪孽的目的呢。然而他的周身又贯穿着一种天神的宁静。"

"我从未能够像希尔达那样敬佩这幅画,"米莲说道,"从道德上和智慧上都难以企及她的水平。若是她要付出更多的烦恼才能这么好,若是她的灵魂没有这么洁白,她就会对这幅画提出更多的批评,估价也就会降低一半了。我今天比以往任何时候对这幅画的毛病都看得更清楚。"

"都有些什么呢?"肯甫问道。

"瞧,那个大天使,"米莲继续说道,"他的样子多么优美啊!翅膀光溜平滑,宝剑崭新锃亮,身上的铠甲熠熠闪光,还有那恰到好处的天蓝色调,插进宝剑的最新的天堂模式!一流的上天社会是多么考究啊!而他把他那只系着漂亮鞋带的脚踏在他的屈服了的敌人头上时,优雅得简直可笑!不过,难道这就是美德与邪恶经过殊死搏斗后的刹那间的样子吗?不,不,我满可以告诉圭多更好的画法。大天使的整个第三根羽毛应该从他的翅膀上扯下来,其余的也应该凌乱不堪,直至那羽翅和撒旦的一般无二!他的宝剑上应该滴着血,或许还要断掉一半。他的铠甲应该不整,袍服应该皱巴,胸部应该有血;就在怒目奋战时,眉毛上该淌着血!他应该用力踩着那条老蛇,如同他的灵魂完全取决于这一战斗。他觉得周身力气在涌动,而且不知道这场搏斗是

166

否已打到一半，胜利究竟属于哪一方！还有，除去这一切凶猛、残忍和难言的恐怖之外，在米迦勒的眼神中和嘴唇边也应该仍有些高尚、温存和神圣的东西。不过，这场搏斗绝不该像圭多笔下那个整洁的大天使所感到的那样，是一场儿戏。"

"看在上天的份上，米莲，"肯甫叫道，对她谈话中的那股野劲十分吃惊，"那就按照你自己的观点去画人与罪孽搏斗的画吧！我想一定会是一幅杰作的。"

"我向你保证，那幅画会有几分真实性的。"她回答道。"不过我也难过，唯恐胜利会落到不该得的一方。设想一下吧，一个被烟熏得漆黑、目光凶狠的妖魔，跨在那个优雅年轻的天使身上，用它的一只后爪掐住天使白净的喉头，还得意洋洋地摆动着它那尖端有毒刺的长鳞的尾巴！这就是那些和米迦勒的敌人搏斗的可怜虫们可能冒的危险。"

此时，米莲想到的或许是她内心的不平静正在推动她表现出过度的不安分，因为她停了下来，从那幅画前调转过身子，再不对它多说一个字。而在这一段时间里，多纳泰罗一直不自在，不时对那个死修士投去敬畏和询问的目光，仿佛除去那个可怕的目标他再无处可看，原因仅仅是他受到了惊吓。当多纳泰罗这样一个对眼前感到心满意足、对未来只能形成模糊概念的生性快活的人被迫去观察死人时，死亡大概有一种特殊的可怖和丑恶之处。"你怎么了，多纳泰罗？"米莲抚慰地悄声问，"你周身在发抖呢，我可怜的朋友！是怎么回事？"

"从教堂底下传来的可怕的歌声，"多纳泰罗回答道，"压抑着我，空气沉重得让我简直喘不过气来。还有那个死修士！我觉得他就横卧在我心中！"

"打起精神来！"她又悄声说，"来，我们靠近点那个死修士。在这种情况下，惟一的办法是直盯着那张又丑又吓人的脸。绝不要斜着眼睛看,也不要眯着眼睛看,因为那样恰恰表明一个可怕的东西表现出了最可怕的一面。靠在我身上,最亲爱的朋友!我的心力足以支撑我们两个人。勇敢些,一切都会好的。"

多纳泰罗犹豫了片刻,但随后便靠紧米莲的身侧,听凭她引着他走近停尸架。雕塑家随在后面。有好多人,主要是妇女,还带着几个孩子,站在尸体的周围。当我们这三位朋友接近那里时,一位母亲跪下去,带动她的小男孩也跪下去,两人一起吻着从那修士腰带上垂下的念珠和十字架。他大概死于神圣的香气之中。或者,无论如何,死亡和他的褐色道袍及风帽使这位神父具有一种神圣的形象。

第二十一章

死去的嘉布遣修士

死去的修士和生前一样穿着嘉布遣会的褐色毛呢道袍,风帽兜到头上,但面部和一部分胡须仍然露着。他的那串念珠和十字架垂在身边。他的双手叠在胸前。他的双脚(他生前属于赤脚的级别,死后依然如此)从道袍下伸出,干瘪而僵硬,比他的面部更像是蜡制的。有一根黑色缎带在脚踝处把两只脚绑在一起。

如我们已然说过的,他的五官完全显露着。面孔呈淡紫色,不像普通死人那样苍白,倒与活人的肌肤有些相似。他的眼帘半垂,下面露着眼球,仿佛这位死去的行乞修士在窥视着旁边的人,看看他们是否表现出对他的葬礼应有的肃穆。他的一对粗眉给面相平添了几分严厉。

米莲穿过两支燃烛,站到了行乞修士的身边。

"我的天!"她喃喃地说,"这是怎么回事?"

她抓着多纳泰罗的手,就在那一瞬间,她感到他痉挛地抖了一下。她心中明白,那是由于一阵突发的可怕心悸造成的。一时之间,他的手在她已然冰冷的手中也变得冰冷了,他们的麻木的手指可能还互相抵着格格发抖。莫怪他们的血都凝固了,莫怪他们的心狂跳又停止了!原来从半睁的眼皮下盯着他们的那位死去的修士的面孔,和前一晚上多纳泰罗把他抛下悬崖时瞪着他们赤裸灵魂的那一容貌是同样的。

雕塑家正站在行乞修士的脚边,尚未见到修士的面貌。

"那双赤裸的脚!"他说道,"我真不明白,不过对我有奇怪的作用。那双脚曾经在罗马的铺石硬路面上和人生的上百条其它粗路上来回走过,为他的修士兄弟们行乞,而且自年轻时起,就在修道院和那沉闷的廊道中踱步!如果我们从在母亲的手中温暖着的婴儿的玫瑰色柔嫩小脚(如今可是已经冰冷了)开始,回溯那双疲惫的脚板所走过的路,倒是颇有启迪的。"

雕塑家把身边的人当作了同伴,但那些人并没有对他这番浮想联翩的感慨作出呼应,他便抬起头来看,发现他们两人站在行乞修士的头边。他也走了过去。

"啊!"他惊呼道。

他向米莲投去惊惧的一瞥,但立刻就收回了目光。并非他已经起疑——哪怕是十分模糊的念头,认为她应该对这人的猝死负些责任。事实上,把几个月来迫害米莲的人和前一天晚上的流浪者同今天这名死去的嘉布遣修士联系起来,是十分荒唐无稽的。这就像时常发生在梦中人物身上的那种不可靠的变化和混乱一样。不过,肯甬作为一门想象力艺术的称职的专业人员,自有一种十分敏锐的感觉,这使他能够捕捉到他目力所见之外的事物本质的暗示。他耳畔响起了"嘘"声的悄语。他也没有自问为什么,便决定对刚才的神秘发现保持缄默,而任凭米莲不自主地发出任何惊讶或评论。若是她一语不发,那就让这谜悬而不决好了。

此时发生了一件说起来十分古怪的事情——但愿它并未实际发生——我们只好如实记载下来。当这三位朋友站立在行乞修士身边时，他们明明看到细细的血流从那死者的鼻孔中涌出，缓缓淌到了他浓密的胡须中，过了一两分钟才看不见。

"真怪！"肯甬脱口叫道。"我觉得这修士死于中风或某种突然事件，他的血居然还没有凝固。"

"你是不是在考虑一种充分的解释？"米莲问道，她面上的笑容使得雕塑家不禁移开了目光。"你对那解释满意吗？"

"为什么不呢？"他问道。

"当然，你知道关于从死者尸体中流出血来的古老迷信说法，"她继续说，"我们怎么能肯定，谋害这修士的人（也许是借机杀害他的医生）不是刚刚走进教堂的呢？"

"我不能拿这种事开玩笑，"肯甬说道，"这样子太丑陋了！"

"真的，真的，看见或梦见都太吓人了！"她答道，还颤抖着长叹了一口气，那往往意料不到地泄露了一种病态的心境。"我们别再看下去了。走吧，多纳泰罗，我们赶快离开这座阴森的教堂吧。阳光会对你有益的。"

哪位妇女曾受过这样的考验呢！米莲想不出有什么说得通的假定可以解释：在其修道院教堂中衣冠齐整地静卧着的死去的嘉布遣修士，何以同被随意抛下悬崖致死的她的迫害者面貌相像。这使她想入非非，仿佛就在她凝视的时候，一个陌生的尸体神奇地变得与那张脸一模一样，从而留下了可怕的记忆。这或许是致命重复的象征，正是由于这种重复，她犯罪的形象被千百次地反射给她，把大自然伟大而平静的面孔从整体上或千变万化的细节上变成对那张死脸的多种回忆。

米莲刚刚离开那行乞修士几步，就觉得那种相像完全是一种幻觉，只消凑得更近些，更冷漠地观察，幻觉就不复存在了。

171

因此,她应该再看一次,而且要马上就看,不然那张面孔一旦埋进坟墓,就会留下可怖的幻象,不可磨灭地永远留在她的脑海中了。

"等我一会儿!"她对她的同伴们说,"只消一会儿!"

于是她走了回去,又看了一次那尸体。是的,这就是米莲熟悉之极的面孔,这就是连她最亲密的朋友都猜想不到的很早以前她就牢记下的容貌。这个躯壳曾经装有那个邪恶的精灵,摧毁了她美好的青春,而且事实上迫使她在成人后又沾上了罪行的污点。不过,无论这是壮烈的死亡,抑或死者的性格中本来就有高贵和崇高之处,在灵魂离去时印在了面容之上,反正此刻使米莲动摇与畏缩的,并非那场面的世俗的恐怖,而是那似乎半阖的眼睛中发出的严厉而不满的目光。的确,他在生前并没有什么比此更恶劣的东西。她清楚这一点。就她所知,再没有其它使她感到更确切的事实了。然而,正因为她的迫害者发现自己确定无疑和无可辩驳地死了,才对他的受害人皱起眉头,以责备回报她!

"难道当真是你吗?"她有气无力地咕哝道,"那么你就无权对我如此拧眉攒目! 不过,你到底是真的,抑或只是幻象?"

她俯身凑近那死去的修士,直到她的一绺浓密的发卷蹭到了他的前额。她还用指头触摸他那交握着的一只手。

"是他,"米莲说道,"他的眉毛上有一条疤,我太熟悉了。而且这也不是幻象,我是触摸得到他的! 我不必再追究事实了,我自己尽量办妥就是了。"

看着那危险如何在米莲身上发展其自身的特有力量,而她的身体又如何承受着对她的坚忍的考验,实在是不可思议。她不再颤抖了,这美丽的女人对她的死敌怒目而视,试图迎住并压制他从半睁的眼中发出的谴责的目光。

172

"不,你休想瞪得我屈服!"她说道,"无论是现在,还是我们一起站在审判席上的时候。我不怕在那儿遇见你。再会,到下次相遇时再见!"

米莲高傲地挥了一下手,便来到在教堂门口等候她的同伴们身旁。他们向外走的时候教堂司事拦住了他们,提议带他们去看看修道院的墓地,嘉布遣会死去的兄弟们都在很早以前从耶路撒冷带来的圣土中安息。

"那位修士也要葬在这里吗?"她问道。

"安东尼奥兄弟吗?"司事惊问,"当然啦,我们的好兄弟会在那里安睡的! 他的墓穴已经掘好,最近的死者已经给他留下了地方。你要不要看一看,小姐?"

"要的!"米莲说道。

"我可要抱歉了,"肯甬表白着,"因为我要告退了。一位死修士就够我受的了,我可没勇气再去面对修道院所有的死者。"

显而易见,多纳泰罗的样子表明,他也和雕塑家一样,宁可回避,不想去参观嘉布遣会的著名墓地。不过,米莲的神经绷得紧紧的,她在从一处幽灵的场面走向另一处经年积累的丑陋时,反倒感到一种快慰和绝对的轻松,何况还有一种奇特的责任感迫使她看一看那个与她的命运灾难性地绞在一起的人的最终安息地。于是她便随在教堂司事的身后,拖着多纳泰罗与她一起走,边走边低声鼓励他。

墓地低于教堂,却高出地面,被一排没装玻璃的铁栅窗照亮。那排窗边是一条走廊,直通三四处又宽又高的带拱顶的壁龛或小祈祷室,其地面铺的是耶路撒冷的献祭土。这些土平整地覆盖着修道院去世兄弟们的遗体,而且上面寸草不生。而如果不有意连根拔掉的话,即使在这种不见阳光的壁龛中,也会杂草丛生的。但是,由于墓地不大,而且在圣地中安息又是一种极其珍贵的优惠,所以修士兄弟们早已养成习惯:当一个兄弟故去时,便把最老的坟墓中埋得最久的一具尸骸移出来,将新死的葬进那处墓穴。于是,每一位好的行乞修士都会依次享有卧进献祭床的奢华。当然也仍有些欠缺:要在某个黎明之前被迫早早起身,为另一位栖身者腾出地方。

从墓中启出的骨骸如何安排,是墓地中特殊的兴趣所在。埋葬用的壁龛的圆拱和尖拱的墙壁是由大腿骨和头盖骨做成的大量立柱和壁柱支撑的。全部的结构材料看似属于同一类型。这一奇特建筑的球形饰和雕刻突饰是由脊椎的关节来体现的,而更精密的花格则是由小些的人骨构成的。拱顶饰以完整的骷髅,看起来像是最巧妙的浮雕。用某种艺术手法把人骨如此堆砌起来,其效果之丑陋荒唐,以这种奇特方式所显示的天才之歪曲误用,要历经多少世纪、有多少死去的修士才能把他们的骨骸奉献出来建成这些人间的大拱顶,实在都难以尽述。在一些头盖骨上刻有铭文,大意是该头盖骨原先所属的那名修士死于何年何月等等。但大部分都不分彼此地堆成建筑的要求,如同战争中众多的死亡造就了胜利的光荣。

在拱顶的侧墙中是一座座壁龛,里面的修士骨骸或坐或立,仍然穿着生前的褐色道袍,挂着姓名及死期的标签。他们的头盖骨(有些已经露出枯骨,其余的仍然覆着黄皮,头发上略带土壤的潮气)从兜头帽中向外望着,十分狰狞可怖。一名神父大张着嘴,仿佛死时正在又恐惧又懊悔地高喊,或许那厉声尖叫如今仍响彻永恒。不过,总的说来,这些穿着道袍、戴着兜头帽的骷髅似乎都对其地位显得很满意,狞笑着想对此开个玩笑。然而这座嘉布遣修士们的墓地绝不是怀着升天希冀之地:在尘世死亡的这一切重负之下,灵魂只有不幸而孤凄地沉沦;来自耶路撒冷的圣土,浸透了世俗的一切,既不能生长人世的杂草,也无法

174

养育天堂的香花。感谢上苍的蓝天,让我们在长时间的仰望之后,终能重振我们的信念。否则,在这由累累白骨堆成的可怕的献祭的圣坛中,我们简直无法感到自己还是活人了。

不过,我们仍应对这座墓地给予其应有的赞誉。这里并没有令人不快的气味,而在如此众多的修道士死尸腐朽之处,无论他们辞世时有什么圣洁的香气,那种气味恐怕是在所难免的。即使同样数量的活修士,大概也会毫无例外地散发出汗臭和体味。

米莲阴郁地依次走过一处又一处的带拱顶的各各他①,直到尽头,她看到了一个敞开的墓穴。

"这里是为躺在中殿里的那位死修士准备的吗?"她问道。

"是的,小姐,这就是安东尼奥兄弟的休憩地,他是昨天夜里刚刚辞世的。"司事回答道。"而在那边的壁龛中,你看,坐着一位埋葬了三十年的兄弟,刚把他启出来,腾出地方。"

"这主意无法令人满意,"米莲评论道,"你们可怜的行乞修士竟然把他们的坟墓称作他们自己永久的长眠之处。依我看,你应该躺到他们中间,预先体会一下这种不得安宁的紧张滋味,就像疲惫不堪的人们晓得他们还会在半夜受到召唤爬起来不得安枕似的。有没有可能(如果需要为此特权付款的话)让安东尼奥兄弟——这是他的名字吧——占住那个狭窄的墓穴,直到吹起最后审判的号角呢?"

"绝不可能,小姐。何况也不需要,也没人愿意。"司事回答道。"在耶路撒冷的芳土中睡上二三十年比起在别的土壤中睡上一千年都要强多了。我们的兄弟们在这里得以安息。还从未听说有哪个鬼魂从这块福地中偷跑出来呢。"

---

① 《圣经》中的耶稣殉难地。

175

"那就好，"米莲应道，"但愿你现在就要放进墓穴中安睡的人不会破例！"

　　他们离开墓地之时，她将一大把钱放进司事的手掌中，司事眼睛睁得大大的，闪闪发亮。她要求把这笔钱用在安东尼奥神父的安魂弥撒上。

第二十二章

美第奇花园

"多纳泰罗，"大家穿过巴伯里尼广场时，米莲焦虑地说，"我能为你做些什么呢，我可爱的朋友？你抖得简直就像患罗马热病的发冷期。"

"是啊，"多纳泰罗说道，"我的心在颤。"

米莲一镇定下来，立即带上那年轻人到美第奇别墅的花园去，她指望那个令人心旷神怡的去处的阳光和静谧的荫凉会振作一下他的精神。那里的地面都由旧式的笔直道路整齐地划分开来，路两侧是又高又密的黄杨树，而且把顶部和侧面修剪得十分平整，宛如一片石墙。其间还有由冬青的浓荫夹着的狭长的绿色巷道，道路相交之处，可以看到摆放着一些布满青苔的石头座位，以及一些凄苦地望着人们、在为失去了鼻子而恼恨的石像。在别墅饰有雕塑的正面前边的花园中更开阔的地方，有喷泉和花坛，逢到时令，那儿会有大丛的玫瑰，意大利和煦的太阳会蒸出其芬芳，并由同样温馨的和风将那香气吹到四处。

然而，多纳泰罗从这一切中都得不到愉快。他冷漠地向前走着,每当米莲设法让他的头脑与她的和谐共鸣,以解脱沉沉地压在他心上的重负时,他只是以半醒的迷乱的目光奇怪地望着她。

她让他坐到两条弓状的小径相交处的一张石头条凳上,这样,他俩便可以看清从小径远处走来的任何无心的闯入者。

"我亲密的朋友,"她说着,双手握住他的一只无劲于衷的手,"我能说些什么来安慰你呢?"

"说什么也没用!"多纳泰罗以阴沉的含蓄口吻答道,"什么也安慰不了我。"

"我接受我自己的痛苦,"米莲继续说,"我自己的罪孽,如果那是罪孽的话。而且,不管是痛苦还是罪孽,我自会知道怎样来应付。不过你,最亲爱的朋友,可真是这世上最为罕见的人,而且似乎不为哀伤所动。你——我曾带着幻想认为——属于一个永远消逝了的族类,你这个惟一的幸存者,是要向人类显示,在某个遥远的时代,生活曾经是多么温馨快活。你同悲哀与罪行又有什么关系呢?"

"悲哀与罪行像对别人一样也降临到我的头上,"多纳泰罗郁郁沉思着说,"无疑是我与生俱来的。"

"不,不,都是我带来的,"米莲答道,"咎责在我!天啊!我为什么要生到这世界上来呢?我们为什么要相遇呢?既然我明知道——因为我的心中有预感——我走在其中的阴云会同样笼罩着你,我为什么不把你从我身边赶走呢!"

多纳泰罗不安地挪动着,那种骚动的不耐烦往往与沉闷沮丧的情绪密不可分。一条双尾的褐色蜥蜴——由罗马的阳光时常引出的怪物——从他的脚上跑过,使他一惊。随后,他一声不响地坐了片刻。米莲也默不作声,竭力把她的全部心灵融进同情,将其全部慷慨奉赠给他,哪怕只有一时的兴奋强心作用。

178

青年将一只手抬到胸口,由于米莲的手被他握着,无意间也就把她的手举了起来。

"我这里有个沉重的东西!"他说道。

那幻觉冲击了米莲(但她坚定地将它摆脱了)。多纳泰罗在把自己的手、也把她的手拽往心口之时,几乎难以觉察地颤栗了一下。

"把你的心放在我身上休息吧,最亲爱的!"她继续说道,"让我来承担起那全部重量吧,我完全能够承受得住,因为我是个女人,而且我还爱着你!我爱你,多纳泰罗!难道这样表白还不足以慰藉你吗?看着我!在这以前,你看到我高高兴兴的。盯进我的眼睛!盯进我的灵魂!尽你所能向深处搜寻,你就能看到你从未发现的我从今对你怀有的温情和奉献。我所要求的一切只是请你接受这全部的自我牺牲(但对我的伟大的爱来讲,就根本不是牺牲了),我正是以这一自我牺牲来祛除你因我而招致的邪恶!"

米莲的这满腔热忱,换来的却是多纳泰罗的沉默。

"噢,对我说话啊!"她叫道,"你只要答应我,你会慢慢高兴起来的!"

"高兴?"多纳泰罗喃喃地说,"啊,绝不会了,绝不会了!"

"绝不?啊,这可是对我说的一个可怕字眼!"米莲回答道,"一个直落到一个女人心窝上的可怕字眼,她可是正爱着你,而且意识到已经造成了你的痛苦!如果你爱我,多纳泰罗,就别再说那个字眼了。难道你不曾爱过我吗?"

"爱过。"多纳泰罗阴郁而又心不在焉地答道。

米莲松开了青年的手,但仍把自己的一只手放在他那只手上面,并且等候了一会儿,想看看他会不会再试图抓住它。她的许多东西都有赖于这一简单的试验了。

多纳泰罗发出深深的一声叹息，就像有时候一个沉睡的人在一个烦恼的梦境中转了个身似的，他改变了姿势，用两只手捧住了前额。罗马正从四月欢快地步入五月，其和煦温暖的空气围绕着他俩。但当米莲看到他那不自觉的动作，听到他那声渴望解脱的叹息（因为恰好被她打断了），她周身掠过一阵冷战，犹如亚平宁山脉最凛冽的寒风吹过她的身体。

"他为自己铸成了大错，超出了我的想象，"她怀着难言的怜悯想道，"天啊！这可真是令人伤心的错误！他本来可以在这一做法的后果中得到一种幸福的，假如他当时是受爱情的驱使做出那一行动的话，也就足以把他从那可怕时刻的疯狂中拯救出来了，因为爱的力量是强大得可以制定自己的律条，并不顾自然的懊悔来为自己辩护的。但这次骇人的谋杀罪（只有爱情——不区分道德的爱情——才能将其否认），除去一个男孩的无聊幻想之外是别无更好的口实的！我从自己的灵魂深处可怜他！至于我自己，我已经不需要自己或别人的怜悯了。"

她从青年身边站起身，满脸哀婉地站在他面前，那副表情属于一个被毁掉的灵魂，虽是为他而恸哭，其凄苦则更多地是她加诸自身的更深刻的同情。

"多纳泰罗，我们应该分手了，"她以忧郁而又坚定的口吻说道，"是的，抛下我！回到你对我讲过的在亚平宁山中俯瞰绿色山谷的那座古堡中去吧。之后，过去的一切就会被视为无非是一场丑陋的梦了。因为，在梦中，良知处于睡眠状态，而且我们会以醒时不可能犯下的罪孽来玷污我们自己。你昨晚好像做过的行为，不过是这样一场梦，在你幻想自己做过的事中并没有什么实在之处。走吧，忘掉这一切吧！"

"啊，那张可怕的面孔！"多纳泰罗说着，还用双手捂住眼睛。"你说那是不真实的？"

"是的,因为你是用一双梦眼来看的,"米莲答道,"那是不真实的,而且你会感觉到这一点的。所以你必须不再看到我这张脸。你可能曾经觉得这张脸很美,如今已经失去其魅力了。不过,只要看到这张脸,就会在不知不觉中带回以往的幻觉中的不幸,于是,接踵而来的便是懊悔和痛苦,会使你的全部生活昏天黑地的。因此,离开我,忘掉我吧。"

"忘掉你,米莲!"多纳泰罗说道,多少从他那绝望的冷漠中振作起来了,"如果我能记着你,看着你,哪怕还有从你的肩后瞪着我的那张可怖的面容,也至少是一种慰藉,即使不是快乐的话。"

"但是,既然那张脸和我一起萦绕着你,"米莲继续说,还回眸瞥了一眼,"我们更需要分手了。那就告别吧!然而,不论处于忧伤、危险、耻辱、贫困还是最强烈的痛苦、最沉重的负担的任何情况下,只要你需要一个可以全部奉献的生命来稍稍缓解一下你自己,那就召唤我吧!如同现在你我之间这样,你花了大价钱买下我,却发现我不值分文。因此,把我甩掉吧!但愿你永远不再需要我!不过,若是不尽如此,一个希冀——几乎不消说出口的希冀——就会把我带到你面前的!"

她站立了一会儿,期待着一个答复。但多纳泰罗的目光再次落到地面上,他在头脑迷乱、心情沉重之中,并没有给出一字的答复。

"我刚才说到的那种时刻可能永远不会到来了,"米莲说道,"那就告别吧——永别了。"

"再见。"多纳泰罗说道。

他的声音难以冲破如同浓密的阴云一般笼罩着他的那种并不习惯的思想和情感的包围。自然,他只好通过这样模糊的中介来观看米莲,使她显得若隐若现,似虚似实,她的话音也像是稀落、清淡的回声。

她从青年面前转过身，尽管她的心十分渴慕着他，但仍不想以一次拥抱，甚至一次握手，来亵渎这次沉闷的告别。他俩在流露了如此强烈的爱之后，当他们在爱的冲动下做出了那样可怕的行为之后，他们这么快就分了手，而且表面上如此冷漠，犹如两个只在一起交往了一小时的陌客。

米莲走开以后，多纳泰罗在石头条凳上伸展开四肢，并把帽子拉下来遮住眼睛，如同梦幻般的意大利的懒散悠闲的青年习惯的那样，躺到了第一处方便的荫凉中，倒头便睡午觉。一阵昏睡降临到他头上，他还误以为是他以往天真生活中所熟知的瞌睡。但是，不久他就缓缓起身，并离开了花园。可怜的多纳泰罗有时还惊悸一下，仿佛听到了一声尖叫；有时他向后退缩一下，仿佛一个样子吓人的面孔凑到了他的面前。他那已然阴郁的情绪，如今更因新的负罪和哀伤而狂乱。他的三位朋友曾经异想天开地把他认作地道的普拉克西泰尔斯的农牧之神，并为此十分开心。但此时，他的那种独特的相似之处已所剩无几了。

第二十三章

米莲和希尔达

一离开美第奇花园,米莲就产生了一种迷惘,不知在这世界上该何去何从。由于没有特殊的理由去寻找某一处地方,她便信步走去。结果,她在罗马弯弯曲曲的街巷转来转去,却看到面前就高耸着希尔达的塔楼,她当即想到要爬到那少女的鸟巢中,并询问她为什么失约未去嘉布遣会教堂。人在一生中,往往在心情最为沉重和忧虑的时刻做出最无聊的举动。因此,若是米莲如我们所说的仅仅出于好奇的动机,倒也不足为奇。但是她想起了——而且心中为之一震——雕塑家曾提及希尔达返回卡法列里宫的院子寻找米莲。假若让她在全世界的面前声名狼藉和在希尔达眼中出丑丢人之间作一选择的话,她会毫不犹豫地接受前者,因为她只想在她这位灵魂洁白的朋友的心目中保持白璧无瑕的评价。因此,希尔达目睹了昨夜的场面的可能性,无疑就是把米莲吸引到塔楼这里并且越走近它越踟蹰的原因了。

随着她逐渐接近那里,她那乱哄哄的头脑对那里存在的一些征候作出了不祥的解释。她朋友的那个飞禽家族——那些鸽子,有一些郁闷地把头埋进胸脯,缩在广场的一角。另一些则落到近旁教堂正面装饰的石雕天使的头、肩、翼和喇叭上。有两三只鸽子还在圣母的神龛处栖身。而希尔达的窗台上更是挤得满满的。但在米莲的想象中,所有这些鸽子都有一种倦于期待和失意无望的神态——不升空飞翔,不扑腾翅膀,不咕咕作声。平日使它们喜气洋洋的气象显然与今天毫不相干了。尤其是希尔达的白窗帘也遮得严严实实,只有一边留着一条窄缝,米莲记得昨夜她就注意到了。

"安静些,"米莲对她自己的心说,同时把一只手紧紧按住胸口,"你这会儿为什么要狂跳呢? 难道你没承受过比这更可怕的事情吗?"

无论她有何忧虑,她是不会退回去的。很可能——那可是天大的安慰——希尔达对昨晚的灾难一无所知,会以粲然的微笑来迎接她,从而使她恢复一部分活力和温暖:由于缺乏这种温暖,她的灵魂已经冻僵了。但既然米莲心怀负罪感,她能让希尔达亲吻她的面颊,紧握她的手掌,就此而不再像原先那样在这世上无立足之地了吗?

"我绝不允许她再那么温柔地触碰我了,"米莲边爬着楼梯,边说道,"只要我能有这种心力予以制止。可是,噢,那对我心中的阵阵酷寒该是多好的慰藉啊! 一次告别的吻对我的洁白的希尔达不会有害的。也就那么吻别一下!"

然而,在到达上面的楼梯拐角处时,米莲停了下来,直到下定了不可动摇的决心。

"我的嘴唇、我的手绝不能再让希尔达碰了。"她说道。

与此同时,希尔达无精打采地坐在她的画室中。如果向相邻的卧室望进去,就会看出床上还有她躺过的印迹,还会立刻发现她的白色床罩尚未揭开。枕头就益发凌乱:那可怜的孩子曾

184

经在枕上辗转,那里还留有那颗清白的心在第一次实际目睹世上的罪孽时流出的泪水——属于人类哀伤中涌出的最为孤苦凄凉的那种——的湿痕。年轻而纯洁的人们,在深切体会到某位自己最信任的朋友的罪过之前,是不易体会痛苦的真情的。他们可能听过很多世事的邪恶,而且似乎也懂得了,然而那只是难以触摸的理论。与此同时,他们敬佩得五体投地的某个人却出于天意而教会了他们这痛苦的一课。那人作恶犯罪,亚当再次沉沦。而此前开着不败花朵的天堂也又一次失去了,永远关闭了,大门口还设下了闪闪的利剑。

希尔达所坐的椅子离尚未从画架上取下的贝阿特丽丝·钦契的肖像不远。那幅画的一大特色是:其最深沉的表情回避着眼睛的直视,而只有从侧面去看或是目光偶然落在上面时,才能抓住它。仿佛那绘出的面孔有其自己的生命和知觉,决不肯泄露其哀伤或罪孽的隐痛,只有在设想它不会被人觉察时才会稍显征候。用铅笔绘制出来的别的画作从无这种魔力似的效果。如今,画架对面悬着一面镜子,映出贝阿特丽丝和希尔达的面孔。希尔达在疲倦和麻木中变动了一下身姿,刚好把目光投向镜子,无意中瞥见了两个映像。她不无骇怕地想象着,从侧面看见而且迅即消失的贝阿特丽丝的表情被画得和她本人的面孔十分相似,她一惊之下赶紧避开了目光。

"我是不是也沾上了罪孽?"那可怜的姑娘想着,用双手捂住了脸。

感谢上天,并非如此!不过,就贝阿特丽丝的画像而论,这偶然情况暗示着一种理论,或许可以说明其难言的哀伤和罪孽的神秘阴影,而无须毁损我们喜欢加诸那命运不济的姑娘的纯洁。是啊,谁能够看着那张嘴——嘴唇半张,如同一直在哭的婴儿那样天真——而不承认贝阿特丽丝无辜呢?正是对有关她父亲的罪孽的深切体验,投下了笼罩她的阴影,并把她吓退到没有同情可至的遥远难及的地方。而希尔达的脸上之所以有同样的表情,正是由于知晓了米莲的罪孽。

不过,希尔达神经质地移动了一下她的椅子,这样就不再看得见镜中的映像了。此刻她盯着阳光照出的一个亮点,那光斑穿过关着的窗户,从一件东西爬到另一件东西上,用它明亮的手指一一点亮它们,而后又让它们逐个黯然消失。她的头脑也像天生快活的阳光似的,以相仿的方式从一个思绪进到另一个思绪,却发现无处可以让舒适落足。这个年轻而又活泼好动的灵魂此前从不晓得垂头丧气是何滋味。是世界的不真实的一面使她如此。希尔达所拥有的最充实、最富有的似乎就是米莲的心,而这位最亲密的朋友对她却不复存在了。在米莲消失后留下的那个虚空中,本质和真理,生活的完整,努力的动机,成功的欢乐,也都随她而去了。

时值下午,一阵脚步声从楼梯上传来。那脚步已经越过了与宫殿下部的人谈话的界线,踏上了仅仅通向希尔达住区的那一段楼梯。尽管那人蹑手蹑脚的,她还是辨认出来了。她一惊之下,立刻振作起精神。她的第一个冲动是跳到画室的门外,把门连闩带锁。但转念一想,她觉得这在她这方面是毫无价值的胆怯行为,而对米莲(——昨天还是她最亲近的朋友)来说,也有权当面听她讲明从今以后她俩形同陌路的原因。

她听到米莲在门外站住了。我们已然知道了米莲在她和希尔达之间亲吻和握手方面所下的决心。但我们并不清楚这决心的来由。由于米莲是个容易冲动的人,或许一看到希尔达,那决心就烟消云散了。何况,无论如何,她的模样如同披满阳光,门开时,她的美全都散发出来了。事实是,她的心在为这仅有的避难地或希望所在孤注一掷地跳着。一时之间,她竟全然忘记了一向孤芳自赏的理由。通常,米莲在和她的这位朋友亲密无间之时表达情感都保持着一定的矜持;今天,她却张开手臂要把希尔达拥进怀抱。

"最亲爱的,我的希尔达乖乖!"她大呼小叫着,"看到你就给予了我新的生命!"

希尔达站在房子的中间。当她的朋友从门口走进一两步时,她伸出双手,不由自主地做出了谢绝的姿态。那含义太明显了,米莲立即感到了她俩之间敞开着的鸿沟。她们可以隔沟彼此凝望,但绝不可能再相会了。或者至少可以说,既然这鸿沟不可能架桥跨过,她们只能绕过整个永恒到另一岸去相聚了。对她们的再次聚会,甚至想起来都令人胆战心惊。仿佛希尔达或米莲有一方已然死去,若想交谈,就非要违反一种灵魂的法则不可了。

然而,在飘忽不定的绝望之中,米莲又向她已失去的朋友迈出了一步。

"别再靠近了,米莲!"希尔达说道。

她的表情和语调都是哀婉恳求的,然而却表达了一种信念,如同她意识到了一种不可破坏的保障。

"你我之间出了什么事了,希尔达?"米莲问道,"我们难道不是朋友吗?"

"不是,不是!"希尔达战栗着说。

"至少我们曾经是朋友,"米莲继续说道,"我珍爱过你!我依旧爱着你!你之于我,如同一个小妹,是啊,比同胞姐妹还亲。因为你我都是这样孤独,希尔达,整个世界以其孤立和陌生感把我们挤压到一起。现在,你肯不肯碰碰我的手?难道我和昨天两样了吗?"

"天啊!是两样了,米莲!"希尔达说道。

"不,还是一样的——对你还是一样的,希尔达,"她对已失去的朋友继续说道,"你若是碰碰我的手,你就会发现握起来仍和原先一样温暖。你若是生了病或遭了难,我会不分日夜地看护你。这不过是因真情自然流露而担起的简单职责,所以我就脱口而出了。不过,希尔达,你现在的样子就像是把我推出人圈之外了!"

"不是我,米莲,"希尔达说道,"不是我这样做的。"

"是你,而且只是你,希尔达,"米莲答道,由于她朋友抵制她的坚决反倒使她理直气壮地激动起来了。"我是个女人——这一点和昨天没什么两样,天生有同样的真正本性。同样的温暖心灵,同样的诚挚的爱,这都是你始终在我身上体认到的。在与你有关的任何方面,我都依然未变。而且请你相信我,希尔达,当一个人从全世界为自己挑选了一个朋友的时候,只有进行真实交流的两个人之间的某种诚挚,才能证明任何一方都在为维系这种关系而奉献。我欺骗过你吗?那就抛弃我好了!我委屈过你的人格吗?那就忘掉我好了,只要你能够。不过,若是我对上帝和人犯下了罪,而且是重罪呢?那就比以前更把我当作朋友吧,因为我更需要你了。"

"别这样为难我了,米莲!"希尔达急忙说道,她已经无法只用表情和姿态来表达这次会面加诸她的极端痛苦了。"假若我是一个上帝的天使,有不会被玷污的本领,而且我的袍服也不能沾上脏点,我就永远待在你身边,还要竭力引导你向上。可惜我是个可怜而又孤单的姑娘,上帝把我打发到这里,一个邪恶的世界,只给了我一件白袍,而且要我仍然穿着它,和刚穿上身时一样洁白地再回到他那里去。你那强大的磁力对我太过分了,我试图在其中分辨什么是真的和好的。洁白环境应该是无色的。因此,米莲,在还来得及之时,我想对得起这种可怕的心悸,那是警告我从此要躲避你。"

"啊,这太狠心了!啊,这太可怕了!"米莲咕哝道,前额垂到了双手之中。过了片刻,她重新抬起头来,虽然面如死灰,但神色却镇定了:"我总是说,希尔达,你太无情,因为即使当你最爱我的时候,我仍能感觉到这一点。你没有罪,连什么是罪的概念都没有,所以你才如此冷酷无情!作为一名天使,你是没错的。可是作为一个人,一个在凡夫俗子中的女人,你需要一点罪孽来让自己宽厚温柔一些。"

"上帝饶恕我,"希尔达说道,"我何曾说过一个不该说的残忍字眼!"

"算啦,"米莲答道,"我这个心受其打击的人原宥你了。现在,在我们永远分别之前,请你告诉我,自从我们上次见面以来,你看到或了解到我的什么了?"

"一件可怕的事,米莲。"希尔达说,面色比先前更苍白了。

"你看到它写在我的脸上还是画在我的眼里?"米莲问,在半颠狂的戏弄中谋求解脱她的烦恼,"我倒愿意知道,当我们设想自己在进行最隐蔽的私下行动时,上天或命运是如何让目击者来监视我们的。那么,是不是全罗马都看到了?或者,至少我们这伙欢乐的艺术家们都看到了?或者,是我身上的血渍或我衣服上的死人气味让人看到、嗅到了?人们说,从一度曾是可爱的天使的恶魔中钻出了畸形人。你是不是已经在我身上看到这种情况了?凭着我们原来的友情,希尔达,把你知道的一切都告诉我吧。"

迫于米莲遏制不住的狂野激情和软硬兼施,希尔达尽力说出她所亲眼目睹的一切。"别人继续向前走以后,我又回去找你说话,"她说道,"因为看起来你心中有些烦恼。而我希望,只要你允许,我就为你分忧。那个小院的门半关着,我把门推开,看

189

到你在里边，还有多纳泰罗，以及另一个人——我先前曾注意到他在一个壁龛的阴影里。他走近你，米莲。你向他跪下去！我看到多纳泰罗向他扑去！我差一点叫出来，可我嗓子发干。像是一道闪电，你的一个眼色传到了多纳泰罗的眼中……"

"没错，希尔达，没错！"米莲十分急切地叫道，"别停下！那眼色……？"

"把你的全部内心都揭示出来了，米莲，"希尔达继续说道，还捂住双眼，仿佛要挡住那回忆，"那是一种痛恨、胜利、复仇，而且还有意外流露的高兴。"

"啊！如此看来，多纳泰罗是对的，"米莲周身抖作一团，咕哝着说，"是我的眼色要他那样做的！说下去，希尔达。"

"那一切很快就都过去了——就像一道闪电，"希尔达说，"不过在我看来，多纳泰罗迟疑了一下，也就是一次呼吸之间吧。可是那眼色……啊！米莲，放过我吧，我还要说下去吗？"

"不用了，不需要再说下去了，希尔达，"米莲回答道，还点了一下头，如同在听取最高法院的判决，"够了！你已经满足了我心中最为不安的疑点。从今以后，我也就安心了。谢谢你，希尔达。"

她就要走了，但在门限处又回转身来。

"一个少女的心中保守着这样的秘密太可怕了，"她议论着，"你打算拿它怎么办呢，我可怜的孩子？"

"上天帮助和指导我吧，"希尔达失声痛哭着说，"这件重负把我压垮了！知道这样一桩罪行，还要存在心里，简直像是犯罪。它不停地在我心中敲打着，威胁着，恳求着，坚持要跳出来！噢，我的母亲，我的母亲！要是她还活在人世，我就要飘洋过海去告诉她这件昏黑的秘密，像我儿时把一切小小的不痛快都说给她听一样。可是我孑然一身——只有我自己！米莲，你原是

190

我最亲密、也是惟一的朋友,给我出出主意,告诉我该怎么办吧!"

这种请求无疑很独特:一个白璧无瑕的姑娘向她刚刚从心中永远摒弃的有罪的女人求助。不过,这突出地证明了米莲那种天生的正直和冲动的慷慨给予最了解她的朋友的印象。由于这请求向米莲表明了希尔达和她之间的联系依然充满活力,而使这可怜的罪人深受慰藉。

米莲当即尽其所能对那姑娘的呼吁作出了反应。

"为了让你心情平静,"她说,"我认为就该面对全世界证明我此举的罪过,而须臾不要考虑我本人要承受的压力。不过我相信你这样做起来仍得不到轻松。人们所谓的正义主要都是些表面文章,在你这样的人身上既不适用,也无法让你满意。在人间的法庭面前,我是不能得到公正的审判的。对于这一点,希尔达,等你彻底意识到的时候,可能就太迟了。罗马的法庭尤其可笑。你拿它有什么办法呢? 把这些想法全抛到一边吧! 不过,希尔达,既然有关我的秘密竭力要跳出来,在你想把它压下去时像个有毒的野物要螫伤你,我可不愿意你把它禁锢在你的心中。既然你被迫要把我供出来,难道就没有别的朋友可说吗?"

"没有了。"希尔达伤心地说。

"有的,肯甬!"米莲继续说。

"他不能做我的朋友,"希尔达说道,"因为……因为我幻想过,但他另有所求。"

"什么也别怕!"米莲摇着头而且还怪笑着回答,"这个故事会把他那新生的爱刚冒头就吓跑的,也许这正是你所希冀的。那就告诉他这个秘密吧,然后就接受他的明智和诚恳的安慰。我不知道还该说些什么了。"

"我做梦也没想过,"希尔达说,"你怎么会想到我会把你出

191

卖给法庭呢？不过我现在明白了，米莲。我要保守你这秘密，一直到死，除非上帝用什么我现在还想象不到的方法让我得到轻松。这太可怕了。啊！我现在总算理解了过去几代人的罪孽怎么会为后世创下一种负罪的环境。当天下有一个罪人时，每个无辜的人都要感到他的无辜受到那桩罪孽的折磨。米莲，你的行为使整个天空都昏暗了！"

可怜的希尔达转身背对着她不幸的朋友，在房间的一角跪了下去，再也挣扎不出一句话了。米莲在门口看了好一会儿，便向这个鸽巢，向由她带来了如此可怕的烦恼的、原本充满纯洁思想和天真热情的小角落告了别。每一桩罪行所摧毁的都不仅是我们自己的伊甸园呢！

第二十四章

亚平宁山中的塔楼

六月里,雕塑家肯甫骑马来到旅行者行迹罕至的托斯卡纳一座地处幽远的古老乡居(——从某些特征来看,堪称是一座城堡)的大门前。这样,我们就要追随着他,尽量让我们的故事如同小溪般地继续潺潺前行,越过耸立在山侧的灰色塔楼,俯视宽阔的峡谷——这镶在亚平宁山的大框中的景色。

雕塑家是随着外国人撤退的潮流离开罗马的。因为随着夏天的到来,这个国家的尼俄伯①又要哭起来了,而且无疑是伤心至极,因为她失去了那一大部分从别国引来的人众,而她尚能引以为乐的残余的繁荣是要仰仗那些人的。这一季节的罗马,完全为环境的可怖所左右,孤立于一个有魔力的僵死的圈子里。漫游世界的游客群,都涌向了瑞士或莱茵河流域,或者从这个世界之家中返回英美故国。尽管他们在膜拜过这一不朽之城的符咒之后,家乡变得如外省一般。我们这位艺术家在这座艺术之

---

① 希腊神话中的底比斯王后,因哀哭被杀的子女而化为石头。

都中断断续续地期待了几个冬天之后(虽说他的初衷只是想在短期的访问中得到进修的机会),便在这个夏季前往托斯卡纳山中去做风景和民俗的写生,如果可能,还要把意大利的紫色天空涂到他的画布上。他在作为古老艺术流派发祥地的山城中进行研究,那里的风土人情仍可在许多教堂的墙壁上,在圭多和契马布埃① 的褪色壁画中,或者在小祈祷室里——逢到献祭把帘幕拉开时——也可从珍藏的一幅佩鲁吉诺② 的绘画中看到。就这样,这位幸福的画家便漫步在佛罗伦萨的又长又亮的画廊里,或者从众多在威尼斯的宫殿中他所看到的神奇作品中偷取闪光的色彩。如此沉浸在精美的艺术或如画的大自然野景中度过的夏天,或者不足以补偿他在罗马滞留的整个冬季中所遭到的冷遇和失望。他在其中寻求美,采集对所有的别人只是逝去香气的冬蜜的那种明暗分明、微风送爽的漂泊生涯,无论接踵而至的是什么,都是值得这么一过的。即使这位艺术家不为人知地死去了,他也享有了快活和成功。

　　肯甬在好多英里的距离之外就看到了他此行的目的地——那座老别墅或城堡,它高高屹立在那里,鸟瞰着宽阔的河谷。然而在他走近时,那建筑却隐藏在错落的山坡中,直到蜿蜒的大道把他几乎带到了大铁门跟前。雕塑家发现那道结结实实的大门还加了栓,上了锁,既没有门铃,也没有别的叫人设施。在他用嗓子而不是用喇叭呼唤那看不见的哨兵之后,还有闲暇把这座要塞的外观打量一番。

　　在门内三十码左右的地方矗立着一座方塔,其高度在那一

---

　　① 乔万尼·契马布埃(1240? – 1302?),意大利佛罗伦萨(属托斯卡纳地区)最早的画家之一,其作品从拜占庭风格向空间意识和立体形象过渡,为圭多的艺术奠定了基础。
　　② 佩鲁吉诺(1446 – 1523),意大利文艺复兴时期画家,拉斐尔之师。

带景色中足以傲视一切,而与高度相比更显宽阔无比。由于其年代之久远,若处于更湿润的气候中,长青藤一定会为其从头到脚披上袍服,虽说年年更新,到如今恐怕也已长了几世纪了。然而在意大利干燥的气候中,大自然迄今只为这座旧石头建筑遮以手掌大小的一块块地衣和黄苔。这种一年生的植物倒是为这座塔楼造就了一种柔软可敬的总体外观,不致因年深日久而光秃得吓人。

塔楼从上到下散布着三四扇窗户,下面的镶有铁栅,上面的则既无窗框又无玻璃。除去这些大型开口之外,还有好几个圆洞和小方孔,大概是为堡内攀援而上直达有雉堞和垛口的顶部的楼梯采光用的。由于其坚固的顶部和上方有上述军事性的附加设备,这座塔楼显然像是一座古旧的要塞。许多弓弩手曾经从窗口和圆洞、从灰色雉堞的优势高度上射出他们的弩箭。也曾有许多飞箭击中上面垛口和下面孔眼的四周——守卫者的头盔一度闪亮的地方。而在节日的夜晚,则会在雉堞和每个窗口下用铁勾悬挂起数百盏灯笼,从远远的山谷中便可看到。与塔楼相连,从其后部延伸出去的,主要都是更现代的建筑,似是一座十分宽敞的住宅。不过,或许是由于涂过一层拉毛灰泥和黄色粉刷这种在意大利风行一时的新装饰,那栋房子有相当新颖的外观。肯甫注意到,在与塔楼紧邻的前廊的门洞上方有一个十字架,加上悬在屋顶上方的一口钟,表明这是一处行献祭礼的场所,也是宅邸的祈祷室。

这时,烈日把这位无处避荫的行人晒得无可奈何,他不耐烦地又呼唤了一声。他刚好在这时抬头一瞥,看见一个身影正从雉堞的一处垛口向他张望。

"喂,伯爵先生!"雕塑家挥着他的草帽叫道,因为他稍稍怀疑之后便认出了那张面孔。"这是一次热情的接待,真的!请让你的门房放我进去,别等太阳把我晒成灰了。"

"我要亲自来,"多纳泰罗答道,他的声音不啻是从云端上飘下来的,"老托马索和老斯苔拉准是都在睡觉,而其余的人都在葡萄园里。我可早就盼着你来了,欢迎你!"

年轻的伯爵——在他祖先的塔楼里,我们最好还是这样称呼他——从雉堞上消失了。肯甫看到,随着他下楼,他的身影依次在每一个窗口出现。每次出现时,他都要转过脸来,对着雕塑家点头微笑,因为他受到善意冲动的驱使,以此来让他那位在门口干等了好半天的客人确信自己是受欢迎的。

然而,肯甫(在观察人脸的表情上自然是职业的专门家)有一种模糊的感觉,好像这不是他在罗马了解至深的那位年轻朋友;不是米莲、希尔达和他本人曾经喜欢过、取笑过和一起活动过的不谙世事的林中青年;不是他们玩笑地把他与普拉克西泰尔斯的农牧之神相混的那个多纳泰罗了。

最后,当主人从宅邸的侧廊中走出并接近大门时,这位来访者依旧觉得今天的多纳泰罗与原先的那人有些古怪不符之处,也说不上是多了什么或少了什么。他的步伐,无论是落地的沉重和幅度的大小,都和他原先特有的那种蹦蹦跳跳的不规则与轻盈毫无相同之处。他的面孔较以前瘦削苍白,嘴唇不那么丰满,也不常张开。

"我找了你好久了,"多纳泰罗说道,虽然他的声音听起来与以前不同,词句的顿挫也不像原先那样拖沓,不过他脸上仍焕发着笑容,一时之间又把他带回到那个农牧之神的样子。"现在你既然来了,我会更快活的。在这儿很孤闷呢。"

"我路上走得很慢,时常在这儿那儿滞留,或是拐进岔路,"肯甫答道,"因为我发现一路上的教堂中藏有中世纪的雕塑,感到了极大的兴趣。一位艺术家——无论是画家还是雕塑家,在这一路上耽搁了时间,是可以原谅的。这又是多么优美的古塔啊!这高大的正面就像意大利共和制历史上撕下来的一页白纸黑字的书页。"

"我对其历史所知无几,"伯爵说着,还抬头看了看他刚才所站的雉堞。"不过我感谢祖先把它修建得这么高。我喜欢风凉的顶部,比底下凉快,最近总在上边待很长时间。"

"真可惜你不是观星的人,"肯甬议论着,也抬头向上望去。"比伽里略的塔还要高,一两个星期之前,我刚在佛罗伦萨城外看过那地方。"

"观星的人?我就是。"多纳泰罗答道。"我在塔里睡觉,时常在雉堞旁观察到很晚。不过,若要爬到顶上,要走一段昏暗的老楼梯,每层都还有昏暗的房间,有些房间在旧时曾是囚室,老托马索会告诉你的。"

他语气中对塔中阴暗楼梯和那些幽灵般的昏暗房间的反感,使肯甬想起原先那个多纳泰罗,而不是如今这个惯于半夜在雉堞处观察的人。

"我将十分乐于和你一起观察,"客人说道,"尤其是在月夜。这宽阔山谷的景色一定非常美妙。不过我的朋友,我并不知道这是你们家乡的习惯。我曾经幻想过你过着一种阿卡狄亚式的生活,尝着美味的无花果,从受日照最多的葡萄中挤出汁液;经过一天简单的欢乐之后,沉睡终夜。"

"我少年时可能知道这样一种生活,"伯爵郑重地说,"现在我已不是男孩了。时间掠过我们飞逝而去,只是把阴影留在了身后。"

雕塑家对这种老生常谈只能报以一笑,这种话出自多纳泰罗之口自有一番创意。他是从他自己的体验中琢磨出来的,或许还自以为对人类传达了一条新真理呢。

此时他们正走在院中,别墅的又宽又深、镶有铁栅的下层窗户和上层的阳台,都看得清清楚楚。后面伸展着一片树丛。

　　"在你的家史的某一阶段,"肯甬评论道,"贝尼山的伯爵该是在这栋大宅中过着一种家长式的生活。一位老祖宗和他的全部后裔大概会感到这里很空旷,每个血脉相承的小孩子在他自己的圈子里都有足够的地方供他玩耍。你目前的住所很大吗?"

　　"只有我自己住,"多纳泰罗回答道,"还有托马索——他从我祖父那时候起就是管家,还有清扫房间的老斯苔拉,还有厨子吉洛拉莫——其实没多少饭菜要他做。他一会儿会给你送来一只鸡。不过,我得先从那边的农舍中叫一个农夫来,把你的马牵到马厩去。"

　　于是,年轻的伯爵便呼唤起来,经过这样一番努力,反复叫喊多次之后,一位灰发老妇拿着一把笤帚从一个房间的窗口探出头来。那位可敬的老管家从住宅侧面的一个入口走了出来,他刚才正在那里的一口井或池塘中清洗一个酒桶。一个被太阳晒得黑黑的农夫,上身只穿一件衬衫,手中拿着一件什么农具,在葡萄园边上露了面。多纳泰罗为所有这些家臣都分派了一件为客人及其坐骑照顾食宿的事,随后便引着雕塑家进入宅邸的前厅。

　　前厅方正高大,地面和墙壁都由石块砌就,高高的拱顶十分宽敞,结构之坚实足可充作伊特拉斯坎人①的墓穴。两侧都有门,通向有前室和客厅的长套间。第三面是宽阔的石头台阶,由堂皇的梯级和宽大的休息室通向规模相仿的上一层。肯甬的目光通过一个敞开的房门,看到了一间套一间的几乎无尽无休的狭长套房,使他联想起蓝胡子②城堡的上百个房间或《天方夜

----

① 古代意大利西北部的民族。
② 法国民间故事中连续杀死六个妻子的人。

谭》中某座宫殿中无数的大厅。

这个家族一定极其庞大，才需要这么大的地方住人，并在房门以内为宽敞的天地提供社交生活的温馨。雕塑家心中承认，多纳泰罗也有充分的理由宣称，若只由他单枪匹马地来使这里充满生机，就变得令人忧郁了。

"一张女性的面孔会让这里多么生色添辉啊！"他脱口说道，本不想让别人听见。

但是，他瞥了一眼多纳泰罗，却在其目光中发现了严峻而伤感的神情，这神情把那张年轻的面孔变得如同经历过三十年的烦恼。这时，老斯苔拉从一个门口走出来，她是贝尼山惟一的女性代表。

第二十五章

阳光

"来吧,"伯爵说道,"我看你已经感到了这栋老宅很阴沉。我也一样,真的!可在我小时候,这是个令人高兴的地方。你知道,在我父亲那时候(我听说沿家谱上溯无数代的祖父辈也是一样的),有叔叔、姑姑和各种关系的亲眷,组成一个大家庭,都住在一起。总的说来,他们是一家快活、善良的人,并且彼此温暖着心。"

"两颗心就足以彼此温暖了,"雕塑家议论道,"哪怕在这样一座大宅子里。的确,一颗坚定的心也会颤抖一下的。我的朋友,我相信,你们家和蔼亲切的血液,除去你自己以外,还在许多血管中流动吧?"

"我是最后一个了,"多纳泰罗阴郁地说。"从我小时候起,他们就相继去世了。老托马索会告诉你,贝尼山的空气不像以前那样对白天那么有利了。但那还不是我们家的人迅速消亡的秘密。"

"这么说,你是清楚更令人信服的理由的了?"肯甫启发他

200

说。

"一天晚上我观察星星时，想到了一个理由。"多纳泰罗答道。"不过，请原谅，我不打算说出来。但是，我的先辈能活得长久而健康，原因之一是他们有许多令人高兴的好习惯和自得其乐并和客人及朋友同欢共乐的办法。如今我们只有一种办法了！"

"那是什么呢？"雕塑家问道。

"你会看到的。"他的年轻主人说道。

这时，他已引着雕塑家走进众多会客厅中的一个。他吩咐上些点心，老斯苔拉把一只冷鸡放到桌上，紧接着便是吉洛拉莫抓紧时间准备好的薄荷鸡蛋卷。她还端来一些樱桃、李子和杏，以及一满盘特别鲜嫩的无花果，是去年刚收的。老管家在门口探了一下白发苍苍的头，他的主人招呼他进屋。

"托马索，弄点阳光来！"他说道。

人们会以为，听从这一吩咐的最现成的办法是打开绿色的百叶窗，让夏天的正午阳光照进遮得很严的房间。然而在贝尼山，为了谨慎应付阳光稀少的冬天和没有阳光的雨天，传统的习惯是把他们的"阳光"保存在地窖里。老托马索很快就用一个有草盖的小长颈瓶盛来了一些。他拔下软木塞，塞进一点药棉，吸走将这种珍贵佳酿与空气隔绝的橄榄油。

"这是一种葡萄酒，"伯爵解释道，"其酿造秘方已经家传了好多世纪了。谁也偷不走这秘方，除非他连葡萄园一起偷走。这里是贝尼山葡萄的惟一产地。除去那片葡萄园之外，我已没什么别的家产了。品一品这种葡萄汁，告诉我值不值得叫作'阳光'！那是酒的名称。"

"也是个辉煌的名称！"雕塑家叫道。

"尝尝吧，"多纳泰罗说着，为他的朋友斟满杯子，也给自己

201

的杯中倒了一些。"不过先要嗅一嗅它的醇香,因为这酒有一种浓香,而且会四散开来的。"

"啊! 好香啊!"肯甬说道。"再没有别的葡萄酒有这种浓香了。味道也一定非比寻常,如果与这香气相称的话。这酒香宛如青春希冀的芳香馥郁,是任何现实所无法比拟的!"

这种珍贵的醇酒呈淡金色,和其它的意大利葡萄酒珍稀佳酿相似,若是不精不敬地豪饮,就会误认作一种十分精美的香槟。不过,虽然这种精制的开胃酒有一种类似的口感,却不是那种冒泡的葡萄酒。作客的雕塑家啜了一口之后,就想呷第二口。可是这种酒要求有明显的间歇,以便品味那深藏的特色和精妙的风味,应该说,喝这种酒与其说是身体上的还不如说是精神上的享受,真是妙不可言。而且,诚如一切非凡的精品一样,恐怕只能在记忆中回味,而不是靠当场的感觉。

这种美酒的丰富品味虽然不能久留口中,却有一种最难捉摸的魅力。因为虽说要浅斟慢酌,缓缓品味,但如果喝得过久,其香气和口感就会变得逊色了。

在贝尼山葡萄酒的种种令人艳羡的禀赋中,绝不可忽略其色泽。因为,当肯甬的杯中盛有酒液时,杯子周围的桌面上便映出一圈光晕,仿佛当真有金色的阳光似的。

"我觉得自己更能体会这种美酒,"雕塑家评论道。"最好的奥维多白葡萄酒① 或那种著名的蒙蒂菲阿斯科尼白葡萄酒②中的极品,相比之下就略嫌粗俗了。这可真是黄金时代的美酒,就像酒神巴克斯本人最早教人类从他精选的葡萄中挤出来的。我亲爱的伯爵,为什么这种酒不出名呢? 每一个这样的瓶子中装的浅色的液体黄金,若是都凝成金块,很快就会让你成为百万

---

① 产于意大利中部翁希里亚山区,该酒以其集散地的城镇命名。
② 产于意大利中部拉丁姆地区,亦以镇命名。

富翁的!"

　　站在桌旁的老管家托马索听了这番赞誉之词,高兴得就像夸奖他本人一般,遂回答道:"我们有一种传说,先生,说是这种用我们的葡萄酿造的稀世珍品一旦进入市场,就会失去其全部品性。贝尼山的伯爵们从来没用一瓶酒换过黄金。昔日里,在他们的宴会上,他们用这种美味佳酿款待过亲王、主教。还有两次,一次是皇帝,一次是教皇。直到今天,他们始终保持这一习惯:邀请他们热爱和尊敬的人坐在餐桌边,用这种美酒免费招待。但即使是大公本人呢,除去在这座屋檐下,也休想喝到这种酒!"

　　"经你这么一说,我的好朋友,"肯甫答道,"让我比原先更要推崇这种贝尼山的'阳光'了。照我对你的话的理解,那么这是一种奉献的汁水,它象征着殷勤好客的神圣品德了?"

　　"是的,部分如此,先生。"老管家精明地眨了眨眼睛,说道。"不过,若把全部真情都说出来,还有一条极好的原因使我们这种珍品一杯一瓶都不流入市场。先生,这种酒极眷恋故土,哪怕运出去仅仅几英里,就会变酸。然而,把这种酒好好保存在这屋檐下的地窖之中,就会在暗窖里聚集起色、香、味。就拿这瓶'阳光'来说,就是在我们这位伯爵还是小孩子的时候一次收获葡萄的季节中酿造出来的,一直为客人阁下您保存至今(就像姑娘待字闺中直等心上人到来)!"

　　"你别等托马索把有关这酒的叙述都说完,还是先喝掉你杯中的酒吧,"多纳泰罗提议道,"瓶塞一打开,最香醇的品性会立刻逃逸的。我怀疑你那最后一口恐怕已不如第一口那样味美了。"

　　的确,雕塑家在喝到瓶底时,幻想着阳光酒几乎成了难以觉察的云团。不过,酒的效应有一种柔和的提神作用,而且不会很快消失。

经过这样一番吃喝之后,肯甬才打量起他们所坐的这间古老的会客厅。房间的结构是一种十分笨重的样式。地面是石头的,沉实的壁柱抵着墙壁,彼此交叉着撑起拱顶的拱梁。直立的墙壁和屋顶的天花板全都铺满了画,无疑,刚画好时它们是十分明亮的,或许后来又保持了好几代人之久。画面表现的是阿卡狄亚风光,有一种欢乐节日的特色,水仙、农牧神和森林神混迹于青年男女中欢庆;还有潘、酒神、阳光和音乐神,无不以毫不遮掩的光辉来使这种林中游乐更加明媚。一群跳舞的人物,以令人倾羡的各式各样的姿态和动作,装饰着一圈上楣柱。

这间客厅在初落成时,一定具备一种既豪华又活泼的外观。因为其中注入了某些快活的观念和情感,这些又是人类的头脑易于用美丽的形式、丰富和谐的光彩和五颜六色等外在现实来体现的。但如今这些壁画都已很古旧了。它们被老斯苔拉及其众多先辈擦来揩去,这里损伤一点,那里又补上一笔,或者成片地从墙上剥落,或者被厚厚的积尘遮住了其最明亮的部分,乃至那种欢乐之处一概都消失了。要想弄清楚原来的画面都十分吃力。甚至在那些更明显地闪耀着智慧的地方,人物也像是死者的灵魂——带着被埋葬的愉快。越是那些反映幸福的往昔之处,如今也就越是模糊不清。于是,虽说只有不算很多的变化,但最兴致勃勃的东西和存在竟变成最令人伤心之处,希望蜕变成失望,欢乐黯淡为悲哀,节日的光彩成了葬礼的昏暮。如同其寓意一般,一切都演进成欢快与哀伤之间的不祥之物。若是假以时日,整个画面恐怕都会如此了!

"依照我对这壁画特点的判断,在这间客厅里举办过不少欢庆活动呢,"肯甬议论道,他的精神仍然因贝尼山葡萄酒的柔和的后劲而振奋。"我亲爱的伯爵,你的祖先应该是些快乐的人,一年到头饮酒作乐。想到他们用阳光美酒来愉悦男男女女的心灵,在铁器时代都能够像那边画的潘和巴克斯在黄金时代那样寻欢作乐,对我真大有裨益呢!"

"是啊,甚至在我自己的记忆中都有过贝尼山宴会厅中的欢乐时代。"多纳泰罗阴沉地看着彩绘的墙壁,回答道。"你看得出来,这是为了高兴。而当我把我自己的喜悦带进这客厅时,这些壁画看着也就令人喜悦了。不过,我认为,自从我上一次看到这些壁画以来,它们全都褪色了。"

雕塑家陷入了他的伙伴的情绪,并想用多纳泰罗自己尚未形成的想法来帮他自拔,便说道:"把这间会客厅改成祈祷室倒是个好主意,当教士告诫他的听众说世间欢乐并非长久稳定,并想指出它将如何可怕地一去不复返时,他就可以指着这些曾是多么愉快并变得多么晦暗的画面,这可是最现成的图示说明啊。"

"一点不错,"伯爵回答道,他原先的单纯奇怪地与改变了他的一种经历混在了一起,"那边,游吟诗人曾经站立的地方,该放上祭坛。一个有罪的人在这座旧时的宴会厅中更能有效地实现他的苦行。"

"不过我可要后悔了,不该建议在你家好客的客厅中做这一番不适宜的大改动,"肯甬继续说,他及时注意到了多纳泰罗个性上的变化。"你让我吃惊了,我的朋友,你竟然有苦行的念头!我们初识时,这种念头是难以进入你的脑海中的。请你不要这样吧——如果我因为比你年长就可以随便劝告的话,"他笑容满面地补充说,"请你不要出于修养的目的,就把自己变得冷静、多思和悔罪,像我们这些人似的。"

多纳泰罗没有回答,只是坐在那里,目光追随着墙壁和天花板上的群像中多次反复出现的一个人物。那个人物构成一个寓言的主要环节,从而(——在这种画面设计中往往如此)把整个系列的壁画连接起来。不过,若是把那个人物拆解出来,是不可能的,至少也是很烦人的。雕塑家的目光追随着同一方向,很快就摸到了那种变化——一度欢乐而如今消沉的线索,老艺术家正是把这种浮沉包容在同一个人物身上了。他想象着其中与多纳泰罗有一种相似,这使他想起他来到贝尼山的一个目的。

"我亲爱的伯爵,"他说道,"我有个提议。你应该让我利用闲暇照你的模样做一个胸像。你记得,我们大家——希尔达、米莲和我——曾经发现你的容貌和普拉克西泰尔斯的农牧之神极其相像。当时,只觉得酷似难分。可是现在我对你的面孔更熟悉了,那种想象也就不明显了。用大理石雕出的你的头像对我将是很宝贵的。我可以这样做吗?"

"我有个弱点,我担心改不掉了,"伯爵回答着,扭过头去。"让人目不转睛地盯着我,我就心慌意乱。"

"从我们坐在这里开始,我就已经观察到了,虽说从前不是这样。"雕塑家继续说道。"依我看,这是一种神经质,是你在罗马的空气中染上,又在你这种离群索居的生活中增长的。这不应该成为我给你做胸像的障碍,因为我会从一旁的观察中抓住你的特征和表情的,这种办法(但愿肖像画家和胸像雕塑家了解这一点)总能比直盯着取得更多彩的效果。"

"你要是有本领,就给我做吧。"多纳泰罗说道,不过,就在他说话时,也没把脸转过来。"如果你能看出来是什么原因使我在你面前畏缩,欢迎你在胸像中表现出来。回避人们的目光,不是我的意愿,而是我的需要。只是……"他补充说,还笑了笑,这使得肯甬怀疑他还要不要以这位农牧之神为模特儿再做一个新胸像了,"只是,你知道,不要坚持要我露出这两只耳朵!"

"不会的,我从来没想过这样做,"雕塑家笑着回答,年轻的

206

伯爵摇着他的满头卷发。"我并不指望能说服你,我记得米莲那次是怎么失败的!"

一个字眼里往往潜藏着最说不清的符咒。一个人的头脑里可能有一个想法,清晰得无法表达得更明确了。而两个头脑可能意识到同一个想法,那是一方或双方最感兴趣的。但只要这想法不说出口,他们亲切的谈话就会平静地流过那隐蔽的想法,如同一条小溪可以闪着亮光、溅出涟漪,淌过河床上沉埋的东西。但把一个字眼说出口,却如同把一具淹死的尸体从小溪最深的坑洼里浮到表面,而那条小溪虽然表面在笑,却始终当心着那可怕的秘密。

即使如此,当肯甫无意中明显提到了多纳泰罗和米莲的关系时(尽管这个题目已经在他们双方的头脑之中了),一种厌恶的心情仍然从年轻伯爵的内心深处升腾起来。他或是气恼或是恐惧得发抖,还用狂野的目光瞪着雕塑家,如同你在林中遇到的一只狼,正犹豫着是要逃走还是要对着你嗷嗷叫。但由于肯甫仍然平静地看着他,他渐渐地显得不那么激动不安了,尽管还远远没有恢复到原先的平和。

"你提到了她的名字,"他终于说道,声音抖得有点变样了,"那就告诉我你所知道的有关她的一切吧。"

"我想,有关她的新消息,我并不比你更了解,"肯甫回答道,"米莲在你走的前后也离开了罗马。就在我们在嘉布遣会教堂最后一次见面之后的一两天吧,我到她的画室看望她,但已经人去室空了。至于她去了哪里,我就不得而知了。"

多纳泰罗没有再深问。

他们从桌旁站起,一起在宅中漫步,偶尔交换几句不快的谈话,更多的时间则是阴沉的静默,就此度过了那个午后。雕塑家觉察到了他的伙伴的变化——可能是成长和发展,但肯定是变

207

化。这使他很伤心，因为多纳泰罗最出色的那种单纯而优雅的个性已经所剩无几了。

　　肯甬当晚在一个古老、阴暗、有拱顶的套房中就寝，那地方在过去的五六个世纪中，可能是贝尼山家族众多世代的出生、新婚和辞世之处。天亮不久，他就被一阵喧闹声吵醒，原来是一伙乞丐站在别墅那一带近旁的一条乡村小巷中，对着敞开的窗口行乞。后来，他们似乎得到了施舍，便走开了。

　　"某个善心的基督徒把那群流浪乞丐打发走了。"雕塑家想道，又继续被打断的睡眠。"那可能是谁呢？多纳泰罗在塔楼中有他自己的房间；斯苫拉、托马索和厨师都住得离这里很远；我想我是宅邸中这一带的惟一住客了。"

　　在意大利别墅概无例外的令人愉悦的宽敞宅邸中，十多个客人可以各住一处套房，而互不干扰各自的住区。但就肯甬所知，他是多纳泰罗那宽阔的屋顶下惟一的客人。

第二十六章

贝尼山的家世

肯甫发现老管家是个通情达理、和蔼可亲的人，很快便从他那里听到有关贝尼山伯爵的家史和传闻的许多细节。他家有一部家谱，家谱学者会乐于本着环环相扣、以文献为证的权威性探究它的后一部分——就是说，稍多于一千年。然而，要上溯多纳泰罗先祖的模糊起源，却似旅行家要到达尼罗河神秘的源头一样困难。不过，远远超出确凿而明显的事实的范围之外，一位罗曼史作家却可能步入一片古诗的天地，那里的久未被开垦和涉足的沃土，会消失在几近是蛮荒野地之中。如今在过于茂盛地丛生着各色各样植物的那些古老小径中，漫游者只能自择其路，最终走到何方，却不得而知。

贝尼山家族无疑是意大利最古老的一支，比起英法两国来，意大利的家族似乎更经常得以从其半朽的根系中蔓延——即使称不上中兴。贝尼山家族从中世纪的旺族传续至今，但在更古老的年代，在骑士时期方兴未艾之前的蒙昧中，仍清晰可见。再向上追溯，我们可以诚惶诚恐地说，当基督教文明初现曙光、罗

209

马帝国尚未开始显露其衰败迹象之时，该家族尽管经历了时隐时现的途程，仍然依稀可辨。超出那段令人钦敬的距离，宗祧的绵延则令人绝望地无线索可寻了。

然而，在有贝尼山家谱的文字记载之前，家族传说都既不可怕又不可耻地上溯到帝国时代之前的共和时期，乃至再向上至国王统治阶段。那些积满青苔的世纪尽管遥远，家世的踪迹仍未中断，而是散落在灰色的远古之中，其间已无征候留存，而只有破漏的坟墓、少许的青铜器、一些制作古雅的黄金装饰品和雕有神奇人物和铭文的古玩。在那里或那一带，贝尼山家系据说从伊特鲁里亚① 的林中生活开始其源头，当时的意大利还没有罗马国家的存在呢。

诚然，我们要遗憾地说，这一令人敬仰的后裔的早期和大部分家世——对许多较简单的家谱亦是如此——应该完全视同神话。不过，这样的神话仍然给贝尼山家族不容置疑的古老、给其无疑已居住得十分久远的有着绿荫下的葡萄和无花果树的地段投下了浪漫的情致。而且他们还打下了他们塔楼的地基，由于其年代久远，据说半截高度已经沉到地表以下，曾经欢饮当年的阳光美酒的秘室也被埋藏了起来。

在他们那部衰朽的家谱中混杂着一个故事或神话，其蛮野或怪异，以及并非不可思议的特色，使雕塑家深感兴趣。他曾和米莲及希尔达发现或想象出多纳泰罗和普拉克西泰尔斯的农牧神雕像极其相似，那神话故事恰恰对此提供了虚幻离奇的解释，他就更急切地抓住不放了。贝尼山家族，按照该传说的断言，起源于所谓史前时期居住在意大利的佩拉斯吉人。他们和定居于希腊的亚细亚祖籍的古人出于同样高贵的血统。住在阿卡狄亚

---

① 古代意大利中西部由伊特拉斯坎人所建的古国。

210

的同一幸福和诗意的民族——无论他们是否曾有过那样的生活——至少以其黄金时代的梦想和哪怕属子虚乌有却是可爱的寓言,丰富了这个世界。在那个绝妙的时代,神仙和半人半神常常在地面随意出没,与人类居民朋友般地混在一起,而且水仙、森林之神和经典神话中的全部人马,全都无须尽力去原始森林中藏身。正是在那个繁荣的时代,贝尼山的血脉崛起了。其主要角色是个不完全是人的生灵,但具备相当多的文雅的人性,所以想象起来既不可怕又不令人吃惊。这个在森林中土生土长的生灵爱上了一个人间姑娘,并且——或许由于善良和爱情教会了他从单纯中学到了细微的礼仪,或许可能只凭粗鲁的求欢——把她带到了他的生息之处。与此同时,他赢得了她女性的柔情。就我们所知,他们把一个树洞充作新房,夫妻俩就在如今矗立着多纳泰罗的塔楼一带的古代环境中过起婚后生活。

这一结合所繁衍的子孙后代,毫无疑问地在人类家庭中取得了一席之地。然而,在彼时及后来很长时间中,该家族却表现出抹不掉的父系的野性血缘特征:他们是愉快善良的人种,却能做出野蛮狂暴的行为,而且从来不受社会法律的约束。他们强悍、活跃、可亲,如阳光般地开朗,有旋风似的激情。他们与大自然息息相通,生活得快乐幸福。

不过,随着时间一世纪一世纪地过去,这家族中农牧神的野性血液必然由于不断与更普通的人类血统的婚媾而冲淡。许多天性消失了,主要只保留了不可遏抑的精力,这一禀赋使其家族的无穷尽的后代在危难和紧急中得以自保无虞。在使意大利遭难的接连不断的战争中,在各小国间的争斗和为政体的纷争中,天生的强悍自有其用武之地。

贝尼山家族的后代子孙在各种事件中表现得既英勇又策略,在邻里兼并的争夺中,保住了祖传的领地,与他们征讨和宴请的其他封建男爵们大概相差无几。他们这种世代相传、大体相同的手段,成了他们宗族延续的要素。

然而众所周知,任何遗传的特征——如歧指,像奥地利唇那样的五官特色,都会作为非常顽固的东西在家族中一直保留下去。这种特征会随其兴之所至,沿家系跳过半个世纪左右,然后在某一个曾重孙身上再现。就这样,从超出记忆或记载的年代起,据说就总有一个贝尼山的后代具备家族奠基人所有的几乎全部特征。一些传说甚至还举出耳朵:上面有一小撮毛,轮廓像带尖的叶子,这作为权威的证据之一,说明这些人是嫡系子孙,才有此荣宠的。我们赞赏一个比其他生灵离自然界大家族更近的血亲拥有这种标志的美,但若是要求某位政治家一定要具备这种奇形怪状,未免就是闲极无聊了。

然而,不容置疑的是,每个世纪都有一个或是更多的贝尼山的子嗣在身上凑足他的家族那些已分散开来的品性,并重塑从无法记忆的远古时代就摊到他们家族身上的那种特性。英俊、强壮、勇敢、善良、真诚、由衷的冲动,以及天生的单纯品味和对简朴的娱乐的喜爱,人们相信具备这些天赋的人能够与林中的野兽、与空中的飞禽交往,甚至能够与树木沟通,因为他正是以住在林中为乐的。另一方面,他在理智和心灵上也都有欠缺,而且在人的本性的高级成分的发展上似乎尤甚。这些欠缺在儿时尚难以觉察,但随着年龄的增长,就会强烈地显现出来。而当动物的低水平品性在他身上沉积下来时,贝尼山的典型代表就变得耽于声色口腹之乐,缺乏同情心,而且孤立于确是自私的狭窄圈子之内。

有些人并不认真地以其它优雅的东西取代随青春的敏感和欢乐的消逝而必然失去的东西,我们时常注意到,他们身上只随年龄发生一些简单的变化。确实,在贝尼山家族的后裔身上就是如此。在位的贝尼山伯爵，最糟不过的也就是头发白了之后仍然是个嗜酒贪杯的开心的老家伙——那酒自然是传说中由酒神巴克斯本人教给该家族的林中先人如何酿制的，即从什么精选的葡萄中如何挤压出来的，而葡萄则是只有在贝尼山的园中才能成熟的受天赐而成佳品的那部分。

如果加以观察就会发现，该家族对于这样的传说既自豪又羞愧。但无论他们乐于把哪一部分传说融入他们祖先的历史，都矢口不谈涉及长毛的尖耳这一显著特征。经过漫长的岁月，对家谱中那神奇的部分，没有什么有理智的人会相信了。然而，人们可能只是认为这是一种典型的族类特点——就贝尼山家族而论，人们主要瞩目于他们的单纯和留恋大自然的天性。当某种特征出现在后代子孙身上时，也就构成了我们所谓的家族特征。尤其是，雕塑家在一些古旧的肖像上发现了证据：该家族身体上的特征多年来始终保持着，与他如今在多纳泰罗身上所见的十分相近。的确，随着岁月的积累，贝尼山家族的面孔始终有一种狰狞的野像，而且，有两三张家中先人的画像恰如动物般地瞪着参观的人。一旦超出嬉笑的界限，也就没有好脾气可言了。

年轻的伯爵给予他的客人以调查那些肖像中的大人物以及他的其他先祖的个人历史的充分自由，而且有唾手可得的虫蛀文件和发黄的羊皮纸中的丰富材料，那都是满装在从黑暗的中世纪就累积成堆的积满尘土的箱子中的。不过，说句老实话，这些发霉的文献提供的信息比起肯甬从托马索的传说中所听到的要乏味得多，甚至其权威的优越地位也无法稍减其枯燥无聊。

使雕塑家兴奋不已的，是他所了解的多纳泰罗的个性与老管家的叙述中所指出的家族长期因袭的特性十分相近。他还兴致勃勃地发现，不仅是托马索，而且领地内和邻村中的农夫也一概承认,他的朋友是真正的贝尼山人,酷似其始祖。他们似乎都对年轻的伯爵抱有极大的好感,个个都能讲出他活泼好动的儿时故事:他如何与乡下小孩在一起嬉戏,很快就成了他们中间最没规矩也是最可爱的一个;他如何小小年纪就跳进了小溪的深水中却从未淹死,如何爬到大树的最高枝上却从未摔断脖子。这个林中之子从未遇到伤害,因为他无畏而又自在地把握着大自然的各种因素,大自然中的一切都既无力也不肯伤害他。

那些地位卑微的朋友们说,他长大之后,不但和所有的人,而且和林中的生灵成了玩伴。不过,当肯甬逼问他们说出具体的林中伙伴时,他们只能记起他与一只狐狸宠物的几件往事,其实那只狐狸除去多纳泰罗之外,和大家也都是又叫又抓地玩闹的。

不过他们详细地——而且从来对这一话题不厌其烦——叙述了多纳泰罗在玫瑰般的童年和嫩芽似的少年时的冒失举动。他走进谁家的茅屋,那里就像撒下了阳光似的蓬荜生辉。那些农夫们都说,他们年轻的少爷一生从未使哪家的门口昏暗过。他简直就是欢乐的灵魂。当他还仅仅是个蹒跚学步的婴儿时,人们就惯于要他用那双柔嫩的小脚去踏榨汁机,哪怕只能挤出一串葡萄的汁水。而由他稚气地挤榨出来的葡萄汁,即使量再小,也足以使整桶的葡萄酒成为佳酿。贝尼山家族——讲述他们家史的那些乡下人使雕塑家确信——从最古老的旧时起就能够从普通葡萄中挤轧出美酒,从他们自家葡萄园里精选的品种中酿出醉人的琼汁。

简言之,当肯甬聆听这类故事时,他完全能够想象出来,他周围这片山谷和山坡就是一处不折不扣的阿卡狄亚,而多纳泰罗不仅是一个林中的农牧之神,而且也是一个地道的酒神。他听凭这些意大利农夫尽情发挥了诗意的想象之后,便从中看出

214

事实:他的这位朋友在他的村民中间始终是个纯朴的人,在其孩提时代更是一个极其快乐的少年。

但是这些农夫有时也摇头叹气地补充道,自从年轻的伯爵去过罗马,就令人伤心地变了。村姑们如今再也看不到他先前向她们致意时那种开心的笑容了。

雕塑家问他的好朋友托马索,是否也注意到了据认为最近落在多纳泰罗生活上的那种阴影。

"是啊,先生!"老管家回答道,"自从他从那座邪恶和不幸的城市回来就这样了。这个世界变得要么太邪恶,要么太聪慧和哀伤,是贝尼山的老伯爵那样的人所没见识过的。如你所见,我这位可怜的少爷刚一沾上,就变了,毁了。几百年来,在这个家族的伯爵中还没有一位像这位可怜的少爷这样地道地具有古代印记的贝尼山人呢。如今听到他对着一杯阳光酒唉声叹气,我眼泪都下来了!啊,现在这个世界可真够让人伤心的了!"

"这么说,你认为曾经有过一个更欢乐的世界了?"肯甬问道。

"当然啦,先生,"托马索说道,"更欢乐的贝尼山伯爵们所居住的一个更欢乐的世界!当我还是个坐在我祖父膝头的小孩子时,听到过那些故事!我那位老爷子就记得这样一位贝尼山的爵爷——至少他是听说过的,虽然我不敢凭着神圣的十字架发誓说,我祖父生活在那个时代——他时常走进树林,从泉水中或老树洞中叫出漂亮的仙女。据说那位欢乐的爵爷和她们跳舞要跳上整整一个漫长的夏日的午后!现在我们什么时候还看得见这样高兴的事?"

"恐怕不会很快就能看到的。"雕塑家默认道。"你说得不错,好样的托马索。这个世界如今令人伤心了!"

而事实上,当我们的朋友对这些离奇的传说微笑之时,他也带着同样程度的叹息在想：一度宜人的大地上，曾令前代人高兴的花朵如何一代又一代地产生得更少了呢？并非在我们这个更文雅和更柔和的时代，人类欢乐的方式和表现的可能性变得稀少了——相反，以前从来没有这样丰富的——而是人类正在远远地超出他们自己的童年，以致竟然对再享幸福加以轻蔑了。一个单纯而又快乐的人，在这些会把他的野性未退的欢乐视为羞耻的圣洁和阴郁的人们中间只能感到无存身之地。目前确立的人间事务的整个体制，是有意地建立于排除无忧无虑的幸福的灵魂的基础之上的。连儿童都会谴责那些不幸的人，因为他们竭力把生活和世界看作——我们自然会以为他们是一心这么想的——快乐的地方和机会。

在我们今天，在生活中要求有目标和目的是铁的定律。这样的定律使我们都成了追求进步的一项复杂的计划的一部分，其结果只能使我们到达一个比我们出生时更冷酷、更可怕的境地。这样的定律还坚持要所有的人都把一些东西——或许只是些许，却是靠持续的努力才得到的——加到只能使我们的后人比我们承担更沉重的思想和更过度的的劳动的那一堆有用的东西之上。如今，没有什么生命像泛滥的溪流一样漫游，哪怕是最细的浅流也有水车要它推动。我们要使一切都十全十美的决心过于强烈了，反倒使一切都乱了套。

因此——至少雕塑家这样想，虽然他对多纳泰罗的倒运还有些怀疑——年轻的伯爵发现如今若要仍像他的先辈那样已经不可能了。他无法再以他们与自然界相沟通的方式，与周围的一切会呼吸的动物情同手足，过着有野兽精神的健康生活。大自然的飞禽、走兽、树木、大地、洪水和天空仍与旧时相同，但罪孽、忧虑和忸怩已经使世上的人类部分变形了。于是，最简单的个人就会最快地误入歧途。

"无论如何,托马索,"肯甫尽力安慰老人说,"让我们希望你的年轻少爷在收获葡萄的季节仍会自得其乐吧。从葡萄园的外观来看,我判断今年会是贝尼山金酒的好年头。只要你们的葡萄造得出那种令人倾慕的美酒,尽管你把这世界看得很悲伤,无论伯爵还是他的客人们都不会忘记微笑的。"

"啊,先生,"管家叹了口气,继续说,"可惜他很少用那种明亮的汁水沾唇。"

"不过还有另一个希望,"肯甫议论道,"年轻的伯爵可能堕入情网,带回一位漂亮、爱笑的夫人,把那边那个镶壁画的老客厅的阴暗赶出去。你看他能做出一件更好的事吗,我的好托马索?"

"可能不成吧,先生?"一向庄重的管家真诚地看着他说,"不过也不能做更坏的事!"

雕塑家觉得,这位好心的老人脑子里会多少想说些话或者谈些事实,但转念一想,便决定全都闷在心里。此时他起身向酒窖走去,一边摇着他那白花花的头,并喃喃自语着什么。他把从未沾唇的更好的一杯阳光赏给已深受他喜爱的肯甫之后,直到晚餐时分始终没再露面。

说实在的,那金色美酒对贝尼山贪图口腹之乐的生活并非不必要的佐餐物。看来可惜,多纳泰罗并没有多饮一点,那样至少可以高高兴兴地上床,哪怕翌日晨起后额外地阴郁呢。

然而,在这座老庄园里要过愉快的生活并不乏外界的手段。流浪乐师们在贝尼山一带徘徊,似乎他们在这里有固有的权利。他们用提琴、竖琴和笛子把草地和灌木丛弄得乐音袅袅,不时还加进咿咿呀呀的风笛声。游吟诗人也到这里,给在葡萄园中工作了一天的农夫们讲故事或吟诵史诗,肯甫也是听众中的常客。变戏法的也获准在大厅里表演魔术,连庄重的托马索,还有斯苔拉、吉洛拉莫，以及来自农舍的村姑们，全都开心和惊异得咧嘴大笑。这些好人用他们愉快的辛劳得到了食物和住所。他们用一些托斯卡纳的廉价酒，一把公道的大公爵的铜币，来维护贝尼山好客的名声。但是年轻的伯爵极少作为一名听众或者看客来到他们中间。

有时也在月光下举行草地舞会，但自从多纳泰罗从罗马回来后，他的出现并没有使那些漂亮的农妇脸羞得更红，他的舞步也没有像以往那样使那些灵活的舞伴或对手精疲力尽。

贫民们——出没于贝尼山的宅邸的这种游民比充斥着意大利任何别的地方的乞丐都要糟糕——站在所有的窗户下高声乞求，甚或在大门前的大理石台阶上安营扎寨。他们又吃又喝，还把给他们的东西装进口袋，把小钱放进衣兜，然后再透迤地前进，到处祈求上天赐福给那些宅邸及其老爷，给他们故去的先人的灵魂——那些前辈都是些对乞讨者动了恻隐之心的傻瓜。但是，尽管他们祈祷祝福——意大利的慈善家用这种方法积蓄颇多——一片乌云仍似乎来到了曾是阿卡狄亚的这带地方的上空，而且在多纳泰罗惯于静坐冥思的塔楼顶上的四周变得漆黑。

第二十七章

神　话

　　不过,雕塑家到来之后,年轻的伯爵有时从他那孤凄的高处下来,和他一起在附近的林中和山上漫步。他带着他的朋友去了很多迷人的幽静去处,那都是他从小就熟悉的。但如他对肯甫所说,近来,一种莫名其妙的东西像簇簇灌木似的遮住了那些地方,使他早就熟知和热爱之处几乎难以辨认了。

　　但在雕塑家的眼中,这些地方仍然美景纷呈。那如画的景色给人印象新颖:在漫长的岁月中,野趣又爬满了一度被人们以精心的艺术和辛劳点缀过的景致。当人们已然无能为力时,时间和自然便到来,携手造成一种柔和、持久的完美。那里的无花果树长得疯野,并以同样不受人类控制的孳生的野蔓为妻。这两种野生植物盘根错节地纠缠在一起,形成荒野的婚姻,在同一根粗枝上垂下它们的不同后裔:甘美的无花果,分泌着南方汁水的葡萄,并以一种野趣共同增加着最终的魅力。

　　依肯甫之见,他和多纳泰罗游览的一处小山谷之可爱是无处可比的。它藏在群山之中,通向一片若隐若现的宽阔葱绿的山谷。从那里发源的一股喷泉,注入一个青苔满布、水草丛生的大理石水缸之中。在涌动的水流之上是一个水罐,由一尊大理石水仙用双手擎着。她站在那里,赤裸的躯体由青苔好心地遮掩着,宛如一件袍服。她的缕缕长发直垂到腰际,尽其所能地装扮起那可怜的人儿。当年——该是很久很久以前了,这位喷泉女仙曾用她的水罐最早承接了刚冒出的泉水,然后再注入大理石的水缸。如今那石雕的水罐从上到下有了一个大裂口,无可奈何的水仙只好眼睁睁地看着早已奉献给她的泉水通过她无法控制的渠道流满水缸。

由于这一缘故或其它因素,她显得郁郁寡欢,你尽可以把整个的喷泉想象成是她孤凄的泪水在长流。

"这里原是我最喜欢的地方,"多纳泰罗叹息着说,"在童年和少年时代,我在这里玩得可高兴了。"

"作为一个成人,我也找不到让我更高兴的地方了。"肯甫回答道。"不过,我的朋友,你是十分喜欢交往的人,我简直难以相信这种幽静的地方会让你迷恋。这种地方是诗人梦想之处,他会让想象中的生灵在这里居住。"

"我不是诗人,这一点我很自知,"多纳泰罗说,"不过,正如我对你说的,我在这里有喷泉和水仙为伴,曾经是非常高兴的。据说,我最早的祖先——一位农牧神,把一个人间姑娘带到了这里,他爱上了她并娶她为妻。这股清新的泉水原是他们的家居的井水。"

"这是个最动人的传说!"肯甫感慨地说,"我是说,如果不是真事的话。"

"怎么不是真事呢?"单纯的多纳泰罗说道,"还有另一个与这地方相关的动听的老故事呢。但如今我想起来,与其说是动听,还不如说是伤感,虽说当年那悲哀的结尾并没有给我难忘的印象。我要是有讲故事的天才，一定会让你大感兴趣的。"

"请你讲讲吧，"肯甫说道，"别管讲得好不好。这些荒诞的传说越是不加修饰才越迷人呢。"

于是年轻的伯爵就叙述起一位水仙，那是他的一个先辈（——可能生活在一个世纪或一千年以前，或者早在基督传教时期之前，因为多纳泰罗所知的事情总是相反的）所结识的属于这股喷泉的仙女。至于她是女人还是妖精，是个谜，有关她的其它情况亦不得而知，只知她的生命和灵魂与这股喷涌的水流密不可分。她是个清冷的露水般的东西，忽明忽暗，净做些招人喜欢的恶作剧，变幻无常。她时时突发异想，但又像她栖居的那股泉水似的一成不变：虽然被大理石上下左右地阻拦着，却流个不停。这位喷泉女士爱上了那位青年——多纳泰罗称他为骑士，按照传说，他的家族与她家有血缘关系。不管是不是亲戚，在他的一位有长着毛的耳朵的先祖和喷泉的长寿女士之间早就存在着友情与和谐。虽然时隔多年，她依然和五月的清晨一样年轻，和树上的鸟儿一样欢乐，或者和同树叶嬉戏的微风一样活泼。

她教给他如何从晶莹的源头中唤她出来，他俩在一起度过了许多美好的时光，尤其在炎热的夏季。他时常坐在泉边等她，而她则会随着一阵夏雨突然降落到他身边，在雨点周围裹着一道彩虹，然后她便聚敛成一位美丽的少女，放声笑着——抑或是水珠跃过石子时的鸣啭？她欢快地注视着青年的惊愕。

于是，她成了善良的女郎，炎热的气候对这位受宠的骑士也变成了凉爽芬芳的宜人空气。而当他跪下去从泉中饮水时，通常总有一双玫瑰色的嘴唇从不深的水中迎上来，用激动人心的甜蜜而清凉的露珠般的一吻来触及他的嘴！

"对你们托斯卡纳夏季炎热的正午来说，这真是个令人舒畅的故事。"雕塑家听到这里评论说。"不过，水中女士的这一举动

221

在严冬时可就太冷了。她的情人会发现那纯粹是个冰冷的接待!"

"我认为,"多纳泰罗绷着脸说,"你在拿这故事取笑。我可是无论从这故事本身还是从你的议论中都看不出可笑之处。"

他继续讲道,骑士在好长时间里都感到和喷泉女仙的友情无比快乐和舒心。在他最愉悦的时刻,她以嬉笑风趣来逗他开心。逢到他为人间烦恼而忧心,她便将她津湿的手掌放到他的额头上,把他的愁闷和烦躁一扫而光。

但是有一天,在一个命运攸关的正午时分,年轻的骑士跨着匆忙、混乱的步伐跑到了他常来的泉边。他呼唤水仙,但是——显然是因为他的语调中有某种非同寻常和惊惧的成分——她没有露面,也没有应声。他俯身下去,在清凉的泉水中洗起双手和发烫的额头。这时,传来一声哀叹,那声音可能发自一个妇女的嗓音,也可能只是溪水流过石子的鸣响。泉水忽地从青年的手中退去,使他的额头又像原先一样干热了⋯⋯

多纳泰罗说到这里,便嘎然而止了。

"泉水为什么要从这不幸的青年手中退去呢?"雕塑家问道。

"因为他想洗掉一处血渍!"年轻的伯爵惊惧万分地压低声音说,"那个罪人沾污了纯洁的泉水。水仙可以在他哀伤时安慰他,却不能涤净他犯了罪的良知。"

"他再也没看到她吗?"肯甬问道。

"只有一次,"他的朋友回答道,"他只又看到了一次她那神圣的面孔:当时在那可怜的水仙的额头上有一道血渍,那是他想洗净罪过时,留在泉中的血渍。他为她哀悼了整整一生,并且请当时最优秀的雕塑家依照他对她的外貌的描述刻出了这座水仙的石像。不过,尽管我的那位祖先一心只愿雕像露出她最幸福的模样,但那位艺术家和你不同,对这故事的哀婉动人之处印象太深,无论怎样努力,他只能把她做成这副永远都在哭泣的阴郁模样,就像你看到的这样!"

肯甫从这纯朴的传说中发现了某种魅力。无论是否有意,他都将它视为一篇寓言:在一切普通的焦虑和哀伤中,可以依靠与大自然的一种习惯性交流得到慰藉和可亲的力量;而另一方面,大自然那柔和的影响,在粗鲁的激情面前却显得力不从心,而在罪孽的可怕的发烧或寒颤中则完全无能为力了。

"你是不是说,"他问道,"那水仙的面容从那以后就再也没在任何凡人的眼前显露过? 依我看,由于你有自然的天性,倒完全有资格像你那位先祖一样得到她的眷顾呢。你为什么没有呼唤她呢?"

"我还是个傻孩子的时候,常常叫她的。"多纳泰罗回答道。随后又用心声补充说:"谢天谢地,她根本没来!"

"这么说,你始终没见过她啦?"雕塑家问道。

"我有生以来还没见过!"伯爵继续说。"不,我亲爱的朋友,我从未见过那位水仙。不过在她的这座喷泉边,我倒是结识了不少奇妙的动物,因此从我小时候起,我就熟悉林中出没的一切。你看到我的那些林中朋友会发笑的,是啊,我的朋友就在那些灵活的野兽中间,也就是那些把人看作死敌的动物! 我说不准我最初是怎么学会的,不过,在我称作林中居民的那些长毛、披羽的族类的嗓音和咕哝、那种鸣唱声中,在它们似乎能够听懂的语言中有一种魅力。"

"我听说过这样一种天赋,"雕塑家严肃地应答道,"但以前还从未遇到过一个有这种天赋的人。请你试一试这种本领吧。为了我不致把你的朋友们吓跑,我可以躲进这片树丛中,只是偷看一下它们。"

"我怀疑,"多纳泰罗说道,"他们现在是否还记得我的声音。

223

你知道,随着由男孩长大成人,我的声音变了。"

然而,由于年轻伯爵的优秀品质中有心肠好和耳朵软的特点,他便照雕塑家的要求做了。雕塑家藏进树丛中,听见他发出了一种抑扬的声调,粗野而和谐。雕塑家马上感到,这是他的耳朵从来没听过的最奇妙和最自然的声音。那声音虽然初听起来与任何闲极无聊的男孩对自己自哼自唱的心声相差无几,都是无词的歌曲,既非唱给别人听的,又无固定的曲调,但那声音又像微风低吟一般与众不同。多纳泰罗一次又一次地发着那声音,起初有多次中断,说停就停;随后便更有信心,声音也更强,如同一位步行者从暗处摸索到了明处,由于周围明亮,步子迈得更随心所欲了。

不久之后,他的声音似乎充满了空气,但尚无唐突的铿锵。那声音有些像低声自语,轻柔、友好,有吸引力和说服力。雕塑家想象着,这可能就是人类的智慧尚未形成我们现今所称的语言之前自然人发出的原始声音。在这种广泛的对话中——广泛得如同大自然的共鸣——人类可能是对其在林中徘徊觅食的不会说话的走兽兄弟讲话,或是对展翅翱翔的飞禽打招呼,反正是聪慧得足以赢得它们的信任。

那声音自有其悲怆之处。在某些简单的音调处,肯甬会潸然泪下。那泪水是缓缓地从他心中淌出的,比他此前时有感受的愉快有着更多激情。但他克制着不去分析,唯恐抓得过紧反而会立即溜掉。

多纳泰罗停顿了两三次,似乎在聆听。随后便又开始,而且把他的精神和生命更真诚地注入到那曲调中。终于——或许是雕塑家的希望和想象欺哄了他——可以听到踏在落叶上的轻柔的声响了。在树丛中也有了簌簌声,尤其是盘旋在空中的拍翼声。或许这都是幻觉。但肯甬想象着他能分辨出某些森林小居

224

民蹑足潜踪的走动,甚至能看见那似隐似现的身影——假如不是确实存在的动物的话。但突然之间,不管是出于什么原因,他感觉到了小脚爪的匆忙奔跑和惊惶逃窜。接下来,雕塑家听到一声狂野的哀鸣,他透过灌木的缝隙看到多纳泰罗扑倒在地。他从藏身处钻出来,除去一只褐色的蜥蜴(属南欧的塔兰图拉种)在阳光下爬开之外,别无活物。从周围的一切情况来看,这只有毒的爬虫是响应年轻的伯爵恢复他与自然界低等伙伴交流的努力的惟一动物。

"你怎么了?"肯甬惊叫道,向他的朋友俯下身去,不知这位朋友何以会表现得这么痛苦。

"死亡,死亡!"多纳泰罗抽泣着说。"它们都知道了!"

多纳泰罗趴在泉边,发出一阵激动不已的抽泣和恸哭,仿佛他的心已经碎了,将其发狂的悲哀洒到了大地上。他那遏制不住的伤感和孩子般的泪水使肯甬意识到,尽管这年轻人平素的举止十分安详,社会的习惯和限制实际上作用于他的程度是多么微不足道啊。为了回应他的朋友安慰他的努力,他呢喃着什么,比起他刚刚向空中发出的奇妙音调并不更容易分辨。

"它们知道了!"这是肯甬惟一能够分辨出的话。"它们知道了!"

"谁知道了?"雕塑家问道。"它们知道了什么?"

"它们知道了!"多纳泰罗声音颤抖地重复道。"它们拒绝了我!整个自然界都退避着我,在我面前发抖!我生活在诅咒之中,像一圈烈火包围着我!没有一个清白的东西能够来到我身旁。"

"把心放宽些,我亲爱的朋友。"肯甬跪在他身边说道。"你在一些幻觉而不是诅咒中苦苦挣扎。至于你刚才表演的那种奇妙的自然魔咒,是我以前虽然听说过却从未相信过,也没指望能够目睹的,我很满意你仍掌握着这种本领。无疑是由于我藏身不严和我的某些不自主的小动作,把你的森林朋友吓跑了。"

"它们不再是我的朋友了。"多纳泰罗答道。

"我们所有的人,随着我们长大,"肯甫继续说道,"便失去了与大自然亲近的某些东西。这是我们为经验付出的代价。"

"这可是沉重的代价!"多纳泰罗从地上爬起来说。"但是我不再谈这个了。忘掉这场面吧,我亲爱的朋友。在你的眼中,这事看起来一定非常荒唐。据我推测,对所有的人来说,发现他们早年生活中那些令人愉快的能力和本领离他们而去,都会难过的。这种难过如今也降临到我头上了。好吧,我不会再为这种事浪费眼泪了!"

肯甫立即便感到了多纳泰罗新近获得的这种对付自己感情的能力:经过一番或多或少的激烈斗争,把感情重新押进平日控制着的牢房中去。他如今加在自己身上的桎梏,以及他成功地扣在他那原先很像农牧神、现在依然很英俊的面孔上的故作镇静的面具,使得敏感的雕塑家觉得比刚才那激情失控的场面更加令人伤心。当生命的邪恶必须在我们这折磨人的世界上最初战胜我们,乃至强制我们,并试图在我们透明的单纯之上蒙起一层阴云时,这可实在是个不幸的时代。我们把单纯保持得越久,并将其进一步坚持到未来的生活中,其价值就越大。在不可避免的岁月流逝中,童稚期单纯的丧失,引起的只是一两声自然的叹息,因为即使孩子的母亲也担心他会永远单纯下去。但在一个青年把这种单纯从儿时带来,仍像光芒四射的无瑕白玉而不像晨露似的怀在胸间之后,再失去就成为一种惋惜了。因此,当肯甫看到他的朋友现在有东西需要隐藏,而且又隐藏得多么稳妥时,他简直要哭了,尽管他的眼泪比起多纳泰罗刚才流下的还要无用。

他俩在宅前的草坪上分了手。伯爵爬上了他的塔楼。雕塑家则阅读起他在一间少有人去的房间里的一些天主教旧祈祷书中发现的一部但丁的古版书。托马索在门厅中遇到他，显出要说话的意思。

　　"我们可怜的少爷今天看着很伤心！"他说。

　　"就算是吧，托马索，"雕塑家答道，"我们也要给他提提精神才是啊！"

　　"可能有办法，先生，"老管家回答，"只是我们不能确定那是不是好办法。我们男人对有病的身体或有病的精神都是粗手粗脚地看护。"

　　"你是说女人更好，我的好朋友。"雕塑家说道，他被管家脸上的聪慧鼓舞了。"这倒可能！不过要走着瞧了。"

　　"啊，我们就再等等吧。"托马索说道，还习惯地摇了摇头。

第二十八章

猫头鹰的塔楼

"你难道不肯带我看看你的塔楼吗?"一天,雕塑家对他的朋友说。

"那不是明摆着让人看的嘛,我想。"伯爵回答道,带着他身上常见的一种阴郁,那是他内心烦恼的小小的表象。

"是啊,塔楼的外观从远处就看得见了。"肯甬说道。"不过,像这样一座长满青苔的灰色塔楼,无论是多么有价值的景观,内部肯定是和外表同样有趣的。这座塔楼应该有六百年以上的历史了。依我判断,基础和底层要更久远。附着在内墙上的传说大概和长在外面的灰黄色苔藓一样多呢。"

"这是没有疑问的,"多纳泰罗答道,"可惜我对这类事情所知太少,而且也难以理解你们这些外国游客何以对此会感兴趣。一两年前,有一位留着令人起敬的白胡子的英国先生——人们都说他还是一位魔法师呢——从佛罗伦萨远道而来,就是为了看看我这座塔楼。"

"啊,我在佛罗伦萨见到他了,"肯甬议论道,"如你所说,他

228

是一位巫术师,住在靠近维奇奥桥的圣殿骑士的一座旧宅邸中。他有许多幽灵书籍、图画和古董,把那栋房子弄得阴森森的。只有一个生着亮晶晶眼睛的小姑娘,才使那里有些生气!"

"我只晓得他有白胡子。"多纳泰罗说道。"不过他能给你讲很多有关这座塔楼的传闻,它所经受的围攻,以及里面关押过的囚犯。他还搜集了贝尼山家族的全部传说,其中也有我那天在泉边讲给你听的那个哀伤故事。他说,在他年轻的时候结识过许多诗人,那些最杰出的诗人会乐于用不朽的诗行记录下这样的传奇——尤其是喝上一些我们的阳光美酒来激发灵感的话!"

"有了这样的美酒和这样的故事,人人都能成为拜伦一样的诗人的。"雕塑家接口说。"不过,我们爬一下你的塔楼好吗?在那边山中聚集的雷雨会是颇值一观的景色呢。"

"那就来吧,"伯爵说道,又叹口气补充着,"塔楼里面的楼梯都朽了,房间都很暗,在顶上是十分孤独的!"

"犹如一个人爬到显赫的高位时的生活。"雕塑家议论道。"或者我们不如说,以其举步维艰的台阶和你提到的地牢,你的塔楼类似许多有罪的灵魂的精神经历:通过苦斗,可以向上,最终直抵上天的辉光和纯净的空气!"

多纳泰罗又叹息了一声,便引路走进塔楼。

他们从门厅开始走上宽阔的台阶,经过宅中十分空旷的屋舍,穿过一些阴暗的走廊,来到一处低矮、古老的门洞。走进门洞,便是盘旋而上的塔楼楼梯,由一处处的圆孔和铁栅窗照亮。抵达第一段楼梯的顶部时,伯爵推开了一扇虫蛀的橡木大门,面前是占据塔楼整个平面面积的一个房间。那幅破败的景象惨不忍睹:砖铺的地面,大面积的墙上开着一些空洞,只装了铁条而没装窗子,家具只有一个橱柜,平添了十倍的凄凉,因为那表明曾经有人居住过。"这是旧日里的一间囚室,"多纳泰罗说道,

"我和你讲过的那个白胡子巫术师发现，大概五百年前，这里关过某位著名的修士。他是一位圣徒，后来在佛罗伦萨的大公广场上被绑在火刑柱上烧死。托马索说，有许多故事讲一个戴兜头帽的修士在这楼梯上爬上爬下，或者站在这间屋子的门口。那一定是那位古代囚徒的鬼魂。你信鬼吗？"

"我说不准，"肯甫回答道，"总的说来，我不太相信。"

"我也不信，"伯爵附和说，"因为果真有灵魂回来过，在过去的这两个月里我肯定会遇见的。鬼魂是从不直立的！我就知道这些，而且我乐于结识一个鬼！"

他们沿着狭窄的楼梯向更高处走去，来到另一间大小相仿、阴凄相同的房间，不过里面有两位住客，它们自无从记忆的时代起就在一些损毁的塔楼中享有领主地位和居住权。这里住的是一对猫头鹰，它们无疑与多纳泰罗相熟，见两位来访者进来时，并未表露出多少惊惧。它们阴沉地咕咕了一两声，便跳到一边，躲进最黑暗的角落，因为这还不是它们振翅外出作夜间飞行的时刻。

"它们并不像我的其它羽族朋友那样拒绝我。"伯爵苦笑着评论道，指的是肯甫在泉边目睹的景象。"在我还是个顽皮的野孩子的时候，猫头鹰远不如今天这样喜爱我。"

他没在这里多逗留，而是引着他的朋友走上另一段楼梯。每走一层，窗口和小圆孔就为肯甫提供了更开阔的山与谷的景色，让他感到半空的清爽纯净。最后，他们来到了就在塔楼顶之下的最高层房间。

"这是我自己的住处，"多纳泰罗说道，"我的猫头鹰① 巢。"

事实上，房间布置得如同一间卧室，尽管风格极其简朴。这

---

① 英语中的"猫头鹰"亦有"惯于夜间活动的人"之义。

里亦可充当一间小祈祷室:在一个角落里有一个耶稣被钉在十字架上的蒙难像,以及许多宗教的神圣标志,诸如天主教徒认为有助于他们献祭的必需品。墙上挂着好几张印刷粗糙的救世主蒙难图和圣徒殉教图。在耶稣被钉在十字架上的蒙难像后面,有一幅提香① 的周身只遮着飘拂的金色长发的《小殿中的玛格德琳②》的精美复制品。她有一种自信的神情(——不过这是提香的过错,咎责不在那悔罪的妇女),仿佛想以其肉体魅力的自由展示赢得上天。在一只玻璃匣中有一个蜡制的圣婴像,做工精美,如同小爱神丘比特似地斜靠在花簇之中,手中还捧着一颗用红色封蜡做成的红心。另有一只用珍贵的大理石制的小瓶,里面盛满圣水。

在耶稣被钉在十字架上的蒙难像下面的桌上,摆着一个人的骷髅头,样子像是从一座古墓中挖出来的。不过,肯甬仔细验看之后,发现是用灰色雪花石膏制成的,做工娴熟逼真,有分毫不爽的牙齿、骨缝、空洞的眼穴和鼻子的小脆骨。这件可怖的象征置于一个白色大理石基座上,石座刻工精细,令人似乎觉得那沉重的头盖骨是陷进了丝绒的材料之中。

多纳泰罗把手指伸进圣水瓶中,在胸前画了十字,之后便颤抖起来。

"我没有权利在有罪的胸口上画这样神圣的象征!"他说道。

"照这么说,哪个凡人的胸口上又能画十字呢?"雕塑家问道,"难道有谁的胸口中没藏着罪孽吗?"

"可我怕这样的祝福标记会让你发笑,"伯爵侧睨着他的朋友,接着说道,"我知道,你们这些异派教徒祈祷时都是不跪在耶

---

① 　提香(1490? —1576),意大利文艺复兴盛期的威尼斯画家,擅长肖像画及宗教、神话题材作品,名作颇多。
② 　《圣经》中一个悔罪的妓女。

稣蒙难像前面的。"

"至少我这个被你称作异派教徒的人尊敬那神圣的标志。"肯甬回答道。"我现在最想啰唆几句的是这颗死人头。我甚至还能对着这张丑脸大笑!把我们人类的这种重负投到我们永恒的希望之上,我亲爱的朋友,这实属荒谬绝伦!我们活在人世上的时候,确实需要仗着身上的骨骼四处活动。但是,为了上帝的缘故,不要让我们为此拖累了我们的精神,使我们力量虚弱,难以飞升!相信我吧,若是你能按照你的想法把与我们的精神无关的骨骼和腐肉分开,死后的整个外观都会变了模样呢。"

"我不太明白你的意思。"多纳泰罗说道。他随手拿起那个雪花石膏的骷髅头,打了个冷战,显然感到触摸它是一种赎罪的苦行,"我只知道这个骷髅头在我们家已经有好几个世纪了。老托马索知道一个故事,说它是由一位著名雕塑家所做,原型就是那位爱上喷泉女士并由于血渍而失去了她的不幸的骑士。他直到临死,终生都有一种深深的负罪感,弥留时叮嘱要把他的这一表记留给他的后世子孙,一代代传下去。我的先祖原是生活在自然界中的一个愉快的族类,他们认为需要把这个骷髅头时常摆在眼前,因为他热爱生活及享乐,痛恨死亡的念头。"

"恐怕,"肯甬说道,"他们看到这面孔下是这样一个可憎的榜样,也就不会更热爱生活了。"

伯爵没有再发议论,而是带路又上了一段楼梯,他们走到上头,便来到了塔楼的顶部。雕塑家感到似乎周身突然放大了一百倍,开阔的翁布里亚谷地猛然间在他面前展开,将远远近近的群山尽收其中。似乎整个意大利只是这个大镜框中的一幅画,就在他的眼皮之下。这里有上帝普照大地的明媚的微笑,我们仿佛觉得上帝对这片土地格外垂青,恩宠超出别处,在苍天之下,闪耀着最多姿多彩的沃土。这里有整齐的葡萄园、无花果树,有桑树和成片的烟色橄榄园。这里还有种着各种作物的农田,其中也有玉米,似波涛般起伏,引动肯甬对故土的亲切回忆①。白色的别墅、灰色的修道院、教堂的尖顶、筑有带雉堞的城墙和高耸的门楼的城镇和村庄,遍布在这张大地图上。一条河闪着光亮淌过其间。湖泊睁开湛蓝的眼睛,映出苍天,唯恐世人在观赏到如此人间美景时会忘记更美好的天国。

使得这片谷地更开阔的,是两三种变换的天气在其表面上同时可见。这里有一处恬静的阳光,那里是云朵投下的大片不祥的阴影,其后是巨人般跨着大步② 紧随而来的已然横扫平川的雷雨,在暴风雨的背后重又射出灿烂的阳光,将眉头紧锁的阴霾一扫而光。

在这壮观的景色中,到处都有光秃的或葱郁的山峰大胆地突兀在平原之上。在许多大山的坡底、半腰甚至峰顶上都矗立着城市,有些是名闻遐迩的古城。那里是早期艺术的摇篮,在最富饶和最荫凉的花园未能提供养分之时,美丽的鲜花却在高温的空气中从多石的土壤里钻出来盛开。

"感谢上帝让我又一次看到这样的景色!"雕塑家说道,还毕恭毕敬地脱下帽子,以自己的方式表示虔诚。"我曾经从许多地点观赏过大地的风光,我的内心却从未感受过这样充分的感念的激情。可怜的人类精神只不过攀上稍稍超出普通地面的高度,就得以看到上天眷顾人类的开阔景象,我们应该怎样大受鼓舞而信赖上天啊!**他**所做的一切都无比正确,**他**的意志无所不能!"

"你辨认出了我所看不到的东西。"多纳泰罗评论道。他虽然闷闷不乐,却以他所不习惯的努力一心要抓住如此振奋他朋

① 玉米原产美洲,故有此睹物思乡之感。
② 原文为"一里格长的步伐",一里格约为三英里。

友的类比推论。"我看到一处阳光明媚,另一处阴云密布,却看不出各自的道理。太阳照在你身上,阴云落在我头上! 我又怎能从中得到宽慰呢?"

"唉,"肯甬说道,"有一页苍天和一页大地展开在我们眼前,我却不能布道! 只要开始阅读,你就会发现无须借助文字就可以解释了。想把我们最好的思想诉诸文字,实在是最大的错误。当我们登上感情和精神享受的更高层次时,只有像我们周围这样宏伟的象形文字才能表达出来。"

他们站了一会儿,观赏着那景色。不过,如同一次精神飞跃之后必然发生的那样,没过多久,雕塑家便觉得自己正在高空的稀薄空气中振翅。他很高兴让自己静静地从半空中下降,落到有雉堞的塔楼的坚实的平台上。他环顾四周,看到从屋顶铺着的石板中钻出一株小灌木,叶子油光碧绿。那是这顶上惟一的绿色东西。上天晓得那种籽是如何在这样的高空中播下,又是如何从石缝中为其小小的生命找到营养的。这里没有土壤,只有很久很久以前用来灌缝的灰浆中散落出来的黄土。

然而那植物似乎喜爱这片故土。多纳泰罗说,从他记事起,它就一直长在这里,而且他相信,比起他们现在所见的样子,它既没长大也没变小。

"我不知道,这灌木是否给你上了很好的一课,"他一边说,一边观察着肯甬察看那小树时的兴致。"若是这宽谷有巨大的含义,这植物至少就该有小小的含义。何况它一直长在我们的塔楼上,时间这么久,总该学会怎么说出来了。"

"噢,当然!"雕塑家回答道,"这灌木有其寓意,不然它早就死了。既然你一生都看着它在你眼前,此刻又受到触动而要问问可能有什么教益,它无疑对你有用途和启迪了。"

"它什么也没教给我。"单纯的多纳泰罗说道,他俯身在那植物上仔细研究着，却不得要领。"不过这里有条虫子会咬死它的，一个丑八怪，我要把这虫子扔下雉堞。"

第二十九章

在雉堞上

雕塑家此时透过堞口望出去,并抛下一块石灰,看着它向下掉,直到落在塔楼石基处的一条石凳上,溅成许多碎块。

"请原谅我帮助时间摧毁了你家祖先的墙壁。"他说。"可我属于天生喜欢爬高的那种人,我站到高处的边缘,还要测一测下面的深度。我此刻若是随心所欲地去做,会随着那块石灰之后纵身跳下去的。这是一种十分独特的诱惑,而且简直难以抗拒。我认为,部分原因可能是这样做起来非常容易,部分原因则是其重大结果确定无疑,我不必被迫等待那必将到来的时刻。你难道从来没感到你背后邪恶精灵的奇怪冲动,要把你推向峭壁吗?"

"啊,不!"多纳泰罗满脸恐惧地从雉堞墙边退缩回来,叫道。"我留恋生活的程度是你难以理解的。生活是如此丰富多彩,温馨灿烂! 而越出其范围,便只有阴森冰冷了! 何况从峭壁上落下又是那么可怕的死法呢!"

"嗯,如果是很高的地方,"肯甬说道,"人在空中就失去生命

236

了,绝不会感到硬碰到底的惊心动魄的。"

"这样死可不是办法!"多纳泰罗说,本来声音惊恐而低哑,却越说越激动,嗓音也提高了。"设想有这么一个人,刚刚还喘着气,直视着你的面孔,可这时却一路落呀,落呀,落呀,身后还摇曳着一路尖叫! 他并没有在空中就失去生命,没有。生命一直没有离开他,直到撞在石头上,那是可怕的漫长时间。随后他躺在那里,安静得骇人,成了血肉模糊的一摊! 那乱糟糟的一团抖动了一下之后,就再也不动了! 是啊,就算你把自己的灵魂给他,他也不会再动一个指头了! 啊,可怕! 是啊,是啊,我宁可不顾那恐怖自己摔下去,就此一劳永逸地不再受罪,也不要再梦到那场面了!"

"你这种感受是多么强烈,多么可怕啊!"雕塑家说道,面对伯爵用语言说出来的那种震撼人心的恐怖,尤其是对方的狂野姿态和狰狞神情,他惊呆了。"哎,若是你这塔楼的高度引起你这样的想象,你将自己置于这样孤独的境地,又是在夜里和一切不设防的时间,可就做错了。你在你的房间里不安全。那是只要迈出一两步的事啊! 万一半夜时分一个真切的梦把你引到这上边来,把梦变成现实可怎么办!"

多纳泰罗已然用手遮住脸,靠到了女墙之上。

"不用怕!"他说道。"不管做什么梦,我可是个货真价实的懦夫,不会用那种办法死的。"

那阵激情过后,两位朋友便继续他们那海阔天空的闲聊,仿佛中间没出现过那个话题的干扰。然而,雕塑家却因此怀着无限的怜悯看到,这个年轻人原是与生俱来的乐天派,如今却陷进了悲观思绪的迷乱之中,仿佛在盲目地蹒跚着。肯甬虽然对确切的事实有些不成形的怀疑,心中却明白,他的现状是由生活的重负和忧愁造成的,如今首先通过一个不为人知的烦恼的启动,这重负和忧愁在一个此前只呼吸过欢乐空气的人身上体现出来了。这一沉重的教训对多纳泰罗的思维举止产生了惊人的作用。看得出来,在那些若想了解人生虚幻的愉快表象下的内容就必须深入其中的黑暗洞穴中,他已然瞥见了奇特和微妙的东西。当那些东西浮现时,虽然被第一道曙光照得眼花缭乱,事后却会永远体现出更真实和更伤感的人生观。

雕塑家认定,自从他们在罗马结识以来,年轻伯爵的单纯便从一个来源神秘的灵魂得到了感悟。他如今显示出一种深刻得多的感受力,以及方式虽然无力和稚气,却开始能够应付高级题目的智力。他还表现出一种更确切、更高尚的个性,可惜是在悲哀和痛苦中发展而成,并且他惶恐地意识到了促其产生的磨难。每个人的一生,无论升华成真理抑或深入到现实,都要经历一个类似的转变。有时这种教谕到来时并无哀伤,但更经常的则是那哀伤并未教给我们应该铭记的教训。就多纳泰罗的情况而论,看着他茫然挣扎实在可怜甚至可笑。在人间这一旧战场上,同以罪孽为其更强大的同盟军的道德灾难这种不可避免的敌人相斗,他是多么惊慌失措,又是多么准备不足啊。

"可是,"肯甬想,"这可怜的家伙还要自逞英雄!只要他把他的烦恼告诉我,或者给我一个坦率陈词的机会,我原可以帮他一把的。然而他却畏惧得说不出口,还把自己设想成惟一一个受到懊悔折磨的人。是啊,他相信以前从来没人承受过他那样的痛苦。结果——其本身就够辛辣的了——那种专门虚构出来让他自己遭灾受难的折磨,就别有一番滋味了。"雕塑家试图从头脑中排除这一痛苦的题目,便靠在雉堞上,面对着南方和西方,目光掠过宽阔的谷地。他的思绪远远地飞越了那广袤的地域,从多纳泰罗的塔楼到另一座塔楼之间,架起了一条空间线路。那座塔楼远在罗马,高出屋顶,在夏日的午后直插云霄,为他的目力所不及。这时,盘旋在他意识中的是对希尔达的强烈的爱,他一向习惯于把这份感情封闭在内心深处的一个密室中,因为他认为尚没得到鼓励把它说出口。然而此时,他却觉得他的心弦受到一种奇怪的拨动。假如在这雉堞和希尔达的鸽巢之间扯起一根极其敏感的线,这一端系在他的心弦上,远端则握在那只纤手中,就会感受得再清楚不过了。他的呼吸颤抖起来。他把一只手放在胸前,他似乎清楚地感到那根线被拉动了一次,两次,三次,仿佛——尽管仍是羞答答地暗示——迫切地要求他去。噢,他若是长着希尔达的鸽子的白翅膀,就可以飞到那里,落到圣母的那座神龛处!

不过肯甬深知,恋人们往往出于自己的想象,把他们心上的姑娘勾勒得栩栩如生,似乎当真感到了那根心弦受到对方的扯动。虚妄的想象是不足为凭的,其实并没有哪怕比悄声低语和断续词句还要含糊的情感呼应,没有手上温柔的紧握,甚至也没有把语休情极溶成多彩光芒的秋波明显地传递过来。此时此刻,即使上述种种也会被精微地感受到的,因为,再过片刻,想象力就会视之为自己的财产而抓到它们,并用自己专断的价值观踩住它们。但希尔达那少女的矜持没有给她的恋人以可视为他的希冀或担心的任何表示。

"那边,越过山山谷谷,坐落着罗马,"雕塑家说道,"秋天你回到那里去吗?"

"再也不去了!我痛恨罗马,"多纳泰罗回答道,"而且理由充分。"

"不过我们在那里度过了一个愉快的冬天,"肯甬评论道,"我们周围还有一群快乐的朋友。你会在那里与他们——所有的人重聚的。"

"所有的人?"多纳泰罗问道。

"所有的人,我相信如此。"雕塑家说道。"不过你不必去罗马找他们。假如其中有一位朋友的终身要与你纠缠在一起——我完全可以作一个宿命论者来断定——你无论漂泊到哪里,一定还会遇到那位朋友的。哪怕爬到这样一座古塔中呢,我们也难逃上帝分配给我们的伴侣。"

"不过这楼梯又陡又暗,"伯爵接着说道,"就算他们想找我,除去你也没人能找到这儿,并且找到我。"

由于多纳泰罗没有利用他的朋友友善地为他提供的一吐隐忧的机会,雕塑家便再次放下这个话题,回到欣赏他面前的景色上来。他刚才看到的掠过谷地的暴雨,已经移到贝尼山的左侧,正在继续向构成东部边界的群山前进。事实上,整个谷地的上空都是乌云翻滚,其中有些间隙,露出阳光灿烂的碧空。但在东方,暴风雨的破裙裾刚刚扫过的地方,有一片乌云和昏雾,一些山峰显出深紫的色彩。其余的山峰则暧昧不清,人们很难穿透云层分清山顶的高度。不过,就在那片云雾的深处——实际上是在混乱之中——山顶反倒在日照下逐渐明亮了,样子像是世界的碎片,无根基地四处漂流,或者像是注定要存在的一个球体的各部分,尚未最终紧凑密实起来。

习惯于从造型艺术中汲取他思考的形象的雕塑家便幻想着这景象代表创世者的进程:他把崭新的不完美的地球握在手中,使其成型。

"在这山间的云雾中真有无穷的魔法!"他叫道,"靠其帮助,一个景色就有万千变化。这云遮雾罩使山景千姿百态,完全值得每隔一小时都记上一篇游记呢。然而,在你着手描写时,一朵云彩——这是我亲身体验到的——却变得坚实起来,和石头一样沉了。不过,在我内心中,仍感到云彩大有用场。就以那些向北飘动的银色的云为例吧,往往能给予群雕、人物及其姿态上的

240

启发。尤其是那无比丰富的生动姿态,更是雕塑家难以想象出来的。等我回到故乡,地平线上的云彩就会成为我惟一的画廊了!"

"我也能看出云彩的形状,"多纳泰罗说道,"那边那块就变幻不定,刚才还像我认识的一些人呢。可是现在,要是我盯着多看一会儿,就会看出一个歪斜的恶魔形状,头上扣着帽子,一直半遮着面孔,而且——唉哟!我对你这样讲过吗?"

"我认为,"肯甬说明道,"我们难以凝视同一朵云彩。真真切切,我看到的是一个斜靠着的人物,而且是个女性,有一副垂头丧气的模样,由从头到脚那波动的轮廓表现得极其美妙。它的某种暗示难以言传,深深地打动了我的心。"

"我看到那身形了,简直连面孔都看得见呢,"伯爵说道,接着又用较低的声音补充道,"是米莲的模样!"

"不,不是米莲的。"雕塑家回答道。

两个人就这样在飘动的云朵上发现了自己的回忆和预感。此时白昼将尽,在他们眼前显示出意大利落日的绚丽景色。天空的色彩变得柔和明亮,但不像他在美国看过上千次的那样灿烂,因为西部的天际如同染上了大片烈火的色彩,那是诗人们无法用来渲染他们的诗行,画家们也不敢加以临摹的。从贝尼山的塔楼上望去,那景色温柔而堂皇,色彩缓缓过渡并喷发出强烈的金色,不过是那种漂亮的花叶上的金色,而不是金属般亮闪闪的黄金颜色。或者说,即使像是黄金,看上去也轻飘飘的,毫不实在,如同炼金术士的辉煌梦幻。很快——比在我们祖国还要快,就升起了闪烁的星光,从灰蒙蒙的透明天空中亮了起来。

一群在白天始终围着雉堞飞舞着的小虫,此时被刚漾起的清新微风吹开了。栖息在多纳泰罗居室下面那房间中的两只猫头鹰发出了孤凄的轻叫——意大利的猫头鹰没有天生的粗嘎声音,与其它国家的同类相异——并且在昏暗中向树丛中飞去。附近的一处修道院响起了钟声,不仅在山中回响,而且为接二连三、无疑是越来越远的钟声所呼应,从谷地的不同地点传来,如同响彻全球的英国军鼓声似的,遍及意大利四面八方的修道院的钟声也会一处接一处地传播到东南西北。

"走吧,"雕塑家说道,"晚风起了,有些凉意。咱们该下去了。"

"你该下去了,我的朋友,"伯爵回答,他迟疑了一下之后补充说,"我还要在这儿再守上几小时的夜。我有经常守夜的习惯。有时我会突发奇想:在那边那座修道院中守夜是不是更好?刚才从那里传来的钟声似乎在召唤我。依你看,我把这座老塔楼换成修道的密室是不是明智呢?"

"什么? 你要做修士?"他的朋友惊呼道。"这念头太可怕了!"

"真的,"多纳泰罗说道,还叹了口气,"应该说,要是多少有些这种想法的话,我倒是真心诚意的。"

"这样看来,为了上天的缘故,就别再想它了!"雕塑家叫道。"若是你要自讨苦吃的话,有上千种比这更好和更彻底的受苦办法呢。唉,我怀疑,一名修道士能不能企及苦行所预期的智慧和精神的高度。一个修士——我从自己随时能从他们脸上辨得出的色欲相上来判断——显然是个畜生! 假如开始时还有灵魂的话,不等他们那种猪猡式的懒散生活过去一半,灵魂就会离他们而去了。站在这高高的雉堞处观星,比在一间修道士的密室中扼杀你追求更高尚生活的新精神要强上千百倍!"

"你对那些将自己奉献给尊敬的上帝的人如此大胆地诽谤,"多纳泰罗说道,"简直让我心惊胆战了!"

"他们既没尊崇上帝,也没尊崇人。尽管他们出自全然自私

242

的动机,却连尊崇自己也没做到。"肯甬答道。"躲开修道院吧,我亲爱的朋友,你就不致让灵魂死亡了! 不过,就我个人而论,假如我有难以承担的重负——无论出于任何原因,若是我不得不放弃所有的世间希望,来求得在上天面前献上平和的祭品的话——我便会以这大地充当我的密室,以为人类做出善举作为我的祈祷。许多悔罪者都已经这样做了,而且从中得到了平静。"

"啊,不过你可是个持异端的教徒!"伯爵说道。

然而他的面孔在星光下还是露出些喜色。雕塑家在暮霭中望着他的面容,便回想起卡匹托尔的情景,当时,多纳泰罗无论在面貌上还是表情上,都与农牧神分毫不爽。如今仍有几分相似,因为当他初次想到为人类的福祉而活着的念头时,他那种被悲哀部分掩盖了的原有的美,又在精神升华中返回了。这位农牧之神在漆黑的深渊中找到了一个灵魂,与之共同奋争着奔向上天的光明。

事实上,那种焕发的神情很快便从多纳泰罗的面孔上消失了。那种终生大公无私地奋斗的想法不过是一时之见,对他是高不可攀的。的确,一个意大利人除去向无处不在的求乞的穷人施舍之外,绝少梦想到当什么慈善家;而且也从来没想过,除去赎罪苦行、朝拜进香和神龛献祭之外,还有更适当的向上天赎罪的方式。或许,他们这套体系也有其道德上的优越性。在任何情况下,他们都不会像我们照自己那种更充沛的慈悲心随时会做的那样,去分担上天的意旨和好心地实现本不可行的设想,并以此而自豪。

此时,宽阔的谷地闪起了亮光,在昏暮中忽明忽暗,如同佛罗伦萨宫殿花园中的萤火虫。远处暴雨中的一道闪电照亮了周围的群山和中间的空地,像是撤退的军队的最后炮火映红了刚才的战场。雕塑家正准备走下楼梯,忽听得从他们下方的某个暗处传来一个妇女哀凄的低吟。

"嘘!"他说道,把一只手放到了多纳泰罗的臂膊上。

而多纳泰罗也同时说了声:"嘘!"

如果可以称之为歌的话,那歌声只有一种野性的抑扬,以弦风琴的节奏一阵阵地飘浮而来,其中并无意大利式的鲜明。就他们所能分辨的而论,那歌词是德文,因此伯爵听不懂,雕塑家也同样费解。歌声轻柔地融进了宽厚的悲怆音域。那歌声如同在人间罪恶的阴郁中迷惘的灵魂的泣诉,对更美好的事物的记忆仅足以唱出这支悲歌,否则就只有绝望的嘶叫了。再没有比那神秘的嗓音发出的哀婉之声更深沉的了,它使雕塑家忆起和预见到他所感受的所有哀伤,不由得潸然泪下,它使多纳泰罗抽泣,勾起了他难以发泄的痛苦,并为其赋予了遍寻不见的表达方式。

然而,当那种情感到达其最深刻之处时,嗓音却又升高,阴郁似乎渐渐地弥漫着,从深渊中一路向上,陡直地攀上一个更高和更纯的区域。最终,两位听者竟以为那旋律饱含着全部丰满的柔情而失去了相当多的悲戚,直飘到了塔顶的周围。

"多纳泰罗,"雕塑家待到四下恢复了寂静之后,说道,"你的耳朵从那歌声中没听出什么来吗?"

"我不敢去听,"多纳泰罗说道,"那声音倾诉的极端痛苦控制了我,希望随着将它传来的微风而逝去。我听到那声音没有益处。"

雕塑家叹息一声,便把那可怜的忏悔者留在塔楼顶上继续守夜了。

第三十章

多纳泰罗的胸像

　　读者诸君还记得,肯甬曾经请求多纳泰罗同意为他做一个胸像。那件事如今已取得相当的进展,并必然使雕塑家更多和更经常地思考他的主人公的个性。他的困难职责是从其个性的深处将其发掘出来,并向所有的人加以阐释,向他们展示他们自己无法分辨、却应该从一块石头的表面上一眼就能看出的特性。

　　他在制作肖像时还从未像给多纳泰罗塑像这样感到棘手。并非在抓住相貌特征上有什么特殊困难,尽管在这方面五官的优雅和谐似乎在随着人物的特有表情而变化;而主要是在于如何通过这和蔼可亲的面貌表现其内心感受的困惑。确实,他的精确和同情对于在道德领域中启示伯爵度过目前难关上显得不知所措。如果在伯爵做模特儿的一次坐姿中,他一眼抓住了看似一种真正而长期的品性,那么在另一次坐定后却可能看不清楚,而到第三次或许就消失得无影无踪了。这种转瞬即逝的性格表现,将雕塑家抛入绝望之中,看来应该用云彩和水汽、而不是用石头和泥土这样的材料来表现他的性格。即使是时时压在

245

多纳泰罗心头的沉重沮丧,也无法迫使他保持造型艺术所要求的那种姿势。

　　肯甬对良好的效果不再抱有希望,便放弃了对他的人物性格的种种预想,而是听凭他的双手多少按照灵机所至,随意地摆弄着泥土,同时握着一只笔,任其随着并非出于本意的某个不可见的导引去挥洒。他不时地幻想着,这一计划注定是要成功的。超出他的意识的一种洞察力和技巧似乎偶尔接手了那一任务,将毫无生气的物质浸透了思想、感情及灵魂——这一切不可触摸的东西的那种神秘,似乎已处于被表现出来的边缘。如今,他满意地认为,他朋友的真实形象即将从柔顺的泥土材料中出现了,同时还有比最认真的观察家在任何时候从人物原型的脸上所能探察到的都要多的多纳泰罗的性格。可是空盼一场!艺术家认为可以改进或促成效果的某些加工,干扰了他那位不可见的助手的设想,把整体的艺术都毁掉了。确实,那里仍有湿润的褐色泥土,还有多纳泰罗的面容,却没有任何与和谐的精神生命的神似了。

　　"这困难会把我逼疯的,我认定了!"雕塑家神经质地叫道。"你自己看看这件可怜的作品吧,我亲爱的朋友。告诉我,你是不是看出了什么与内心的你的相像之处?"

　　"没有,"多纳泰罗答道,说出了简单的实情,"像是看一个陌生人的脸。"

　　这样坦率的不利评价深深刺激了敏感的艺术家,他陷入了对那呆滞的塑像的激情之中,而不去在意从今以后那塑像会有何下场了。他发挥雕塑家们对湿泥所具有的奇妙能力,不管那塑像的雏形在某些方面多么不驯顺,仍然压挤着,加长着,拓宽着,还用了其它十分鲁莽的手段改变着胸像的容貌。而每一次变化,他都要询问伯爵,这样表现是否更令他满意。

"停下!"多纳泰罗终于叫道,还抓住了雕塑家的手。"就让它这样好了!"

由于肯甫完全不由自主地受某个偶然因素的摆弄,竟赋予了那面容一种扭曲和凶狠的模样——既有动物的凶残,又有理智的痛恨。假如希尔达或米莲看到那胸像的从未见过的表情,她们可能会认出在多纳泰罗将他的牺牲者推下悬崖的那一可怕时刻她们所看到的他那张面孔。"我做了些什么?"雕塑家对自己随手弄出的作品大惊失色,说道,"让显露你的模样的泥土干成这样子是个罪过啊。该隐① 也不会比这更狰狞的。"

"就为了这个理由,也要保留它!"伯爵回答道,他已经因自己的罪行而面如死灰,奇怪地呈现出一面掩饰着自身罪孽、一面盯视罪犯面孔的一种复杂表情。"不要再动它了! 就照这样子在永存的大理石中凿出来吧! 我要把它立在我的小祈祷室内,让它始终摆在我面前。这样一张面孔与我的罪行同在,比起我的先人留给我的骷髅头可要哀伤和可怕多了!"

但是,雕塑家丝毫不顾多纳泰罗的抗辩,又用他那熟练灵巧的手摆弄起泥塑,强使那胸像摆脱了让他俩吃惊之极的表情。

"相信我吧,"他说道,一边转过脸去看着他的朋友,目光中充满了郑重和温馨的同情,"你不知道你在精神成长中需要什么,你只一味谋求把你的灵魂永远保持在悔恨自责的有害状态中。你应该走出那阴暗的峡谷,在那里滞留太久会有无尽的危险。我们若是坐下来而不是束起腰带继续前进,会吸进那里有毒的空气的。你现在需要的不是垂头丧气,不是懒散苦恼,而是振作! 难道在你年轻的生命中始终有个不可改变的邪恶吗? 那就用美好把邪恶挤出去,不然它就会赖在那里腐蚀发霉,那毒素

---

① 《圣经》中亚当的长子,曾杀害他的弟弟雅伯。

会污染你从事美好工作的能力的!"

"你搅得我心神不定,"多纳泰罗把一只手按到额头上,说道,"种种乱糟糟的思绪使我头晕目眩了。"

这时,他俩离开了雕塑家的临时工作室,并没有看一眼他最后的几处随意修改:他虽然在匆忙之中抹掉了那骇人的暴怒表情,却使胸像具备了前所未有的高贵和温柔神气。肯甫未能看上一眼真是一大憾事。因为一位艺术家经过像他在多纳泰罗的胸像上花费的这么多心血和辛劳之后仍然不能使自己满意,由失败而造成的那种心烦意乱、头脑激动和精神压抑,或许只有他自己才能觉察到。的确,在成功的情况下,这一切苦心操劳都会被认为不仅是良好的天赋的表现,而且属于他一生中最幸福的时刻。而在自己已经注定失败之时,简直恨不得那段光阴没有度过才好。这位艺术家就是如此以他劳动的成败来影响他心理的阴晴的。因此,他理应再好好看上一眼他的作品,因为虽然仍旧是那位古老农牧之神的外貌,如今它却以那旧雕像从未有过的一种更高的含义而光芒四射了。

与多纳泰罗分手之后,肯甫便用那天余下的时间在贝尼山令人赏心悦目的环境中漫步,这里如今已进入盛夏,实际上已开始显示出秋季的成熟富庶的景象。杏子早已果实累累,并且已经过了季节。洋李和樱桃也已过了成熟期,不过随之而至的是多汁、柔嫩和可口的大梨,还有外表诱人的大桃——虽然与雕塑家记忆犹新的美国桃相比,口感可能要生冷和多些水分。紫色的无花果已然享过盛期,而白色的无花果此时正值甘美芬芳之际。农夫农妇们(此时他们已经很熟悉肯甫了)为他摘来一串串成熟的葡萄,每个小小的葡萄珠内都包着贝尼山阳光美酒的馥郁的原汁。

在一座农舍近旁的隐蔽处,他不期然来到一个酿酒的地方。

248

采集来的一大堆早熟的葡萄被扔在一个大缸中。缸里站着一个强壮快活的农夫,他不仅仅是站着,而且在全力踩踏着,快速舞蹈着。红色的汁水浸泡着他的双脚,而泡沫直溅到他那两条棕色多毛的小腿处。这里再现了在《圣经》的诗歌中描写得栩栩如生的踩出葡萄汁的过程:鲜红的汁水染红了双脚和袍服,如同沾满了战场上的鲜血。对那过程的记忆并没有使托斯卡纳葡萄酒口味更美。农夫们殷勤地给肯甬端来了新酿的经过了一两天发酵的样品。不过,他在过去的几年里曾经尝过类似的新酒,不太想再去证实。因为他知道那汁水有些酸涩,不啻让人遭罪,一个人品尝这种新酒越多,恐怕就益发感到后悔。

那场面使雕塑家回想起我们新英格兰的酿酒工艺:大批的金黄和玫瑰红的苹果,在柔和的秋日阳光中堆在果园的树下,由转圈的马推动的吱嘎作响的苹果压榨机不断地喷涌出甜美的果汁。坦率地说,两者相比,苹果压榨倒更能入画,而且苹果甜酒也要比普通的未成熟的托斯卡纳葡萄酒可口得多。尽管如此,托斯卡纳葡萄酒在装进成千上万的小矮桶之后,仍会渐渐变得稀薄和强烈,失去葡萄酒所具有的小小生命,而作为更值得称誉的佳酿却登峰造极了。

然而,所有这些酿酒场面,以及与葡萄文化相关的过程,自有一番诗意。制作这种天赐的奢侈品而不是生命必需品的劳作,不同于其它辛苦。我们不难想象,这种劳动不像种植小麦、制作酸面包那样辛苦严肃地投入,不需要弓起强壮的躯体、让肌肉因过度用力而变得僵硬。诚然,在贝尼山的沃土上耕耘的被太阳晒得黝黑的小伙子和面颊通红、喜笑颜开的姑娘们,完全可以视作未开化的阿卡狄亚的居民。夏末时分,当酿酒季节真正到来时,阳光美酒流入大桶,若是梦想酒神巴克斯再次亲临他早就喜欢盘桓的地方,也并不属非分。可是,天啊! 如今他到哪里去寻找我们曾看到他在众多的古老人群中时时为伴的那位农牧神呢?

多纳泰罗那懊悔莫及的痛苦为他快乐的原始生活蒙上了暗影。何况肯甬也自有其痛苦,虽说在他那从不安宁、永无满足的对希尔达的渴慕中并非都是痛苦。哪怕是在他的幻觉中,他毕竟有权运用小小的自由想念那羞怯的姑娘。因此,有时当他用想象详细描绘他俩可能在像这里一样的一个幽静地点共同度过甜蜜的岁月时,他简直有些自责了。恋人们在理想地结合成幸福的伴侣时,理所当然地要去拜访的,正是远离现实和普通天地的这种罕见的幽僻之地——那种欢乐会随时造访,而一切烦恼却被甩掉的幽僻之地。十分可能,甚至多纳泰罗的哀伤和肯甬的惨白无光的情感也在为贝尼山增辉添色,因为那里更多姿多彩的欢乐是不容其久留的。雕塑家漫步于葡萄园和果园之内,徜徉于小山谷和灌木丛中,颇有些觅路走向古代伊甸园侧畔的探险家的心境。他透过自从人类堕落以来始终笼罩着无辜者出没之处的那片阴郁,看到了那里的孤独。亚当曾在一片灿烂的阳光中看到过园景,却从不知晓伊甸园在逐出他之后所赢得的忧郁之美的暗影。

直至黄昏,肯甬才从他那沉思的长途漫步中返回,老托马索——一段时间以来,他俩之间有一种神秘的理解——在门厅中迎候他,并把他拉到一旁。

"少爷要和你讲话。"他悄声说。

"在小教堂里吗?"雕塑家问道。

"不,在小教堂那边的客厅里,"管家回答,"入口——你见过少爷从那里出来的——就在圣坛附近,藏在挂毯后边。"

肯甬片刻也不耽搁,马上应召而去了。

250

第三十一章

大理石客厅

在一座古老的托斯卡纳别墅中,小教堂通常设在无数的套房中间。不过,屋门往往长年关闭,钥匙不知丢在何处,把这座圣洁之地留在灰尘之中,如同人在内心深处隐藏其宗教敬畏的密室。贝尼山的小教堂基本就是这种状况。在一个雨天,当肯甫在这座错综复杂的大厦中闲逛时,不期而然地发现了进入其中的通道,对其庄严的外观印象颇深。墙上嵌着陡直的拱形窗,由于蛛网和尘封而变得昏暗,从中透进的黯光照出了圣坛。上面悬着一幅耶稣殉难图,前面插着一些长烛,那些蜡烛显然都燃过一两个小时,或许在半个世纪前就已经熄灭了。入口处的大理石瓶的底部结着一些硬土,那是落进瓶中的积尘随着圣水的逐渐干涸而结成的。一个蜘蛛(那是一种乐于点出孤凄和被人遗忘的寓意的昆虫)跨越横梁,精心织出了一张庞大的粗网。一面虫蛀了的家族旧旗从拱顶上垂下。壁龛中是一些多纳泰罗的被遗忘的中世纪祖先的胸像,其中可能就有曾经与喷泉水仙生发过一段缱绻柔情的那位倒霉的骑士的阴沉面孔。

251

在贝尼山的全部欢乐昌盛中，家居围墙中的这处地方始终保持着自身的幽静、严峻和伤感。个人或全家从欢歌曼舞中回来之后，便到这里来寻求他们不想邀请喜庆的伙伴共享的真实生活。雕塑家曾在上面提及的那次晤谈中发现了在多纳泰罗的屋顶下有一位客人，伯爵毫不怀疑其存在。就他而论事出偶然，而在她一方则是有意为之。在那之后他俩曾有过一次交谈，现在是伯爵第二次请他了。

他按照托马索的指点穿过小教堂，走过一扇侧门，发现自己置身于一间面积不大的客厅中，但比他设想的别墅中包含的客厅要更辉煌。室内空无一人，肯甫便趁有人进来之前闲踱了一两圈，随便地观察了一番。

这间美丽的厅堂的地面铺着豪华的大理石，颇具匠心地安排出人物和方格。墙壁也几乎清一色镶嵌着多种大理石，较多的花色是古代的深黄色大理石，也掺杂着蛇纹石和其它珍贵的石料。不过，使这间客厅别具一格的，是黄色大理石的色泽。沿墙的那些显然意在布置全身人像的又大又深的壁龛也以同样名贵的材料镶边。一个人若是没有访问过意大利，就想象不出由这些精雕细刻的大理石装点出来的美丽辉煌。确实，没有这样的体验，除去我们用来雕刻壁炉台的白色石灰岩之外，我们甚至不懂得大理石在各个方面意味着什么。不仅如此，贝尼山这座豪华客厅的尽头还饰有两根立柱，用的似乎是东方雪花石料。而只要是没有贵重和缤纷的大理石的空间，就都点缀着阿拉伯式的壁饰。头上的穹顶，闪耀着绘画的光彩，肯甫不必引颈仰视，就能隐约感觉到其绚丽。

这样一座用经过抛光的多彩的大理石修建的客厅的一个出色之处，就在于永不受腐朽的损害。哪怕整座宅邸坍塌，这里仍会毫无毁坏地光亮如旧，虽有少许灰尘，却和三百年前把最后一块黄色大理石镶到墙上之后的那一天同样灿烂。就雕塑家而言,他的第一眼印象是如同这客厅中用魔法关着太阳,它应该永远放光才是。他期待着米莲的出现:身穿王后般的袍服,比此前使她出众的独特美丽益发光彩照人。

就在这想法掠过他的脑海之际,客厅尽头的两根立柱间的门半开了,米莲走了进来。她身穿深色丧服,面色十分苍白。她向雕塑家走来时,步履之虚弱显而易见。他连忙快步迎上前去,唯恐没有他马上搀扶,她会瘫倒在大理石地面上。

但是,由于她生性自强,她谢绝了他的帮助。她那冰冷的手触到他的手之后,便走过去坐在抵在墙上的一个有靠垫的长沙发上。

"你病得很重啊,米莲!"肯甫对她的样子大惊失色,说道,"我原没想到是这样。"

"不,没有你看上去的那么重,"她回答道,接着又沮丧地补充说:"不过,我相信我已病得快死了,除非立即出现什么变化。"

"那么,你有什么毛病了?"雕塑家问道,"又是怎么治疗的?"

"毛病!"米莲重复道,"我还不晓得有什么毛病,除去生命力过剩而无用武之地。正是我过剩的精力才缓慢地——或许是快速地——消耗了我,因为我无处派用场。我一直认定是我在这世上惟一目标的东西,却使我彻底失望了。我渴望牺牲我自己、我的希望、我的一切,结果是被冷冷地撇在一边。我什么也没剩下,只有整天整夜地在徒劳的企盼和向往中闷闷不乐。"

"这可太伤心了,米莲。"肯甫说道。

"唉,是啊,我是这么想。"她答道,还不自然地短促一笑。

"就我所知,你多谋善断,"他继续说道,"以你全部的活跃思维,怎么会想不出办法来把你的机智付诸实现呢?"

"我的思维不再活跃了。"米莲用无动于衷的冷漠腔调回答。

"满脑子只想着一件事,再无其他。一种回忆麻痹了我的头脑。那不是懊悔,别想它了! 我让自己摆脱那个问题,既不遗憾,也不想为自己而悔罪。但是,使我麻木并剥夺了我全部能力的——这不是女人不可告诉男人的秘密,何况我不在乎你知道这件事——是这样一个确定无疑的事实:在多纳泰罗的心目中,我是——而且永远是——恐惧之源。"

雕塑家(——他是个年轻人,而且他的爱情使他从没有经历某些男人所经过的风流韵事)惊诧地感受到米莲那强烈而又乖戾的本性如何迫使她把自己的良知及一切全都投入了一种激情;而理智地看,其目标又被她深埋在心底。

"你怎么得知你所说的那个确定无移的事实的呢?"他停了一会儿,问道。

"噢,通过一种不容置疑的征候,"米莲说道,"只是一个姿势,一次战栗。一个阳光明媚的早晨,他的手刚好触到了我的手,周身便不寒而栗起来! 有那一次就足够了。"

"我坚决相信,米莲,"雕塑家说道,"他仍然爱着你。"

她惊了一下,一阵红潮慢慢染遍她苍白的双颊。

"是的,"肯甬重复说道,"如果我对多纳泰罗——还有对你本人,米莲——所产生的兴趣赋予了我什么真正的洞察力的话,我觉出他不仅依旧爱着你,而且随着那爱的新发展,它以成比例的力量和深度更强烈地攫住了他的身心。"

"别骗我吧。"米莲说道,面色又变白了。

"绝对没有!"肯甬答道,"现在我就来说说我认为的真情。无疑,当某个灾难的恐怖——我无须妄加猜测——将多纳泰罗抛入不幸的愚钝时,出现了一段中断。与那最初的惊慌失措相关的是一种难以忍受的痛苦和令人心悸的对抗,并且与造成他的恐惧的事件的一切外围条件都连到了一起。他最亲爱的朋友

254

当时是否卷入了那骇人的事件，以致他会在她面前畏缩？恰如他在多数情况下在自己面前畏缩一样。但随着他的头脑自身的升华——升到了他此前从未经历过的生活的高度——他内心中一向最本质的东西也由于这种自我冲动而复苏了。他的爱情也就此苏醒了。"

"可是，"米莲说道，"他明明知道我在这里！那么，如果不是因为他认为我可憎，为何他不欢迎我呢？"

"我相信，他是知道你在这里的，"雕塑家回答道，"一两个晚上之前，你的歌声应该向他点明了。说实在的，我曾设想过，他心中已经有数了。不过，他越是激情满怀地要和你在一起，他就越会用宗教观束缚自己，以回避这样的交往。终身赎罪的苦行观念强烈地左右着多纳泰罗。他在周围盲目地探索某种苛刻的自我折磨的手段，当然啦，他发现别的办法都不如这样做更有效。"

"看来他爱着我，"米莲低声自言自语地重复着，"是的，他爱我！"

看起来很奇怪，随着她将那种安逸纳入她的胸怀，女性的柔情也回到她的周身。她举止中的那种不自然的、冷漠的无动于衷，那种曾经惊得雕塑家不寒而栗的冷冰冰的无情，就此消失了。她满脸通红，移开了她的目光，因为她深知，在自己的水汪汪的眼睛中表现出的又惊又喜，除去一个人之外，是不该由别的男人发现的。

"在其他方面，"她终于问道，"他变化大吗？"

"多纳泰罗的头脑中正在经历着一场奇妙的进步，"雕塑家回答道，"他周身器官的功能原本处于休眠状态，很快便骤然活跃起来。思维的天地在他的心目中自我关闭了。有时候，他以对深邃真理的感受而让我吃惊。但是必须承认，更多的时候，他

255

以兼有原先的单纯和新的理性思维而使我发笑。不过,他对每天都有新的揭示感到十分迷恋。我甚至可以说,从他那苦涩的折磨中已然生发另一种对他有启蒙作用的精神和理智。"

"啊,我可以在这方面帮助他!"米莲鼓着掌叫道,"能够尽我的全力来做有利于他的事,这是多么甜蜜的辛苦啊!若是我有资格,我就要用我所获得的精神财富来教导、提高和丰富他的头脑!还有谁能执行这样的任务呢?还有谁具备他所需要的这种温馨的同情呢?除去我自己———一个女人,一个分担同一可怕秘密的人,一个参与了同一罪行的同伙人———还有谁能够在这种境况的特定要求下满足与他这样亲密无间且平等的条件呢?我面前有了这样的目标,就会感到有权生活下去!而没有这样的目标,我活这么久就是耻辱。"

"我完全赞同你,"肯甬说道,"你真正的位置是在他身边。"

"的确是这样,"米莲回答道,"只要多纳泰罗还有资格活在这世上,我就要为他作出全部的自我牺牲。我认为,这并非削弱他的权力,因为我惟一的幸福前景———不过这是个可怕的字眼———就在于我们的交往使他可以不断受益。但他拒绝了我!他不肯听他心声的悄语,那会告诉他:她——那个最不幸的人,那个哄他走入邪恶的人,还可以引导他到达比他沦落前境界还要高的天真无邪。这头一个大难关该怎么过呢?"

"那就靠你的选择了,米莲,你可以随时摆脱那障碍,"雕塑家开导说。"只消爬上多纳泰罗的塔楼,你就会在那里,在上帝的眼睛下和他见面。"

"我不敢,"米莲答道,"不,我不敢!"

"你是不是担心,"雕塑家问道,"我提到的那位可怕的目睹者?"

"不是。因为就我在那一团迷雾中所能看到的而论,我的心

256

中只有纯粹的动机而别无其它,"米莲答道,"不过我的朋友,你想不出女人是一个多么怯弱或多么强壮的人!我不畏惧上帝,至少在这种情况下,但是——要我承认吗?我十分害怕多纳泰罗。有一次他触到我就发抖了。若是他再发抖一次,或是皱一皱眉,我就死!"

这位骄傲而独立的女性固执地把自己置于从属的地位,将她的生命系于一个人的气恼或眷顾的偶然性之上,而那个人不久之前还只被看作是一时的玩物,肯甫对此惟有吃惊而已了。但是,在米莲看来,多纳泰罗此前始终被他们犯罪那一刻的悲剧式的庄重所笼罩。不仅如此,她的爱所赋予她的敏锐而深刻的洞察力,使她能够对他了解得远胜过靠普通的观察所能达到的程度。既然她对他爱到如此程度,不消说,多纳泰罗身上自有一种力量值得她尊重和挚爱。

"你看到了我的弱点,"米莲说着,像一个人的缺欠为人所知而又无法被救时常做的那样,摊开双手,"现在我所需要的,就是一个显示我的力量的机会。"

"依我看,"肯甫指明道,"时候已经到了,可以指望把多纳泰罗从自我封闭的全然与世隔绝中解脱出来了。他苦苦挣扎于一个念头已经够久的了。如今他需要变换一下思路,而那样的思路最好是通过一种场景的改变来提供给他,其它途径都没有这么现成。他此刻的头脑已然觉醒了。他的内心虽然充满痛苦,但已不再麻木了。他的心、脑都需要营养和安慰。若是他再继续在这里滞留下去,我担心他可能会重新陷入懒散而再无朝气了。环境加诸他的道德体系的极端亢奋状态,既有其危险,也有其好处。危险之一就是,一种顽固的精神创伤可能会压倒其温情的一面。离群索居已经为他尽了全力,如今,该劝诱他到外部世界去待一段时间了。"

"那么你的计划是什么呢?"米莲问道。

"很简单,"肯甬答道,"就是说服多纳泰罗陪我在这周围的山山谷谷中漫游。旅行中的起伏变幻——比如小小冒险,会给他带来无穷的好处。经过他近来的深刻体验之后,他会用他看待世界的新目光来重新创造一个天地的。我希望他会摆脱这种病态的生活,找到进入健康生活的途径。"

"在这一过程中我又扮演什么角色呢?"米莲伤心地询问,多少还带些妒意。"你把他从我身边带走,并且把你自己和各色各样的生活情趣放到本应由我占满的位置上了!"

"米莲,我会乐于把这一任务的全部职责都出让给你,"雕塑家回答道,"我不想扮演多纳泰罗所需要的向导和顾问的角色,因为——且不提其他难点,我是个男人,而在男人和男人之间总有一道不可逾越的鸿沟,他们绝难互相抓牢对方的手。因此,男人所需要的亲切帮助和心理支撑,绝少来自同性别的男人,而是来自女性——他的母亲、他的姐妹或他的妻子。因此,在多纳泰罗需要时作他的朋友吧,我一定十分高兴地把他让出来!"

"这样奚落我可不好,"米莲说道,"我已经告诉你了,我无法照你的建议去做,因为我不敢。"

"那好吧,"雕塑家继续说,"看看有没有可能把你引入我的设想。旅行中的偶然事件,往往以最奇特、因此也是最自然的方式把人们扯到一起。假如你也走在同一条路线上,就很可能与多纳泰罗重逢,上天在这方面比我们谁都更能掌握一切。"

"这不是个很有希望的计划,"米莲稍作思索之后,摇着头说,"不过不经一试我是不会反对的。万一失败了,我为自己作出了一个决定——不管出现什么情况! 你知道佩鲁贾大广场上那座尤利乌斯教皇的铜像吧? 我记得一个阳光灿烂的正午,我曾站在那座铜像的阴影下,为他那阳刚的外貌深深打动,并且幻

258

想着他那只伸出的手可能会赐福给我。从那时起,我就有一种迷信——你可以称之为愚昧,但命运不济的伤心人总会梦想这种事的——那就是,假如我在同一地点等候上足够长的时间,就会有好事到来。好啦,我的朋友,就在你们出发旅行刚好两周之后——除非我们提前相遇——在正午时分,把多纳泰罗带到那铜像的基座处。你会在那里见到我的!"

肯甬同意了这样安排的建议,在商谈了有关他考虑成熟的旅行路线之后,便准备离开了。当他告辞时与米莲的目光相遇,他惊奇地看到了她眼睛中闪射出的崭新、柔情的快意,还有在这短暂的瞬间布满她面孔的健康的清新。

"我可以告诉你吧,米莲?"他含笑着说,"你仍和以前一样漂亮!"

"你有权注意到这一点,"她答道,"因为,果真如此的话,我那消褪的花容又被你给我的希望激活了。那么,你认为我美吗?我很高兴,真心实意地高兴。美——如果我具备的话——将是我用来教育和提高他的一个工具。为了他好,我一心要奉献我自己。"

雕塑家已经走到门口了,听到她叫他,就又转回身。他看到米莲仍然站在他们告别时的地方,那座辉煌的厅堂似乎仅仅为衬托她的美丽而设。她招呼他再回去。

"你是个情趣高雅的男人,"她说,"不仅如此,还是个感觉细腻的人。现在坦率地告诉我,而且要以你的荣誉担保!在这次会面中,由于我泄露了女性的目标,我抛掉了女性的矜持,我还漫不经心和感情用事,以及我极不顾礼仪地宣称我只在那个可能蔑视和惧怕我的人的生活中活着,我没有使你震惊吗?"

尽管她给他出了难题,但她既然如此恳切,雕塑家也毕竟不是那种回避简单实情的人。

"我知道,"米莲悲哀地说,而且毫无怨恨,"我保留下来的更好的本性也会这样告诉我的,哪怕你从各方面的表现都难以觉察。好吧,我亲爱的朋友,等你回到罗马,告诉希尔达她那么无情无义造成了什么后果吧!她在我心目中代表了所有的女性,当她抛弃我时,我就再也没有任何条件保持女性的矜持和体面了。希尔达让我放任自流了!请你这样对她说,是她给了我自由,我感谢她!"

"我不会对希尔达讲任何使她痛苦的话的。"肯甬回答道。"不过,米莲,尽管我不知道你们俩之间曾发生过什么事情,我觉得——希望你高贵的坦诚气质能够原谅我这样说——我觉得她是对的。你拥有上千种值得敬佩的品德。不管有什么邪恶降临到你的生活中——原谅我,不过这是你自己暗示的——你仍然像以往一样具备许多高尚的品德。但希尔达本性中洁白闪亮的纯净则是另一回事。由于上帝赋予她的无瑕材料,她注定要显得无情无义,这是我和你都看得到的。"

"噢,你是对的!"米莲说道,"我从来没怀疑过这个。不过,我对你讲过,她抛弃我时,在我和体面女性之间,还残存着一点约束。假如有什么可原谅之处,我是原谅她的。但愿你赢得她那颗纯真的心,因为在我看来,在这个邪恶的世界上,没有哪个男人比你更配得上她了。"

第三十二章

路上的风光

当告别贝尼山宁静生活的时刻到来时,雕塑家甚至不无遗憾。因为他宁可梦想着,若是希尔达到来,就可以在这座人间乐园中再多住些时候。然而,在这一片宁静之中,他开始感到一种坐立不安的忧郁,在这方面,理想艺术的耕耘者们要比坚强的常人更容易有所感受。因此,无论就他个人而论,还是从帮助多纳泰罗摆脱现状来说,他都会认为还是走为上策。他到那传奇的小山谷和其它已经熟悉的好玩的地方作了告别的拜访。在他离别的前夕,他喝了一杯又一杯贝尼山的阳光美酒,把酒的精美典雅的品位留存在记忆之中。把这些事一一完成之后,肯甫便准备上路了。

多纳泰罗却习惯于枷锁和沉迷于忧郁的人们所特有的无精打采,不那么容易被激励起来。不过对于他朋友的计划,他只表示了一点消极而不是积极的反对。当约定的时刻到来时,他屈从于肯甫成功地激起的冲动,在尚未打定主意之前便出发旅行了。他们像游侠骑士似地在那一带风景如画的谷地、山峰和山

261

城中逍遥自在地向前走去。除去两周之后在佩鲁贾大广场与米莲的约会之外，在雕塑家的计划中并无固定的打算，无非是像驾着每一股飘忽不定的轻风的带翼种籽一般到处游逛。不过，在带翼种籽的比喻中隐含的宿命观，并不完全符合肯甬的幻想。因为如果靠近些观察，就会看到：无论什么看来最漫无目的的走法，最终都会必不可避免地踏上不偏不倚的预定路线。偶然和变故喜欢干预人们既定的计划，而不乐于打扰他们的闲逛。如果我们预计有出乎意料和想象不到的事件，就要尽量划出一个固定的框架，以便设想可以强使未来就范。而这样就会出现意外，打破原有的设想。

两位旅行者骑马登程，打算在月亮下或在清凉的早晨或黄昏的暮色中信马走去。由于夏季尚未开始将其告辞的裙裾掠过托斯卡纳，正午时分依然骄阳似火，不宜曝晒。

有一段时间，他们一直在肯甬从贝尼山的塔楼上高高兴兴地观赏到的那一片宽阔的谷地中漫游。雕塑家很快就喜欢上了只在一两天之内就建立起来的新的生活规律中的那种闲情逸致。人们四处游逛是很自然的，稍稍品味一下这种原始的生存方式，一下子就废弃了多年来养成的习惯。肯甬的忧虑以及原先占据着他的无论什么郁闷想法，似乎都留在了贝尼山。当那座灰色塔楼在棕色山坡上变得不再分明时，也就绝少被记起了。他的各种感官最近都很少被使用了，但在这样引人遐想的生活方式中却又变得敏锐起来，他的眼睛对千百种迷人的景色简直应接不暇了。

他沉湎于如画的乡村风光之中，那是家居生活中绝少一眼能见的。比如说，路边有老妇人给猪羊喂食。他们信马由缰地走着时，那些年迈的女士一直用本已被人忘怀的手摇纺线杆那样的工具转动着纺线，她们那满脸皱纹和庄重的表情，会让人把她们当作命运三女神在纺着人类命运的丝线。与这些曾祖母相应的是那些儿童,他们牵着长着蓬松胡子、捆着双角的山羊啃吃着嫩枝。意大利的风尚便是在人类劳作的协奏曲中加上这一老幼都参与的小农活的旋律。在来自大洋西岸的一位观察家看来,那些被太阳晒得黝黑的强壮农妇——若不是穿着裙子便与男人无异了——与男劳力并肩在地里干着粗活,实在是个奇特的场景。这些强壮的妇女(如果我们应该这样认识她们的话),都戴着高顶宽檐的托斯卡纳草帽,那是妇女惯用的头饰。由于每一阵微风都会掀起帽檐,阳光便不断地为她们面颊的棕色增加着深度。而年长的女性们则把她们那女巫似的丑陋用黑毡帽衬托得无以复加。人们会设想,那样的帽子是她们久已埋葬的丈夫遗赠给她们的。

和上述同属林中风光但更令人愉快的另一个普通景象,是一位姑娘,她背着一大筐绿枝或青草,其中夹杂着红罂粟和蓝花。那葱绿的重负有时大得遮住了背筐人的身躯,看着如同一大堆青草和香花在自己移动。不过,更经常的是那捆东西只及那村姑后背的一半,因而露出她健壮的小腿和垂在身后、她用来刈割这奇特的收获的弯刀。一位前拉斐尔派的艺术家(比如,长于描绘被风吹成堆的秋天落叶的画家),可能从这样一个托斯卡纳姑娘迈着自由、高雅步态的挺拔身姿中找到令人倾慕的主题。戴在她头上的由嫩枝和各色花草编成的花环(她那红扑扑的愉快面孔从侧面垂下的花饰中露出来,宛如一朵大花),可以为画家所喜爱的小型速写提供无限的空间。

尽管混在这些乡村泥土气息之中,那幽远、梦幻似的阿卡狄亚魅力,却是在其他土地上逐日辛勤的劳作中所罕见的。在路边令人赏心悦目的景色中,总有攀在无花果树或其他坚硬树干上的葡萄藤,它们自身缠绕成粗壮的枝蔓,从一株树搭到另一株树,中间垂下大串大串成熟的葡萄。在这种无人照看的模式下,繁茂的葡萄藤比起用来制造更珍贵的名酒、因此也倍受人工限制和修剪的葡萄园看起来更动人心弦。最能入画的莫过于一株老葡萄藤了:它本身简直就像一棵树干,紧紧缠绕着支撑它的树干。这幅画不乏其寓意。你可以将其解释为不只一个郑重的目的:你看到那有节瘤的蛇似的枝蔓如何将曾经支撑过其幼藤的朋友用紧紧的拥抱禁锢起来;它如何(似是以灵活的性情易于做出来的)将更强壮的树完全屈从于其自私的目的,将其数不清的手臂伸展到每一根树枝上,除去它自己的枝叶之外几乎不准大树的一叶吐出。在肯甫看来,他故乡的葡萄藤的那些敌人,在这里则可以看作紧抓不放的一种象征:嗜酒的习惯紧紧抓住其牺牲者不放,完全左右了他,只让他过着服从那习惯的生活。

当两位漫游者脚下的小径引导着他俩走过某个古老的小镇时,其风景毫不逊色。在那座小镇中,除去当代生活的特色之外,他们还看到了已被弃置的古老生活的标记。如我们的心灵和眼睛所见,那座小镇有城墙和城门,其悠久和宏大使时间不足以再加摧毁;在高耸的城楼下,依然屹立着空洞的拱门,不过已经不再有可关的门扇,而只有鸽巢和充当惟一守门者的和平鸽。城楼的空室中长着熟透的南瓜。城墙外侧,沿城基伸展开一片果园,长满其中的不是苹果树,而是有节瘤树干和扭曲粗枝的老橄榄树。雉堞上建了住房,厚实的城根充作了房基。连顶上瞭望塔的已然坍塌的灰色箭楼也成了乡居,窗上悬着玉米穗。在原本是巨大的石头工程的最坚实地点的破损处设置的一个门口,如今有几个农夫正在扬谷。几扇小窗也是沿着古城墙一线挖出,看似按照不必要的牢固的奇特风格建起的一排门户相连的住所。而古旧雉堞和垛口的残迹间点缀着瓦顶的居室。沿着整座城墙都有葡萄藤和蔓生的开花灌木受到恣惠,攀爬孳生于废墟的粗石夯土之上。

最后是与杂莠野花共生的长草在城墙最高的雉堞散坍之处摇曳。在午后的金色阳光中，看到这昔日耀武扬威之地如此友好，如此一派乡野和平景象，特别令人振奋。这里的哨室和囚房以及沿坚实宽阔的城基挖出的地方，现在都成了幸福的人们度日的住所，里面住着父母子女。连城墙的罅隙和破顶上都有燕子栖息。

走进同一座小镇那仅有警觉的鸽子充当哨兵的城门，就来到了一条又长又窄的街道，地上按古罗马的风格从一侧到另一侧铺满了条石。住房奇丑无比，大多有三四层高，一概呈灰色，或是倾圮坍塌，或是补着片片灰泥，从镇的一端一直绵延到另一端。大自然硕果仅存的树木、灌木和路边野草，在这条乡村式的街道上和任何拥挤的城市的中心地带一样，都难得一见了。昏暗、欲坠的民居上开着小窗，许多都用木条钉死，不堪入目，这些放大的茅舍，一层叠着一层，上面结满积年累月的污垢。在雨天或不见人烟时看过去实在丑陋骇人。不过，在夏日的午后，还是有一番勃勃生机，因为村镇中所有的居民都涌到了街道上，或是从小窗口以及偶尔一见的阳台上向外窥视。有些镇民在肉铺买肉，另一些人则在喷泉处从古代石棺似的大理石水槽中汲水。一个裁缝坐着缝纫，一名年轻的教士坐在一旁和他搭讪。一个强壮的行乞修士头上顶着空酒桶走过。儿童们在嬉戏。妇女们坐在自家门前补衣、刺绣，编织托斯卡纳草帽，或者转动着纺轴。与此同时，许多闲汉则在人群中溜来逛去，用这无所事事的轻松而冗长的活动度过温暖的一天。

从所有这些人当中传来一阵喋喋之声，其音量似乎与发出那声音的口舌数目不大相称。在一座新英格兰的村镇中，整整一年之中的单独一天，若无特殊目的——例如在讨论政治时或乡镇会议上——也不会像这里似的一时之间说出这么多话。那里的人们不会说这么多话,也不会发出这么多笑声,因为他们似乎诚惶诚恐地什么也不谈,而无中生有的作乐便似乎是最开心的玩笑。在这里,在人们有生以来度过的漫长时间里,在如此狭窄的圈子内,这些有城墙的小镇形成了一个紧密的社会,使人们如同一个大家庭。所有的居民彼此之间都是亲戚,他们在街上聚集如同在公共的客厅中相会,从而在一种家庭式的交往中生生死死。他们从来无法晓得另一个村镇的开口在哪一头,四周都有什么地方,镇上哪里有空房间。

在这条街上的一栋房子的门边,伸出一根枯树枝,在这根粗枝的阴影下的石凳上,坐着一伙快活的饮酒者,他们或是品尝新酒,或是豪饮陈酿——那是他们常喝的,也是令他们舒服的朋友。肯甫在这里拉住了缰绳(因为今日在意大利和三百年前在英格兰一样,一根粗树枝和一丛灌木便是酒馆的招牌),要了一大杯兑了大量泉水的深紫色的柔性酒汁。这时若是能喝上贝尼山的阳光美酒就好了。与此同时,多纳泰罗继续向前骑行,但到了一家车马店的墙中嵌着神龛、龛前燃着灯的地方,就下了马。他跪倒在地,给自己画了十字,喃喃着祈祷了几句。他并没有引起行人的注意,因为许多人也以类似的方式顺便表现他们的虔诚。这时雕塑家已经喝完他的兑水葡萄酒,两位旅行者重新上路,从村镇另一端的城门出去。

他们面前再次展现了广袤的谷地,地面上笼罩着一层薄雾,但只有在远处才看得出,尤其是在山嘴一带。我们虽然称之为雾,但似乎叫作阳光才正确,因为在水汽的悬浮物中,只是少量的阴雾夹杂在大量的阳光之中。但光辉中有那么一些雾汽,却为这景色添加了一笔理想的美,几乎使雕塑家相信,这谷地和群山不过是幻像,因为那可见的空气十分像梦中之物。

266

然而,就在他们身边的四周,有许多迹象表明,这里的乡村并不当真像初看上去的那样是座天堂。无论是破败的茅屋抑或消沉的农舍,似乎都没有显示出得天独厚的气候和沃土所应造就的繁荣。不过很可能当地的农民并不像一个按照其所在地情况来作判断的陌生人所认定的那样,生活于肮脏贫困之中,居住在毫无舒适可言的房舍之内。意大利人看来毫不具备我们在新英格兰农村所见的那种竞争的豪情:在新英格兰,每一家农户都会按照自己的品位和方式,竭力把家居装扮成有榆树遮荫和长满青草的路边的一种点缀。而在意大利,则没有整洁的台阶和门限,没有赏心悦目的有着藤蔓凉棚的前廊,没有殷勤邀请想象力进入英格兰式的甜蜜家庭生活内部的那种绿地或平整闪亮的草坪。无论四周的景致是多么灿烂绚丽,一座意大利住宅周围的一切都特别令人伤心失望。

　　确实,一位艺术家可能常常由于那些因岁月销蚀而入画、古老的砖墙上剥落下片片灰泥的老房而感谢自己的命运之星。钉了铁条的牢狱似的窗户、凄凉的宽拱门洞——既通向马厩,又通向厨房——可能给他留下的印象远比(如果他是个美国人)他的乡亲们生息繁衍的新漆的松木房更值得他提笔勾勒。不过有理由怀疑,一个民族当其生活成为诗人的想象力或画家的洞察力的对象之时,会腐朽衰败下去。像往常一样,两位旅行者在意大利的路边经过了巨大的黑色十字架,上面有神圣的痛苦和激情的一切雕饰:有摘下的荆棘,有锤子和钉子、钳子、长矛、海绵;还有更甚的,便是向圣彼得懊悔的良知啼叫的公鸡。于是,在显示创世主趁一时之兴赐予人类的永存的慈善的美景中,这些象征却提醒着每一个行路人把救世主对他无限弘大的垂爱当作不朽的精神。多纳泰罗看到这些献祭的标志,似乎便恍然悟到要把本来茫无目的的旅程变为赎罪的朝圣。每遇到一个十字架,他都要下马,跪下去亲吻那十字架,虔诚地以额触碰架基。他这毫无例外的举动很快便使雕塑家明白了,于是他也相应地勒马驻足。尽管肯甬不是天主教徒,但很可能也从眼前的象征中获得了更多的宗教狂热,也要祷告上几句,祝他的朋友良心得安,宽恕让他如此抑郁的罪孽。

多纳泰罗不仅要跪倒在十字架前,而且还要在众多的神龛前依次膜拜。那些神龛中或者绘制着赐福的圣母(因受日晒雨淋已然褪色,但仍慈爱地眷顾着她的崇拜者),或者有她的木雕小像或石膏、石刻的浮雕像,依修建这些路边神龛的虔诚信徒而各异,或因复制中世纪古老原作而有所不同。这种圣母的神龛比比皆是,有的在拱顶壁龛中,有的置于尺寸恰好的有瓦檐的棚屋内,还有的在某个古罗马的石头建筑的残迹里,其修建者大概在基督降临前就已不在人世;也有的在村店或农舍的墙上,或者在一座桥的正中央,或者在天然石壁的浅洞中,或者深刻在路边的高处。在雕塑家看来,多纳泰罗在这些神龛前祈祷得更加真诚和抱有希望,因为圣母那温柔的面容恰似一位慈母,应允他在可怜的罪犯和可怕的法庭间加以调停。

那确实是美好的景观:善男信女们出于他们所学到的信仰,承认她对所有人的灵魂永远温情脉脉,所以也就把自己的灵魂坦诚地奉献给她。在每一座圣母神龛前的铁丝网罩上都挂着玫瑰或别的最芬芳的时令鲜花,有些已经凋零枯萎,有些还新鲜得挂着清晨的露珠。那里也有从未在土地上开放过的人造花,当然也就不会衰败。肯甬忽然想到,神龛中应该放置花盆,里面种上花,甚至在神龛前种上玫瑰和各种开花的灌木,培育它们在四周盘绕生长,让圣母待在葱绿芳香的花叶遮蔽之中,象征永远清新的效忠。在人们的宗教习惯中有许多做法看来并不坏,至少,如果善良的灵魂和美丽的感受至今仍像当年初次形成并采用那

268

些习惯时一样在意大利人中保持着,许多做法还是十分美好的。可惜,他们如今的崇拜的最佳象征已经是人造花卉,而不是开在嫩枝上或刚采摘下来的花瓣上带着露珠的鲜花了。

雕塑家进一步设想着(——或许是他的异端宗教观使然),若是在路边的每一座神龛下安放一个舒适而又遮荫的座位,倒是个好主意。那样的话,在烈日下走得疲惫不堪的行路人,来到圣母的庇荫下休息时,就会对她的款待感恩不尽。哪怕他在这样一个祭献之处悠然自得地吸起烟斗,那上升的烟气大概也会像教士的焚香一样并不构成对天庭的冒犯。当我们认定的任何本身是好的行为或享受,从宗教观点来看却不宜去做时,我们可能是委屈了自己,而且低估了我们头上的神灵。

无论罗马天主教制度有何不妥,在路边设置众多的神龛和十字架还是明智之举,因为这表达了美好的情感。一个行路人不管肩负何等世俗的使命,每走上一两英里,都不可能不受到提示:那使命并非对他至关重要之事。一个寻欢作乐的人受到默默的告诫便抬头望天,企盼比他现有的还要无比伟大的乐趣。冥思苦想中的不幸的人看到十字架,就会受到警示:若是他就此罢休,救世主为他而受的苦难就白白忍受了。早已变得铁石心肠的顽固的罪人,感到自己的心又因畏惧和希望而重新悸动了。而我们可怜的多纳泰罗在一次又一次地从神龛到十字架、又从十字架到神龛的跪拜中,无疑会在这些象征里找到帮他走向更高的赎罪的功效。

不管年轻的贝尼山伯爵注意到那事实与否,他们一路上不止一次地遇到的一些偶然事故,使得肯甬相信,某个对他们的行动颇感兴趣的人始终在或前或后、若即若离地追随着他们。确实有一个看不见的同伴的脚步及其飘拂的袍服和轻微的呼吸,就在他们近旁,随着他们前行。那个影子似的东西,如梦一般从他们的沉睡中飘游而出,而且在白日里萦绕不去。但在光天化日之下,既无实体又无轮廓,而在日落之后,却变得稍稍清晰。

"在最后那座神龛的左侧,"他们在月色下骑行时,雕塑家问道,"你注意到一个女人的身形双手捂脸跪在那里了吗?"

"我从不东张西望,"多纳泰罗答道,"我在诉说自己的祷词。或许那也是一个悔罪的人。但愿赐福的圣母对那可怜的灵魂更加宽厚吧,因为她是个女人啊。"

第三十三章

绘有图画的窗户

　　两位旅行者在谷地中漫游之后,便把行程指向群山的边际。这里的自然景色和人工修饰立即显出与肥沃和畅快的平川不同的风貌。山坡上不时有一座修道院。或者在孤僻的岬角中有一座毁弃的城堡,可能曾经是一伙强盗的巢穴,他们每每从制高点上冲到下面蜿蜒的大道上。多年以前,那些旧堡垒便已坍塌,女墙上的石头一块块地滚落到其脚下的肮脏的村庄。大路在山中逶迤向前。在狭窄的平地两侧高耸着峭壁悬崖,它们在行路人面前挺胸突肚,仿佛阴沉沉地打定主意,禁止他们通行;而若是他们仍然胆敢前进,就猛然封住他们的退路。一座巨山会恰在他们面前伸出一只脚,只是到了最后一瞬才勉强地收回,仅仅为他们留出爬向另一道障碍的间隙。从高处的粗糙石面上一路向下,有许多干枯的印迹,是过于汹涌和暴烈因而也就短命的瀑布留下的。或许尚可看见一道溪水匆促而羞怯地流过似是宽阔得大可不必的由石子和斜面石块铺出的河床,不过这条羞答答的小河一旦暴涨起来,河道也就填满了。河上架着一座石桥,沉实的桥拱由石块高高撑起，并由桥石自身的重量挤压着而坚不可摧。但石块一旦坍塌，桥也就垮了。从这座大桥的桥基上不难看出古罗马人的辛勤劳动，它所承载的第一次重量该是一支共和制的大军。

他们穿过这些峡谷后，便来到一座无法追忆的古城：在一座高山的顶峰上，拥挤着城中的大教堂以及许多教堂和公共建筑，全都是哥特式风格。这座古城只在中间有一块小广场，此外再无平地。那些蜿蜒曲折的街道经过一个个拱道和石阶，由高到低，直抵山坡。那里的一切看上去都老得令人敬畏，若是大胆设想，当真要比罗马本身还要古老，因为历史并未涉及这些被人遗忘的建筑，从未告诉我们其本源。伊特拉斯坎的王公们可能曾在里面居住。对这些建筑物来说，一千年只不过是中年之龄。建筑材料都是巨大的方石，其坚实耐久的外观会使看到的人沮丧地认为，它们永远不会倒塌，永远都会像现今这样适合人类居住。这些建筑物中有许多原来都是宫殿，至今仍保持着一种凄凉的宏伟。不过，我们凝视着这些建筑物就会认识到：用耐久的材料为我们短暂的生命建造住所，并考虑到为后代子孙所沿用，是多么不受欢迎。

所有的城镇都应该建得每隔五十年便可被大火烧光或自然衰朽。否则，那些老房子就会成为藏污纳垢、歹徒出没的世袭之地，只能站在一旁看着诸如不断引进别人的发明和设备这类改进的可能。设想我们久远的后代子孙仍然住在我们生活过的同一个屋顶下，无疑是美好的，而且极其符合我们的某些天性。不过，当人们一味要建筑坚不可摧的住宅时，他们或他们的孩子就招致了与西比尔① 获得凄惨的永生这一恩赏时相类似的不幸。

————————————————

① 古代巴比伦、埃及、希腊、罗马等传说中的女预言家或女巫。此处不知引自何典。

因此,我们尽可以建造几乎不朽的住房,但是我们却无法防止其变老、发霉、可憎,充满死尸气味、鬼魂和谋杀的血污。简言之,这样的住所——陋室也罢,宫殿也罢——在意大利随处可见。

"你应该和我到我的祖国去。"雕塑家对多纳泰罗议论道。"在那片幸运的土地上,每一代人只消承受其自身的罪孽和哀苦。在这里,似乎以往的一切疲惫和消沉都堆积到了当今的背上。若是我在这个国家里沦丧了——若是我要在这里经受什么沉重的灾难——恐怕在这种消极力量的影响下,就很难挺身抵挡了。"

"现在的这个天空,本身就是一个旧屋顶。"伯爵回答道。"而且可以毫无疑问地说,人类的罪孽使之比先前更加充满阴霾了。"

"噢,我可怜的农牧之神,"肯甬自忖道,"你变得多么厉害啊!"

我们提及的这样一座城市,似乎是从山坡上长出来的一块石头,或是石化的镇子,其外观之古老和奇特,显示出内中再无足够的生命和汁水可言朽枯了。一次地震也无非就是在目前的毁损之外再提供一次成为废墟的机会罢了。

尽管我们今天生活的一切目的在这里已全部衰亡,然而其辉煌的回忆不仅是那些穷兵黩武的粗暴,而且也有那些更灿烂温和的凯旋,我们至今仍在享受其成果。意大利可以列举出好几座这样的毫无生气的城镇,每座城镇四五百年前都曾是其自身艺术流派的发祥地,它们都不曾忘记为那些发黑的古画和褪色的壁画而自豪,其早期的艺术美对全世界都是光明和喜悦。但是如今,除非你是位画家,否则这些名作只能使人痛感失望。

当乔托①　和契马布埃②　初次创作这些作品时,曾令庄严的甬道生辉,如今它们却成了可怜的昏黑的鬼魂,简直快褪色到什么也看不见、杳无在昏暮中放光的设计或表现的痕迹了。当年那些艺术家在壁画绘制上有很深的造诣。那些壁画在教堂的墙壁上熠熠生辉,完全可以视作使天主教成为真正的宗教信仰,只要它还保持着真正的生命力,就能使之光芒四射的生动精神的象征。那些宗教画以其圣哲和天使的群像的光辉照亮了交叉甬道,并将天界淡淡的反光折射到高高的圣坛的四周,使凡人既可看到又不刺眼。但如今那色彩已经昏暗得可怜,粉壁上的污渍洒满了壁画,如同一个卑下的现实透过生活中最明亮的幻觉突现出来。但愿那仅次于契马希埃、乔托、吉兰达约③　或平图里乔④的艺术家会令人起敬地将那些毁损的名作用白粉盖住!

不过,身为艺术的忠实学生和批评家的肯甫,仍在这些动人的遗迹前长时间地留连着。而多纳泰罗在目前悔罪的状态中,却忙于在圣坛前跪祷,以为无暇旁骛。因此,每当这两位旅行家发现一座大教堂式的哥特教堂,他们便一致要进去。在一些这样的神圣建筑物中,他们看到了未因日久而昏暗或受损最少的绘画,虽然这些画与其周围那些消失了的作品或许属于同样古老的艺术流派。这些画都是画在窗玻璃上的,每逢雕塑家凝视这些绘画时,便要赞美中世纪及其五光十色的设计,因为人类的技艺或他的想象力都确实未曾创造出任何其它堪与之相比的美

---

① 旁多涅的乔托(1267—1337),意大利文艺复兴初期的画家、雕塑家和建筑师,开一代绘画新风。
② 乔万尼·契马布埃(1240?—1302?),意大利佛罗伦萨最早的画家之一,为乔托的艺术奠定了基础。
③ 多明尼柯·吉兰达约(1449—1494),文艺复兴初期的佛罗伦萨画家,擅长画有情节和众多人物的大型湿壁画。
④ 平图里乔(1454—1513),文艺复兴早期意大利温布利亚画派的画家,以强烈的装饰风格著称。

或光荣。

这种绘画玻璃美不胜收,对其它绘画来说只有从外部射到其上的光线,而在绘画玻璃上光线则是透过作品的,不但照亮了画面,而且赋予了一种生动的辐射。作为回报,不褪色的颜料使普通的阳光在穿过绘满高拱窗的上天福物和天使形象时,变成了丰富多彩的奇迹。当这样一幅易碎、持久又不褪色的绘画将其色彩投到雕塑家的面孔和他周围的教堂地面上时,他叫道:"任何基督徒的灵魂若是活了一世而没有看上一眼意大利的阳光射透这种古老的绘画的玻璃窗,真是一大憾事,实在应该伤心!天堂的光辉要普照到所有的人和物之上,使得一切在众人的目光下都是持续透明的,而对于天堂的荣光再没有比这种绘画玻璃窗更真实的象征了。"

"若是人们当中有一个灵魂,光线穿不透,"多纳泰罗伤心地说,"那该多么可怕啊!"

"是啊,或许这正是对罪孽的惩罚,"雕塑家回答道,"但并非要向天下昭示什么——因为靠这样弄得众所周知毫无益处——而是要通过使这人不透光,将罪人与整个温馨的社会隔绝,从而在天堂的单纯和真实的居所中不被承认。这样,除去无穷无尽的孤独这样一种可怕的境遇,他还剩下些什么呢?"

"那样的命运太可怕了,真的!"多纳泰罗说道。

他说这番话时,声音空洞,语调吓人,仿佛他预感到了某种让他周身冰冷的孤独。一个身穿黑袍的人影悄悄溜进了近旁的一间侧祈祷室的暗处,而且还冲动地向前移动了一下,但在多纳泰罗重新讲话时却迟疑地停住了。

"可是还会有比永远孤独更加不幸的折磨。"他说道。"设想一下在永恒中只有惟一的一个伴侣,结果你得不到任何安慰——哪怕是换一种受折磨的方式,而只有看着把你自己折腾得精疲力尽的悔罪由那个与你不可分离的灵魂重复着。"

"我想,我亲爱的朋友,你从未读过但丁,"肯甫议论道,"那种念头多少也存在于他的风格中。不过我不得不感到遗憾,这种念头在这种时刻居然也进入了你的头脑。"

那个穿黑袍的身影缩了回去,而且在小祈祷室的阴影中消失得无影无踪了。

"曾经有一位英国诗人,"肯甫继续说道,又转过头去对着窗户,"他说过'黯淡的宗教之光'穿透绘画的玻璃。我一向钦佩这一多彩的描写方式。虽然他曾到过意大利,但我怀疑弥尔顿①除去见过英国大教堂中那些沾满灰尘的窗户上的肮脏的图画被灰蒙蒙的英国白昼照得半明半暗之外,是否还见过别的绘画玻璃窗。不然的话,他一定会用某个更能表现本质的修饰词来阐明'黯淡'一语,既不致去掉黯淡之意,又会像百万颗红宝石、蓝宝石、绿宝石和黄宝石似的放光。那边的窗户不正是这样的吗?那些绘画本身最为明亮,然而又因为上帝在透过画面照射着,便柔和可敬地黯淡了。"

"这些画使我充满激情,但还没有你的那种体验。"多纳泰罗说道。"我看到那些令人敬畏的圣徒便不寒而栗,尤其是位于他们上面的那个人物,他因天庭的愤怒而放光!"

"我亲爱的朋友,"肯甫说道,"真怪,你的眼睛竟然把那个人物的表情变了形! 那是天庭的慈爱,而不是愤怒!"

"在我看来,"多纳泰罗执拗地说,"是愤怒,不是慈爱! 每个人都该有他自己的解释。"

两位朋友离开了教堂,从外面仰望他们刚刚在里面看了好久的窗户,除去仅有的模糊的轮廓外,什么也看不见。各个圣

---

① 约翰·弥尔顿(1608—1674),英国诗人,《失乐园》等长诗的作者,后因劳累而失明。

徒、天使，还有救世主的画像，尤其是综合的构图及主旨，一概分辨不清。从这个方向看到的放光艺术的奇迹不比难以理解的一团迷雾强多少，毫无能够引动观者试图解释清楚的美的光芒。

"这一切，"雕塑家思忖道，"最有力地表明了宗教真理和神圣故事的不同侧面：从温暖的里面看是信仰，而从冷漠可怕的外面看又是一副样子。基督信仰是一座大教堂，装着绘有上天图画的窗户。站在外面，你看不到荣光，而且也不可能想象出来有任何荣光；站在里面，每一道光线则都显示了一种难言的灿烂和谐。"

不过，肯甬和多纳泰罗走出教堂后，却有了胜过宗教沉思的更好的做出善举的机会，因为他们立刻便被一群乞丐团团围住。乞丐是目前意大利的所有者，与他们令人生畏的同盟军苍蝇蚊子一起掠夺陌生人。这些两足害虫在两位旅行者所走过的行程中的每一站都追逐着他们。从一村到一村，衣衫褴褛的男孩女孩几乎凑近到他们的马蹄下。头发苍白的老头、老婆子瞥见他们走近，蹒跚着在有利位置截住他们。瞎子转过脸来用没有眼珠的眼睛盯着他们。女人抱着她们浑身脏污的婴儿。跛子露出他们的木腿，他们的惨不忍睹的创疤，他们的没有骨头、甩来甩去的手臂，他们的带伤的后背，他们的驼背，或者上天分配给他们的随便什么残疾或缺陷。在最高的山顶上，在最暗的深沟里，总有一个乞丐在守候着他们。在一个小村庄里，肯甬一时好奇，数了一下究竟有多少儿童在哭着、喊着、哀告着求乞。结果有四十多个，他们穿得破破烂烂，身上脏兮兮的，和世界各地的小孩子没什么两样。除去他们之外，全体满脸皱纹的老妇和大多数村姑，以及不少高大健壮的汉子，全都哭丧着脸，可怜巴巴地伸出手，或是作出笑脸，抱着一丝希望得到经过几番如此可怕的贡献之后尚余在衣兜中的零星铜板。若是他们得到了钱，就会高高兴兴地跪下去叩拜行路人；而如果期待中的恩赐落了空，则会保持着跪姿，就地咒骂起来。

其实他们并没有穷得不能揭锅。成人有着自己的住房。谈及食物，他们至少在自己的小菜园中有蔬菜，有猪和鸡可杀食，有鸡蛋可炸着吃或摊进蛋卷，有葡萄酒可饮用，以及有许多其它物质使他们过得舒舒服服。至于孩子们，当看来没有小钱可要时，就开始嬉笑玩耍，还拿大顶，表明他们是快快乐乐、活活泼泼的小家伙，显然吃的应有尽有。事实是，意大利的农民把陌生人视作上天派来的施舍者，因此，将行乞和要到钱看得如同以其他方式获得上天恩赏一样，毫无羞耻可言。

多纳泰罗出于本性，总是对这些衣着破烂的大军大发善心，而且看似从他们为他作的祈祷中得到了某种慰藉。在意大利，一枚价值很低的铜板往往会招致不同的结果：一个老太婆没牙的嘴里可以发出恶狠狠的诅咒——最爱用的是"中风致死"；而那同一张嘴里也可以念出诚挚的祈祷来奖励那慈善的灵魂，仿佛那一口感激的吐气，有助于他飞向天国。良好的祝愿十分廉价，尽管不大可能生效；而诅咒却是极其恶毒——哪怕大部分毒性仍保持在发出诅咒的口中。因此，明智之举是花上一些合理的破费来买下祈祷。多纳泰罗毫无例外地这样做着。当他在我们已经提及的有画的窗户下施舍时，不少于七名老妇举起手来在他的头上为他祝福。

"走吧，"雕塑家说道，他看到他朋友脸上的幸福表情大为高兴，"我想你的坐骑今天不会把你摔下来了。这些老女人个个样子都像贺拉斯① 的阿特拉·库拉，容易描写。虽说她们共有七人之多，却都使你在马背上变轻而不是变重。"

---

① 贺拉斯（前65—前8），古罗马诗人和评论家，作品有《讽刺诗集》、《歌集》、《书札》等。

"我们还要骑行很远吗?"伯爵问道。

"从现在到明天正午只有一小段路,"肯甬回答道,"因为我要在那个时刻站在佩鲁贾大广场的教皇雕像旁边。"

第三十四章

佩鲁贾广场的集市日

两位旅行者在太阳刚刚吻别早晨的清新时,到达了在高山顶上的佩鲁贾广场。从午夜时分就下起一场大雨,为映衬着这一古代文明的葱郁富饶的景色带来无限的振奋。肯甫一心闲逛,当他们来到灰色城墙时,他很不情愿放弃下面那一片灿烂的原野风光。那里和英格兰一样葱绿,和意大利本身一样明媚。开阔的谷地从长满杂草的城墙边四下伸展开去,直至在阳光下昏睡的群山。只见薄雾如白云在山顶晨梦似地飘浮。

"还有两个小时才到正午,"他俩站在拱形城门下等候检验护照时,雕塑家对他的朋友说,"你愿意和我一起看看佩鲁吉诺① 的一些令人敬佩的壁画吗?在交易所里有一个展厅,面积虽然不大,却囊括了——在作画的那个时代——极其美丽壮观的作品,别处都看不到的。"

"看那些旧壁画提不起我的精神,"伯爵应道,"那是一种痛

---

① 佩鲁吉诺(1446—1523),意大利文艺复兴时期的画家,拉斐尔之师。

苦,但又不足以作为赎罪者应受的痛苦。"

"你愿意看圣·多明我教堂中弗拉·安吉利科① 的一些绘画吗?"肯甫问道,"画中都充满了宗教的虔诚。一个人专心致志地钻研他的作品时,就像和一个虔信宗教的和蔼的人谈论上天的事。"

"我记得,你已经给我看过一些弗拉·安吉利科的作品了,"多纳泰罗答道,"他的天使看似从未逃离天国。他的圣徒似乎生来就是圣徒,而且终生都是圣徒。我毫不怀疑,少女们和一切天真的人在看这样神圣的绘画时会心满意足,获益匪浅。可对我却没用。"

"我想,你的批评大有深意,"肯甫回答,"而且我从中明白了希尔达为什么如此极力赞赏弗拉·安吉利科的绘画。好吧,这些事我们今天都不做就是了,我们在这座典雅的古城逛到正午吧。"

于是,他们就走来走去,在那些急转直下的奇特通道——在佩鲁贾就叫作街道——之中迷了路。有些通道就像洞穴似的,一路都有拱顶,而且会突然通向莫名其妙的黑暗之中;等你探明了其深度,就会来到你已不存希望能够再见到的光天化日之下。他们在这里遇到了当地的衣衫破旧的男人和满面愁容的妻子及母亲,有的还用一根引绳牵着孩子穿过这些阴暗古老的通道,那是今天的这些小脚板踏上之前已经有几百代人走过的。他俩从那里爬上来,又来到了山顶上的平地,那里坐落着广场和主要的公共建筑。

那天刚好是佩鲁贾的集市日,因此,就呈现出在一周中其他任何时间里所见不到的一派生气勃勃的景象——尽管还难以压

---

① 弗拉·安吉利科(1400? —1455),意大利文艺复兴早期的画家,多明我会修士,发展了中世纪细密画的传统。

倒周围那些建筑物的灰蒙蒙的庄严。在大教堂及其他古老的哥特式建筑的阴影中——在这里可以找到荫凉，而广场的其余地方都洒满了阳光——有一群人，在乡村集市贸易中做买卖。小贩们在便道上支起商亭或摊位，撑起狭窄的顶篷，站在下面起劲地叫卖着他们的商品，诸如鞋帽、棉纱长袜、廉价首饰和刀具、书籍（主要是小本的宗教册子和几本法国小说）、玩具、锡器、旧熨斗、布料、念珠、十字架、蛋糕、饼干、糖果和无数的小玩艺，都是些我们认为不值得做广告的货色。一篮篮的葡萄、无花果和梨子放在地上。驮着装满蔬菜的筐子的驴子，一意要占更宽的路面，粗暴地把人群挤到一边。

广场上虽然人头攒动，一个变戏法的居然在便道上找到地方铺开一块白布，摆上杯子、盘子、小球、纸牌——简言之，他演出的全部家当，就此在正午的太阳下演起他的把戏。时而是一个手摇风琴，时而又是一只号角和一只长笛，用它们所能奏出的乐音充满了广场。然而，它们那细小的音调几乎被众人的议价声、争吵声、欢笑声和乱七八糟的声响所淹没，因为山上的活跃气氛及其他原因，使得人人都喋喋不休。在佩鲁贾广场逢集市这一天中的废话，比起罗马最喧嚣的市场上一月中所说的话都要多。

在使人头晕目眩的这一切小小的混乱中，瞥上一眼矗立在广场周围的雄伟的古建筑，倒是令人心情愉悦。存身于逝去岁月的古老外壳中的转瞬之间的生命，自有其我们在今天或以往都难以觉察的迷人之处。让那座灰色的大教堂和那些年久失修的高大宫殿回响着市场嘈杂的喧哗可能是老大不敬，可是确实造成了回声，而且形成了一种诗韵似的音响，而那些建筑物却因这种降尊纡贵而看上去益发宏伟了。

在广场的一侧，有一座用于公共目的的庞大建筑，内有一间古老的美术馆,前面有一排拱顶石棂的窗户。入口处中央是一座哥特式拱门,精雕细刻的花球绕门围了半圈,门内是庄重肃穆的昏暗,令人印象深刻。这里虽然仅仅是一个衰微城镇的市议会和交易所,其结构之宏大却可以仅用一部分就能容纳全国的议会,另一部分则可用作统治者的政府各部门办公处。广场的另一侧屹立着大教堂的中世纪式的正面,一位哥特式建筑师的想象力深思熟虑地首先将其建成一座牢固耐久的大工程,然后又饰以丰富的细部,使得整座建筑物在雄浑之中更见精细的神奇。你甚至可以想象,他把石头软化成蜡,直至他最精微的设想都融进了这种柔顺的材料,再将其硬化成石头。整座建筑物不啻是一部博大精深的诗篇的白纸黑字的巨页。与这一切古老雄伟相匹配的,是一座大理石的大喷泉,哥特式的想象力以其如流水般的动感的多层雕塑,再次显示了匠心独具的流畅宏大。

除去这两座我们已描绘过的令人佩服得五体投地的建筑之外,广场四周还有些高耸的宫殿,或许始建于同一时代,层层相叠的重楼上饰有阳台。几百年前,内中居住的王公曾惯于从这里俯视广场上的嬉戏、买卖和群众集会。不消说,他们也目睹了一尊青铜雕像的竖起,从那时起的三百年间,那尊铜像一直高踞在其底座之上。

"我从未来过佩鲁贾广场,"肯甬说道,"没有花费过我能挤出的余暇研究那边那座尤里乌斯三世教皇的铜像。那些中世纪的雕塑家对于这门艺术比在古希腊名作中所能发现的融注了更适用的教益。他们属于我们的基督教文明;而且作为一丝不苟的作品,它们总是表现了我们从古代文明中所得不到的一些东西。你愿意看看那尊铜像吗?"

"愿意,"伯爵回答道,"因为从这么远的距离我也看出了那铜像正在赐福。我心中有一种感觉:我可以获准得到一份福祉。"

雕塑家记起了不久前米莲表达的类似想法，便对这次巧遇抱着希望，脸上绽出笑容。他们穿过市场上熙来攘往的人群，走近保护铜像底座的铁护栏。

那是一位教皇的形象，身披教皇的袍服，头戴教皇的三重冠。他坐在一把青铜椅上，高踞于地面之上，像是对当时经过他眼前的忙碌景象表示善意而又是权威的认可。他的右手高举，向前伸展，如同正在将恩泽洒下。青铜教皇的眷顾是如此广阔，如此明智，又如此安详——每一个人都有希望感受到那恩泽悄然降到教皇所最关切的需要者或哀伤者身上。那尊铜像不但有君临一切的威严，而且也自有其生命和观察力。一个富有想象力的参观者不禁会认为：这一上天和人间权威的慈祥而又令人敬畏的代表，若是有什么公众的紧急大变故需要他以姿态、甚或以为这种重大场面所需的预言来干予、鼓励或控制人们，他就可能从他的青铜座椅上站起身来。

在岁月悄悄流逝的漫长而平静的间歇中，这位教皇静观着他座位周围的骚动，以庄严的耐心聆听着市场上的叫嚷以及引起这肃穆的老广场的回应的一切吼声。他是这些人以及他们的先人和后裔的宽容的朋友——是世世代代所熟悉的面孔。

"教皇的祝福，依我看，已经降临到了你的头上，"雕塑家看着他的朋友，议论道。事实上，多纳泰罗的容貌比起他在那忧郁的塔楼中冥思苦想时焕发出了一种更健康的神色。场景的变迁，习惯的打破，新鲜事件的流动，离家外出以及由此而生的自由的感受，对我们这位可怜的农牧之神还是起了作用。这样的环境至少促进了原本只会慢慢发生的一种反应。如此看来，这明亮的白昼，这市场五光十色的场面，以及由这么多人如此欢乐所引起的相应的愉悦，无疑都对一个天性快乐的人起着适当的作用。也许他受到吸引,意识到了以前足以使他幸福的现实存在。管它可能是由于什么原因呢,反正多纳泰罗仰望那尊青铜教皇时,他的眼睛中闪烁着开朗和希望的神采。可能是由于铜像的广施福泽的影响吧,他已经得到了这一切好处了。

"是啊,我亲爱的朋友,"他回答雕塑家的话说,"我感到那赐福降临到了我的灵魂上。"

"太好了,"肯甫微笑着说,"想到一个好人的善行可能长期有效,甚至延续到死后,该是多么美妙和可喜啊。如此看来,这位出众的教皇生前的祝福又该是多么功效卓著啊!"

"我听说,"伯爵说道,"在荒野上竖着一尊青铜像,看上一眼就曾治愈了古以色列人中毒发炎的伤口。假如赐福圣母乐意,我们面前这座圣像为什么不会对我同样施恩呢?我灵魂中的伤口早已发炎,里面全是毒脓呢。"

"我不该笑,"肯甫回答道,"我不该把上天的恩泽限于人的灵魂之外。"

他们站在那里谈话的时刻,近旁大教堂的钟以十二声震响报出了时间。钟声落到拥挤的市场上,仿佛提醒每个人都要赶在失去机会之前充分利用青铜教皇的施恩或上天的祝福,无论其以何种形式提供。

"正中午,"雕塑家说道,"米莲的时刻到了!"

第三十五章

青铜教皇的祝福

十二响的最后一次钟声从大教堂的钟楼上落下时,肯甫的目光扫过市场上的忙碌景象,期待着在人群中的什么地方能够辨出米莲的身影。随后他又望向大教堂,因为他有理由设想,她在等候约定的时刻时,可能在那里躲着。他看到两处都不见她的踪影,便有些失望地收回搜寻的目光,这时他看到一个同多纳泰罗和他一样倚在铜像铁围栏上的身影。就在刚才,这里还只有他们两个人。

那是一个妇女的身影,头垂到双手上,仿佛她——我们只能尽我们无力的描写之所能来传达了——深深地感到了教皇铜像对一个敏感的观察者所施加的慈祥而又令人敬畏的影响。尽管那是为一个罗马教皇所铸,一颗凄苦的心无论有何宗教信仰,仍然在那尊铜像中看出了一位父亲的形象。

"米莲,"雕塑家声音抖了一下,说道,"难道是你吗?"

"是我,"她答道,"我信守约定,虽然心中十分害怕。"

米莲抬起头来,让肯甫——也让多纳泰罗——看到她那张

286

在他们的记忆中十分清晰的面孔。她的面容疲惫苍白，但即使此刻不那么姣好，那美貌却依然出众。可以想象，那张面孔焕发出来的容光，足以照亮大教堂中阴暗的甬道，而且无须从正午骄阳的曝晒中畏缩。但她像是在发抖，无力迈出在远处时曾勇气十足地要跨越的那几步。

"最热烈地欢迎你，米莲！"雕塑家说道，试图为她提供些勇气，因为他看出来她十分需要。"我抱着希望相信，这次会面的结果将是吉利的。来，让我带你去见多纳泰罗。""别，肯甬，别！"米莲一边低声说着，一边向后退缩。"除非他出于自己的缘故叫起我的名字，除非他要我留下，在我和他之间是不会说话的。并非我在这最后时刻采取了高傲的态度。当希尔达拒绝我时，我就把我的骄傲和其他女性的品德一起抛得一干二净了。"

"若不是骄傲，还有什么限制了你呢？"肯甬问道，他对她的毫无理由的顾忌和她谈及希尔达的正直的严厉时那种有些抱怨的态度感到有点气恼。"你已经很勇敢了，这不是胆小的时候！如果我们听凭他一句话也不说就离开呢，你要带给他无可估量的好处的机会就一去不复返了。"

"确实，会一去不复返的！"米莲伤心地重复道。"可是，亲爱的朋友，难道是我的过错？我心甘情愿要把我女性的骄傲甩在他脚下。可是你难道看不见？应该让他的心自由地作出决定：是否承认我。因为只有他的自主选择才能决定整个问题——我的奉献会给他好处还是害处。除非他感到对我无比需要，我在他心目中就只是个负担和致命的障碍！"

"那就走你自己的路吧，米莲，"肯甬说道，"看来，危机无疑就是这样子，你对其紧急情况的精神准备比我要充分。"

他俩进行上述谈话时，退得离雕像稍微远一些，以防止多纳泰罗听到。不过他们仍位于教皇伸出的手臂之下。这时美貌而

287

又伤心的米莲仰望着他慈祥的面孔,仿佛她来到这里就是为求得他的宽宥和父爱,却又因如此广布的恩惠而绝望。

与此同时,她既然站在佩鲁贾公共广场这么久,就不会不引起众多目光的注视。这些意大利人对美都十分敏感,他们一旦发现她的美貌,就不顾一切地全神贯注于她。虽然他们民族的温文尔雅使他们的敬意不像德国人、法国人或盎格鲁－撒克逊人那样唐突。完全有可能的是,米莲早已计划好把这一重大的会面订在这样一个公共广场和这样的正午时刻,并置于众目睽睽之下。处于深沉的感情激动之中的人常有一种感觉:过于与世隔绝是无法忍受的,对于单身一人应付我们深感兴趣的目的,会有一种难以名状的畏惧。在某种心境下,有人群存在的那种孤独让人觉得比起沙漠的偏远或野林的深幽更可取。恨、爱,或任何过于强烈的感情,甚至激情过后的无动于衷,都要本能地谋求在其自身和另一颗心中相应的情感之间设置某种障碍。我们怀疑,这正是米莲在要求来这人挤人的广场之前就已想到的。除此之外,如她所说,她来这里也是出于她的迷信:慈祥的铜像蕴藏着善良的影响力。

但多纳泰罗依旧靠在围栏上。她不敢向他那里张望——看看他是苍白而激动,还是平静如冰。她只是深知,时间在飞逝而去,他的心应该立即呼唤她,不然那声音就永远抵达不了她耳中了。她远远地躲开他,又对雕塑家说起话来。

"我一直巴望着见你,"她说道,"原因不只一个。我听到了有关我们的一位亲爱的朋友的消息。不,不是我的朋友!我不敢称她作我的朋友,尽管她曾是我最亲爱的朋友。"

"你说的是希尔达吗?"肯甬大吃一惊,叫道。"她出了什么事了吗?我最后一次听到她的消息时她还在罗马,而且好好的。"

"希尔达还在罗马,"米莲答道,"就身体健康而论,她也没病,只是精神极度抑郁。她孑然一身地住在她的鸽巢里,身边没有一个朋友,在整个罗马也没有。你知道,那座城里除去当地居民,外国人已经全走光了。如果她长久照此孤独下去,只一心苦苦祈祷的话,我真为她的健康担忧。我告诉你这个,是因为知道她那稀世的美貌所引起的兴趣又在你身上觉醒了。"

"我要去罗马!"雕塑家激动万分地说道。"希尔达从来不允许我表现出超出朋友的关怀,但她至少无法禁止我远远地偷眼看她。我此刻马上就出发。"

"不要现在就撇下我!"米莲低声恳求道,还把手放到他的臂膀上。"再等一等! 啊,他对我无话可说!"

"米莲!"

虽然只是一个字眼,而且是他初次开口,那语调却是发自他伤心和柔情的心底的佐证。它告诉了米莲无比重要的事情,而最主要的是他仍然爱着她。他俩共同犯罪的感觉虽震晕但并未摧毁他情感的生命力,因为,那是不可摧毁的。那语调还表明了一种改变和深化了的性格,显示出一种生机勃勃的智慧,以及来自伤心懊悔的精神教益。如今,他已不再是野孩子,不再是有好嬉闹的动物本性的生灵、林中的农牧之神,而是有情感、有智慧的人。

在他的声音还在她灵魂深处震荡时,她转身面对着他。

"你叫了我!"她说道。

"因为我内心深处一直需要你!"他回答道,"原谅我吧,米莲,因为我冰冷生硬地与你分了手! 我被奇特的恐惧和阴郁蒙蔽了。"

"啊! 是我把这一切带给你的,"她说道,"什么样的弥补、什么样的自我牺牲才能偿还那无边的错误呢? 在你过去的天真快活的生活中有些十分神圣的东西！在这个令人伤心的世界上，一个快乐的人是多么难得而又崇高的生灵啊！何况，邂逅如此稀少的生灵，又得到与他明朗的生命共鸣的力量，却完全因为我的罪责，我的，才把他带进负罪、伤心的致命圈子！让我走吧，多纳泰罗！摆脱我吧！由于我的缘故而追随这样一种强大的邪恶，是不会有任何好处的！"

"米莲，"他说道，"我们的命运连在了一起，难道不是这样的吗？以上天的名义告诉我，还有没有别的可能。"

多纳泰罗的良知显然在犹疑不决：像他俩这样一道沾了污渍的共同犯罪，是否不该窒息他们原有的天生情感，而应彼此激励呢？而另一方面，米莲则懊悔地质问自己：那已然由她的影响而增长的不幸，是否不该警告她从他的路径上撤回？因此，在这次重要的会面中，两个灵魂便在负罪和难耐的黑暗中互相探索，而很难大胆地抓住他们所发现的冰冷的手。

雕塑家站在一旁怀着真挚的同情看着这场面。

"看似有些无礼，"他终于开口了，"一个第三者置身于两个只关心目前这场危机的人之间，即使不算无礼，也有点冒失。不过，作为一个旁观者，哪怕是个深感兴趣的人，我可能多少可以看出你们隐藏着的真情实况。唉，至少我可以解释或提示你们俩可能还不想马上向对方表达的一些想法。"

"说吧！"米莲说道，"我们信任你。"

"说吧！"多纳泰罗说道，"你是真诚正直的。"

"我深知，"肯甬继续说道，"在这件事上，和在其他一切事情上一样，也包括绝对真理在内，我是不会成功地说出几句深刻的话的。不过，米莲，这里的这个人已开始受到一场可怕的不幸的教育，这已经把他——并通过你的作用——带出了一个蛮荒而又快乐的境地，那种境地在一定的范围内给予了他在世上其他

290

地方不可得到的欢乐。就他而言,你已经招来了你不可推卸的责任。而多纳泰罗,这里的这个人是上天指定了与你的命运密切相关的。我们的世俗生活借以告示我们另一种状态之存在的那一神秘过程,已经由她为你开创了。她天生多情而又才华横溢,有启迪的力量,有磁力般的影响,有良好的感知,这一切都通过理智和宗教的方式发挥了出来,这正是你的情况所需要的。她拥有你所要求的一切,而且以全身心的自我奉献来让你获益。因此,你们两人之间的粘结力是真实的,而且——除非由于上天的作用——是永远不可拆解的。"

"啊,他道出了真情!"多纳泰罗叫道,猛地抓住了米莲的一只手。

"绝对是真情,亲爱的朋友!"米莲叫道。

"不过要注意,"雕塑家继续说,惟恐打乱了他专注的思路,"要注意,你们相互爱恋,然而连结你们的是黑线搓成的双股绳,你们一定没注意到它与将其他相爱的灵魂结合在一起的纽带不同的独特之处。那就是为了相互支持,为了彼此最终的裨益,为了努力,为了牺牲,而不是为了凡世的幸福。如果你们只为凡世的幸福,相信我吧,朋友们,在这伤心的时刻最好还是收回各自的手。在你们婚后生活中是不会有圣殿的。"

"没有的,"多纳泰罗打了个冷战,说,"我们很清楚这一点。"

"没有的,"米莲重复道,也打了个冷战,"由一根负罪的纽带结合在一起——应该说,不幸地与我纠缠在一起,我们的结合可能是永恒的,真的,而且是最亲密的。但是,在整个无边无际的延续中,我会始终意识到他的恐惧。"

"因此,不是为了凡世的福分,"肯甬说道,"而是为了相互提携着、鼓励着,走向一种严酷和痛苦的生活,你们才彼此拉起手。而如果在经历了辛苦、牺牲、祈祷、悔罪和向善的真诚努力,最终迎来了黯淡而沉静的幸福,那就品味吧,并感谢上天吧! 所以说,你们不是为了那个而生活的。所以说,那是路边的野花,是沿着通往更高目标的路径孳生的野花——那将是上天仁慈的恩赐,是认可你们在下界结合的标记。"

"你是不是没什么可说的了?"米莲真诚地问道。"在你的话里,有一种哀伤和崇高的慰藉的奇特交织。"

"只有这么些可说的了,亲爱的米莲,"雕塑家说道,"若是你们生命中的最高职责要求一方为另一方作出牺牲,那就抓住那时机,不要畏缩吧。就是这些了。"

肯甬讲话之时,多纳泰罗显然已经领悟了他所提出的看法,并且以他所理解的诚挚将那些看法变得崇高了。他的外貌不由自主地体现出一种尊严,由于他内在的自我在一个时期中发生的变化,这种尊严更升华了他原有的美。他是个人,胸中翻腾着严肃的深思。他仍然握着米莲那只手,这个英俊的男人和这个美貌的女人,在众目睽睽之下,就这样站着,感到了永久的结合,而周围的人群则好奇地看着这费解的场面。毫无疑问,众人把他俩看作了一对恋人,认为这是注定终身幸福的订婚。而且很可能就是这样。谁又能说得准幸福会来自何方? 也可能幸福这位不速之客在哪里都从不露面呢? 或许——真是羞怯、微妙之极——它早已爬进这伤心的婚配之中,双方看着它作为罪行出现而不寒而栗呢。

"再见!"肯甬说,"我要去罗马了。"

"再见,真正的朋友!"米莲说道。

"再见!"多纳泰罗也说着。"祝你幸福。你可没有罪孽,不该在幸福面前畏缩的。"此刻,三位朋友刚好不约而同地仰望尤里乌斯教皇的铜像,那个雄伟的形象把赐福之手伸在他们头上,俯向这对负罪的、悔过的人,露出他那博大仁厚的面容。在引人

292

入胜的思考和深入骨髓的内省中,时常会有一种独特的力量,使我们猛然抬头望去,看到了外界的事物。在这种时候,我们似乎比预先想好的观察看得更远更深,仿佛那些事物活生生地迎着我们的目光,将全部隐藏的含义都浮到表面,但在意识到我们的注视时就又变得死气沉沉和不可捉摸了。现在正是这样,在那意外的一瞥之下,米莲、多纳泰罗和雕塑家三个人都想象着看到了青铜教皇被赋予了精神生命。他们感到了从他那伸出的手上有一道福祉降临到了他们头上,他以表情和姿态首肯了在他的主持下进行的一对伴侣的深沉结合的誓约。

第三十六章
希尔达的塔楼

我们一旦结识了罗马,并将她留在了她所在之处,她就如同一具已经腐败了好久的尸体,虽然还保留着原有的高贵外形的痕迹,但那更令人倾慕的面容却已积满了灰尘,长遍了霉菌。她被留在了她那狭窄、弯曲、复杂的街道的一片疲惫之中。那些街道上铺的小块熔岩十分硌脚,踩在上面无异于赎罪的朝拜。何况这些街道还丑陋不堪,阴冷狭窄,阳光从来射不进这种小巷似的街道,那里的一股寒风会吹透我们的肺腑。她被留在了人们倦于再看的有七层之高、粉刷成黄色的巨大的破屋或者叫宫殿之中:那里的家居生活中可怖的一切似乎都雄伟壮观,从底层饭馆、店铺、马厩和骑兵团队,到中层的王公、主教和使节,再到居于不可触及的天空的顶层的艺术家,那级级楼梯让人爬得厌烦。她被留在了白日里在毫无乐趣、烟熏火燎的壁炉边阵阵发抖,夜晚间又要用我们自己的东西喂养一张罗马床上的饥饿的小孩子的疲惫不堪之中。她被留在了由于排除了对人类正直的任何信念并让人们隐忍至今的意大利式诡诈而引起的内心的恶心中,

294

以及由酸面包、酸葡萄酒、腐败的黄油、用劣等烹饪做出的臭肉在胃中造成的作呕的感觉中。她被留在了对同样无处不在的伪装的神圣和龌龊的现实的厌恶之中。她被留在了无精打采的空气造成的半死不活的状态之下,其生命力早已耗尽或被大量的杀戮所腐蚀。她被留在了因其废墟的孤凄和对前途的无望而产生的精神崩溃之中。简言之,她被留在了我们每个人因全力痛恨她而发出的、并在她旧有的罪行理所当然地招致的诅咒上叠加的咒骂之中。当我们怀着这样的心情离开罗马时,我们却惊奇地逐渐发现,我们的心弦竟神奇地与那座永恒的城市息息相通,并且还要把我们再次拉向那里,仿佛那是个比起我们的生身之地还要熟悉、还要亲切的家园。

我们正是怀着一种亲情,如今随着我们故事的行程,重新穿过弗拉米尼①　城门,行经葡萄牙大街,爬上楼梯,直到塔楼的顶层房间,才在那里看到希尔达。

希尔达一直打算在罗马度过夏季。因为她已经制订了振奋人心的重大计划,可以趁她最爱去的一些地方不再有冬季和初春蜂拥而至的参观者之机,更好地实现这计划。她也不怕夏季的空气,一般人都认为此时容易盛行瘟疫。两年以前,她业已尝试过,发现那暑热不过是一种梦幻式的滞留,无须多加注意,不久便会被随秋季而来的第一股凉风驱尽。事实上,人烟稠密的市中心从来未受暑热的影响,暑热只是像围城的敌军似的守候在康帕纳平原上,夜间袭扰那些美丽的草坪和林地,它们环绕着在消夏时节最像天堂的郊区别墅。如果说燃烧着的利剑首先指向伊甸园,疟疾便要率先进攻那些优美的花园和庭院。的确,我

---

①　盖厄斯·弗拉米尼乌斯(? 一前217),古罗马政治家和统帅,曾任保民官和执政官,征服过山南高卢,并修建罗马至翁布里亚的"弗拉米尼乌斯大道",此门当为其起点。

们可以在一个午后于其中漫步，却不能以那里为家，把它当作真的天堂，在那里睡眠是要死人的。那种地方不过是一种幻象，和沙漠中的波光水影一般。

但在这个可怕季节，城圈以内的罗马却在享受其节日的欢乐，按照特有的传统消遣方式来自娱。而那些宽阔的广场则提供了充裕的空间。由于艺术家和外国游客分散出去了，罗马便以更自由的精神过起自己的生活。整个夏季，因为风势较城市周围五十英里之内都更弱，或许在一张隐秘的面颊上没有开放出青春之花，不过，如果她坚持旺盛的脑力活动，虽然不见红润，仍有一种克制着的无色的健康。希尔达的目的是在罗马宫殿的美术馆中度过夏季的白昼，而在夜间则睡在城市及郊区的沉重呼吸无法企及的高空房间中，这样其实最少风险。夏季罗马的危害对她可能并不大于对那些白鸽：它们在日暮后寻找这同样的高空，当晨曦到来时则飞下去，在狭窄的街道中像希尔达一样忙于白天的事务。

靠着圣母的支援和福泽——即使是如此虔诚地在她的神龛前燃灯的异派教徒也可指望得到——这位新英格兰的姑娘可以在她的古罗马塔楼中安寝，并可以不必恐惧、没有危险地外出从事其绘画朝圣。就当前这个夏季而言，希尔达已然预见到了要有数月之久的形只影单的孤凄，但也有独来独往的乐趣。并非她已感到不愿与人交往，或者无需有人开导她。我们第二次体会一种智慧的愉快时，如果与一个朋友同时去做，其效果就会倍增。但是，她把一颗少女的心深锁胸中，她安享仍能让她选择自己天地的自由。而如果她愿意，便会不要另一个伴侣，单独在其中居留下去。

然而，她要过一个愉快的夏季的希冀却可悲地落空了。即使她原先并未形成在罗马逗留的计划，要想聚集起精力离开那

296

里已经不可能了。她那活泼而又安详的气质像前所不知的一种麻痹症,控制了这可怜的姑娘,如同一条僵死的巨蟒将其冰冷的躯体死死缠住了她的四肢。这种病症特别令人绝望的是:虽然有许多阴郁的特点标明了一种罪孽感,但那种冰冷的沉重的痛苦,却只有纯真的人才能感受到。原可指望我们所有的人都纯洁得一生中能够感受到一次那种心病的,可惜那种感受力通常早早地——或许只随着一次痛苦——就耗尽了。那是对世上存在邪恶的一种阴沉的肯定:尽管我们可以设想自己早已确信那令人伤心的不幸,邪恶却从来没有变成我们现实信仰的一部分,直到它在我们深信和敬爱的向导或我们爱之甚笃的朋友的罪孽中成为实实在在的存在。

当了解到朋友的罪孽之时,犹如一朵乌云突然蒙住了晨光。乌云之黑,似乎在它后面和上面已不再有太阳。我们这位可爱的人的性格中早已注入了全然正确的观念:一个朋友对我们就是各种好与真的代表和象征,他倒下之时,其影响恰似天地随他塌下,把撑持我们信仰的支柱砸得粉碎。我们无疑也被砸得伤痕累累,神志迷乱,但还是又挣扎了起来。我们狂乱四顾,并且发现——或者我们可能从来也没有发现——原来天空并非当真塌了下来,而只是从来没高过屋顶的我们自己的身后一个脆弱结构塌了,因为我们发现它没了基础。但那一声轰响,以及由此而来的恐惧和困扰,一时之间却压倒了一切,仿佛那场大灾难把整个道德世界都卷了进去。记住这些事情,就让它们影射一个慷慨的动机,在世俗方式的污渍中小心翼翼地行走吧!让我们反省吧:最高的路径乃是由那些仰望我们的人的纯粹理想所指点的,一旦我们走得不那么高傲,他们也就永远不必再向高处看了。

希尔达由于必须把她的一切烦恼封闭在她自己的意识之

内,她的健康益发每况愈下了。对这纯真的姑娘来说,要把米莲罪行的秘密存放在她温柔和娇嫩的灵魂之中,其吃力程度简直不亚于她本人参与了罪孽时的情形。的确,知晓了能够犯下如此罪行的那些人的人性之后,她觉得自己的洁白无瑕都受到了怀疑。

若是只有哪怕一个朋友——或者并非朋友,因为在米莲背叛了她的信任之后,朋友们已不再受到信任了——或者若是有任何一个冷静智慧的头脑、任何富于同情心的理智,或者即使不是这些,哪怕是一只失聪的耳朵,让她可以向对着没有回音的洞穴似的道出那可怖的秘密,那该是多么大的放松啊!可是这可怕的孤独啊!她无论走到哪里,那孤独都笼罩着她。那孤独在节日的阳光下是一个影子,在她的眼睛和她竭力要看的绘画之间是一层薄雾。那孤独是把她关在灰色昏光之中、只让她以肮脏空气为营养的冰冷的牢房——那本是只适于关押罪犯的!她无法从中逃出去。若是想跑,就会进一步误入我们本性的迷途之中。她对凡人罪孽这一骇人的念头一再颤栗不止。

为别人的罪孽而遭罪的可怜人!一个少女之心的哀伤之源!一具遇害者的尸体无端地落入了那颗心中,从此就再不能被拖走,而是日复一日、夜复一夜地躺在那里,以罪行的气味和丑陋的死亡来腐坏芬芳的空气!

降临到希尔达头上的陌生的哀伤,也将那神秘的印记按在了她的脸上,而且连她的举止姿态也瞒不过敏感的观察者的眼睛。一个意大利青年艺术家常去希尔达滞留的那些美术馆,他对她的表情变得兴趣大增。一天,当她站在列昂纳多·达·芬奇的绘画《阿拉贡的齐安娜》前面,却显然并没有看画之时——因为那幅绘画虽然吸引了她的目光,而想象中与米莲的相似立刻拖走了她的思绪——那位艺术家匆匆画了一张速写,事后又精

298

心绘成一幅肖像。画中的希尔达伤心而又极度恐惧地盯着她似乎刚刚在她的白袍上发现的一块血渍。那幅肖像引起了相当的注意。按照原作印制的雕版复制品仍可在科尔索街上的图片店中找到。经许多行家鉴定,那张面孔的内涵据信是受到了贝阿特丽丝·钦契的肖像的启发;而且,事实上有一种神情多少有些像可怜的贝阿特丽丝从可怕的孤独和遥远中悲凄地向外凝望,是一种倒霉的厄运把一个温柔的灵魂卷进那种境地去的。但这位当代艺术家狂热地提高了他自己作品的原型、画作描绘对象的纯洁无瑕,并且将画命名为——他的努力遭到了嘲笑——《纯真,血渍的消失》。

"你的画,帕尼尼先生,为你带来了荣誉。"画商指明说,他花了十五斯库迪从年轻人手中买下了那幅画,后来却以十倍的价格卖出手。"不过,你要是给它起个更明白易懂的名称,就值更好的价钱了。看看这位美貌小姐的面孔和表情,我们似乎立刻就看懂了,她正在经受着少女们常有的这样或那样的心理困惑。可这血渍是怎么回事? 纯真与此又有何相干? 她用一根粗针捅了她负心的情人吗?"

"她……她犯了罪!"青年艺术家叫道。"你难道看不出她脸上那无辜的痛苦吗? 怎么会问这样的问题? 不,不过,依我对那神秘性的看法,是一个人在她面前被杀死了,他的血意外地溅到了她的白袍上,留下了血渍,浸入了她的生命。"

"那么,以她的保护圣徒的名义,"画商惊叫道,"她何不花上几个拜厄奇,让她的洗衣妇把衣袍再洗白呢? 不,不,我亲爱的帕尼尼。这幅画现在归我所有,我要叫她《少女的复仇》。她头一天夜里捅了她的情人,第二天早晨就后悔了。这样解释,这幅画就成了一种很普通的事实的自然易懂的表现了。"

世人就是如此粗俗地解释映入眼帘的一切细微的悲哀的。

这世界之粗俗比心狠尤甚。不过希尔达并不寻求世人的体贴或怜悯,而且从不梦想人们的理解。她的鸽子时常飞进塔楼的窗口,这些带翼的信使给她带来了它们所能有的同情,从胸中发出轻柔和抱怨的声音,这比清晰的语言更能抚慰这姑娘。有时候,希尔达也在鸽子中间悄声低吟,让她的声音与它们的叫声相应,从而将她那无法告人的悲痛暂时发泄一下,仿佛至少有一小部分悲痛诉说给了这些头脑简单的朋友,就此得到理解和同情。

在希尔达整理圣母神龛前的灯盏时,她凝视着那神圣的形象。那圣像尽管做工粗糙,却在看着、想着,以五百年前的雕塑家那种古朴有力的简洁表现着一位女性呼应他的注视时的温情。若是她跪倒,若是她祈祷,若是她受压抑的心哀求虽远在天堂却又因不忘人间苦难、始终充满人情而近在咫尺的女神,难道该指责希尔达吗?那并非一个天主教徒跪在偶像崇拜的神龛前,而是一个孩子仰起带泪痕的面孔寻求母亲的抚慰。

第三十七章

美术馆的空寂

希尔达日复一日地走下她的鸽巢,到这个或那个宏伟而古老的宫殿——潘菲立·多利亚、科西尼、锡阿拉、鲍格才、克洛纳——中去,那些地方的看门人都熟悉她,好心地问候她。但他们看到这可怜的姑娘拖着脚步吃力地爬上宽阔的大理石台阶时,都要摇头叹息。再也没有了以往那种仿佛她的鸽子借给了她翅膀似的欢快轻捷的跃身而上;当她兴致勃勃地忙碌时,也不见那能够使发黑的镀金画框和破旧的家具光泽都明亮起来的幸福精神的容光了。

她常在美术馆中邂逅的一位德国老艺术家,有一次把慈父般的手放在希尔达的头上,劝她回国去。

"赶快回去吧,"他善意地说,既随便又直率,"不然你就永远回不去了。至少你也该出去走走。怎么,你打算在罗马待上整个夏季吗? 在好几千年的时间里,这儿的空气让人呼吸得太多了,对你这样的一朵外国小花,我的孩子,对你这样一个来自西部林地的娇小的木本银莲,这空气可有碍健康呢。"

"除去这里，我在别处没有任务和职责，"希尔达答道，"那些老大师们不放我走！"

"啊，那些老大师！"老练的艺术家摇着头叫道。"他们是一伙暴君！你会发现他们都具有十分强有力的灵魂，不是一个年轻姑娘的娇柔的心灵、脆弱的头脑和纤秀的小手一时半会所能对付得了的。记得吧，上天题材的画家拉斐尔的天才，还没活过他生命的一半，就耗尽了。既然你感到他的影响那么强大，要认真重现他的奇迹，肯定会把你像火焰一样烧光的。"

"我先前可能有那种危险，"希尔达回答道，"现在已经没有了。"

"是啊，美貌的姑娘，你现在仍处于那种危险之中！"和善的老人坚持道。他以忧郁的无可奈何和德国人的异想天开微笑着补充说，"在某一个晴朗的早晨，我要带上我的调色板和画笔，到梵蒂冈的美术馆去，寻找我的那位能看进巨作内心的美国小画家！我会看到什么呢？大理石地面上的一堆白色骨灰，就在拉斐尔的画作《弗里格诺的圣母》面前！再无其他了，相信我的话吧！那可怜的孩子会感到灼热的火进入她的身体内部，把她烧个精光！"

"那将是一次幸福的殉道！"希尔达说道，勉强挤出了淡淡的一笑。"可惜我远远不够资格。在一切烦恼之中让我最难过的，与你所说的恰恰相反。确实，老大师们把我留在了这里，但他们不再以他们的影响力温暖我。不是火烧，而是麻痹使我发冷，让我受罪。"

"那也可能吧，"德国人关切地注视着她说，"拉斐尔在你心中有个对手吗？他是你的第一挚爱。不过年轻姑娘总是多变的，一股火有时会被另一股火消灭！"

希尔达摇了摇头，转身走开了。

302

不过,在她谈到她目前所怕的是麻痹而不是火焰时,她讲的是实情。在她度过的那些阴沉沉的日子里,一场意外的巨大灾难使她感到了目前自己的悟性晦黯,而本来她的悟性是超过常人的。她已失去了——而且她因惧怕永远失去而心惊——欣赏这些伟大的艺术品的能力,而先前那种能力曾给予了她极大的幸福。这并不奇怪。

一幅绘画,无论那位画家的能力多么神奇,他的艺术多么令人钦佩,仍要求观赏者作出与创造那奇迹时相对应的投入。欲使画布发出应有的光彩,就要用专注的目光去看,否则最出色之处也会逃过你的眼睛。要想把握画家的艺术,就永远需要你自己的敏感力和想象力。并非这种能力当真会给大师所成就的增添些什么,而是要把这种能力完全置于他的控制之下,随着他去活动,直到在不同的心情下——哪怕处于冷漠和批评而不是共鸣中时——也要想象得出。绘画的更高明之处是能激起你的梦想,而不是仅停留于他的创造。

要对一件伟大的艺术品有充分的感受,如同对一切美好的生命的揭示一样,需要天赋的单纯的洞察力。希尔达在这方面,在她的自我投入上,以及在她共鸣感受的深度和细微上,都具备作为老大师的复制画家的出众能力。如今,她的情感受到了一次骇人的经历的阻遏。随之而来的必然是:她要在那些颇值敬爱的朋友中间寻求他们此前显示给她的杰出特点,只能是一场徒劳了。尽管他们的可敬之处保持的时间比她承认的要长,他们那可怜的崇拜者仍几乎成了忘恩负义之辈了——有时候竟会怀疑绘画艺术会不会根本就是一场虚幻。

现在,希尔达有生以来第一次结识了出没于大美术馆的那个冰冷的厌倦恶魔。他是个花言巧语的靡菲斯特①，具有摧毁其它魔法的魔力。他能在一触之下，消灭色彩和热情，尤其是温情和激情。若说他肯放过什么，那就是特尼尔斯② 的长柄小砂锅或一捆鲱鱼；盖拉德·道③ 的铜壶——亮得你可以看见自己面孔的映像；范·米里斯④ 的皮袍，银制壁炉架或草帽；或是由荷兰画派⑤ 的魔幻手法绘出的再逼真不过的既透明又满是变形映像的长柄酒杯，一块面包和奶酪，一个上面落着一只苍蝇的熟透的桃子等诸如此类的静物。那恶魔低声说，这些人和少数几位弗兰芒人⑥ 才是仅有的画家。至于你认定的那些意大利的绘画大师，他们都不是人，他们的画也不想唤起人类的呼应，只不过满足一种虚假的智慧趣味，而那种趣味是他们自己率先创立的。他们诚然可以称自己的做法为"艺术"，因为他们以艺术取代自然⑦。他们的风尚已经过时了，而且早就该和他一起死去和埋葬了。

何况他们的主题当中可怕地缺乏变化。他们的大恩主都是教会人士，提出了大部分他们所需的题材，其余的也还是死掉的神话。在任何大量收藏的绘画作品中，有四分之一画的都是圣母和圣婴，把单一的精神一而再、再而三地重复绘制，通常无非

---

① 即有关浮士德的传说中的那个魔鬼。
② 特尼尔斯父子都是佛兰德斯画家。此处应指小特尼尔斯，即大卫(1610—1690)，他以农民风俗画最为著称，也画宗教画。
③ 盖拉德·道(1613—1675)，荷兰画家，曾师从伦勃朗，后自成一派，创办莱登画院。以肖像画和家庭风俗画闻名。
④ 范·米里斯祖孙三代均为荷兰画家，老米里斯(1635—1681)的极小型作品有金属光泽，最擅绘富裕阶层的风俗画，肖像画也很成功；其子威廉姆(1662—1747)、孙弗兰斯·小范米里斯(1689—1763)，均为有造诣的风俗画家。
⑤ 荷兰画派斯具有 17 世纪荷兰画家的共同风格：完美的构图与色彩，工细的人物描绘。
⑥ 即佛兰德斯 15、16 及 17 世纪初的艺术家，以生气蓬勃的写实主义和高超的技巧著称。代表人物从凡·爱克兄弟到勃鲁盖尔，直至鲁本斯，都是油画大师，题材多为当地生活。
⑦ 欧洲语言中"艺术"一语有"人工"的含义，与自然相对。

是与神学混为一谈,足以糟践她们作为母性和儿童的代表的形象,而那恰恰是每个人所关心的。别的绘画中有一半都是那个改邪归正的妓女马格德琳,出逃埃及,基督受难,把耶稣从十字架上放下,圣母哀痛地抱着耶稣尸体,复活后的耶稣和玛格德琳相会,或者是亚伯拉罕的牺牲,或圣徒的殉道,所有这些原来都是圣坛画或者在祈祷神龛中用的。说来也悲惨,竟然没有艺术家眼前所见的事物。

美术馆中其他的作品都是神话题材,诸如裸体的维纳斯、勒达①、格雷西斯②,总之是一些裸体天神,当初曾经色彩新鲜,或许是玫瑰色,但到了我们今天已经又黄又脏了,只保留了传统的魅力。这些不洁的绘画出于那些杰出和不虔敬的手,而就是同样这些手居然大胆地招来我们面前那些庄严的形象:使徒和圣哲,救世主的升天圣母,以及她的圣子——死去的,带光晕的,甚至还有令人敬畏的他,那些死了上千年的殉道者在他面前竟然仍不敢抬起眼睛。那些画家似乎同样欣然地接受这项或那项任务:画他们称作维纳斯的脱掉衣服的女子,或者以他们的救世主的母亲为代表的最高尚和最温柔的女性,只是在前者上取得了更为令人满意的成功。如果一位艺术家有时创作出一幅具有足以激起奉献之情的温馨的圣母,那大概是由于他对他的世俗之爱的目标给予了令人敬畏的无比忠诚。并非将她喻为凡人,而是出于对上天诚挚渴望的宗教灵魂的需要,便竖起她的肖像来膜拜。比如说,在看到了巴贝理尼宫那幅《佛纳瑞娜》,并感受到了艺术家是多么色迷迷的因而才主动和爱慕地画出了这样一位厚颜无耻的妓女之后,谁又能相信拉斐尔的宗教感情,或者把他

----

① 希腊与罗马神话中的斯巴达王后,宙斯曾化为天鹅与她亲近,生海伦等一子一女。
② 希腊与罗马神话中的美慧三女神。

的任何一位圣母当作天上降临的肖像呢？升天的玛利亚会在他的精神视觉前显圣,赐与他为他做模特儿的荣宠,摆出各种姿势,让他画出表现着世俗之态的佛纳瑞娜吗？

不过,我们刚刚表达出这种老大不敬的批评,一群灵魂的面孔立刻对我们怒目而视了。我们看到了拉斐尔的小天使们,他们那种婴儿式的天真只能在天堂中养成;拉斐尔的大天使也和他们一样天真,但他们的郑重的理智拥有天上和人间两方面的东西;拉斐尔在他笔下的圣母的嘴唇上加入了神圣和微妙的含蓄,显出世间的圣洁,并在她的眼睛中投入了一种光彩,若非他对上天怀着纯净的渴望抬头仰视,那是绝不可能想象得出的。我们想起《基督变容》中的那种天神的面容,于是便收回了我们所说过的一切。

不过,可怜的希尔达即使在她最为郁闷的时刻,对她敬爱的拉斐尔也绝没有产生上面所表现的老大不敬的亵渎。对于赢得她倾慕的人物,她有一种忽略其一切道德瑕疵的能力(——所幸的是,只限于这些纯洁的女性才有)。她仅用无瑕的目光看待他们,结果就把她观察的对象纯净化了。

然而,希尔达的沮丧在一方面使她的感觉变得迟钝的同时,却在另一方面使之得以加深:她虽然不那么生动地看到美,却更深邃地感受到了真或真的缺乏。她开始怀疑,至少有些她所尊崇的画家都在作品中留下了一个无可避免的空洞,因为在他们最著名的作品中,据说都向世界表现了在他们自己的灵魂中所没有的东西。他们把他们的光线和游移的感情奉若神明,不断在涉及上述情况时开着大玩笑,把一些卖笑的美女的面容置于最神圣之处。当艺术到达尽善尽美的地步之后,在意大利的绘画中通常都能发现一种真诚和绝对真实的匮乏。当你要求最深刻的东西时,这些画家却无可呼应。他们用一种敏锐的智慧感受力和外部安排的奇妙技巧取代了本应是他们灵感所在的活生生的同情和伤感。于是就出现了这种情况:浅薄的凡夫俗子跻身于他们最受好评的作品之中,绘画艺术的品位无非就是在杜撰的人物的硬瓷上打磨了一下。希尔达倾尽了全部心血去体会(就像她全心全意地崇拜一个偶像似的人物),却发现最伟大的部分被抛弃了。

不过,对一些更早的画家,她仍保持着大部分原有的崇敬。她认为,弗拉·安吉利科一定在他的两次挥笔之间低低地吸了口气,以便那完成的画作如我们所见的那样,在拘谨的天使或缺乏人性的圣徒的装束之下,具备一种看得出的祈求。历经这许多昏暗的世纪,他的作品仍能帮助一颗奋争的心去祈祷。佩鲁吉诺显然是个虔诚的人,因此,圣母就在他面前显露出上天女性的更高尚更温情的面容,然而又具有一种无家可归的人类气质,那是即使像拉斐尔这样的天才也想象不出的。不消说,索多玛①在锡耶那绘制那幅基督被绑到刑柱上的壁画时,是又祈祷又哭泣的。

希尔达在目前对精神启示的渴求中,急不可耐地要再看看上述的那幅画。那种动人是无法表达的。救世主太疲倦了,而且被极度的痛苦折磨得精疲力尽,嘴唇都累得合不拢了,眼睛像是装上去的。他竭力倚在刑柱上,但只有靠捆绑他的绳子才不致瘫倒在地。而这幅画所造成的最震撼人心的一个效果是那种孤独感。你看到基督在天上和人间都遭到了摒弃,他内心的绝望使他发出了人类从未发出过的最伤心的呼声:"你们为什么抛弃了我?"不过,即使在这种极度悲哀之中,他仍然充满神性。令人崇敬的伟大画家虽然把圣子画成处于极其令人怜悯的境地,

---

① 索多玛(1477—1549),意大利画家,作品反映了由文艺复兴盛期向独特风格主义的转变。

却没有让他只充当一个被怜悯的对象。尽管我们不甚了然,但他确是因地道的奇迹——因一种上天的威严和美丽以及某种这类外表之下的品性而获救了。他的样子很像我们的救世主:被捆在那里,因受刑而流血并晕厥得奄奄一息;旁边看得见十字架,真切得如同他在上天,坐在荣光的座椅上!索多玛在这幅无与伦比的绘画里,比有史以来的任何神学家都更好地协调了上天与人间的关系,将上帝与因受难而愤怒的人性集于一身。

这幅天才的神圣作品表明,虔诚敬业的绘画作品可能具备宗教真谛的作用。如此画所达到的,它蕴含着对神秘性的揭示,将神秘性更紧密地靠近人们的心头,使他们心中所感知的他比起教士或先知天花乱坠的言辞所描绘的更富温情。

罗马或别处的美术馆中并非都是上述那样的绘画,而是还有远不及它们的作品,需要以非常不同的观点去欣赏。外行人大多对一幅画的情感无动于衷,他们不会就此摆脱邪恶的生活,或在道德的其他方面因此而有所改进。因此,热爱绘画,就其影响而论,与热爱自然大不相同。假若绘画没有偏离其合法的途径和目的,就应该使其崇拜者的生活变得柔和甜美,哪怕程度低于只关心自然目标时也好。然而,就其自身的潜能而论,绘画并不具备这样的功能;而且在其道德价值的测试中也不成功,而这一点恰恰是可怜的希尔达此刻不由自主地要谋求的。绘画无法慰藉一颗痛苦的心,而当阴影笼罩着我们之时,它却增加了昏暗。所以,当这忧郁的姑娘漫步在那些长长的走廊和铺了镶嵌砖的宽敞、坚实的客厅中时,想不出那些曾经从墙上照到她身上的辉煌都到哪里去了,她变得格外挑剔,几乎对她原先佩服的一切都指责起来。以前,她把共鸣深深注入一幅图画,似乎仍留有一定的深度难以测知;如今却相反,她的感官能够像钢钻一样穿透画布,发现那不过是一堆颜料堆在空虚之上。并非她把一切

308

艺术都贬斥得一文不值,而是艺术失去了其奉献。或许有万分之一的绘画会在人类的喝彩声中一代又一代地存在下去,直到颜料褪色发黑得看不出来或画布完全霉烂。至于其余的画嘛,就让它们束之高阁吧,就像那些勉为其难的诗人的短暂日子一过,他们的诗集也就被搁置在书架之上了。一位画家难道比一位诗人更神圣吗?

至于罗马宫殿中的这些美术馆,对希尔达而言——她仍在其中滞留,抱着一线希望要找回她的共鸣——比起监狱廊道的白粉墙更加可怕。按照通常的情况,如果一座宏伟的宫殿建立在冷酷的罪孽和铁石心肠的基础之上,如果从大剧场或一些罗马神庙中为其大厦盗取了石材的王公或主教犯下了益发严重的罪行——这在他们是常有的,对他们的鬼魂最恰当不过的惩罚,便是让他们在这些长长的套房中不停地走在越走越冷的大理石或镶嵌砖的地面上,永远迈着步子。设想一下多利阿斯的先人就这样在他后辈居住的阴沉的大厅中走来走去的情景吧!这样被迫地细细观赏当初费尽钱财和心血搜罗来的艺术名作,虽说看得不甚了然,却在每一幅作品处进一步留下了来自他的生命力的相当一部分温暖,这最终不会缓解而只能倍增他一成不变的凄惨。

那些想在心情孤僻时欣赏这些绘画的人就会受这样的或类似的折磨。我们可以设想,每个常去美术馆的人都会程度或大或小地有这样的体会。以前希尔达从来没有这种感觉,但现在却感触极深。

如今,在耗去她多年青春生命的长期的客居他乡的生活中,她才第一次开始懂得流亡的痛苦。她那绘画的想象力带来了她故乡的生动的场景:那古老高大的榆树和整齐舒适的住宅,点缀着宽阔多草的街边;那白色的议事厅,她母亲的那扇屋门和金褐色河水的缓流，直到今日，她对那色彩的偏好始终萦绕于她的记忆。噢，燥热多尘的罗马的沉闷的街道、宫殿、教堂和帝国的墓园，城中淌着泥沙滚滚的卷起旋涡的台伯河，而不是金褐色的小溪！这些土崩瓦解了的雄伟似乎全堆到了她的心房上，她显得多么憔悴啊！她是多么渴望见到她故乡的家园，那些熟悉的景色，那些她始终都了解的面孔，那些从来都是平淡无奇的日子，那种工作日认真、周末庄重的生活！希尔达曾经培育过的花圃的特有芬芳，经过风吹浪涌的大海，穿透自那些花卉枯萎以来的漫长岁月，清新地来到她的记忆中。由记忆中的枯花的香气唤醒的各色各样的回忆，使她的心衰弱了，如同打开一张存放着许多东西的抽屉，所有的东西都有了薰衣草和玫瑰枯叶的气味。

我们不该泄露希尔达的秘密，但那是事实。她是如此悲伤，如此孑然一身，如此极度需要同情，她的思绪中有时重新浮现出那位雕塑家。若是她此刻与他相遇，她的心确实不一定会被他赢得，但她心底的秘密会像鸟儿归巢似地飞向他，尤其是夏季的一天的午后，当希尔达靠在她的塔楼的雉堞上，目光掠过罗马，望向肯甬告诉她他要去的远山之时。

"噢，他若是在这里该多好！"她叹息道，"我被这可怕的秘密压垮了，他是可以帮我忍受的。噢，他若是在这里该多好啊！"

就在那天下午，读者可能还记得，肯甬站在贝尼山的雉堞上遥望罗马时，感到了希尔达的手在拉扯连着他心弦的丝线。

第三十八章

圣坛和烟火

对所有有着紧迫需要的人而言，罗马比普天下任何地方都更有唾手可得的安慰人的方便。而希尔达的沮丧状态使她特别依赖于谋求或同意这种被安慰的危险——如果可以恰如其分地称之为危险的话。

假如耶稣会的教士知晓了这颗被困扰的心的处境，她的新英格兰清教主义的传统就很难保护这可怜的姑娘不中那些好心神父的虔诚的计谋。他们深知如何适当地启动每一部引擎，希尔达若要拒绝一种如此神奇地适应每个人之所需的信仰，是完全不可能的。的确，这种信仰并不能满足灵魂的渴望，但至少有时能有助于灵魂朝着比该信仰自身所能达到的更高的满足飞升。它提供了可以包含和显示精神内涵的多种外部形式。事实上它还拥有许多绘着图画的窗口，通过这些玻璃，本来不为人注意的上天的阳光可以以绚丽的幻像使自身看起来光辉灿烂。天主教主义认为自己可以治愈人类本性中的任何缺失。它诚然具有大量的兴奋剂和多种的镇静剂，以及原本是地道的药剂的那

311

些东西,只是由于长期保存而大为失效了。

说句公道话,天主教主义是适合其自身目的(——其中许多完全可以视为令人起敬的)之一大奇迹,难以设想它只是人的诡计。其强大的机器是铸就和拼装的,而且并非在世间,而是在天上或地下。假如只有天使来推动它,而不是由各种级别的工程师像现在这样操纵其曲柄和安全阀,整个体系很快便会修复其本源的神圣和尊严。

此前希尔达已经在罗马的教堂中做过许多朝拜,主要是出于对其豪华的惊叹。不看这些敬神的宫殿,就不可能想象在其背后支撑着的宗教的宏伟。许多教堂都金碧辉煌,因绘画而熠熠闪光。教堂的墙壁、柱子和拱顶似乎是一座宝石库,所嵌的大理石美观而又名贵。地面上通常铺的是镶嵌砖,用的是罕见的工艺。在高高的柱顶和檐口的周围翱翔着雕刻的天使。在拱形天花板和穹顶的内层,有光彩夺目的壁画,那上面是精心绘制的景色,天空中挤满圣徒的形象,似乎天国的大门敞开着,就在观者头上不远之处。然后是侧甬道和交叉通道上开着的小祈祷室,被王公们布置成他们自己的埋葬之地,如同为他们特殊的圣徒设立的神龛。在这里,整座建筑的辉煌集中到了一点。除非字字珠玑,在纸页上燃着五光十色的火焰,进而把闪耀的光芒直射入读者的眼中,否则,试图描述一座王公的祈祷室只能是一场徒劳。

希尔达为她的烦恼而心浮气躁,如今她踏上了在这些圣坛和神龛之间的朝圣之路。她爬上了阿拉·色里的上百级台阶;她走过宽阔、静谧的圣约翰·拉特兰大教堂① 的中殿;她站在万神庙中的穹顶的圆形开口之下,碧蓝的天空恰如她往昔盯视古老

---

① 拉特兰本是古罗马一家族之姓,后于其宅邸上建的大教堂,在天主教堂中居最高位。

壁龛中的罗马天神似的,透过那开口向下凝视。她每遇教堂必进;但如今已无心惊叹其雄伟,因为她除去注意是否有像新英格兰议事厅那样由松木装贴的内部之外,已然心无旁骛。

她前往——这是个危险的使命——观察罗马天主教的信仰如何被以贴近且怡人的方式应用于所有的人类事务。无可怀疑,众多的人们在其中找到了他们的精神优势,而在我们的毫无形式的敬神① 中却完全找不到。何况,就祈求的灵魂而言,我们那种敬神只在偶尔为之的庄重时刻才有参与的机会。但是在这里,只要灵魂感到对上天营养的饥渴,立即就能得到满足。在无处不在的圣坛前,始终缭绕着香烟。总有弥撒在进行,随之升天的奉献并不需要他们自己的祷告。而且,若是敬神的人有个人的祈求,他的内心秘密也不必说出口,上天的垂听随时都会从他的嘴唇上接收到。何况更使他们受到鼓励的是这些垂听者并非总是在上天,在他们有关上天的记忆中,保持着人生经历的温情谦卑。如今在天上的圣徒,也曾在世间为人。

希尔达看见农夫、市民、士兵、贵族,不戴头巾和首饰的妇女,身穿绫罗绸缎的女士,分别走进教堂,在他们各自选定的某个圣徒的神龛前跪下片刻或数小时,诉说他们不为人所闻的奉献。他们在那位圣徒的身上感到了在上天有一位自己的朋友。他们人微位卑,不可能直接接近上帝。他们深知自己的无足轻重,便请求对他们有同情心的恩主的中介,那位恩主由于古代的殉道和后来多年的上天生活,可能斗胆与上帝进行不啻是朋友之间的谈话。虽然在最后审判者面前哑口无言,但绝望之人还是能够讲话,如同流水般地把灵魂的不幸——无论那是什么罪孽——都向那位明智得足以理解那情况、能言善辩得足以祈求

---

① 指新英格兰的清教,该教派不重宗教仪式。

并且强有力得足以赢得原谅的辩护人倾诉。希尔达目睹了她注定也要照样进行的一个青年和他的圣徒之间的秘谈。他站在一座圣坛前,在悔恨与回忆的极度痛苦中绞扭着双手,扭动着身躯,最后便跪下来哭泣着祈祷。若这青年是一位新教徒,他就会将这一切封闭在心中,让它燃烧,直至把他烧焦,变得无动于衷,麻木不仁。

　　希尔达时常在圣母的神龛和祈祷室前久久徘徊,最后迈着不情愿的步伐走开。或许有些奇怪,在这里,她对艺术的精微的鉴赏力支撑了她,使她不致皈依为天主教徒。若是画家把玛利亚画成有一副圣容,可怜的希尔达处于现在这种对她崇敬的心情之下,就会接受她已推崇备至的信仰。可是她看出那不过是凡俗美人的更为美化的肖像,充其量是那位艺术家的妻子,或者可能是他意欲求爱的某位罗马郡主,或者是康帕纳平原上的一位村姑。当年那位画家出于爱慕或者某种更难原宥的动机,画出了这些女人。他极尽其技巧之所能,就此为她们赢得了不仅是永存的酬答,而且还被供奉在基督教的圣坛之上,受到比在世时更神圣万分的狂热的崇拜。希尔达的高雅教养不容她跪倒在这样的神龛前去忏悔膜拜。

　　她从未发现,她所需要的仅仅是升天的圣母。而这里的不过是一位世俗的母亲,膝上是令人膜拜的世俗的婴儿。从夏娃时起,所有的母亲都是这个样子。在另一幅绘画中,母亲的脸上显示出,在婴儿的一些神性中也具备着一种模糊的感觉。在第三幅画中,艺术家具有更高的感受力,并竭力表现出圣母将救世主带进人间的喜悦,以及对怀中的小家伙无法摆脱地夹杂着的敬畏和挚爱。到此为止还是好的。然而,希尔达还在寻找着更多的东西:一张有上天之美的面孔,但既像凡人又像天神,而且脸上带有往昔哀伤的阴影;焕发着既是凡人青春的、又是成人和母性的光彩；被赋予了女王般的尊严，却又极其温柔，如同她的最高、最深的上天的属性。

"啊，"希尔达自忖道，"为什么不该有一位女性来倾听妇女们的祷告，不该有一位为所有像我这样的没有母亲的女孩而存在的上天的母亲呢？在上帝对我们的忧思和关怀中，难道他撤回了因我们的弱点而如此需要的福泽吗？"

她最常进的是圣·彼得大教堂。她认为，在其宽阔的范围内，在其大穹顶的内层下，应该有足够的空间包容一切形式的基督教真理，有地方让忠实的罗马天主教信徒和异派教徒下跪，对每一个生灵的精神匮乏都有相应的助益。

希尔达以前对这座宏伟的大教堂的壮观并无充分的印象。当她第一次掀起一座门上那沉重的皮帘子时，她想象中的阴沉建筑物当即被令人头晕目眩的现实景象逐出了视界。她原先所设想的圣·彼得大教堂是一座没有固定轮廓的建筑，在其结构中若隐若现，灰暗而庞大，在漫无止境的透视中展开，上面罩着一个如同多云的苍穹般的圆顶。按照她的幻想，在那高大宽阔的屋顶下，个人会感到自己的渺小；而在那无垠之中，灵魂却获得了胜利。因此，在她先前的几次参观中，当环绕大教堂内部的辉煌在她眼前闪亮时，她曾世俗地称之为一种伟大的美，一件放大了规模的漂亮的细木活计，一个大得出奇的珠宝盒。

最后一种形象极大地满足了她的想象：一个内部嵌满了各色名贵石头的珠宝盒。因此，那不该是个内部狭窄得几无空隙、无处放置灿烂珍宝的小匣子。随后，她把关于这个镶嵌小盒的奇迹的构想放大到教堂的宏伟之中，却不失其小巧时内部的灿烂，而其全部美丽的光辉都在竭力成为崇高。从小到大的神奇转变，效果虽然机巧，但多彩的装潢仍然抵消了其空旷高大的印象。参观者对其内涵比对其外延印象更深。

315

直到多次参观之后，希尔达始终为其晦暗、无垠的内部而哀伤，那内部是她从孩提时闭眼就能看到的，却在她从真正的门口作第一瞥时就消失了。她的童稚的幻想似乎更趋于米歇尔·安吉罗和所有伟大建筑师所修建的大教堂，因为对那梦中的建筑她曾说过："好大啊！"而对真正的圣·彼得大教堂，她却只能说："到底没有那么大！"何况，就这样一座教堂而言，无论从哪里都不可能一眼看清。它以自己的方式矗立着。你看到了一条甬道或一个交叉通道，你看到了中殿或讲坛。但由于其坚实的窗间支柱和其他障碍，只有通过这样零散的进展，才能得到大教堂的一个总的印象。

　　对这样的异议并无回答。这座伟大的教堂平静地笑对批评，作为惟一的应答，只是说："看看我吧！"如果你仍然嘀咕着说没有得到清晰的印象，它除去无穷尽地重复"看看我吧"这样一句可说的话之外，就再无答复了。经过间隔良久的多次观看之后，你发现这座大教堂已经逐渐扩展得超出了你那印象中的范围，它覆盖了你想象中的全部面积，而且还有在圆顶上安置云朵般的小尖塔的余地。

　　一天下午，当希尔达怀着忧郁的心情进入圣·彼得大教堂时，其内部以一种仿佛是新创作的全部效果对她微笑。那似乎是各式各样想象力的体现，或者是作为宗教信仰的一个宏伟、综合、威严的象征的幻像。一切灿烂都被包容在其边缘以内，而且空阔有余。她甚至兴致勃勃地凝视那复杂的装饰。她为在壁柱上振翅的小天使和意外地翱翔着的口中衔着宝石做的绿色橄榄枝的大理石鸽子而兴高采烈。此时，她决不会放过上百处奢华装饰的多种多样的雄伟气象的任何细部了。这样的丰富多彩若是在别的教堂，足以造就举世闻名的神龛了，但是在这里却融进宏大整体的闪光之中，各自局部的辉煌已然无足轻重了。然而

316

每一部分又为整体的宏伟添色,不可或缺。

　　对于那些坐在各自的坟墓之上,用他们大理石的手散布着冰冷祝福的阴沉着脸的教皇,她一概都不排斥。还有来自寓言家族的单独一位僵冷的姐妹,她如同英格兰葬礼上受雇的哀悼者一般,并不需要心力交瘁的悲伤,指派给她的职责便是为死者恸哭,希尔达对她也仔细加以观察。假若你要看这些东西,它们就会显而易见;假若你认为它们不适宜或位置欠妥,它们就会逐个消失,只把生命留在了墙上。

　　瞧那铺了大理石的地面!它伸展得无边无际,形成一片各色大理石的平原,容得下数以千计的信徒同时跪拜,而无影无踪的天使们在他们中间行走时却不会把他们的天上袍服蹭到这些凡人的衣着上。那天花板!那圆顶!在太阳照射下五光十色,明快而又堂皇,历经数世纪而不褪色,那种高深似乎将天意传达到人间,引导着灵魂向上,去到一个更高更广的所在。难道不是因为建造了这一无与伦比的建筑,从中流出温馨和光明的信仰,包含了对人类最高境界的渴望,才使教士借以满足人们最急迫地需求的一切吗?若是宗教有一个实在的家园,难道不是就在这里吗?

　　当我们粗略涉及的景象平静地显示在这位刚刚进门的新英格兰姑娘面前时,她仿佛出于本能似的,移步走向了由两个有力的小天使托着靠在一根立柱上的圣水瓶。希尔达用手指蘸了水,就要在胸口上划十字时,却克制住并颤抖起来,指尖的水也被甩掉了。她感到似乎她母亲的灵魂就在这圆顶下的某处地方俯视着她的孩子,清教徒祖先的女儿看到她陷入那华而不实的迷信,便哭泣起来。于是她便伤心地沿着中殿慢慢走向百盏金灯照亮的高坛。希尔达看到一个妇女、一位教士和一名士兵跪在那里亲吻圣·彼得铜像的脚趾,铜像的脚像是为了让人亲吻而伸出底座之外,而且由于此前不断有人这样膜拜而光洁闪亮。这时还有一个孩子站在他脚尖上做着同样的动作,大教堂的荣光顿时在女画家的眼前黯淡了。但她继续向幽僻处走去。她在交叉通道处向右转,从那里寻路来到大教堂最尽头角落里的一座神龛前,那里面有用镶嵌工艺复制的圭多的那幅美丽的带翼天使脚踏卧在地上的恶魔的作品。

在那些阴郁的日子里,这是没有在希尔达的评价中被贬值的少数绘画之一。并非这幅画比她不再感兴趣的许多作品更好,而是画家天才的精工细绘特别符合她的性格。她在凝视这幅作品时,总感到那位艺术家不仅为罗马天主教会、而且为了正义的事业做出了壮举。作品的寓意,永存的青春和高尚的美德,以及对抗丑陋的邪恶的不屈不挠的力量,对清教徒和对天主教徒具有同样大的感召力。

突然之间,如同在梦中的行为似的,希尔达发现自己已经跪在神龛前,跪倒在长明灯照亮的带翼天使的面孔之下了。她把前额放到圣坛前的大理石台阶上,抽泣着说出祷告。她并不知是对谁——是米迦勒,是圣母,还是天父;她也不知是为了什么——那只是一种模糊不清的渴望,但愿以此来稍许减轻她灵魂上的重负。

她很快就站起身来,随着正要沿着即将敞开的大道冲出她心房的情感而心悸不已。但那瞬间冲动的祷告为她赢得了一种奇妙的轻松感,甚至是一种奇妙的愉快,希尔达亦不知这是由于她已经做了还是避开了未做的事情。但她感觉像是一个半窒息的人偷吸了一口空气。

她跪拜过的神龛旁边是另一座神龛,饰有圭尔奇诺① 的一

---

① 圭尔奇诺(1591—1666),意大利画家,其壁画独创性地运用了引起幻觉的天顶,对 17 世纪巴洛克装饰艺术产生过深刻影响。

幅画,表现的是一名置身于坟墓开口处的少女,她的恋人在一旁哭泣;而她美丽的灵魂却在天上的救世主和一群圣徒之间,俯视着这场面。希尔达不晓得这是否可能——依靠信仰的奇迹,她可以从目前的沮丧中超升,以便俯视她的现状,就像画中的佩特罗尼拉俯视她自己的尸骸一般。从神经质的烦恼中生出的一线希冀在她心中震颤。一种预感——或者说她想象中的预感——对她耳语:在她转完大教堂之前,宽慰就会到来。

这种压抑继续受着近在咫尺的获得救援的某种幻像的引逗。至少,在绝望的黑暗中,是不会有鬼火来照亮的。

第三十九章

全世界的大教堂

　　希尔达仍在向前踱步,这时她抬眼向上望着穹顶,只见阳光穿过西窗投下一束束长长的光线。阳光落到檐口上两位福音书作者的镶嵌画像上。这些巨大的太阳光束穿越看似空荡荡的空间,在本来看不见的升向穹顶的香烟圣云的缭绕的晖光中映得清晰可辨。在希尔达的眼中,似乎看到了教士和信徒朝天膜拜,是从与凡世的混合中净化出来,又在其渴望的金色氛围中获得了上天真谛。她不知道天使会不会有时在大殿中盘旋,在短暂的一瞬中现身,在阳光和烟霭中飘向跪在地上虔诚顶礼的人们。

　　这时她来到了南面的交叉通道。在大教堂的这一带,排列着许多忏悔室。这些忏悔室都由雕花木板隔开,中间是教士的小屋,两侧各有一处地方供忏悔者跪着,通过一个耳孔,向神父的耳中吐露他的忏悔。可怜的希尔达目睹这样的安排,尽管已经司空见惯,仍对天主教为其虔诚的信徒备下的无比便利——如果我们能用这可怜的字眼的话——留下了新颖的印象。

　　的确,想到这一点的人,谁又能抵御一种类似的印象呢! 在

320

热气腾腾的生活中,他们总能找到符合需要的清凉、恬静和美丽的敬神之处。他们可以随时进入附近的神圣地点,把世上的愁烦撇在身后,在门口蘸上一点圣水来净化自己。在宁静的门内,他们可以在慰人的浓香中与某一位圣徒——令他们敬畏又对他们友善的朋友——进行交谈。而最值得珍惜的优越性则是:无论有什么困惑、哀伤、罪孽压在他们的灵魂上,他们都可以将那昏暗的负担甩在十字架下,继续走路,不再有罪,也不再不安,而是重新生活在纯洁的开朗与新鲜之中。

"这些无可估量的优越性,"希尔达思忖着,"或者至少是其中的一些,难道只属于基督教本身吗?难道不是这一体系意欲普施于人类的福祉的一部分吗?我生来就受其养育的信仰可能是尽善尽美的吗?可是它却把我这样一个弱女子撇在孤苦伶仃的徘徊之中,听凭这一巨大的烦恼把我压垮。"

一种钻心的痛苦在她胸中翻动,如同那是个有生命的东西,正在挣扎着要出来。

"噢,救命!噢,救命!"希尔达叫道,"我受不了,受不了啦!"

只是通过随之而来的声声回响——拱顶回响着拱顶下面的声音,坐在坟墓上的一尊青铜教皇向一尊大理石教皇重复着那声音,希尔达才意识到她刚才真把话说出了声。不过,在这么空旷的地方,没必要像在别处那样小心在意地把心声闷在自己的胸中。若是那叫声抵达远处某人的耳中,就会从大教堂的各部分传回来,碎裂成许多零散的片段。

她走近一间忏悔室,看到里面跪着一个女人。就在希尔达临近时,那位忏悔者站起身来,走向前去吻了教士的手,而那教士则带着慈父般的样子,压低声音,像是正在给她一些精神安慰。随后她又跪下来接受他热情赋予的祝福。希尔达被那女人脸上平和欣喜的表情深深打动,在那女人走开时,她不禁上前搭话。

"你看上去十分幸福!"她说道。"如此看来,去忏悔是很愉快的啦?"

"噢,愉快极了,我亲爱的小姐!"女人回答道,眼中泛着泪花,唇上绽出柔情的笑意。因为她被刚才的做法彻底软化了,她把希尔达当成了她的妹妹。"现在我心安了。感谢救世主、升天的圣母和各位圣徒,还有这位好心的神父,可怜的特莉莎不再心烦了!"

"我为你高兴。"希尔达说道,并为自己叹了口气。"我是个可怜的异派教徒,不过终归是个人间姐妹,我为你高兴!"

她从一间忏悔室走向另一间忏悔室,向每一间看着,发现上面都镂有镀金的字母:一间上是"用意大利语",另一间上是"用法兰西语",第三间上是"用波兰语",第四间上是"用伊利亚①语",第五间上是"用西班牙语"。在这座包容了全世界信徒的心灵的宽敞而好客的大教堂中,原来有给各民族开设的地方,所有的信基督教的灵魂在这里都可得到上天的恩典,无论负重的心灵要用什么民族的语言讲话,都会有耳朵在听。

当希尔达快走完交叉通道的一圈时,她来到了一间忏悔室,它的中间部分是关着的,但从中伸出一根神秘的杆子,表明里面有教士。忏悔室上面的字是"用英语"。

这可是恰逢其时!假如她从小屋中听到她母亲的声音用她自己的母语,呼唤她前去把她可怜的头放到母亲的膝头,抽泣地倾诉出她的全部烦恼,希尔达必定会顺从地作出呼应。她并没有深思,她只是感觉着。她心中有巨大的需要。而近在身旁,在这忏悔室的门帘里面,就是解脱。她扑身跪在忏悔者的位置上。

---

① 亚得里亚海东岸巴尔干半岛西南地区的古名。

她激动得直抖,流着泪,抽泣着,心中翻腾着压抑得太久的情感,把在她纯洁的生命中注入了毒素的阴暗故事倾吐出来。

希尔达没有看见——此时也不可能看见那教士的面孔。不过,在她挣扎着在哽咽中把她的心事一吐为快并作着奇特忏悔的停顿间歇里,她听到了一个温和、平静的声音,似乎还有些苍老。那声音抚慰地说着,给了她很大鼓励;那声音用似乎是靠伟大而温柔的兴致引发出的一些适当问题引导着她,而且像磁石般地吸引着姑娘对这位未曾谋面的朋友产生信任。教士在这次谈话中的作用确实类似那种为澎湃的溪流搬开石头、捆起树枝或是移走任何障碍的人。希尔达完全想象得出他已然弄清了她想告诉他的事情的一些轮廓——他的询问都是为此目的而发。

在这样的帮助下,她道出了她全部的可怕秘密!除去没有指名道姓之外,已经和盘托出了。

啊,多么轻松啊!当神经质的喘息经过在言词与抽泣之间奋争而终于平息下去之后,从她的灵魂中涌出了一股什么样的激流啊!全都结束了,她的心胸如今又和她的童年一样纯净了。她又是一个女孩子了,她重新成了鸽巢中的希尔达,而不再是那个由于她衣裙上沾的死人气味,连她的鸽子都难以将她认作是女主人和玩伴的那个可疑的家伙了!

希尔达停止讲话之后,她听到那教士以一位老人不情愿的动作振作了一下。他从忏悔室中走了出来,由于姑娘还跪在忏悔者的角落里,他招呼她过去。

"站起来吧,我的女儿,"听忏悔的教士用温和的声音说道,"我们下面要说的话应该面对面地进行。"

希尔达照他的要求,低着头站在他面前。她脸上掠过一层红晕,然后又变得苍白了。但她的脸上有着奇妙的美,是我们常常可以在那些刚刚经历了一场伟大的斗争后赢得了平静的人的脸上看到的;此外我们还可以在刚做母亲的人的脸上看得到,在死去的人的脸上看得到。而今在希尔达的面容上——那在她的朋友们看来始终有一种鲜见的天然魅力——这种平静的光彩使她如天使般可爱。

从希尔达这方面来说,她看到的是一个令人起敬的人物:须发雪白,面孔慈祥感人,不过还是显露出思考的迹象和透彻的洞察力,虽然那双目光犀利的眼睛此时多少为泪水所模糊——老年人哪怕受到轻微的感情触动,也比青年人更容易落泪或热泪盈眶。

"没有逃过我的观察,女儿,"教士说道,"这是你第一次做这样的忏悔。你觉得怎么样?"

"神父,"希尔达答到,眼睛一抬便又垂下,"我生在新英格兰,按照你们的叫法,我是在异派教的教养下长大的。"

"从新英格兰来!"教士惊叫道。"那也是我的生身之地,我虽然在外五十年,仍然热爱着家乡。可是——异派教徒!你皈依罗马天主教会了吗?"

"从来没有,神父。"希尔达说道。

"那么,问题就在这里了,"老人质问道,"出于什么理由,我的女儿,你才为自己找到这赐福的特权——这本来只限于惟一的真正教会的成员的——在这里忏悔和寻求赦免呢?"

"赦免,神父?"希尔达惊叫一声,向后退缩着。"噢,不,不!我从来没梦想过那个!只要我们的天父能原宥我的罪孽。而且无论我做过什么错事,只要真心悔过就可以了;通过我尽最大努力奔向更高尚的生活,我就能指望上帝的原宥!上帝保佑,我是不会向一个凡人要求赦免的!"

"那么,为什么,"教士接着说,语气不像刚才那么温和了,"为什么——我要再问一次,你是不是占有了——我可以这么说

324

——种神圣的仪式？你作为一个异派教徒，既不谋求分享又不具有信仰，为什么还要占有本教会为自己的忏悔者提供的难以尽述的特权呢？"

"神父，"希尔达答到，竭力想把简单的实情告诉这位老人，"我是个没有母亲的女孩子，而且在意大利这里举目无亲。我只有上帝来关心我，做我最亲近的朋友。而我向你描述的那桩极其可怕的罪行，却挤到了他和我之间。于是我便在黑暗中摸索他，却遍寻不见，除去忧郁孤凄之外什么也找不到，而那桩罪行就在孤凄中藏身！我无法忍受了。把它藏在我心中，简直如同我自己犯了那桩可怕的罪孽。我变成了让自己害怕的东西，我快要疯了！"

"这是一场悲惨的考验，我可怜的孩子！"听忏悔的教士评论道。"我相信，你的解脱会比你所想到的还要大呢！"

"我已经感到了它有多大！"希尔达说道，感激地盯着他的面孔。"真的，神父，是上天之手引着我到这里来的，并且让我觉得，这座基督教的大殿，这座宗教的伟大家园，一定有某种妙方，至少有某种安慰，来治愈我这难言的痛苦。这已经得到证明了。我说出了那骇人听闻的秘密，在忏悔室的保密中倾诉出来，现在它不再烧灼我的可怜的心了！"

"可是，女儿，"那可敬的教士为希尔达的话所感动，回答道，"你忘记了，你弄错了！你滥用了你无权享有的权利！忏悔室的保密，你是那么说的吧？上帝保佑，对加了封印的秘密是绝不该启封的，但那只适用于遵照某种指令的方法秘密封存的情况，尤其是只限于信仰这种仪式的神圣的人。我自己拥有——而且本教会的任何学识渊博的决疑者会认同我拥有——披露你叫作忏悔的全部细节的自由，因为就我所知，那些细节只是以不受教会誓约约束的方式说出来的。"

"这是不公正的,神父!"希尔达说道,目光直逼老人的眼睛。

　　"难道你不明白吗,孩子,"他继续说道,稍稍有些激烈了,"以你的良知的全部明智,难道你还认识不到?我有责任把这件事通知有关当局,因为这里边包含着破坏社会公正的大罪,而且会造成进一步的恶果,是不是呢?"

　　"别,神父,别!"希尔达勇敢地回答道,她说话时两颊通红,眼睛晶亮。"你要先相信一个姑娘的单纯的心,再想你们教会的那些决疑者吧。别管他们学识多么渊博,你也要相信你自己的心!我来到你的忏悔室,神父,我虔诚地相信,这是受到上天的直接推动。他还以其慈爱之心把你在今天带到这里,将我从我再也无法忍受的折磨中解脱出来。我信任你们的教会始终视为神圣的教士和人类灵魂之间的誓约,人类的灵魂要通过教士的中介,才奋争着飞向天父的。我向你吐露的一切只神圣地存在于上帝和你之间。就让那秘密待在那里吧,神父,因为这样做是对的。如其不然,你就会铸成大错,无论作为一名教士还是一个人!而且,相信我吧,没有任何盘问、没有任何刑罚可以强迫我的嘴说出任何由于我的忏悔必然导致的对有罪者的惩罚。由上天去处罚他们吧!"

　　"我的安静的小老乡,"教士慈祥的老脸上半带着笑容,说道,"我看出来了,当你认为有机会时,你会振奋一个灵魂的。"

　　"我的灵魂只做我认为对的事,"希尔达干脆地说,"在其他方面,我可是胆怯的。"

　　"但是你在恰当的感情和愚蠢的推理之间把自己搅乱了,"教士继续说道,"这是女人的通病——这是我从长期听忏悔的经历中体会到的,无论她是老是少。不过,为了让你心安,我没必要揭露那件事。如果我没弄错,你所说的——或者比你说的还多——已经被最有关的部门知道了。"

"知道了!"希尔达惊叫。"罗马当局知道了! 那会有什么后果呢?"

"嘘!"听忏悔的教士把一根手指竖在嘴唇上,回答道。"我告诉你我的设想——注意,并不是事实的断言——为了你更高兴地走你自己的路,不必一定要背负与这件阴暗的行为相关的责任。现在,女儿,为了报答一个老人的同情和善良,你打算怎么办呢?"

"我铭记对你的感激之情,"希尔达热切地说道,"终我一生!"

"再也没有了?"教士带着劝说的微笑问道。"难道你不肯奖给他一个大喜吗? 这可能是他在世间所知的最后一次喜悦了,而且很适合他随身带到那美好的世界中去。简言之,难道你不允许我把你这迷途的羔羊带回到真正的信徒中来吗? 你已经体会到了轻松舒心的小滋味,在我们的教会中为其忠诚信仰的孩子存有大量的这种轻松舒心。回家来吧,亲爱的孩子,已经瞥见了上天光明的可怜的漂泊者,回家来就可以安心了。"

"神父,"希尔达说道,她被他的善意和真诚深深打动,然而尽管他动机真诚,但仍可能有职业的狡猾色彩,"我不敢超越上天指引我的一步。因此,如果我从不回来忏悔,请你不要难过。我再也不会在圣水瓶中蘸我的手指,再也不会在我胸口上划十字。我是个清教徒的女儿。不过,尽管我是异端,"她含泪带笑地补充着,"有一天,在天国,你会看到你为她尽了伟大的基督善举的可怜姑娘来提醒你这件事,并为此感激你。"

老教士摇头。但当他同时伸出他的双手表示祝福时,希尔达跪下去,像任何天主教徒一样虔诚而单纯地接受了他的赐福。

第四十章

希尔达和一位朋友

当希尔达跪下去接受教士的祝福时,这一举动被一个倚在围着高坛前那百盏金灯的大理石栏柱上的一个人看到了。实际上,从姑娘进入忏悔室的时候起,他就站在那里了。他刚看到她时,先是一惊,随后焦虑的阴影便停在他脸上,足以表明他对正在进行之事感到深沉而又伤心的关注。

希尔达向教士告辞后,便缓缓走向高高的圣坛。我们提及的那个人似乎在进退之间犹豫不决。他迟疑了好久,而那位在幸福的梦幻中漫步的姑娘,已经走过了忏悔室和圣坛之间的地面,这时他才决定是否去与她相会。终于,在两人相距只有一两步时,她抬起眼睛,认出了肯甫。

"是你!"她喜出望外地惊叫。"我真高兴。"

事实上,雕塑家以前从未见过,也难以想象,希尔达会以现在这样一种平和至福的形象出现。当她在从穹顶射下的撒遍交叉通道的庄严阳光中向他走来时,她似乎和那一时刻笼罩着她的环境融为一体。他难以说清,是她浸透了阳光,还是她周身发

328

散着幸福的光芒。

无论如何，这位伤心的姑娘已经从进入忏悔室时被痛苦所浸透，变成了走出来时受到宗教慰藉的明媚柔嫩的形象。仿佛她是众多天使中的一员，本来在阳光照射的穹顶深处翱翔，此时落到了地面上。确实，我们时常看到由于内心喜悦连外形都变美了的现象在这方面能力远不及希尔达的人身上发生，这说明天使是如何将他们的美带来的。这种美从人们的幸福中生发出来，并因为其不朽而长存。

她伸出一只手，肯甬高兴地握住——哪怕只为了让自己确信她是由凡世的材料构成的。

"是啊，希尔达，我看得出你十分高兴。"他阴沉地回答道，简单一握之后就撤回了他的手。"于我而言，我从来没像此刻这样高兴过。"

"难道有什么不幸降临到你头上了吗？"希尔达关切地问道。"请你告诉我，你会得到我的同情的，尽管我仍会情绪振奋。好了，我明白是怎么回事了。上天的圣徒被地上伤心人的难过所动，不过从不因此而沮丧。我可不是把自己说成圣徒，这你明白。"她笑容可掬地补充道。"不过，当一颗心有了巨大的幸福感，就变得广阔、丰富和无所不能，可以同样真诚地对某些人笑，对另一些人落泪，而始终都保持着自己的平和。"

"不要说你自己不是圣徒吧！"肯甬答道，他也面带微笑，虽然已感到泪水盈眶了。"不管由什么教会来宣布，你仍然是圣徒希尔达。"

"若是你一小时之前看到我，你就不会这样说了！"她喃喃道。"我垂头丧气，就像是自己犯了重罪。"

"那你又是怎么突然高兴起来的呢？"雕塑家问道。"不过，希尔达，你难道不愿意先对我讲一讲你为什么那么垂头丧气的吗?"

"我若是昨天见到你,就可能告诉你了。"她答道。"今天嘛,已经没必要了。"

"那么你的高兴呢?"雕塑家说道,仍像刚才一样难过。

"我心上——我简直要说我良心上——一件重负给搬掉了,"希尔达回答道,并没有回避他盯视的目光。"从今天上午起,我就是一个新人了,应该为此而歌颂上天!把我带进这座辉煌和光荣的大教堂的,是个幸福的时刻——是个幸福的冲动。我要将这个美好的记忆终生铭记在心。经过无穷的烦恼,我在这里找到了无穷的平和。"

她的心看来极其充实,事实上在喷溅着新的幸福涌流,如同醇香的阳光美酒溢出杯沿。肯甬看出来她正处于一种兴致勃勃的心情中。当灵魂被一种奇妙的平和统摄时,确实要比暴烈中远为过分的情感更加激动和更少控制。他觉得,趁希尔达如此不加自我保护、不自知地说出事后会后悔不该向他泄露的秘密时,他这样偷偷地探察她,即使不该说成不尊重,也还是有些不磊落。因此,他虽然渴望了解发生了什么事,仍决定忍住不再追问。

不过,单纯的人们惯于把他们的真实冲动说出口,而不是像有心计的人那样避开他心中所想的。像雕塑家往常开口一样,下面这番话仍是脱口而出:

"希尔达,你是不是把你那天使般的纯洁抛进那团难言的腐败——罗马天主教会之中了?"

"你在说些什么?"她问道,这时肯甬正强压住几乎脱口而出的吼叫。

"我在想你刚才评论这座大教堂的一番话,"他说着,抬眼望着十分空旷的穹顶,"这确实是一座雄伟的建筑,而且恰当地表

330

达了修建者的信仰。当我以适当的心情观察这座教堂时——就是说，当我将自己的头脑与精神和物质的建筑师的头脑及目的置于良好的关系中时，我只能指出一两处可挑剔的。一个就是：它应该有绘画的玻璃窗。"

"噢，不！"希尔达说道，"那样会和大教堂内部的五颜六色不一致的。何况，那是一种哥特式装饰，只适合那种风格的建筑——它要求一种怪里怪气的昏暗。"

"然而，"雕塑家继续说，"那边那些方孔，装的是普通的窗玻璃，与周围一切的过分灿烂就很不谐调。这些玻璃让我联想起阿拉丁① 把他的宫殿的一部分留着不予完工，以便他那位贵为国王的岳父可以加上最后一笔。自然状态的白昼的光线是不应该射进这里的。而应该透过圣徒和天使、古老的雕塑形象、象征化的教义、紫色、蓝色、金色和火红的颜色，造成明亮的幻像，这样，就和天主教信仰留给其信徒的启迪相吻合了。不过，一定要给我能让我在其中生和死的纯粹、洁白的天光！"

"你为什么这么伤心地看着我？"希尔达问道，平静地迎着他那不平静的注视。"你要对我说什么？ 我也喜爱白色的光！"

"我也是这么设想的。"肯甬答道。"原谅我，希尔达。不过我还是要说。在我看来，你似乎是对许多影响都会敏感、共鸣和动心，同时又掺合了人之常情的某种品性的稀有的混合物。不，不仅如此，还有一种更高尚、更精美的特征，我没有更好的词语来表达了。无论你如何动荡摇晃，我认为，这种品性总会把你带回到平衡状态的。你是个富于想象的人，而且又和在你的故乡与你一起长大的任何新英格兰姑娘一样纯真。如果说这世上有一个人，那人天生思想正派，而且还具备比思想更深刻、更可靠

---

① 此典出自《天方夜谭》中的《阿拉丁的神灯》，神灯可以满足主人的任何要求。

的品德，值得我信任，足以用来抵制教士制度的全部伎俩——单就那人的品位本身而论，就是那样高雅和诚挚，已经升华为一种美德，我宁可当作保险设备来加以依靠——那个人便是你！"

"我可没觉出来自己有你所说的那么高尚优雅的品德。"希尔达回答道。"不过，作为一个在新英格兰出生、受那里的文化熏陶的姑娘，具备她母亲教给她的应有的人之常情和在她身上培养起来的良知，难道我做了什么不该做的事情吗？"

"希尔达，我看见你在忏悔室里！"肯甬说。

"啊，是这样，我亲爱的朋友。"希尔达回答道，她垂下眼睛，神情有些惶惑，但并没有羞愧。"你应该尽量原谅我这件事——如果你认为这是错误的话，因为这挽救了我的理性，并且让我很高兴。若是你昨天在这里，我就会向你忏悔了。"

"那我就成了上天了！"肯甬脱口喊道。

"我想，"希尔达继续说，"我绝不会再进忏悔室了，因为我一生中很难再出现这样严峻的考验了。假如我是个更明智、更坚强和更敏感的姑娘，我很可能根本就不会去忏悔室了。是别人而不是我的罪孽逼我去那儿的，虽说表面看来像是我的罪孽。以我的情况而论，我要是不做你看到我做了的事，就只有发疯了。难道那样更好吗？"

"这么说，你不是天主教徒了？"雕塑家热切地问。

"真的，我不太清楚我是什么教徒。"希尔达答道，用坦诚单纯的凝视迎着他的目光。"我有很多的信仰，而天主教似乎有很多好处。如果我在天主那里找到了我所需要的且在别处找不到的东西，我为什么不该成为天主教徒呢？我对这个教会了解越多，我对其适合人类弱点一切需要的丰富性就越不明白。假如天主教士能够再多一些人性，超脱一切谬误，纯洁无邪，这一教会该是什么样子啊！"

"你若是完全清楚你最后那句评论中的刻薄讽刺，"肯甬明确指出，"我也就不需要担心你转信天主教了。那是很正当的。只是那套体系的极端虚伪性以人为的矫饰或更糟糕的创造践踏了宗教信仰，而不是以上天的广泛而单一的智慧使之发扬光大。"

"可能是这样吧，"希尔达说道，"不过我无意讽刺。"

两位朋友就这样边谈边一起走在宽阔的中殿里。在他们离开这座大教堂之前，他们再次转过身来赞赏那雄伟壮观，那圣坛背后幽怨的荣光，以及经过长途跋涉才找到立足点的阳光伴着烟霭的长形光柱所造就的幻觉的缤纷庄严的效果。

"感谢上天把我带到这里来。"希尔达热情地说。

肯甬的头脑被他对她的天主教倾向的看法深深搅动。而此刻他则认为，她对这雄伟建筑的过分和滥用的尊崇，反倒刺激得他不敬重这教堂了。

"我所知道的圣·彼得大教堂的最出色之处，"他评论说，"是能够保持大体的恒温。我们此时还享受着去冬的凉意，而再过几个月，就会是这个夏季的温暖了。我怀疑，在其全部长度和宽度之间，并没有救活患病灵魂的疗法，但对有病之身倒是提供了一个温度适宜的医院。对于充斥着罗马的老弱病残，这里倒是个可喜的庇护所，因为西洛可风① 窃走了他们的力量，而异邦人又像毒尖冷剑一样一下又一下地捅着他们！但在这座殿堂的四壁内，温度计从来指示不变。冬夏在高坛上联姻，在完全和美的环境中同居。"

"是的，"希尔达说道，"我始终感到圣·彼得大教堂中这种柔和不变的气候是这座圣殿的又一现象。"

---

① 欧洲南部一种闷热带雨的风。

"这可不完全是我的看法。"肯甬回答道。"不过,若是一块殖民地的人有娇弱的肺脏——或是只有娇弱的想象力——能够在这平静的、温和恒定的空气中安居,倒是满舒服的日子。这些建筑考究的教皇坟墓可以充当住所,而每座青铜墓门就可成为家居的大门了。这样,如果一个情人大胆的话,就可以对他的心上人说:'你愿意和我同居一墓吗?'而在赢得她柔情的认可后,他就可以领上她来到圣坛前,再走到格利哥里教皇的墓室,把那里当作洞房。在他们的大理石伊甸园中,希尔达,他们会过上什么样的日子啊!"

"对真情这样加以讽刺,"希尔达轻柔地说道,"可不够善良,而且也不像你的为人。我为这座大教堂及其目的而尊崇其荣光,尤其因为我在巨大的痛苦之后在这里找到了温馨的平和而热爱它。"

"原谅我吧,"雕塑家回答道,"我不会再这样挖苦了。其实我心里并不像嘴里说的那样老大不敬。"

他们走过圣·彼得广场和周围街道,起初默默无语,但还未到圣·安吉罗桥,希尔达的昂扬精神便开始迸发了,如同一道溪流原先被封冻或被源头的重石所阻,这时涌动奔流了。肯甬还从未看过她像此时此刻这样神清气爽,她那姑娘的矜持完全冰消瓦解了,而且充满了新颖的思想,使他时时被打动得笑容满面,虽说在三思之后,他有时发现那些思绪看起来像是异想天开,其实只因为绝对真实。

不过,她确实有些不太正常。从阴沉猛然变成兴奋,那种作用在希尔达身上不啻像是她刚刚新生。经过长时间的麻痹之后重新恢复智力活动,她的官能被看似不恰当的理由所启动,而她则从其运转中得到了强烈的快感。她不断地使肯甬联想起一个孩童的形象:把一件玩具玩来玩去,却始终真心诚意,津津有味。

比如说,希尔达抬头望着哈德良① 墓堡顶上的圣·米迦勒雕像,便幻想着在大天使和老皇帝的鬼魂之间的一次会面,老皇帝自然是极大不快地发现,他为安放他的骨殖而下令修建的这一庄严肃穆的墓园,竟然派上了如今的用场。

"不过,"她若有所思地评说着,"圣·米迦勒无疑会最终说服哈德良皇帝:在穷兵黩武之地播下的种子,就只能生出要塞和囚牢这样的庄稼。"

他们在桥上站住,看着黄色的台伯河中泥沙滚滚、卷着旋涡的湍流急速淌过。希尔达不知道早在君士坦丁时代就落入河中的庞特·莫尔的七枝金灯——犹太人的神圣花枝灯——是否还是那样一直在这条河中漂流。

"那盏灯可能卡在落下去的地方了,"雕塑家说道,"到这会儿,已经陷进台伯河的泥沙中三十英尺,任何东西也不会让它再见天日了。"

"我看你错了,"希尔达微笑着回答道。"那七枝灯的每一枝都有其含义和目的,这样一盏花枝灯不可能永远丢失的。等到再找到那盏灯,七枝灯一起点燃,全世界就会得到所需要的照明。这难道不是对一个神话或寓言或七枝灯传说的一个值得尊重的充满了诗意、艺术、哲学和宗教的观念吗? 应该将此定名为《神圣花枝灯的重现》。当每枝灯都点燃时,每盏灯都会有与其它六盏灯不同的色彩光芒。当七盏灯同时燃亮时,发出来的光就会结合成真理的集中的白光。"

"说得好,希尔达,这可是宏伟的观念,"肯甫叫道,"我越看灯就燃得越亮。"

"我也这样看,"希尔达说道,对自己的念头孩子气地高兴。

---

① 哈德良(76—138),117 至 138 年在位的罗马皇帝,对外谨守边境,对内加强集权,曾在不列颠境内筑"哈德良长城",镇压犹太人暴动,编纂罗马法典,奖励文艺。

"这样的题材更适合写成韵文而不是散文。等我回到美国的家中,我就向我们的一位诗人提议。也许找上七位诗人一起写,每人点燃这盏神圣花枝灯的一枝。"

"这么说你想回家了?"肯甬问道。

"只是昨天,"她回答道,"我巴望着飞走。现在,一切都变了,我又高兴了。要离开这绘画之国,我会深感懊悔的。不过,我也说不好。在罗马,总有那么一种阴郁和骇人的味道,我们如何也逃不脱的。至少,昨天我是这样想的。"

他们走到葡萄牙街,接近希尔达的塔楼时,在高处守候着的鸽子腾身飞到空中,滑翔到她的上方盘旋。姑娘抚爱着它们,用她口中发出的类似声音和亲切的话语呼应它们的咕咕鸣叫;而它们欢快地鼓翅和在半空飞翔,显然受着纯粹而丰富的精神的推动,似乎在表明,鸽子和它们的女主人的心态当真和谐一致。平和已经和鸽子一样降临在她头上了。

希尔达向雕塑家告辞后就爬上塔楼,一直来到顶层,去修整圣母的长明灯。鸽子都深知她的习惯,早已飞到那里去迎接她,又一次在她头上盘旋。而她的样子在夕阳中益发可爱。到这时分,阳光即将与这世界告辞,只在希尔达的秀发上投下一抹金光,便消失了。

希尔达把目光转向她刚刚离开的昏暮中的街道,她看到雕塑家还在那里,便向他挥了挥手。

"在那条昏暗的街道上,他的样子有多么哀伤和阴郁啊!"她自言自语道。"他的精神压着什么呢? 但愿我能安慰他!"

"她看上去多像个精灵啊,高高地站在那里,暮霭环绕着她的头部,那些带翼的生灵把她当作它们的亲人!"肯甬那一方则这样思忖着。"多么高高在我之上啊! 多么高不可攀啊! 啊,但愿我能把自己抬高到她那境地! 噢,但愿抱这样的希望不是罪孽——我若是可以把她拉下来,坐到人间的壁炉旁,该有多好啊!"

当一位青年把他的恋人看得有些超凡脱俗,几乎责骂自己渴望把她带到他的身边时,那是多么甜蜜的敬意啊!一个细节——不过是恋人们喜欢小题大作的那种——给了他希望,一只原先落在希尔达肩上的鸽子突然飞了下来,宛如认出他是它女主人的亲爱的朋友,或许是带着向他致意的使命,用两只翅膀擦着他仰起的脸,然后又向高处飞去。

雕塑家看着那鸟儿飞了回去,还看到希尔达用微笑向它致意。

第四十一章

雪滴和少女的喜悦

距离艺术家和游客习惯于云集罗马的季节尚早,雕塑家和希尔达觉得他俩仍有些孤单。他们生活于罗马本地人的汹涌大潮中,自然被挤压得互相靠近,如同他们被一起抛到了一片荒漠中。或者,像是他们由于某种奇异的机会而脱离了普通世界,在漂泊中相遇于一座杳无人烟的城市,里面的街道上有孤零零的宫殿和无可估量的财宝、令人倾羡的漂亮东西,而他们俩就成了惟一的继承人。

在这种情况下,希尔达和肯甬之间的友情若是尚未发展到一个少女的情谊所能企及的温度,因而没有开出彼此明言的确定无疑的爱情之花的话,姑娘的矜持可就超过她那和善的性格允许的程度了。在雕塑家一方呢,那不凋之花却已盛开了。尽管花儿十分美丽,但恋人的心却可能变冷了,因为他看到有时候积雪会在少女的心中不化,哪怕已然时至孟春。在这样的高原土壤中,夏季是难以预期的。我们若想找到色泽浓艳、香气馥郁的激情的花朵,只会黯然神伤,因为在鲜红的玫瑰几乎应该盛开

338

的季节,我们只能看到融雪滴水和并不明媚的紫罗兰。

希尔达从本性上说,原是十分温柔的,奇怪的是,她居然那么不情愿接受爱情的概念。尤其是她在雕塑家身上看到他既与自己志趣相投,又多才多艺,而且性格上与她既相仿又不同。这些都是彼此感情关系中最根本的打动人心之处嘛。

因此,就肯甬能够感觉到的而论,希尔达依然没有爱上他,尽管她把他作为一位亲密的益友和值得信任的良师,接纳到她情感的宁静圈子里。若是人们知晓什么才是对他们最好的,或许能够更为理解和接受他们这种合乎情理的亲近,雕塑家也就完全可以对这一段时间内平静的亲密关系感到满意了。一方面她温柔地将他置于心中的陌客地位,对他礼貌有加;另一方面又听凭他享有除去更深的接纳之外的一切自由。生长在那些次要的圣殿外面的花卉,有一种野性的匆促的魅力,这是显而易见的;但在神圣的范围内可能有更芬芳的花朵,当你摆弄它们时,绝不会枯死,而且它们看似轻盈不实,却会遗留给你永恒的娇美。

说起来,可能正是出于这种原因,希尔达像许多少女一样,始终徘徊在激情的彼岸。她出众的优雅本能和敏锐感觉使她喜欢男性具有通常难有的含蓄的柔情。因此,在她已然找到了她心中能够把握的幸福的标准和最符合她少女心意的品德时,仍然踯躅着不去抓牢更丰富的幸福。

诚然,他俩都很幸福。肯甬的才华不自觉地受到希尔达的影响,表现出胜似先前的精美特色。除去其他作品外,他还塑造了一个少女采集雪滴的漂亮的小塑像。不过,那模型始终未刻成大理石雕像,因为雕塑家很快便意识到,这样的形象只是那种脆而不坚的作品,只在制作的瞬间才是真实的,若是要把那飘渺的俊逸禁锢在耐久的材料中,就是谬误了。

而希尔达呢,她怀着崭新的热爱重操旧业,却以更加深邃的目光看透事物的底蕴,恰如那些从美术馆踱进阴暗的地牢,然后又回到美术馆的人必然会发生的变化那样。而此前她是否称得起是一位完美的复制画家就颇有疑问了。她无法像原先那样毫无保留地对前辈画家敬佩得五体投地了,她的性格中已经生发出一种更强有力的品性,使她不再那样顺从别人头脑的影响了。她仍一如既往地深入观察画作,或许更有甚之,但不再像以前那样虔诚地受老大师观念的左右。她已经懂得的这样一个事实,教会了她无可避免地在每一件艺术作品中区分出并不真实的大部分东西。因为受伤感的启迪,她感到几乎在一切绘画天才所创造的东西之外,总还有些东西。她永远忘不掉那从美术馆到美术馆、从教堂到教堂的伤感的漂泊,徒劳地寻觅一种类型的圣母、救世主、圣徒或殉道者。若是一个极端渴求的灵魂,本是不难找出一个适合他自己的膜拜对象的。

　　真的,她如何才能找到这样一个呢? 神圣如何才能向艺术家揭示那个即使是最伟大的艺术家也只好将其天赋和想象力置于精神洞察力的位置上的时代,那个从教皇以下直至所有的天主教徒都腐败了的时代呢?

　　时间就这样一月月地缓缓淌过,罗马又接受了在它的临时客居的外国人的血管中流动的生命之血的大部分。英国游客在便于去斯帕纳广场的几条街道上的旅馆和所有朝阳的公寓套房中安身。英国话在科尔索一带时时亲切地落入耳鼓,而英国儿童则在品齐安庭园中嬉戏。

　　另一方面,罗马本地人则像蝴蝶和蚱蜢似的屈从于那短暂而又无情的悲惨之中,那是冬天带给几乎仅仅按夏天的观念安排其全部生活的一个民族的。他们大概除去在厨房中有一两颗火星,屋中无火。他们从毫无生气的住房中爬出来,到了狭窄、

340

晦暗、坟墓似的街道上，随身带着他们的取暖家当——小瓦盆、瓶子、带柄锅，里面都装满燃烧的木炭和暖和的灰烬，在上面烤着他们冻痛的指尖。即使在这种半麻木的苦楚中，他们似乎仍惧怕在太阳下会染上瘟疫，像夏天时那样疑虑重重地躲在广场的背阴处。穿过洞开的大门——既然室内的气候比室外远为阴冷，关门也就不必要了——向他们的住所中瞥上一眼，就会看到没铺地毯的砖地和坟墓的地面一样凄凉。

然而，他们却以从披着古罗马宽袍的祖先惟一继承下来并流传至现代市民的尊严姿态和动作，将他们的旧大氅裹在身上，把袍角向肩上一搭。无论如何，他们总算抵御住了酷寒，不致把可怜的心脏冻僵。那种毫无抱怨的平静的忍耐实属当代罗马人最值得敬佩之处。因为在新英格兰，在俄罗斯，甚至在爱斯基摩人的小屋里，都不会像罗马人在严冬气候中过得那么不舒服。在这种季节里，花园里的橘树结着冰果。所有喷泉的边缘都挂着长短不齐、粗细不等的冰柱。圣·彼得大教堂的广场上有了滑坡冰道，沿台伯河东岸出现了犬牙形的褐色冰冻泡沫，有时纷飞的大雪落进这座悲惨城市的死气沉沉的街巷中，它带来的死亡的寒风时而吹到本想来此一览胜景的可怜的老弱病残者身上。

无论我们在哪里度过我们的夏季，都会希望在一个承认冬季是一年之中不可分割的一部分的国家度过从十一月到四月的严冬季节！

在这样的季节里，空旷的美术馆里同样特别不舒服。确实，自从这些大殿堂修建以来，从来没有人——从身为王公或主教的奠基者到继承了他们惨淡的宏伟的任何人——曾经有过炉边取暖这样的非分之想。因此，希尔达发现她冻木的手指已经无法接受头脑的指挥，只好在这样一个酷寒的日子里离开了一幅绘画作品前面的画架，到肯甬的工作室去拜访。但工作室与阴凄的洞穴相差无几,尤其是沿墙用冷得令人发抖的大理石粗雕出来的人形,冰冷得就像雕塑家儿时堆起来又伤心地看着它们随着冰雪的初次消融而流着泪化成水的雪人。

肯甫的那些罗马石匠们,此时都在雕刻克娄巴特拉。那位乖戾的埃及女王几乎要从禁锢她的石头中挣扎出来了。或者更确切地说,工匠们发现她被魔法囚禁在那块大理石中,虽然已成了那个造就了比我们当代人更庄严、更强大和更富激情的人物的时代的僵硬的女人,却依然热情地存有一线顽强的生机。人们已经感到了她那浓缩的热情,已经意识到她即使在安眠状态中仍有老虎似的个性。若是渥大维在此露面,尽管她还处于大理石的紧紧包围之中,显然也会在刹那间挣扎出来,要么狂怒地扑向他的喉咙,要么投入他的怀抱以再次证实她那无比的柔媚,或者俯在他的脚下试一试女性眼泪的功效。

"我简直羞于启齿对你说,我是多么敬佩这尊雕像。"希尔达说道。"没有别的雕塑家能够做得出来。"

"这番话对我是太动听了。"肯甫回答道。"既然你的含蓄内向使你不愿多讲,我想你这一句话就把一位艺术家希望听到的有关他的作品的一切全包括了。"

"你可不要随意放大我的真诚意见。"希尔达笑容可掬地答道。

"啊,你的好话让我十分开心,"雕塑家说道,"而且这会儿为了我这座克娄巴特拉雕像,我也正需要这样的话。那个不可避免的时刻到来了——我认为在涉及我所有的作品时这都是不可避免的——这时我看着我想象中只缺一口气便可活动起来的雕像,却发现它只是一块毫无知觉的石头,并没有真正成功地铸入我观点中的精华部分。现在,我宁可——只是那样对待一位王冠落地的女王和我自己的作品来说太丢人了——我宁可一槌狠心砸在可怜的克娄巴特拉的埃及鼻子上。"

"那样的一击似乎是所有的雕像迟早都会挨到的,不过很少是由雕塑它们的人下手罢了。"希尔达哈哈笑着说。"但是你不该由于你的作品有损你的观点就垂头丧气。我曾经听到一位诗人对他最精美的一首诗表达过类似的不屑。我认为,这种最终的失望和对缺点的感受,应该永远是对那些一心要与一个伟大或美好的观点拼搏的人的奖与罚。这只证明了你能够想象出具有凡人难以企及的高度的事物。那种观点给你留下了其本身便是不完美的形象,起初你还误以为那是飘渺的真实,但不久却发现它从你最紧的把握中逃逸了。"

"惟一的安慰是,"肯甫明确地说,"那个脏污和不完美的形象,在未曾见过原作的人的眼中,可能依然有很值得钦佩的外观。"

"还不仅如此,"希尔达继续说,"因为有一类观赏者,他们共鸣的感受会帮助他们透过不完美的一团迷雾看出完美来。我认为,在读诗或看画和雕塑时,没有哪个人不能从作品中发现大大超出诗人或艺术家所实际表现的之外的东西。作品的最高价值就在于其启发性。"

"希尔达,你本人是我惟一极度信任的批评家。"肯甫说道。"即使你谴责这尊克娄巴特拉像,我也没什么可维护她的。"

"你加给我如此可畏的职责,"她回答道,"我就不敢再对你的其他作品说上一个字了。"

"至少,"雕塑家说道,"你要告诉我你认得出这座胸像吗?"

他指的是多纳泰罗的胸像。并不是肯甫在贝尼山着手塑的那尊,而是他凭着对伯爵面貌的记忆,并且在对他的历史以及他个人的和遗传的性格的全面了解的影响下做出来的。胸像放在一个木座上,尚未接近完成,周围还散落着大理石的细白粉末状的碎屑,雕像四外还包着白色的不成形的石料。中间露出了五官,尚不够鲜明,很像一具化石的面孔——我们已从克娄巴特拉的雕像中看惯了类似的情况——带有在漫长岁月中附着在上面的沉积物。

然而说来奇怪,那面孔有一种表情,比起肯甫在贝尼山成功地加进泥型中的更清晰可辨。读者大概都熟悉托瓦尔森① 的三重类推——泥塑《生》、石膏像《死》和大理石雕塑《复活》,它们似乎就是由于像摇曳的火苗一般点燃这些不完美容貌的精神而倍显成功。

"初看上去,我没把握说我认识这张脸,"希尔达评论道,"相像之处肯定不够突出。不过,外表仍有多处与普拉克西泰尔斯的农牧神相仿。你知道,我们曾经坚持认为,那农牧神与多纳泰罗完全像双胞胎。但现在这表情可是太不一样了!"

"你是怎么看的呢?"雕塑家问道。

"我难以说得很确切,"她回答道,"不过这雕像有一种效果,在我看着它的时候,似乎能够看出它的面貌逐渐明朗了。它给人一种增长着智力和道德感的印象。多纳泰罗的脸原来表现出极大的真诚、快乐的生气和享乐的能力。但在这里,他已经被填充进了灵魂,虽然还是农牧神,但已经向一个高级阶段进化了。"

"希尔达,这一切你都看出来了?"肯甫十分惊诧地说,"可能我脑子里有这样一种观念,但并不清楚是否成功地传达进了大理石中。"

"原谅我,"希尔达说道,"我要问一问,这种惊人的效果是否由雕塑家的目的或技巧造成的呢?抑或这不过是胸像在大理石里成形的过程中到此为止偶然出现的效果,就像道德成长本来

① 阿尔伯特·托瓦尔森(1770? —1844),丹麦雕塑家,欧洲新古典主义代表人物,作品多取材于历史人物或宗教神话。

344

的过程那样呢？再凿上几刀就可能改变整个表情，也就破坏了它目前的价值。"

"我相信你是对的。"肯甬回答着，一边审慎地验看着他的作品。"奇怪的是，这种表情正是我在泥形中没有做到的。好吧，再也不在大理石上凿一刀了。"

于是，多纳泰罗的胸像（如同藏于佛罗伦萨、由米歇尔·安吉罗所雕的布鲁图① 头像的粗糙未成的样子）就此保持在一种未完成的状态。许多看到的人都误以为这是复制普拉克西泰尔斯的农牧神面貌的不成功尝试。千中挑一的人才意识到更多的含义，于是就在这张神秘的面孔前长久琢磨，最后才不甘心地走开，但仍不断回头望着。那个令人感到费解的是明摆在那里的谜，灵魂成长之谜：它正在从悔恨和痛苦中生发出第一次冲动，并竭力冲破感觉的外壳。恰恰是对多纳泰罗这一未完成的肖像的思考，才初次引起了我们对他的历史的兴趣，并迫使我们从肯甬口中诱出他所知道的这位朋友的冒险经历。

---

① 马库斯·布鲁图（前 85—前 42），罗马贵族派政治家，刺杀恺撒的主谋，后在希腊集结军队对抗安东尼和渥大维联军，战败自杀。

第四十二章

对米莲的回忆

当希尔达和肯甬从那座未完成的胸像前转身离开时,雕塑家脑海中依然萦绕着胸像所引起的回忆。

"你最近没有看到多纳泰罗,"他明确地说,"所以也就无法知道他变得多么伤心。"

"这不奇怪啊!"希尔达惊叹道,脸色变白了。

她目睹那一场面时多纳泰罗脸上闪出凶光的样子,又回到了她的记忆里。自从她在忏悔室中跪下以来,这还是第一次。有时候,一些人的柔弱的肌体需要特殊的安全保险,希尔达就是这样。她有一种灵活性,要甩掉一些记忆,以免痛苦得难以忍受。对多纳泰罗和米莲的罪行的最初震惊,确实粉碎了这种主动原谅的脆弱防御。但是,她一旦摆脱了长期忍受的那份沉重痛苦,就一直小心翼翼地防止它返回。

"你说,不奇怪?"雕塑家重复着,怀着兴趣却并不惊讶地看着她,因为他早已怀疑希尔达一定很痛苦地了解到了他只能推测到的一些事。"那么说,你知道! 你听说了! 但是你怎么可能听到,又是通过什么渠道呢?"

"没有!"希尔达无力地回答道,"没有从任何人的嘴里有一个字传到我的耳中。咱们不要再谈它了!不,不!绝不再谈了!"

"还有米莲!"肯甬按捺不住兴趣,说道,"是不是也不准提起她?"

"嘘!根本别提她的名字!尽量别去想吧!"希尔达悄声说,"可能会引起严重后果的!"

"我亲爱的希尔达!"肯甬惊叫道,怀着不解和深切的同情看着她,"我亲爱的朋友,你是不是这好几个月来一直把这一秘密藏在你那颗少女的柔弱的心中?难怪生命从你身上凋萎了。"

"当真是这样的!"希尔达说道,还打了个寒战,"直至现在,我还一想起来就恶心。"

"那你是怎么知道的呢?"雕塑家继续说,"不过,没关系!不要因为提起这话题而折磨你自己。只是,如果什么时候你认为说出来可以更轻松的话,请记住,我们可以在一起畅谈,因为米莲本人已经说过你我之间可以不必顾忌了。"

"米莲提议过?"希尔达惊叫道。"对了,我现在想起来了,她说过这秘密可以与你分享。不过我已经从由此造成的垂死挣扎中幸存下来了,不必再多说什么了。而米莲已经对你讲了!她在参与了那样的行为之后,她能以什么样的女性举止把那件事作为和她的朋友们谈话的话题呢?"

"啊,希尔达,"肯甬答道,"你不知道,因为你不可能从你自己的心里想出来——你心里有的只是纯净和正直——在邪恶的东西里可能混有什么好东西。如果你从她自己的观点,或者从任何侧面的观点来看待她的行为,无论多么大的罪行,可能终归看来并不那么确定无疑地是罪孽。米莲的情况如此,多纳泰罗

347

亦是如此。他们或许是我们所说的可怕罪孽里的合伙。不过，我要向你承认，当我想到推动他们向前的起因、动机、感情，那突如其来的环境的巧合，当时情况的紧急，以及双方各自都毫不从自己考虑，我并不很清楚该如何将它与人们称作英雄主义的许多表现相区分。我们可能不该对这类事作出这样的裁决吧？——'值得一死，但并非不值得一爱！'"

"绝对不是！"希尔达回答道，她是透过她本人的诚实正直、清澈晶莹的中介来看待这一问题的。"就其原因而言，这件事对我完全是个谜，而且还会依然如此。不过我相信，对与错，只有一个。而且我不明白——愿上帝让我永远也别明白，这两件迥然不同的事情怎么会互相混淆。无疑是两个道德上的死敌——对与错，怎么会在同一件行为中相提并论。这就是我的看法，如果你能说服我放弃它，那就是我想偏了。"

"那可真要为可怜的人性哀叹了！"肯甬伤心地说道，但又对希尔达那超凡脱俗和不切实际的理论稍稍露出微笑，"我始终觉得，我亲爱的朋友，你是个十分严厉的法官，我还始终想不通，如此温柔的同情心怎么会和钢刃的冷酷无情同时并存。你不需要怜悯，因此也就不懂得如何来显示怜悯。"

"这话听起来像是挖苦，"希尔达说道，泪水涌进了眼睛，"不过我也无能为力。这改变不了我对真情实况的认识。若是有你所肯定的善与恶的这种可怕的混杂——这在我看来比单纯的邪恶还要令人震惊——那就不仅恶有害，善也会变得有毒了。"

雕塑家似乎还想再说些什么，但希尔达那拒绝听取的柔中有刚的坚定，让他闭上了嘴。她变得十分哀伤，因为一涉及这个阴暗的话题，牢门就此打开了，一大堆折磨人的回忆就从地牢中逃到纯净的空气和她灵魂的白光中了。她比平时更简短地向肯甬告辞，就返回她的塔楼中去了。

尽管她竭力想把思绪转到其他事情上，但她的脑海里却盘桓着米莲。而且和此前不同的是，她开始痛苦地怀疑：米莲——她原先如此热爱的朋友，是否并没有犯错。在她俩的最后一次谈话中，米莲曾经说过，有些事情重新出现在她的记忆里，现在看来，那件事比希尔达当时被刚刚犯下的罪行吓昏了头时所想到的要重要得多。并非那行为回忆起来不似当时那样恶毒和可怕，而是她自问：除去米莲的罪孽或无辜这个单一的问题之外，就没有其他情况需要考虑了吗？比如，由于有我们欣然结成的亲密友谊，应不应该对后来在朋友身上发现的某种卑劣就特别苛刻呢？因为在这种心灵的结合上——如婚姻或其他——我们会把对方看得更好或更坏。我们感受到朋友对我们的亲密无间，我们就发誓予以回报，在紧急关头不惜为朋友赴汤蹈火。那么有没有比落到米莲头上的更哀伤、更绝望的紧急关头呢？还有谁比沾上罪孽的不幸的人更需要无罪者的温馨救援呢！难道出于因在意我们的袍服不要沾上污点就拒绝把有罪的人搂在我们心口的一己之私，为了保持我们自己无暇这一理由，就不惜关闭他们最安全的避难所，听凭他们继续遭难吗？

　　希尔达发现这一道德难题摆在她的良知面前，而且感到无论她站在哪一边，另一边就会有鸣冤的叫喊，这实在让她伤心。况且，一个念头顽固地冲击着她：米莲和她本人之间的友谊是真实的，她们的感情是真诚的，因此，不是这样的冲击可以动摇的。

　　"米莲深爱着我，"希尔达懊悔不迭地想道，"我却在她极度需要我时摒弃了她。"

　　米莲深爱着她，而且米莲那热情、温柔和慷慨的性格在本性更含蓄和恬静的希尔达身上表现得激情不减。这种感觉从未消失过，因为在某种程度上说，希尔达近来所忍受的磨难，无非是由于她的情感在挣扎和扭动中仍然渴望着她的朋友。如今，刚刚受到一点鼓励,这种情感就又苏醒了,而且哀怜地叫喊着,抱怨着先前做法的粗暴。

一想到她幻想出来的失职(我们说"幻想",是因为我们没有毫不迟疑地接受希尔达现在的观点,而只是推测她被自己的感情所误导)——她幻想出来的对朋友的负罪,便突然想起了米莲委托给她的那件封套。米莲当时是既秘密又谨慎地嘱咐着交到她手里的:若是过上一段时间她还没有来取,就要按照地址送出去。希尔达把这件事忘掉了,或者更确切地说,她把这件使命连同与米莲有关的其他想法一起,放到了她意识的背后。

此刻一想起那件封套,还有米莲特别强调要按特定时间送出去,希尔达立即拔腿跑上塔楼的楼梯,生怕为时已晚。

没有,时间尚未溜走,只是在正要过去的当口。希尔达读了封套一角上的简短指点,她被告知:万一米莲离开罗马,封套应该在这一天送到地方。

"好险,我差一点就违背了自己的承诺!"希尔达说道。"何况,我们既然永远分手,一位不存在的朋友的嘱托就更神圣了。没时间耽搁了。"

于是希尔达便在黄昏时分出发,取道向钦契宅邸所在的城区走去。她那种独立自主的习惯十分牢固和自然,而且在长期实践中益发确定,她在只身生活中很少或根本不想危险二字。

在这方面,希尔达和一般女性大不相同。虽说她家乡的风气习惯往往造成妇女面对世界时显得柔中带刚,认为世事的艰险只是由于人类的传闻而夸张得荒诞了。为妇女担惊受怕有百分之九十九的可能是完全多余的。就以现在的情况而论,在危险和紧急处境中,她们比男人要安全。而如果她们对自己胜过对男性骑士风度的信任,就只会更加平安无事。希尔达在罗马四处走动,她从来都是安全地去而复归,如同她所习惯的在她的新英格兰乡村中熟悉的街道上走来走去一样,那里的每一张面孔都带着亲切的表情。在这座人口密集、风气腐败的城市中,无论有什么邪恶、混浊和丑陋,她走起路来都旁若无人,甚至干脆视而不见。她完全不知道有什么恶毒之事正在和她同路而行,只不过并未冲撞她而已,她那种气势无异于无所阻挡的游逛的精灵。尽管据说是世风日下,其实,天真依旧在其自身周围建起天堂,而且保持经久不倒。

希尔达目前的探险将她带入所谓的——至少从外观上看——罗马最污浊和丑恶的地区。那一带有犹太人聚居的贫民窟,成千上万的犹太人挤在一个狭窄的地方,过着封闭、肮脏的群体生活,如同在一块霉坏的干酪上过分拥挤着的蛆虫。

希尔达经过这一地区的边缘,但没有机会涉足其间。不过,其相邻地区自然也沾染上了那些特点。大片乌黑可怕的住房,乱糟糟地搭建在旧时代的废墟上,其漫无规划,不啻是穷汉乱撑起的棚屋,然而却又散乱地露出一座拱门,一根立柱,一个檐口,一道断续的拱廊,而这些完全可以拼凑起来装饰一座宫殿。事实上,许多现存的住房,原先可能就是宫殿,仍然残存着一些可悲的宏伟。到处都是一片脏乱,脏乱不仅撒遍狭窄的街道,而且布满从地基到屋顶的整个破败的高大建筑表面,并且堆在门口,探出窗外,还成了像是从中滋生出来的儿童的人生外观。他们的父亲是太阳,而母亲则是一堆罗马的泥土。

由此推论出一个有趣的问题:古罗马人是否像我们随处可见的他们的继承人一般是个肮脏的民族呢?看来,在这片居住过世界的主人并在其历史上出名的地方,有一种恶毒的魔法,有一种土生土长、绵延不绝的诅咒加到了他们的继承者头上,使他们将脏污随手抛到最近的无论什么庙堂、立柱、废弃的宫殿或凯旋门旁,以及古罗马人所建的任何纪念物上。很可能那是一种

351

传宗接代的古代遗风,或许由于较好的基督教文明而稍有改进。可以想见,恺撒就是走在比当今的罗马更窄、更脏的路径上,到卡匹托耳山去执行公务的。

由于贝雅特丽丝的父亲的住所、钦契家族的阴暗旧宫令希尔达颇感兴趣,虽然此前那兴趣并不算强烈,但仍使她克服了那里的外观所引起的沮丧心情,走近了大门。附近的广场同样凄凉,只有一名老妇在卖炒栗子和南瓜籽。她瞪着希尔达,问她是否迷了路。

"没有,"希尔达说,"我要找钦契宫。"

"那边就是,漂亮的小姐。"那位罗马老妈妈答道。"我看到你手里有个封套,要是想送去,我孙子皮埃特罗可以赚上一百奥科去跑一趟。钦契宫那地方对年轻姑娘可不是什么好兆头。"

希尔达谢了老妇人,她声明必须亲自去完成她的使命。她走近宫殿的正面,发现它尽管极其高大,却外观寒酸,这样一处住宅不像是贝雅特丽丝可爱的身影乐于萦绕之地,除非为命运所系。前廊处站着几名士兵,他们用赞许的目光不失礼仪地看着这位满头棕发、面颊白皙的盎格鲁-撒克逊姑娘。希尔达抬腿踏上台阶,她要经过三段高大的梯级,才能到达她此行要去的大门。

第四十三章

一盏灯的熄灭

在希尔达和雕塑家之间有一种说上半句话就能相互理解的默契:他俩在雕塑家的工作室会面之后的第二天,都去参观梵蒂冈的美术馆。肯甫自然不会不到那里去,他在一片片的房子间转来转去,始终未见到他所期待的朋友。无数贴墙而立、在二十个世纪的沧桑中平静如初的大理石墙面,对他的失望无动于衷。而他在走过这些古典艺术的珍宝和奇迹时,怀着在情感专注时常有的漠不关心,连雕刻品也不屑一顾了。作为冰清玉洁的材料,其生气更多地来自思想而不是热情,这些大理石制品需要通过一个完全透明的中介来理解。

尤其是,肯甫过于指望希尔达那精微的接受力,一心想和她一起观赏两三尊他俩议论过的雕像,她这一缺席,就把他参观的全部目的都打破了。那是一种妙不可言的互助:两个相通又不相同的智力结合起来,在读诗时互相推敲,在观赏绘画或雕塑时彼此切磋。即使没有说出一字评语,双方的见解也会奇妙地加深,领悟也会拓宽。结果,一件天才之作的内在之谜,本来只藏

353

在一个人心中的,往往揭示给两个人。肯甬失去了这样的帮助,干脆什么也不看了,反正他已来过多次梵蒂冈,而且比现在看得更充分。

由于失望的冷寂,他甚至怀疑他所献身的艺术本身就是冰冷的。此时他自问,雕刻是否当真软化和温暖了所处理的材料?所雕的大理石是否仍只是石灰而已?贝尔维迪宫① 的阿波罗是本身具有超出外形美的价值,还只是在那众所周知的杰作中无可指摘?在先前的走马观花之中,他曾将这座雕像看得如天上之神,但现在却没有这种感觉。

若不是《拉奥孔》那座群雕,他简直提不起精神来了。肯甬认为,这雕像以那种无边的痛苦表现了人的长时间的拼死挣扎,他和两个儿子被扭绞在一起的两条巨蟒——谬误和邪恶——紧紧卷住,若非神力干预,父子三人最终肯定会窒息而死。他最佩服的乃是渗透在这一苦斗中的奇特的镇定,它恰似大海的怒涛因其博大而平息,或尼亚加拉瀑布② 的喧动因其持续而不显。同样,在《拉奥孔》中,一时的恐惧已经变成了漫无止境的岁月中的命运了。肯甬将那组群雕视为雕刻艺术的一大胜利,它所创造的那一不可或缺的姿态,表现了动荡之力的极致。但实际上,是他那罕见的沉重的心情才使他对那件作品的可怕的壮丽和哀伤的寓意如此敏感。希尔达本人也难以帮他以这样的智慧来理解。

肯甬怀着比顺理成章的失望更沮丧的心情来到他的工作室,和起一大堆泥。然而,他很快就发现,他一时失去了他的造型熟巧。于是他又蹰躅着走上罗马不安的街头,在科尔索街逛来逛去。在一天的这一时刻,成群的行人和闲汉拥塞了狭窄的

---

① 为梵蒂冈收藏艺术珍品之博物馆。
② 位于北美大湖区,在美加两国之间,为世界第一大瀑布。

街道，一个悔罪者就此与雕塑家对面相遇。

那人身穿白袍，脸上罩着一个没画五官的面具，一双眼睛透过空洞露出痴呆的目光。这种古怪可疑的身影在意大利城市的街头上时时可见，人们都知道他们通常是有地位的人物，舍弃他们的宫殿、他们的狂欢、他们的浮华和傲慢，一时穿上悔罪者的袍服，以此来赎回某种罪行，或是清偿构成世俗生活的种种小罪。他们有乞讨的惯例，或许是以此来测定他们受罚的时间，直到将一枚枚好心施舍的小钱凑齐所需的数目为止。所得之款献给慈善或宗教目的，因此，增加给他们灵魂的益处，自然就在一定程度上与别人的善举或好心相连了。这些身形有一种幽灵似的惊人效果，并非他们的袍服给人奇特的印象，而主要是由于他们周身那种神秘色彩以及众所周知的其中的负罪感。

然而，就目前这个例子而论，那位悔罪者没有向肯甬乞讨。虽说有一两分钟的时间，他俩面面相觑地站着，面具中那双茫然的眼睛迎着雕塑家的注视。但是，就在人群要分开他俩之际，那人说话了，声音由于穿过负罪的面具变得有些遥远与陌生，但肯甬听来不算不耳熟。

"你一切都好吗，先生？"悔罪者从他飘忽不定的朦胧中问道。

"一切都好。"肯甬答道。"你呢？"

但那戴面具的悔罪者没有回答，就被人群的涌动卷走了。

雕塑家站在那里目送着那身影，简直想追上他把刚开头的谈话继续下去。但他忽然想到，有一条神圣的规定（或者我们可以称作不可侵犯的礼仪），禁止认出那个自愿戴悔罪面具走路的人。

"真怪！"肯甬自忖道。那肯定是多纳泰罗！是什么原因把他带到罗马来的呢？在这里他的回忆该有多么痛苦，而且他的

355

露面也是不无危险的。还有米莲！他会不会陪着他呢？

他继续向前走，心里想着：自从多纳泰罗初到罗马，开始在米莲笑脸的明媚温暖中体会到他从未经历过的非常幸福的、欢乐而又单纯的那些日子以来，这位意大利青年发生了多大的变化啊！雕塑家思忖着，他所目睹的他这位朋友灵魂的成长，似乎与所付出的代价相比得不偿失，他牺牲掉的那种单纯的欢乐，可真是一去不复返了。一个具有古代式健康的生灵从地球上消失了，取而代之的，只是千百万个同等模式的芸芸众生中的又一个病态和懊悔的人。

与多纳泰罗——雕塑家的想象和记忆中的那个快活的农牧之神，如今变成了一个阴郁的悔罪者——不期而遇，加深了蒙在肯甬精神上的阴云。就像我们平时遇到我们身外巴掌大的小麻烦时常有的那样，这件事使肯甬想象着，整个世界都在他周围变得可悲了。尽管他无法看清这可能预示着什么，但显然存在一种征兆的罪恶外观。

若不是出于情人间常发生的一种特殊形式的赌气，一种以意中人和自己的内心为发泄对象的反常的恼恨，以便报复谁也不能责怪的不幸，肯甬可能就会马上跑到希尔达的画室，质问她为什么爽约。但今天的会面本该为当前的欢乐增色添彩，其结果将对他未来的生活至关重要，因此那空盼一场便使他无法泰然处之了。他生可怜的希尔达的气，不容分说地指责她。他也生自己的气，因此要以他的力量对自己这个罪犯处以极刑。他还生当天的气，它就这样白白地从他身边过去了，竟然没有用刚才这几个小时来补偿上午的失望。

说实在的，雕塑家意在把全部希望的赌注押在梵蒂冈美术馆中的这次会面上。他打算在和希尔达穿行于理想之美的长廊中的最后时刻，说出恋人们在村路上、在林中小径上、在海滨的沙滩上、在拥挤的街道上要讨论的话题。只要说出的话能够被通情达理地听进去，地点也就确实无所谓了，反正沿路肯定开着玫瑰，脚下冒出雏菊和紫罗兰。他打定主意要证实：希尔达对他表示的好意到底是对他本人倾心的先兆呢，抑或只是别的朋友们可以和他同样分享的她的气质中的那种芬芳。他要试一试有没有可能把这个羞怯而又直爽的无邪与无畏的人儿俘获，将她囚在他心中，让她感到那里有比整个世界都宽广的自由。

我们必须承认，眼睁睁看着一个冬天的暮色的阴影投在本是明朗的白昼，发现自己还在昨天被撇下的地方，感到严重受挫，却无奋争之机，那是很苦涩的。他对现已消失的时光的期待如此之高，似乎再没有另一天能带回同样的金光闪闪的希望了。

在这样一种情况下，肯甫除了去努奥弗咖啡馆就餐和喝一杯蒙蒂菲阿斯科尼白葡萄酒①，同时渴望着能痛饮一两大杯多纳泰罗的阳光美酒之外，很难指望他能做出比这更好的事情了。看来也只有葡萄酒可以用温柔的光和热照亮恋人的心，慰藉那缥缈得使他病态的心情无法检验和抗拒的模糊希望，从而治愈他的忧郁。

从狂饮蒙蒂菲阿斯科尼白葡萄酒中未见明显的效用，他便去了阿根廷剧院，阴沉沉地坐在里面看意大利喜剧。剧中充满插科打诨的笑料，本该给他提点精神，结果逗得人人都捧腹大笑，只有他不为所动。于是，不等演出结束，他就走出了剧院，一如进来时那样郁闷不乐。

就在他走过这片城区错综复杂的狭窄街道时，一辆马车驶过他身边。车子驶得飞快，但尚未快到煤气灯光照不清里面一张脸的程度。尤其是当那张脸俯向前面的时候，那人看似认出

---

① 产于意大利中部拉蒂阿姆地区，以镇名为酒名。

了他,同时还从车窗中伸出手来招呼他。而肯甬呢,马上就知道那是谁了,他匆匆奔向马车,车子也早已停了下来。

"米莲!你到了罗马?"他惊叫道。"你的朋友们都不知道吗?"

"你一切都好吗?"她问道。

这句问话和最近那次多纳泰罗从悔罪面具后向他打招呼的话语丝毫不差,使雕塑家吃了一惊。或者是因为他近来心神不定,或者是由于米莲声音中的某种音调,或者是因为看到她在这里而产生的说不清道不明的感触,他似乎感到有一种不祥之兆。

"我认为一切都好,"他心怀疑虑地答道,"我还没觉出有什么不幸。你有什么要说的吗?"

他益发认真地凝视米莲,感到梦般地不确,不知是否当真在同她本人说话。是真的,是那姣好的容貌,其轮廓是他时常端详的;况且他有一名雕塑家的精确观察力,那就是米莲那张脸,是毫无疑问的。但他看出了一种变化,其本质他尚不能满意地界定。可能只是在于她的衣裙——在不充分的光线下,他看到的比她平常穿的简朴衣袍要鲜艳。他想,那效果部分来自佩在她胸前的一块宝石,那不是钻石,但闪着一道清晰的红光,如同南方天空中的繁星。出于某种原因,这有色彩的光似乎是她本人发出的,仿佛她天生丽质中的全部激情和光亮都结晶在她胸前,恰在此时较前更明亮地闪烁,以与她内心的某种情感相呼应。

当然,无可置疑,那就是米莲,他的艺术上的朋友,他曾和她及希尔达度过那么多愉快和亲密的时光,他最近还在佩鲁贾见到过她,她和多纳泰罗俯身在教皇赐福的铜像下。这就是那同一个米莲。但敏感的雕塑家觉察出了一种不同的姿态,这一点给他的印象超出了外在的效果。他想起了米莲初到罗马时引起的纷纷议论:什么她不是真正的艺术家,而是一位名门闺秀,只

358

是逢场作戏啦;什么混迹于人们的奋争中只是为了消遣啦;什么走出她家乡的圈子只是个插曲,就像一位公主从金碧辉煌的马车中下来在乡村土路走上几步啦。在爱与死都演过几个角色的假面舞会之后,她才恢复她真正的身份。

"你有什么要告诉我的吗?"他不耐烦地叫道,因为在熟悉的人或事上感到这么捉摸不透,是最令人心烦意乱的。"说吧,我的精神和耐心今天都已经够乏的了。"

米莲把手指竖在嘴唇上,似乎要肯甫注意还有第三个人在场。这时他果真看到有什么人在车中坐在她身旁,刚才一直被她的姿势挡着,看来是个男人,长着一张意大利人的菜色的脸,雕塑家只能不清晰地分辨出来,但不认识。

"我没什么可告诉你的,"她答道,尔后又朝他俯身过来,压低声音说——这时她看上去才更像他所了解的米莲——"只有一点:灯灭之时,不要失望。"

马车继续向前驶去,撇下肯甫苦苦思索这次令人不满的会面——它似乎除去把他的脑海装满比先前更不祥的预感之外,再无更好的目的。多纳泰罗和米莲为什么在罗马?就他俩来说,对这里无论如何也更应有所畏惧。为什么他俩先后都问他同一个问题?似乎他们知道有什么灾难才提问的,而那个灾难不是已然降临到他麻木的头脑上,就是正极近地悬在他的上方。

"我太懒散了,"肯甫喃喃自语道,"是个软弱没生气的蠢才,既没经历又不机灵。不然的话,多纳泰罗和米莲也不致这样躲着我!他们知道与我密切相关的某种不幸。再过多久我才能知道呢?"

与雕塑家相关的狭小圈子内,似乎只有一件灾难可能发生。而即使对那样一种不祥,他也无法勾勒出明确的外观,而只是感到将会涉及希尔达。

他摆脱了一天来放任自己意志的病态的迟疑和对自己内心希冀的漫不经心,立即奔向葡萄牙街。那座旧宫殿的高大塔楼直插多云的夜空,很快就出现在他面前。塔楼中间的一截看不清楚,但再向上就被在塔顶闪烁的圣母长明灯照亮,又显露出来了。那盏灯虽然在四周一片广阔的黑暗中很微弱,那小小的灯光在肯甫昏暗的思绪中却相当分明。因为他想起了米莲最后说的话,便莫名其妙地认为,那盏圣灯一定要熄灭了。

　　就在他站在那里盯视着——就像一位航海家遥望着他所信赖的星星似的——之时,那灯光摇曳着,沉了下去,又亮起来,终于熄灭了,使希尔达的塔楼的雉堞完全陷入一团漆黑。若干世纪以来,罗马最高的神龛前祭献的传奇式的火苗,第一次停止了燃烧。

第四十四章

被遗弃的神龛

肯甬知道希尔达(那姑娘是忠诚的新教徒,也是清教徒的女儿)对这座神龛所负的神圣职责。他清楚,自从她住进这座高入云霄的房间以来,她的良知就加上了世俗的亦是宗教的深深的责任感,担起了保持祭献灯长明的任务。希尔达无论做任何有充分的理由或根本就是谬误的事情都精确无误,因此完全可以像信赖太阳会带着与今天同等的灿烂在明晨升起一般相信她(——只要她活着而且能够爬上楼梯)会按时而认真地为圣灯添油剪芯。

因此,当雕塑家看到灯火忽闪并熄灭时,他简直不相信自己的眼睛。他的视觉一定欺骗了他。现在,既然灯没有再亮,肯定是有什么烟团或穿不透的雾气聚在塔楼灰色的顶部,遮住了灯光,因而从地面上看不到了。不对! 因为就在模糊的雉堞上方,随着风吹云散,他看到了一颗星,而且不仅如此,在他集中注意力极认真地观察了不久之后,居然能够辨出昏黑的神龛本身了。塔楼周围没有什么遮挡,他自己的视力也没有任何毛病,灯火燃

361

尽了灯油,随后便熄灭了。可是希尔达到哪里去了呢?

一个披大氅的男人刚好走过,肯甫——他急于证明他的视觉不准,一心想通过可以接受的证据得出相反的结论——便上前招呼他。

"做做好事,先生,"他说道,"请你看一下那边那座塔楼的顶部,再告诉我圣母神龛前的灯依你看是不是还亮着。"

"灯,先生?"那人答道,起初不想费事去抬头观看,"那盏灯已经亮了有四百年了!怎么可能现在会不亮呢?"

"可是,看哪!"雕塑家不耐烦地说。

那个意大利人似乎认为这是一个古怪的外国佬的奇思异想,但还是好心肠地迁就一下,于是便抬眼看了一下。他刚一发现上面真的没灯了,立刻以生动的惊奇表情举起双手。

"那盏灯灭了!"他叫道。"那盏至今亮了四百年的灯啊!这一定是预示着什么大灾难。听我的劝告,先生,你要赶快离开这里,以免塔楼倒下来砸到我们头上。一个教士曾经告诉我,若是圣母收回了她的祝福,灯一灭掉,老塔宫就会带着所有住在这里的人沉到地下去。不等天亮它就会塌的!"

那个陌生人以最快的速度离开了昏暗的房屋,而肯甫——他倒宁愿看着塔楼在眼前坍倒,只要希尔达平安无事就好——却打定主意,不管天色已晚,也要爬上去弄清楚她是不是在她的鸽巢里。

他穿过拱门——和罗马城门一样,那里多数地方的入口在夜间和白天都是洞开着的——摸索着找到了宽阔的楼梯,然后燃亮他的细蜡烛,照亮了通往希尔达房门的层层阶梯。由于不是适宜拜访的时间,他打算只敲一敲门,一听到她在里面应声,马上就走,留待以后有机会再解释和道歉。于是,到达高处那个他相信姑娘已躺下入睡的地方——虽然圣母似乎中止了她的关怀,但天使们依旧照顾着她——他便轻轻敲门窗,随后又加力敲了敲,然后是不耐烦地急切地砸门。没有传出回答,显然希尔达不在屋里。

肯甫确定了这一事实后,便走下楼梯,但每到一层,都要停下来敲响住房的房门,也不管他可能惊动的睡在屋里面的人可能是谁。他只是焦急地想弄清:有人最后看到那姑娘时是在哪里。可是,在每一个关着的房门处,传来的都只是空荡荡的回音。只要里面有生命——任何房间,无论大小,也不管是用指头轻扣还是用铁锤猛砸——都绝不会发出那样的声响来应答的。

有一次,在低层的一处楼道拐角,雕塑家确实幻想着门里有一阵骚动,仿佛有人在门限内谛听。他希望至少那个有铁插销的窥视小孔是开着的。罗马的管家们大概有一种由来已久的惧怕,唯恐放进一个盗贼或杀手,所以总要小心翼翼地从窥视孔认清来人才放进去。可是那个小孔也关得严严的,而且也听不到里面再有动静了。肯甫只好得出结论:他的激动的神经在和他的感觉开玩笑,因为在我们最希望证实我们的感觉准确无误时,神经就要适时地做些什么。

除去怀着沉重的心情走开之外,已经无可奈何,只有等到明天白天揭示出好也罢坏也罢的消息了。

因此,翌日清晨,在阳光斜斜地射到希尔达塔楼灰色楼面的一半之前,肯甫已经又来到葡萄牙街。他快走到塔楼底部时,看到鸽子全部都栖息在雉堞上向阳的高处,其中有一对——显然是它们的女主人特别宠爱的,如果希尔达有什么知己的话,也就是向它俩吐露心中的秘密了——箭一般地直飞下来,佯装要落到他的肩上。它们显然认出了他,但它们很狡猾,不肯就此表现出来。肯甫的目光随着它们向上飞而望上去,希望它们会带着姑娘平安的好消息再飞回来,他就可以辨出她苗条的身影,半掩在女墙后面,为圣母神龛前熄灭的灯添油,就像别的少女动手做家务似的。或许,他可能看到她那温柔娇美的面孔从半空中向他微笑,仿佛她已飞到了那里一两天,只是看了看她的亲人,如今又被未曾承认的爱情的魔咒招回到地面上来了。

可惜他的眼睛没有福分看到这样美好的幻像或现实,而且事实上鸽子热切不安地扑腾翅膀,也没有表明是什么好消息——那是它们渴望与希尔达的朋友沟通,但在他急切的询问下却不知如何说出来。它们并不比他更清楚,它们丢失的伙伴把她自己藏到了哪里,而是和他一样无可奈何地沮丧,感到它们明媚和轻飘的生命黯淡了,变得不完美了,因为她和它们的甜蜜交往被抽掉了。

在早晨清新的空气中,肯甬发现搜寻起来比前一天半夜要容易多了,当时即使那个睡觉的人听到他的叫嚷,也只是阴沉沉地骂上几声作为回答,然后转身再睡。只有为了非常切近的现实,人们才肯高高兴兴地放弃梦境。当然,太阳高照时,就是另一回事了。住在古塔低层和宫殿周围的各等居民,此时都很愿意讲出他们所知道的一切,其中更多的是想象出来的。这些意大利人亲切和蔼,思路敏锐,说起话来天花乱坠,谈起希尔达的失踪更是滔滔不绝。若是不善言辞的民族,这么一番表达就意味着寻遍陆地海洋,不找到她誓不罢休的热心了。在这里,他们嘴里这样说,终归是好意,至少比漠不关心要好。毋庸置疑,他们当中有许多人对那位从遥远的土地来到他们的塔楼上、只与鸽子为伴的羞怯娇美的棕发外国少女怀着真诚的善意。但他们精力也就只是花在大呼小叫上而已,宁肯高高兴兴地把更积极的措施留给肯甬,留给关心忠于其圣灯的信女不要受到伤害的圣母。

在巴黎的广大居民中,虽然人口众多,门洞下的守门人却认得出所有进进出出的人。但罗马的住宅,除去鲜见的情况,大门和主楼梯不啻是一条侧巷,和大街一样畅行无阻。因此,雕塑家只好指望从顺便看到的什么人那里得到有关希尔达去向的消息了。

在对这些人刨根问底的追问之中,得到的是对最后看到姑娘的时间的各式各样的证明。有人说是四天以前有过她的踪迹。但是住在宫殿二层的一位英国女士却断言,她是在前一天早晨遇见过手里拿着一本画纸的姑娘的。因为她和那年轻的姑娘不熟,就没太注意,很可能弄错。住在三层的一位伯爵一口咬定说,两天前的下午,在门洞里,他曾向希尔达抬帽致意。一位以前照管过神龛的老妇人提出了对调查有益的证明:圣灯至少三天要添一次油,尽管油盆容量很大。

总之,虽然还有其他足以造成困惑的证据,但肯甬仍无法相信,自从三天前一个水果贩子看到她手中拿着一个封套从拱廊中出来后,仍有人见过她。他几乎可以肯定的是,那是在希尔达在雕塑家的工作室里默许了他俩次日在梵蒂冈见面后便离开了他的一个小时之后。就是说,失踪的姑娘有两天两夜没有消息了。

希尔达的房门还像前一天夜里一样锁着,但肯甬找到了转租人的妻子,并说服那好心的女人,用她备份的钥匙打开门让他进去。进门之后,随处可见的少女的整洁和简朴的高雅,使他明显地感到,这是一个纯洁灵魂日常起居之处,在她身上,宗教和爱美融为一体。

在那套住房里,那位结实的罗马大妈引着雕塑家穿过一条窄道,推开了一间小屋的门,她在门口满怀尊崇地停了一下。屋里有一张床,铺着洁白的床单,罩着帐篷似的雪白的帷幔,那张床的宽度仅容得下一个苗条的身躯躺在上面。看到这清冷、飘逸和孤独的闺房,恋人不由得为之心动,宛如希尔达温馨的睡梦仍留在那里,使他感到了瞬间的幸福。但随后就出现了她已失踪的更为紧迫的意识,以及随之而来的一阵尖利的刺痛。

"瞧,先生,"那位大妈说道,"这里有个小梯子,小姐就是用它登高为升天圣母的长明灯添油的。这个好孩子不厌其烦地保持灯火长明,真称得上是个天主教徒了。虽说她是个异派信徒,升天的玛丽亚无疑会想着她忠于职守而为她调停的。如今这灯灭了,在天的圣徒才晓得这座老宫殿会出什么事!先生,你愿意到雉堞上去看看她在那儿留下了什么踪迹没有吗?"

雕塑家穿过房间,爬上那张小梯子,来到清风徐徐的塔楼顶上。他看到一束美丽的鲜花放在神龛下,他认出来了那是他自己送给希尔达的礼物,她又把它插进一瓶水中。这或许出于异想天开的念头,但仍夹杂着深深影响她性格的宗教感情,使她把花献给了圣母。她的确从那一大束各色的鲜花中为自己挑了一枝玫瑰,因为肯甫清楚地记得,上次他在工作室见到她时,她胸上就戴着那朵玫瑰花。

"她只接受了我那巨大的爱中的一小部分,"他自语道,"剩下的她就全献给上天了。可惜留在这里风吹日晒,该干枯了。啊!希尔达,希尔达,你若是肯早些给我看护你的权利,邪恶也就不会来了!"

"不要垂头丧气嘛,我的先生,"罗马大妈看到肯甫从胸中吃力地吐出深深的一声叹息,便应声说,"我们看得出,那位可爱的小姑娘把那边那座神龛虔诚地布置了一番,我本人或任何其他笃信天主教的妇女也不过如此了。这是一种宗教行为,比一次祈祷还要管用。小姐肯定会回来,就像明天的太阳还会像今天一样穿过窗户落下去。她自己的鸽子就常常走失一两天,但在她想不到的时候,它们就又会回到她头上来扑腾翅膀了。这鸽子似的孩子也会这样的。"

"可能会吧，"肯甫怀着思慕的忧虑想道，"但愿在我们这个邪恶的世界上，一位纯洁的姑娘和鸽子一样安全。"

他们回到室内，穿过她的画室，里面的家具和布置是雕塑家所熟悉的，他没看到那只乌木小书橱，他记得原先它总是放在一张桌子上的。他知道，希尔达有个习惯，总要把她的信件和别的她想珍藏的小物件放在那小书橱里。

"那玩意儿怎么了？"他的手按在那张桌子上，突然问道。

"什么怎么了，嗯？"那女人有点恼怒地叫道。"先生，你是不是怀疑有人偷了东西，嗯？"

"小姐的书橱不见了，"肯甫回答道，"原来总是放在这张桌子上的，几天以前我还见过呢。"

"啊，是嘛！"那女人说道，从仍有些失魂落魄的状态恢复了镇定，"小姐一定是随身带走了。这倒是个好兆头，证明她不是随便走的，大概等她觉得方便的时候就回来了。"

"这可太怪了。"肯甫评论道。"小姐不见了之后，你，或者别人，进过这套房间吗？"

"我可没进来过，先生，上天和圣徒保佑我！"大妈说道，"我想在罗马也许只有两把钥匙开这古怪的旧锁。这是一把。至于那一把嘛，小姐是常带在她衣兜里的。"

雕塑家没理由怀疑这位值得尊敬的夫人的话。她看上去好心好意的，罗马的大妈通常都是这样，她们只是有时候在一阵冲动之中会对一个讨厌的人劈头盖脸地大骂一通，甚或用她们当作簪子的钢锥捅他。意大利人对可疑事实的断言，无论碰巧多么真实，这样讲的人也绝对没有目击过实情。他们这样讲的时候极其认真，却无法保证那些话来自什么深度，如同从灵魂的物质中拔出的根，上面还沾着一些土。在他们眼里总有一种琢磨

367

不透的东西,而不是直率。简言之,他们撒起慌来就像讲真话,而讲起真话来又很像在撒谎,使听他们说话的人信也不是,不信也不是,总怀疑自己弄错了。有一点是确定无疑的:对意大利人最为温情的良知来说,欺骗算不上什么不能容忍的负担。

"真怪,那张小书橱会跑到哪儿去呢?"肯甫紧紧盯着那女人的脸,又重复了一次。

"真的很怪,先生,"她温顺地答道,一点都没有移开她的眼睛,而是查看着他表面半英寸以下的洞察力。"我想准是小姐随身带走了。"

再在这里待下去似乎就无聊了。于是,肯甫便和那女人作了安排,讲妥要她保持这套房子的现状,而由他担负起租金的事,然后就告辞了。

他把那一天用在了他认为实用的进一步寻找和调查上,虽然起初还虑及会不自主地引起公众对希尔达的事情的注意,但情况之紧急很快便迫使他全神贯注地进行下去了。在一周的时间内,他试遍了想到的办法来探寻那个谜,不仅依靠他个人的以及他的艺术家兄弟和朋友们的努力,而且还通过了警方,他们当即受理了这项任务,并表示了极强的成功信心。可惜罗马的警察除去做他们为其充当工具的专制政权感兴趣的事,办事效率是极低的。他们头戴三角帽,肩上斜挎武装带,腰中佩着短剑,看样子神气十足,而且无疑大睁着眼睛盯着触犯政治的人,但对私人受伤害的罪行,哪怕大到谋杀,却常常视而不见。肯甫不指望他们的协助,更不指望靠他们的协助而收效。

他想起米莲对他说的那句神秘的话,便急于要见她,可是既不知道她去了哪里,也不晓得该怎样才能和她本人或多纳泰罗会面。时间一天天地过去了,依然没有失踪者的消息。圣母神龛前的长明灯也没有再燃亮,没有光明照进恋人的心中,没有希望之星——他在几乎怨恨地抬眼朝天仰望时，简直就要脱口而出了——在上天那里！

第四十五章

希尔达的鸽子飞走了

　　肯甬感到此前照亮他那冰冷的艺术生活、使之稍有生气的光亮,也随着希尔达塔楼上的长明灯熄灭了,或者至少也不祥地黯淡了。他一向把那姑娘比作一支纯洁的蜡烛,燃着稳定、透明的光焰,将一切邪恶的精灵逐出其烛光周围的神奇圆圈之外,其烛光所及,照亮并温暖了他的整个生活空间。他现在看不到那光明了,当即感到自己处于黑暗之中,不辨路径了。

　　或许就在这时候,肯甬才第一次觉察到罗马是个多么忧郁的城市,是压在人生上的多么可怕的重量,内心的任何郁闷都与撒遍古代帝国基地上的废墟的魔咒呼应了。事实上,他四处游逛,在倒卧的立柱上绊倒,在墓园里摸索,走进漆黑一团的地下寝宫,却找不到出来的路径。在罗马明朗的天空下,这样一路走下去可能是很愉快的。但是,你到那些地方是怀着忧郁的心情——如果你去时心中就有废墟,或者心中原有的虚无飘渺的幸福不复存在,成为了一片空地——往昔罗马的一切沉重的阴郁就不仅会累积在古迹之上,也会以成堆的大理石和花岗岩、土堆和砖块以及其他腐朽的材料把你压垮。

可以推测,一个忧郁的人会在这里与一种阴暗的哲学结识。他应该学会耐心忍受他个人的凄苦,因为这里有一个充斥整个帝国的无限灾难的标记。在你周围的久远的时间界标,把千年的幽远带进了近在眼前的昨天,而你的凄苦不过是延续短短的一生。若想在城墙下的大片夯土中植根、于柱头上绵延或者从皇宫草皮下钻出的草木之间寻求那种带苦味的芬芳灌木,只能是一场徒劳。那东西不在罗马生长,甚至在布满大剧场的长草的拱门上的五百种野草中也不见其踪迹。寻遍一个又一个世纪的狭长景观,寻遍多阴影少阳光的所在,寻遍如演员串演角色一般交迭更变的野蛮和文明,寻遍夹在宫殿和庙宇之间、穿越古老的凯旋门的一代代人走过的宽阔大道,直到远远地看到那些方尖塔,上面镌着辨解不出的铭文,暗示着比历史所确定的时间还要悠远的过去。与那些无法测量的长度相比,你自己的生命微不足道。但你仍然热情不减地要求在带你去安息之地的那一两步上得有一道阳光,而不是一点阴影。

真是荒谬绝伦!从最早的方尖塔开始——不仅如此,就全世界而论,要从那远古时代、甚至更远的时间算起,所有的人都有过类似的要求,却很少能如愿。果真得到满足,他们现在是不是就活得更好呢?不过,即使在你以这样悲惨的教训自嘲时,你的心仍然在吵嚷着要求那一小份凡世的幸福,仍对陷进罗马土地中的无数死去的希望视而不见。我们在此时此刻的这个狭小的立足点上居然能够坚持站稳,而且值此时时变化之际,居然仍像中流砥柱一般挺立于从遥远的过去到无限的未来之间迎着滚滚大潮,真是奇妙之极!

雕塑家是与大理石打交道的人,却仍为世事不可逆转而悲伤。他回顾希尔达的生活方式,深为自己的盲目愚蠢所震惊,他竟然没有——即使没有更多的权利也可以用朋友的身份——告诫她要当心时时遭遇的风险。她过于单纯,无法估计那些风险,甚至不可能承认其存在。但是他——在罗马度过多年,具有男人的开阔得多的观察和经历——深谙一些令他胆战心惊的事情。在肯甫看来,透过他所畏惧的深色中介,形形色色的罪行都发生在罗马错综复杂的街道上,却没有其他放荡、恶毒的城市所具有的弥补因素。

因为这里有一伙长着红润、浮肿的面颊和色迷迷眼睛的被娇宠的、充满肉欲的教士。比起大多数男人来,他们的动物性生命发育得显然更粗俗,却被置于与妇女不自然的关系中,于是便失去了附属于其他人类的健康的人性良知,不具备别人与妻女相连的亲切的天伦纽带。因为这里还有慵懒的贵族阶层,他们没有高尚的目标和机遇,便培育起各种生活方式,仿佛那是一门艺术,而且是他们精心学习的惟一艺术。因为这里还有高下不等的居民,他们对美德没有真正的信赖,如果他们认定了什么行为是罪过,就在忏悔室跪上一会儿,站起来时就不再有负担,从而可以抛掉一切由那罪过引起的忧虑、懊悔和记忆,从而活跃、轻快地在新口味的刺激下投身随之而来的下一次罪孽。因为这里还有一伙士兵,他们觉得罗马是他们征服的城市,认为自己无疑是多年前在这里的高卢人、哥特人和汪达尔人行使过的肮脏特权的合法继承人。

新罪行发生的地点,就在逝去的岁月里曾经是罪恶渊薮而且是长期承袭的巢穴的那些犯罪之处!罗马的哪一条街、哪一片古老的废墟、哪一处站过人的地方、哪一块石头落下之处没有沾染过这样或那样的罪孽呢! 在这座城市的骄傲或灾难的沧桑中,人类邪恶的黑潮曾经吞没过它,那远比台伯河升到七座山的斜坡的水位要高。在肯甫忧郁的看法中,似乎从罗马古老的腐败中,有一种传染的因素雾般地升起,弥漫了这座已死和半朽的城市,这是世界上其他地方所没有的。这种因素延续了犯罪的倾向,而且一旦发现机会,就助长了其瞬间的发生。而这样的机会又有哪里比这儿更现成呢! 在那些庞大的宫殿里有上百处幽暗的死角,在那里无辜的遭难者尖声喊叫也无济于事。在低级些的住宅下有些地窖,那里曾是王公的住所,白天是敞开的。在那里发生的犯罪行为的恶毒,由于每个过去的年代都在那里撒下一把尘土,最终便被埋得看不见了。只有暴徒知道其存在,便保存下来作为谋杀或是更严重的罪行的借鉴。

就是在这样一座城市里,在过去的三年中,希尔达四处走动却没有一个保护者或者向导人。她轻快地走在旧罪行的残渣上,她穿行于异教留下来并由基督教徒使之臭名昭彰的藏污纳垢的处所之中;她迈动白皙、纯洁的双脚,圣徒般地昂首阔步,直到她消失在正好横在她途径上的一个陷阱中。想象起来都可怕,是什么样的骇人听闻的暴行将把她推进深渊啊!

随后肯甬竭力想象着,希尔达的圣洁足以做她的保护人,他以此来安慰自己。啊,是啊,她是如此纯洁! 和她有着姐妹关系的天使们绝不会让希尔达受到伤害的。为了她,会做出奇迹的,这就和父亲要伸出手来救护他最亲爱的一个孩子一样自然。上天会在她周围维持一个小圈子和氛围,就像上天自身一样安全和健康,尽管危险罪恶的潮水可能包围着她,那黑色波涛悬浮翻卷在她头上! 不过这种想象中的情况很少可能存在,无疑,这是宗教真理。可是上天如此行事实在令人费解,结果,许多谋杀就此得逞,许多无辜少女伸出白臂向天求告无果,虽说上天无比仁慈和英明——或许正因如此——在恢恢天网为我们这一切悲哀带来丰富的补偿之前,其永恒只能是一半! 然而我们这位恋人所要求的是与短暂的人生相应的即时的安慰:确保希尔达目前平安,并在此时此刻便重新出现。

他本是个想象力丰富的人,如今却受到了胡思乱想的惩罚,在他设想出来的上百种色彩阴暗的场面中,希尔达始终都是中心人物。雕塑家连他的大理石都忘掉了。对他来说,罗马已经别无其他,只是一座迷宫了,而那失踪的姑娘就消匿在其中某条阴森的街道中。他总是纠缠着一个想法:某个最该知道的重要地方,也就是最容易发现的地方,此前恰恰被忽略了,若是他能抓紧这条线索,它就会把他接引到希尔达脚步的踪迹上。为着这个目的,他每天早晨都要到葡萄牙街去,以那里为起点开始新的调查。而在天黑之后,他也必然回到那里去,抱着忐忑于心中的一线淡淡的希望,准备看到塔楼上的长明灯重新亮起,将那丑恶的神秘驱逐出以其光芒献祭的圆圈。没有哪个想法是他能够紧紧抓牢的,因为他的脑海中满是虚幻的希望和恐惧。以前,肯甬似乎要把他的生命刻到大理石中去。现在,他茫然地抓着石头,却觉得如同握着水汽。

在他慌乱而又沉重的心情中,一件小事的偶然触动却对他作用非常。那些鸽子起初对它们失踪的女主人忠心耿耿。它们依旧在她的窗台上栖成一排,或是落在神龛或者教堂的天使像上,或是飞到邻居住宅的屋顶和门廊上,显然在期待着她重新露面。然而,两周之后,它们开始飞走,一对对地另寻鸽巢了。只有一只鸽子没飞走,垂头丧气地待在神龛下面。那群离去的鸽子如同众多的希冀,从肯甬的心头消失了;而那只仍然滞留不去的鸽子,样子是那样无精打采,那是希望呢,抑或已然是绝望?

一天,雕塑家在街上邂逅了一位慈眉善目、令人起敬的教士。由于他的脑海中始终想着希尔达,忙于回想起与她有关的一切事情,他立刻觉得,这就是他看到的和她一起在忏悔室中的那位神父。希尔达对他如此信任,肯甬却从未问过她和这位老

374

教士之间谈话的题目。他决没有无端地设想那次谈话从其长远后果来看与她失踪有任何关系，但与这人迎面相逢，他就想起了此人与他失去的她的神秘交往，便不假思索地在冲动之下去和那教士打招呼。

　　或许是那老人表情上的可亲可敬使肯甫心中一震，反正他在说话时就像遇到了老相识，而且他俩之间有共同感兴趣的目标。

　　"我找不到她了，神父。"他说道。

　　"你说的是谁，我的孩子？"教士询问。

　　"就是那个娇美的姑娘，"肯甫答道，"她曾在忏悔室里跪在你面前。在你听取过忏悔的所有人当中，你一定认得她！因为她自己并没有什么罪孽可坦陈的。"

　　"对，我想起来了，"教士眼中闪着回忆的光芒，说道，"她被迫抓住本教会的一种仪式，并发现当即获得了解脱——虽然她是个异派教徒——就此经受了敬神仪式效用的神秘测验。我的目的是按照传道总会① 的印刷品，用拉丁语、意大利语和英语宣讲这一奇迹的简单内容，以启发人类。可怜的孩子！除去她是异端之外，如你所说，她是洁白无暇的。她死了吗？"

　　"上天禁止这样说，神父！"肯甫惊叫着，缩回了一步。"可是她走了，我不知她去了什么地方。可能——是的，这念头抓住我的头脑不放——她向你吐露的事情会对她的神秘失踪提供一点线索？"

　　"没有，我的孩子，没有。"教士摇着头答道。"不过，我请你务必振作起精神，那年轻姑娘注定不会作为异派教徒死去。谁晓得升天圣母此时此刻会为她的灵魂做些什么呢！也许，你下

---

　　①　由罗马天主教红衣主教组成，负责海外传教。

次见到她时,她会穿上标志真正信仰的白闪闪的袍服呢。"

最后这一句暗示并未传达出老教士可能预计的所有美好的东西。不过,他还是随着他的祝福,把他所能给予的两件最好的东西告诉了雕塑家。他再也没说什么就告别了。

然而,他们分手后,希尔达改信天主教的念头重现在她恋人的脑海中,他随之自然想到的,便是有关她的失踪之神秘的新的一轮推测。并非他当真担忧——虽然她过多的宗教情感可能一时误导她——这位新英格兰姑娘会暂时屈从于在意大利包围着她的罪恶迷信。但忏悔一举——如果被那些像猫捉老鼠一般要捕获灵魂的热心的传道士获悉,而这是很可能的——肯定会鼓动起最自信的期盼,使她改变信仰。既然抱着这样虔诚的目的,为了不朽的灵魂不至永远沦落,耶稣会按其观点会不会冒天下之大不韪想要绑架那凡体呢? 这位好心的老教士本人难道就不会认为这是他对如此奇特的向他求援的迷途的羔羊所能做出的无比仁慈的帮助吗?

假若这些推测合情合理,希尔达就极可能成为在罗马难以计数的宗教机构中的某一处的囚徒。从外表看来,这一念头带来的时而是一定程度的宽心,时而是陡增的困惑。一方面,希尔达除了精神上的威胁不会有别的不安全;另一方面,冲破所有那些有栏杆的前廊,搜遍上千个修道院的地牢,救她出来,可能性又在哪里呢?

然而,事实上肯甬不会试图沿着那种假设一路走下去,那种无望的不确定状态几乎迷乱了他的理智,只能将他带进片刻的指望中去。一只陌生的手交给了他一封信。结果,收到信的一小时之内,他就取道穿过了罗马的一座城门。

第四十六章

康帕纳平原上的一次散步

那是二月一个晴朗的上午,在那个月份中,罗马短暂的严冬已过去,紫罗兰和雏菊开始在太阳眷顾之处展示自己。雕塑家从圣·赛巴斯蒂安① 城门出城,轻快地走在亚壁古道② 上。

出城一两英里后,这条著名的古道就和罗马的其它林荫道一样冷清和恼人了。大道铺着硌脚的小铺路石,两边是灰泥砖墙,修得很牢固,高大得几乎隔绝了周围的乡野。房屋的外观都很不中看,毫无画意,既不像家居,又不像公共用房。这些房子绝少有开向路侧的门,只能从后面走进,而行路人遇到的都是从铁栅窗后望来的不好客的皱眉蹙额。四下里露出一些落寞的小旅馆和小酒店,门侧有枯萎的灌木为标记,门内可以辨出石头砌的阴森森的四壁,客人们可以补充些酸面包和羊奶干酪,佐以酸

① 圣·赛巴斯蒂安(? —288?),罗马军官,早期基督教徒,曾引导许多士兵信教,事发后被害,此城门以他命名。
② 亚壁古道,公元前 312 年由罗马监察官亚壁乌丝·克劳狄乌斯·凯库斯监修的通往今布林迪西的大道,全长约 366 英里。

到心口的葡萄酒。

沿途不时矗立着一座古墓的废墟。从现存的残迹来看，这些坟墓的结构都是极其高大的由砖块、石块、石子和泥土聚在一起的瓦砾堆，岁月将这些建材融成一团，犹如每座坟墓都是由单一的一块花岗岩砾石做成的。当年初建成之时，外部无疑包有打磨过的条形大理石，上面有浅浮雕花纹以及种种这类适当的装饰，设计恢宏，外观雄伟。这一古代的辉煌，早已被活人从死人处盗走，用以装饰自己的宫殿和教堂。除去其硕大无朋，这些墓园早已无光彩可言了。亚壁古道沿途的坟墓，有着巨人般的高大宽阔，坚固耐久，不惧风雨，一次普通的地震也不足以将它撼动，连金字塔也要黯然失色，但在人们眼中却难以成为域外奇观。在这里居然还会看到一座现代化住宅和生长着葡萄藤与橄榄树的花园，栖息在一座古墓高大的残迹上，四边形成一座五十英尺高的峭壁。在这处坟墓上的家园中，一代又一代的儿童在这里生长，一代又一代的生命在这里耗尽，而不受死后骨灰要承受如此重负的那位坚忍的古罗马人的阴魂的骚扰。其余的坟墓上都长着野草、灌木和乔木，那些大树伸展着宽阔的伞盖，已经有两千年的树龄了。在其中的一座坟墓上竖着一座塔楼，虽然比坟墓不知要年轻多少年，但其修建之时也远在人们的记忆所及之前。由于塔身的毁朽，有一条几乎从顶到底的大裂缝。但作为塔楼基础的坟丘依然坚固如初，大概可以挺到最后审判的号角将其震得四分五裂，把那不为人知的死者召去之时。

是啊，不为人知的死者！因为除去一两个不可信的例子之外，这些山丘似的坟墓建筑都没有哪怕仅仅是一块个人或家族姓名的墓志铭。那些长眠者虽然实际上具有被人永记不忘的野心，但不留下一块墓碑作为标志，他们在各自墓园中安置骨灰的鸽洞里或小小的绿色坟丘里，倒也照样休息得安安稳稳。这样其实更令人满意,不然的话,想到美梦夭折也是徒增烦恼。大概在出城两英里或更远的地方,肯甫经过了就在路侧的一个巨大的圆丘,它和上述的一样,原先是建作坟墓的。它有切成大块的石材,用和大片的其他坍废的坟墓相同的粗糙之物粘成材料,砌在巨大的方形基石上。不管是出于什么原因吧,这座坟墓远比其余的保存得更好。在其开阔的顶部矗立着一座中世纪要塞的雉堞,从时间开始摧毁其附属结构时起,路边的尘土就在这里集聚,已经将其填满,从中长出树木、灌木和粗大的常青藤。这座女人的坟墓早已成为一座城堡的堡垒和主塔楼。赛西莉亚·麦特拉的丈夫为了保护她可爱的遗骨所提供的一切精心爱护,只是使那一撮珍贵的骨灰在她死后多年成为战斗的核心。

从这一地点再走不远,雕塑家就离开了亚壁古道,按照只有他才知道的标记,取道穿过康帕纳平原。在他的一侧的远处,是跨越在田野和河道上的克罗迪安高架水渠。在他前面许多英里之处,在一片蓝天的衬托下,是阿尔本山,太阳照着积雪,闪着银亮的光辉。

他并非没有同伴。一只水牛犊,似乎怯生生的,却主动和人交往,从他走下大道时起就和他结识了。这个爱玩的幼畜在他身边蹦蹦跳跳,时而在前,时而在后,有时还停下片刻,用狂野好奇的目光盯着肯甫,而当他走得太近时,便又晃着毛茸茸的脑袋跳到一旁。随后它在他身后慢踱几步,又像骑兵冲锋似地狂奔一阵。但当雕塑家转脸看它时,便猛然停住,而只要一见稍有要接近它的迹象,就又在康帕纳平原上疾驰。肯甫想象着这活泼的小牛犊简直像他的向导,如同那只小母牛引着卡德摩斯① 到他预定的城市。因为他虽有千奇百怪的想法,但他的主要路线

---

① 希腊神话中的腓尼基王子,杀巨龙并埋其齿,遂长出一批武士,却相互残杀,最后剩下五人,随他一起建立了底比斯城,并引进文字。

始终保持正确方向,而且是沿着雕塑家事先记下的标志走的。

在肯甬与这只粗野而又健康的小动物的自然交往中,有一种东西奇妙地恢复了他的精神。温煦的阳光也对他的身心起了有益的作用。还有不时吹过来的和风,仿佛一心想拂弄他的面颊,待到他想感受到更肯定的一次轻吻时,却又轻柔地隐身而退。这股羞怯而又可爱的和风使他奇妙地联想到希尔达有时对他的举止。

这样的天气无疑对雕塑家亲切愉悦的感受作用很大,使他对生活本身充满幸福感,尽管他的心中充斥悲凄的念头、忧虑和恐惧,有一种压抑感亦在情理之中。似乎除去天堂和意大利,别处都无天气可言。美洲当然没有,那里总是只有酷暑和严寒。这里虽然时值初冬,天空也该更为严峻,但更像是夏天,而不似我们新英格兰人概念中的春天。不过有一种难以形容之处:芳香、清爽和幽情,是主妇似的夏天所不再有的,却刺激着并实际上逗弄着肯甬的心,那种感受部分是感觉上的,但更多得多的则是一种精神上的欣喜。一言以蔽之,仿佛希尔达轻柔的吐气吹到了他的面颊之上。

他用轻捷的步伐走了大约半小时之后,便来到了一处似是不久之前才开始挖掘的地点。地面上有一个空洞,很像是废弃的地窖,四周围着古老的地下墙壁,由古罗马的青砖砌就。有一道窄窄的石阶通到下面。在罗马帝国时代这上面很可能是一座郊区别墅,而此处废墟则可能是浴室或其它需要全地下或半地下位置的房间。土中埋藏着丰富的散佚或遗忘之物,简直无处下锹,否则定会碰上那些令世人瞩目的出土文物。浅浅一挖,就会搜集到一些珍贵的宝石、钱币、饰环和雕刻精品;如果再挖,就会挖到葬瓮或墓穴,有丰富多彩的壁画装饰的房间,样子就像欢聚的大厅,其实只是坟墓。

雕塑家下到地窖似的洞穴里,坐到了一块石头上。他由于心急,比约定的时间早到了。太阳斜斜地照进洞中,恰好落在一块肯甫原以为只是不成形的碎石上,那可能是大理石,有一部分埋在了塌下来的黄土中。

但他那双训练有素的眼睛很快就意识到,在这块粗石中有艺术加工。他本来就在焦躁地苦等,便借机清理开像是最近才落上去的浮土,结果却看到了一尊无头的大理石雕像,上面粘满了泥土,表面还稍稍朽蚀得发黄,但雕塑家当即认出那是一件古希腊的制品,精致美观之极。头部没有了,两臂也从肘部断掉了。不过,肯甫从松土中伸出的石刻中看到了一只大理石手掌的指头,并且仍连着小臂。他又找了找,便发现了另一只手臂。他把两只断臂对准接到原本位置的断碴处,于是显出了那位可怜的残破的妇女的造型,终于使她重新获得了她那端庄的本性。她早已失掉了的那种本性,如今在复活之际又夺了回来。因为那两只被长期埋葬的手马上按照本性的催促摆好了姿态,成了那位古代雕塑家雕成的、如今已为世人所见的美第奇的维纳斯。

"这是多么了不起的发现啊!"肯甫自忖道。"我找的是希尔达,却发现了一位大理石的女人! 这预示着好还是坏呢?"

洞中的一角有一块小圆石,外面包着许多已经硬结在上面的泥土。那石头此时还难以描述,直到雕塑家拣起它来,捧在双手中转来拨去,擦掉上面的泥土,最后把它放到了那新发现的雕像的细颈上。效果实在神奇。那颗头当即使整个身躯明亮和生动起来,赋予了它个性、灵魂和智慧。那种美的观念立刻宣布了自己的不朽,并把那一堆晦暗的断片变成了一个整体。当焕然一新的大理石闪着雪白的光泽时,即使不是在视觉上,在感受上也绝对是尽善尽美的。尽管那极其优雅的四肢上、甚至双唇间那可爱的小口中还有许多泥土,也不会影响观瞻。肯甫把唇间的土清理掉,那石像简直对他报以生动的笑靥了。

这尊雕像既不是那座《保民官的维纳斯》的原作,也并非其更好的复制品。但是凡是对那座著名的雕像的小头、那没有灵魂的窄脸、纽扣眼般的眼睛以及绝不像天生的嘴唇感到不满的人,会从这尊远为高贵和秀美的脸上看到真正的呼吸。这是古代雕刻中的一件稀世珍品,我们可以从中辨出女性的美,而且更重要的是对其神性毫无侵害。

如此看来,这是雕刻家发现的一件珍宝了!它怎么会躺在它的长达二十个世纪之久的坟墓旁呢?关于发现它的新闻怎么会尚未轰动外界呢?这个世界已经由于一些远比黄金贵重的东西而比昨天富有多了。被遗忘的美重见天日,仍和先前一样美不胜收;一位女神从长睡中起身,依然是位女神。梵蒂冈肯定要另辟一间和贝尔维迪宫的阿波罗同样奢侈的精舍了。或许,如果年迈的教皇肯放弃他的要求,一位皇帝将向这温柔的石像求婚,骄傲地把她娶作皇后!

肯甫这样夸张地想着这座新发现的雕像的重要性,并且至少感受着这一发现刚才在他身上激发起的一部分兴趣。然而,事实上他感到难以把他的思绪集中在这一题目上。恐怕他无法不想到一位完美无缺的艺术家,因为对他而言有一些比他的艺术更亲切的东西。而由于人类一种情感的更大力量,这尊神像似乎又散了,变成了不过是一堆毫无价值的碎片。

就在雕塑家无精打采地盯着石像时,有一阵细碎的蹄声沉重地奔跑着响在康帕纳平原上。不久,他那活泼的老相识——那头水牛犊跑了过来,从洞边向下看。几乎与此同时,他听到有话音越来越近,一男一女在用意大利语的音乐般抑扬的语调交谈。除去他那四蹄朋友的毛茸茸的脸,肯甫这时还看到了一个农夫和一个农妇在空洞的对面边缘上对他做着致意的姿势。

382

第四十七章

农夫和农妇

　　他俩下到洞中,一个是青年农夫,身穿蓝色短上衣,紧身半长裤在膝盖处扣着带,脚上是带扣的鞋,这一身打扮凑成了男人最丑的衣服。不过穿这套衣服的人倒是英气勃勃,任何穿衣或裸体的古代雕像,也不过如此了。与他手牵手的,是一位村姑,她那身衣服以猩红色为主调,上面还缀着农民们用于喜庆欢宴的金绣,色彩鲜艳夺目。但肯甫并没有受骗。在他俩化了妆的身影刚来到他和阳光之间时,他就已经听出了他们的声音。那农夫是多纳泰罗,而那个面露笑意的农妇——虽然眼睛中闪着忧郁,但还是带着高兴的神色——则是米莲。

　　他们二人亲切地问候了雕塑家,这使他想起了地下陵寝那次神秘的历险之前,希尔达、他们俩和他四个人一起度过的快乐日子。随着那黑暗的迷宫中出来的那个鬼似的身影,接二连三地出现了多少不祥事件啊。

　　"这是狂欢节期间,你知道的,"米莲说道。似乎是在解释多纳泰罗和她自己的服装。"你还记得我们去年的狂欢节过得多么快活吧?"

"像是时隔多年了,"肯甬答道,"我们都变化很大啊!"

人们彼此接近时,如果双方都有奥妙的目的,就很少会开门见山地进入心中最想谈的话题。他们惟恐过于鲁莽地触及正题会发生触电般的震惊。一种自然的推力引着他们蹑足潜踪地试探前进,躲在一个接近些的和再接近些的话题之后,最后才把感兴趣的真正观点拿出来面面相对。米莲深谙此道,并且部分地遵照执行。

"这么说,是你作为一位雕塑家的本能把你带到了我们新发现的雕像的现场。"她评论说。"够美的吧? 比起佛罗伦萨那个可怜的小囹女,这才是更真实的不朽女性形象呢,虽说那个雕像已经闻名世界。"

"最美的,"肯甬说着,不经心地看了那尊维纳斯一眼,"光是这尊雕像露面的时间,就足以让那一天成为永久纪念日了。"

"我们现在何不这样做呢?"米莲问道。"两天前我们发现它时,我就这么想过,真的。这是对多纳泰罗的奖励。当时我们一起坐在这儿,计划着和你见面,他的敏锐目光发现了这倒下的女神,几乎完全埋在那堆土下面了,我想是那些笨手笨脚的挖掘工撒下的土落到了她身上。我们互相祝贺,其实主要是为了你的缘故。我们三人的眼睛是到目前为此惟一看到她的。你是不是吓了一跳,还以为是一直躺在坟墓里的古代美女的幽灵吧?"

"啊,米莲! 我不能照这样对你说,"雕塑家带着遏制不住的烦恼说,"对艺术的热爱和想象力全部都离我而去了。"

"米莲,"多纳泰罗柔和而庄重地插话道,"我们何必让我们的朋友提心吊胆的呢? 我们明知道他为什么忧心嘛。把我们所知道的消息告诉他吧。"

"你可真是直截了当,我亲爱的朋友!"米莲带着不安的微笑回答道，"我想绕着这件事兜一会儿小圈子。有好几条理由呢，我想用奇思怪想先掩盖一下，就像我们向坟茔上撒花。"

"坟茔！"雕塑家惊叫了一声。

"没什么坟墓，你的心用不着埋葬，"她回答道，"你没有这样的灾难可惧怕的。不过我迟疑着拖延不说，是因为我说的每一个字都把我拉得更接近令我畏缩的一桩罪行。啊，多纳泰罗！让我们把最近这几天我们过的日子再多过些时候吧！这日子多么明媚，多么逍遥，多么天真，真是既没有过去也没有将来啊！在这儿，在康帕纳的野地里，你似乎为你也为我找到了在你的少年时代属于你的那种生活，那种你从你神话似的祖先——贝尼山的农牧神那里继承来的那种无忧无虑的甜蜜生活。我们的严峻而黑暗的现实很快就要来到我们面前了。不过，在那之前，让这种奇妙的幸福再多过些时候吧。"

"我不敢再拖延了，"多纳泰罗答道，他的表情使雕塑家回想起他在贝尼山极度懊悔的最阴沉的日子。"我之所以敢于像你看到我的那样显得幸福，只是因为我已感到时间不多了。"

"那就再过一天吧！"米莲恳求着，"在这飘香的空气的野性自由中再过上一天吧。"

"好吧，再过一天，"多纳泰罗微笑着说，他的笑容中有一种难言的凄凉，融合着高兴和哀伤，使肯甬深受触动，"可这里有希尔达的朋友，也是我们自己的朋友。至少要安慰他一下，让他心安，既然你对这件事有一部分权力。"

"啊，他还得再忍受一会儿他的痛苦！"米莲叫道，她转向肯甬，脸上闪着忽隐忽现、捉摸不透的微笑，以便遮掩某种必需的庄严；若是赤裸裸地暴露出来，就要凄惨和庄重得目不忍赌了。"我想，你喜爱我们俩，为了我们的缘故，你会乐于再受一天罪的。我的要求是不是太高了？"

"把希尔达的情况告诉我,"雕塑家回答道,"只消告诉我她平安无事。其余的就随你,先别说吧。"

"希尔达是安全的,"米莲说道,"我记得很早就对你说过了,希尔达自有上天保佑。但一个重大的麻烦——让我们承认那是一个邪恶的行为吧——已经宽宽地伸展开它的黑树枝,那阴影不仅落到有罪者的头上,也落到无辜者的头上。有一条细线把你的希尔达和她不幸目睹的一桩罪行连在了一起。不过不消我说,她是无罪的,就像天使从天上向下看时看到了那桩罪行一样无罪。先不要管后果是什么吧。你会看到你失踪的希尔达回来的,而且——谁知道呢——也许还比原先更温柔了呢。"

"可是,她什么时候回来呢?"雕塑家追问道,"告诉我她回来的时间、地点和方式!"

"耐心些,不要这样逼问我嘛,"米莲说道,肯甬又一次看到了她的举止中那种精灵般的忽隐忽现的特色,还有那种神经质的兴奋,似是发自她内心哀伤的一种迟滞的飘忽不定的东西。"你比我有时间。先听听我要告诉你的一些事,我们会随时谈到希尔达的。"

随后米莲就谈起她自己的生活。她说的那些事实,使雕塑家仅凭先前对她的了解感到困惑的许多事情都明朗了起来。她说自己的母亲是英国人,但也有犹太血统;而通过父亲一方,她又与南意大利人数不多的一个王侯家族有关,该家族仍保持着巨大的财富和势力。她说出了一个姓氏,把听她说话的人直惊得面色苍白。因为就是那个家族,与仅仅发生在几年之前的世人都知道一个神秘而可怕的事件相关。读者如果认为值得就那件曾被人们议论纷纷、只在不久之前才被淡忘的奇特事件作些回忆的话,是会记得米莲的姓氏的。

"我把你吓了一跳,我看到了。"米莲说道,突然中断了她的

386

叙述。

"不,你是无辜的。"雕塑家答道。"我惊的是似乎纠缠着你的脚跟、并在你的通路周围投下罪恶阴影的命运。你是无罪的。"

"有这样一个命运,"米莲说,"是的,那阴影落到了我头上。我虽然无辜,却在那阴影中迷了路,并且徘徊着——希尔达会告诉你的——陷入了罪恶。"

她继续向下说。她还是孩子的时候,就失去了她的英国母亲。她从很小的时候起,就和一位伯爵订下了婚约,那家人是她父亲家族的一个旁支。那种婚约完全由家庭包办,男女双方年龄既不相称,感情更不予考虑。大多数贵族出身的意大利女子都要屈从于这种既定事实的婚姻。但是在米莲的跨民族的混血中,在她对母亲的思念中,有一种因素,尤其是在她自己的天性中,有一种特色,赋予了她思想的自由和意志力,使她对这种从小包办的婚姻十分厌恶。尤其是她那位未来夫婿的性格更成了她不可更改地坚决反对那桩婚事的充分理由,因为那人的性格已经暴露出十足的邪恶、奸诈、卑劣而又阴险难测的迹象,只能认为他有精神错乱的症候,这往往是古老、封闭的家族中由于长期不与外界通婚而发展起来的。到了应该履行婚约的年龄,米莲已经彻底否定了这桩婚事了。

后来就发生了米莲在说出她的姓氏时所涉及的那桩可怕事件,那事件骇人而又神秘的情形,许多人都记忆犹新,但谁也不能为自己找到一个满意的解释。为了不致离题,只谈与本书故事有关的一点:人们的怀疑甚至阴沉而直接地落到了米莲的头上,认为她至少是同谋犯。

"可是你知道我是无辜的!"她呼叫着,又终止了叙述,并直视着肯甬的眼睛。

"从我最深的意识里，我相信你，"他回答道，"而且我从希尔达对你的信赖和全部情谊中也深信这一点。你若是能犯罪，也就得不到她的友谊了。"

"这样宣布我无辜，倒真是有确切的根据。"米莲说着，眼睛里充满了泪水。"可是她亲眼看到我帮忙犯了罪，从那时起，在你那圣徒似的希尔达的心目中，我就成了一种恐怖了！"

她继续讲她的故事。她的家族关系的巨大势力保护了她，没有让她尝到推到她身上的罪名的恶果。但她在绝望之中离家出走，并在这次外逃时故布疑阵，造成她已自杀的最可信的假象。然而，米莲生性刚强，在艰难世事中，不会仅以单一而可怜的生活来源餬口。她四处漂泊，不久就创造出一种新天地，其中希尔达的温柔纯洁，雕塑家的敏锐感觉、清晰思路和艺术天才，多纳泰罗的和蔼单纯，给予了她几乎是第一次幸福的体验。随后就出现了那次成为不祥之兆的地下陵寝的冒险。她在那里遇到的那个幽灵似的人物，正是萦绕她终生的厄运。

米莲回顾已经发生过的事情时议论说，她现在把他看成疯子。那种疯癫一定是与他原先的禀性混在了一起，在那种秉性造成的腐化堕落行为中发展，并由随之而来的懊悔而进一步加强。他的阴暗经历中的最奇特之处，便是悔罪似乎时常与犯罪携手而行。自他死后，她已经查明，他的疯癫最终把他引进了一所修道院，在那里边，他的严格的自虐式的苦行，使他获得了非同寻常的圣洁的美名，从而使他有理由享有比一般修士可能得到的更大的自由。

"还要我告诉你更多的情况吗？"米莲叙述到这里，问道。"我把你引到了仍是一团昏暗的迷雾之中，只有一点朦胧的亮光。不过你可能会看到一些连我本人也只能猜测出来的东西。无论如何，你总可以理解了，在地下陵寝中那次致命的邂逅之后,我是一种什么处境。那个迫害我的人本来是到那里去苦行赎罪的,却以新的犯罪冲动追随着我不放。我落到了他的手中。他既疯狂又恶毒,只消一个字就会让全世界信以为真,从而把我毁掉。你也会信他的,希尔达也会,连多纳泰罗也会惊恐万分地回避我的!"

"绝不会的,"多纳泰罗说道,"我的直觉知道你是无辜的。"

"希尔达、多纳泰罗和我本人——我们三人会宣布你无罪,"肯甬说道,"让世人想说什么就说吧。啊,米莲,你应该早些把这个悲惨的故事告诉我们才是!"

"我时常想到要对你说明白,"米莲答道,"尤其是有一次——在你给我看了你那座克娄帕特拉雕像之后。当时我的话已经从心头涌出,到了嘴边了。但看到你只是冷漠地听我谈心里话,我就把话又咽了回去。我若是听从了我的第一冲动,一切就都会是另一副样子了。"

"还有希尔达!"雕塑家接口说,"她和这些阴沉的事件又能有什么牵连呢?"

"她肯定会亲口告诉你的,"米莲回答道。"通过我在罗马的消息来源,我可以向你保证她平安无事。再过两天——我很愿意告诉你,自有上天的特别呵护在保佑着希尔达的——她就会和你重逢了。"

"还要再等两天!"雕塑家咕哝着。

"你现在太残忍了! 连你自己都不知道!"米莲叹道,又表现出那种奇特的忽隐忽现的兴奋,在这次会面中,这已不止一次地突现在她的举止中了。"放过你的可怜的朋友们吧!"

"我不明白你的意思,米莲。"肯甬说道。

"没关系,"她答道,"你以后自会明白的。不过,你能想一想吗? 这里有多纳泰罗,他陷于奇怪的懊悔无法自拔,一心想要由正义给予他自认为应得的处罚。他以一种直率单纯幻想着,我拦也拦不住。他认定:出现了一个错误之后,犯错误的人就该服从任何法官对那件事的审判,并甘受惩罚。我劝说他,世上没有公正可言,尤其在这里,在罗马天主教皇的脚下。"

"我们不必再争论这件事了,"多纳泰罗面带微笑地说,"我没有争论的头脑,我相信,我只有一种感觉,一种冲动,一种本能,有时会引导我作出正确的判断。可是我们现在何必谈些让我们伤心的事呢? 还有两天呢。让我们高高兴兴的吧!"

在肯甬看来,自从他上次见到多纳泰罗以来,古代农牧之神的一些亲切愉快的特性又回到了他身上。那是一种轻快粗率的优雅,愉快单纯的特色。但他在贝尼山那段时间,由于沉重的悲哀,这些都被抹煞了,直到雕塑家同他和米莲在伸手的教皇铜像下告别时,他也没有摆脱掉那种悲哀。幸福之花如今再放了。嬉笑发自他的内心,火光般地闪耀在他的行动中,与深邃的同情和严肃的思考交相辉映,甚至紧密融合。

"他不是很漂亮吗?"米莲说道,同时盯着肯甬正羡慕地停留在多纳泰罗脸上的目光。"变化很大,但从更深层的意义上说,依然如旧! 他转了一圈,如同天上地下的许多事情一样,如今又回到了他原先的自己,不过已增添了从痛苦的经历中赢得的一种无可估量的进步。这有多好啊! 我对自己的想法心怀畏惧,但又不能不深入进去探索。那罪行——他和我给拴到里边了——会不会是在奇特的伪装下的福分呢? 会不会是一种教育方式,把单纯而不完美的天性带到一种在其他惩戒下定难企及的情感和理智的高度上呢?"

"你提出了深刻而又危险的命题,米莲,"肯甬答道,"我可不敢随你走进你要去的那个无底深渊。"

"不过其中自有乐趣! 我乐于待在这无比神秘的边缘上。"

她回复道。"人类堕落的故事！它难道没在我们的贝尼山罗曼史中重现吗？我们要在那类似的情况中走很远吗？那桩罪孽——亚当本人和他的全体族类都参与其中——是不是注定的方式,按照这种方式,通过漫长的凄苦之路,我们就能达到比我们失去的与生俱来的幸福还要高尚、还要明亮、还要深沉的幸福呢？这种看法难道不是解释了其他理论都无法解释的允许罪孽存在的原因吗？"

"这太危险了,米莲！我简直听不懂了！"雕塑家重复说。"凡人是无权在你现在所立足的基点上行走的。"

"问问希尔达她是怎么想这个问题的,"米莲若有所思地微笑着说,"至少她可能得出结论,认为罪孽——与好事不同,它是人自找的——是由全能的和无所不知的上帝仁慈地赐予的,而我们的黑暗敌人则要通过罪孽把我们毁掉。罪孽确实已经成为在教育理智和灵魂上最有效的工具了。"

米莲在这番深思中停顿了较长的时间,她的思考使雕塑家有充分理由感到十分危险。随后她按了按他的手,表示告别。

"后天,"她说道,"日落前一小时,到科尔索去,站到你左边第五栋住宅的大门前,在安东尼立柱之外,你会听到一位朋友的消息。"

肯甫本想请她讲讲更肯定的消息,但她摇了摇头,把手指竖在嘴唇上,带着迷人的微笑转身走开了。他产生了一种幻觉:她也和多纳泰罗一样,在他们的神秘的人生旅途中,进入了路边的一个天堂,他俩在那里卸掉了以前和以后的负担,除去和他这次会面,感到了瞬间的幸福。今天,多纳泰罗又成了森林中的农牧神,而米莲则成了他合适的伙伴——林中或泉边的一个水仙。明天这由罪行束缚的婚姻结合起来的一对懊悔的男女将出发前往一个不可回避的目标。

第四十八章

科尔索的一个场景

在预定的那天下午,肯甫如约来到科尔索,比米莲规定的时间早了一个多小时。

时值嘉年华会① 的狂欢期。那个著名的节日欢庆活动正在全面展开,科尔索宽阔的林荫道上挤满了成百上千形形色色的人们,这在一定程度上再现了自从罗马帝国以来历经各种灾难之后的古老的欢庆方式。在早春的几个下午,这种形式的喜庆活动要一直持续到日落之后,而一年中的其余时间似乎都被关进了地下陵寝或过去的一些其它坟茔中去了。

除去这些使上百代人尽情欢乐的传统形式之外,还有一些当代的有着当今幽默色彩的新花样。然而,与当年富于创造性的时期相比,在制作无论是悲是喜的场面和仪式的特色上,这样一天或这样一个时代就显得贫乏苍白了。说句老实话,这一年的嘉年华会之所以还算生动活泼,只是因为这仪式已经存在了

① 基督教四旬节前持续半周至一周的狂欢。

几百年而已。那种气氛是传统的,而不是实际的。如果衰败和忧郁的罗马在嘉年华会的欢庆期间面带微笑和开怀大笑,这可不是那种真正开心的古代的纯朴的欢乐,而是要经过一番相当自觉的努力,如同我们对俗套的玩笑总要装出几分自欺的强笑。无论欢庆活动当年曾是什么样子,如今只是一条高兴的细流,按照既定的目的喧闹一番,它在贯穿这座衰朽城市的庄重心脏的科尔索中心大街上流来流去,而绝不会任凭其浮浅的力量越过两侧。即使在其限度之内,也不会引来大批观众,而只有较少的人在街上或阳台上看热闹,或参与抢花束或假糖果的争夺战。多数人只是冷眼旁观,贵族和教士极少置身其间。至于每年都要参与这项日见衰落的欢庆活动的盎格鲁—撒克逊人,嘉年华会可能早已随着铺白了便道的飘雪般的纸花被一扫而光了。

然而,这个年久渐衰的节日无疑对青年和快活的人还是新颖的,在他们的眼中,这个年久渐衰的世界本身就和亚当在天堂中的第一个上午发现人世时同样新鲜。可能只是由于年龄和忧虑,他们才以那冷漠无礼的批评使生活从其五光十色和虚无喧闹中变得不那么温馨了。

肯甫虽然年纪轻轻,但他胸中的块垒却使他认为这嘉年华会是最无聊的拙劣模仿。他将他目前忧心忡忡的心境与正在进行的一年一度的嬉闹的氛围相对比,觉得无限烦恼——这氛围简直使哲人也难免就范。但实际上既有一种道貌岸然、蔑视欢乐的哲人,也有抓紧机会及时行乐和不计浅薄而自寻乐趣的大智者。如果我们一味等待更实在的欢乐,恐怕就无以为乐了。因此,若是可能,肯甫宁可像以前在嘉年华会上那样,把自己化妆成一只周身长毛的野兽,投身到化了妆的人群中去。去年,多纳泰罗曾经全身扮成农牧神的模样,沿科尔索跳舞,把他那角色表演得惟妙惟肖,还露出绝对地道的一对毛茸茸的耳朵。米莲则时而化妆成一位古代宫廷的贵妇,涂脂抹粉,穿绸裹缎,时而穿着最鲜艳的服饰,变成了康帕纳最漂亮的农女。而希尔达则娴静地坐在一个阳台上,把一枝玫瑰花蕾投向雕塑家。那花蕾如此新鲜芬芳,他马上就知道是谁的手抛出来的了。

这一切全都过去了,所有那些同欢共乐、使他兴高采烈的亲密朋友也都不见了。肯甬觉得,自从去年的嘉年华会以来,似乎已经过去好多年了。他已经衰老了,需要灵敏的欢乐已无力参加,面具也变得枯燥乏味了。科尔索无非是一条排列着颓朽宫殿的狭窄破败的街道,甚至头上意大利天空中的那条长长的蓝色溪流,也远不如原先那样明朗湛蓝了。

其实,若是他能用他那清澈自然的目光看待这场面的话,他依然可能在其中发现欢乐与辉煌。从早到晚,到处都有节日的景象:花篮中满堆着花束,摆在街角供人购买,人们头上也戴着鲜花;一蒲式耳又一蒲式耳的五彩缤纷的纸花陈列在那里,就像真的各种花色的糖果,一个陌生人一定会以为刻板的老罗马的全部生意都在这花花绿绿的纸花和糖果的销售之中了。此时已是阳光灿烂的下午,这里出现了无可比拟的如画的景色:这条高贵的大街一望无涯,两侧是成排的高大建筑,在每个窗口和许多阳台上飘扬着五光十色的毛毯、鲜艳的丝绸、镶金穗的红布、哥白林双面挂毯① ——虽然由古老的织机织出却依然光彩夺目。每一座宫殿都披上了节日盛装,趁这一时机装点得喜气洋洋,哪怕宫内可能藏匿着伤心或负罪的秘密。尤其是每个窗口都生气勃勃地露出妇女的面孔。玫瑰般的少女和儿童,个个都对下面街道上的活动展现出喜眉笑脸。沿宫殿正面突出的阳台上,站着成群的贵妇淑女,有些很漂亮,人人都打扮得花枝招展,发出

---

① 产于法国哥白林。

欢快的笑声、甜润的尖叫和银铃般的话音,在平民百姓的头上加重了一种轻飘的骚乱感。

所有这些数不清的眼睛全都俯视着街心,那里挤满了喜庆的人群,那种光怪陆离,恐怕是花费了几个世纪才构想出来的。在狂欢的人流当中,向前缓缓滚动着无尽无休的罗马的所有车辆。从前面高坐着敷粉车夫、后面紧抓车杆站着三个穿号衣男仆的公爵马车,到由一头驴拉着的乡下马车,不一而足。在这各色各样的人群当中——窗口和阳台上的、各种马车里的或是服饰不同的扈从、前后奔跑的人们,都有一种共同的愚蠢之处,即以装痴卖傻来营造建立在真诚的——也是明智的——目的之上的真正的、亲切的兄弟姐妹关系。人类最认真的运动是战斗,所以这些喜庆的人们便以糖果和纸花作为弹药互相攻击。

其实,那并非各种花色的糖果,而是可以乱真的东西,恰似罪恶的苹果①,样子比真水果还要好。它们主要由石膏调制而成,中间裹上一粒燕麦或者别的不值钱的核。除去冰雹似的假花、糖果,参与战斗的人还向天空中抛撒一把把的面粉或石灰,如同战场上的硝烟悬在空中,落下来便涂白了黑外衣或道袍,使得年轻人的卷发上斑斑点点,很是不雅。

与这场生石灰大战呛得遭难者涕泪直流的同时,一场更文雅的鲜花大战也在进行,主要是在骑士和淑女之间。毫无疑问,这一美妙的习俗初创之时,可能具备一种真挚和谦逊的含义。每个青年男女采来束束野花,或是从自家花园中挑些最香最美的花,全都是新开初放的花卉,对着真正的目标,把花抛向一个或两三个他们认为自己即使不爱也情有独钟的人。往往科尔索的恋人就这样接受他那伶俐的情人在她父亲的宫殿的阳台上给

---

① 源自《圣经》中亚当、夏娃在伊甸园中偷食禁果。

予他的第一次青睐,以证明他的热情的目光没有撞到一颗石头心上。一个女儿家还能找到什么比用玫瑰花蕾轻轻打在一个小伙子的面颊上更合适的方式来暗示她秘密的温情呢?

这原是一个更天真和简朴时代的最诚挚的消遣。如今,由脏手采集和绑扎起来的花束,主要都是些最普通的花朵,在科尔索沿街出售,价格虽然低廉,却依然有利可图。你若是买上一篮花,就会发现花儿都已枯萎得可怜,仿佛已经在这节日期间被抛来掷去两三天了,由于是从街面上拣起来的,经过上百只脚的践踏,也已脏得不堪入目。你可以看到成群的男人和男孩钻到马蹄下面拣拾从阳台和马车上抛出而又没抛准的花束,然后再拿去出售,一次、两次,直至不止十次,反正已经被罗马的恶毒泥土脏污了。

这些花做的礼物——情感的香束——在骑士与贵妇之间飞来飞去,然后再从科尔索的一端跑到另一端。或许这些花束比其初时的面貌更适合象征那些投花人的可怜的、破损的、枯萎的心——是那种被原先的占有者揉皱和碾碎、沾着各种不幸、沿着人生的泥路从一只手传到另一只手的心,而不是被一个忠诚的胸脯珍惜着的心。

所以说,这些脏污的普通花束和那些骗人的夹心糖,是在嘉年华会的欢庆活动中仍然可见的那种小小的现实。然而,政府似乎想象着可能会有过激行为——或许是按照古代传统而超越法律的狂欢,以及从玩笑到认真的扒窃——便采取了临时措施:用堂而皇之的军事力量保卫科尔索。除去普通的宪兵部队外,头戴钢盔、身穿白色制服的教皇龙骑兵的强大巡逻队驻扎在各个街口。法国步兵支队站在他们架起的枪支的旁边,分头把守在那条通道一端的教皇广场、那条通道另一端的奥地利使馆广场前,以及通道中间的安东尼立柱旁。只要这些锁着的豹猫

——罗马居民——稍稍露出一点爪尖,军刀就会闪亮,子弹就会呼啸,当兵的就会真刀真枪地冲进那些一直在互相投掷着假糖和枯花的人群中间。

不过,为罗马人民说句公道话,更好地约束他们的不是军刀和刺刀,而是他们自己的彬彬有礼,那种教养为这一传统的节日增添了一种神圣色彩。初看起来那是如此古怪和放肆,冷静的观察者也会以为整个镇子都发了疯。但人们最终会发现,那一切表面的无节制的胡闹,其实是严格限制在本身的范围之内的。我们不能不佩服,一个能够如此自由地发泄他们的欢乐癖好的民族,却可以制止具有捣乱倾向的那些狂热分子。人人似乎都目无法律,但没有一个是粗野的人。如果有人行为越轨,那肯定不是罗马人,而是英国人或美国人。甚至这哥特种族的更粗野的表现,也由于在某些方面比我们在故国呼吸到的更优雅的道德空气的无形影响而柔化了。毕竟我们并非喜欢精美的意大利精神胜过我们自己的精神,普通的粗鲁有时是粗鲁道德健康的征候。不过,就嘉年华会的欢庆而论,在罗马可能比在任何盎格鲁-撒克逊城市都要举办得更注重礼仪,也更轻松愉快。

当肯甬从一条侧巷走进科尔索时,人们的喜庆活动正处于高潮。他心情抑郁地看着用毛毯和绸缎装饰一新的宫殿、排成两行缓缓而行的马车和五颜六色地化了妆的步行的人群,如同透过监狱的铁窗向外看。那场面之遥远,难以引起他的共鸣,只像是一场淡淡的梦,透过梦中昏暗而又奢华的东西,他虽能辨出更实在的物体,但却为梦境所困,始终无法彻底清醒。就在这时,又过来了另一个景观,它取道直穿化了妆的人群。

走在最前面是一支完整的军乐队,乐声在两侧高大宫殿的墙壁中间、在虽然堂皇却又狭窄封闭的林荫道上回荡,响彻云霄,其旋律之有力,简直变得杂乱了。随后便是骑兵和骑马宪兵的队伍，大有耀武扬威的神气。他们护卫着一长串马车，每一辆都镀金彩绘，像灰姑娘那辆马车一样豪华闪光。与车辆相衬的是车夫和大批肩宽体高的扈从，他们头上的假发敷着白粉，戴着金边的三角帽，穿着刺绣的绸缎外衣和马裤。以这支队伍的旧式华丽而论，完全够得上簇拥教皇陛下本人和他的红衣主教廷臣们的规格了——若是他们的神圣尊严肯于为这种嘉年华会的嬉戏添加一点高潮的话。然而，尽管有军队护卫的显赫，有古代服饰的豪华，这不过是一支罗马市政当局的队伍——每个人都像幻影，其中有一个是那个古罗马元老院议员式的幽灵——在向卡匹托尔山行进。

互相抛掷纸花和假糖果的混乱场面，在这支队伍经过时，部分地中断了。不过，有一件投得准确无误的东西——那是一位不敬神的新英格兰人掷出的两捧那么多的石灰粉——刚好把那位罗马议员的车夫打了个满脸花，冒犯了他的尊严。他大概认为，共和制正在又一次坍塌，由此扬起的灰尘此刻充满了他的鼻孔，尽管那满脸的石灰很难与已然大量恩赏给他的官方敷粉分辨出来。

就在雕塑家用惺忪睡眼漫不经心地看着这一小插曲时，两个人影手牵手地走过他面前。两个人的脸上都罩着看不透的黑色面具，但一个人似乎是康帕纳平原上的农夫，另一个则是穿着节日盛装的农妇。

第四十九章

嘉年华会的嬉戏

当时的人群和混乱妨害了雕塑家去追踪那两个人——农夫和农妇。确实,他们不过是挤在科尔索街头的无数身穿类似服装的人群中的两个人。肯甬刚刚挤出一条通道,要赶上他俩的步伐,却很快便看不到他们的踪影。他被推离道路,只好站下来注意看各色化妆的人群,希望他要找的人就在其中。他看到许多和多纳泰罗穿着打扮相同的康帕纳的灰头土脸的农夫和牧人,还有许多农妇,面色棕红,肩宽体壮,身穿猩红的漂亮衣服,佩着金饰或珊瑚珠子,垂着沉重的耳坠,戴着做工奇特的浮雕玉石或镶嵌的胸针,油光光的头发上插着长锥的银簪。他在那些优美的身形中搜寻,但仍不见要找的人的踪影。

那位议员的队伍刚一过完,那些欢乐的人马上抖擞精神,恢复了那古老的嬉戏,中断了一时的抛掷花束和糖果的炮火重新开始了。雕塑家或许是最焦躁不安的旁观者了,因而成了四面八方飞来之物的特殊目标,这是嘉年华会所允许的玩笑规则的实施。事实上,他那副愁眉苦脸的模样与周围的场面极不相称。

既然他无法用其他方式参加欢庆,大家拿他当作开心的笑柄,也就情有可原了。

一些头大如斗① 的奇形怪状的人物,对着他的脸呲牙咧嘴地笑。哈里昆② 们用木剑刺他,像是指望他当时就喜笑颜开。一个头上长角、拖着长尾的小妖魔悄悄走近他,突然用一根管子对他一吹,使我们这位朋友全身都罩满了带翼的种籽。一个长着大嘴驴脸的两足怪物,对准他的耳朵怪声怪气地大吼一声,随后便发出一阵大笑。五位健壮的村姑——至少她们的短裙表明了这一点,尽管两腿的戏剧性动作因这短裙而得以可怕地充分发挥——手拉着手,围着他跳起舞,还以她们的姿势邀他在中间吹号笛③。从那群欢乐的迫害者中出来一个穿杂色衣服的小丑,用充气皮囊在他背上一拍,里面装的一把干豆子便哗啦啦地乱响。

毫无疑问,一个忧心如焚的人,在别人都处在喜庆高潮时,待在街上是毫不相干的,人们必然要么向他投抛,要么拿他取笑,并最后将他埋进人堆。否则,由于人类生活本易于被伤感而不是快乐的色彩所染,他那阴郁情绪的潜能就会破坏他们的节日心情,犹如在宴会上看到象征死亡的骷髅头一样煞风景。若不是我们知道肯甫有事在身,我们很难原谅他满脸忧伤地闯进科尔索。

拿他开心还远没有结束。这时走来一个巨人型的妇女,至少有七英尺高,她的撑裙占据了不可思议的范围,足有三分之一的街宽。她一眼挑中雕塑家,便开始对准他的心口连续捶击,还

———————

① 原文为蒲式耳,相当于我国的斗。
② 英、意等国的喜剧人物,是剃光头、戴面具、身穿杂色衣服、手持木剑的丑角。
③ 号笛是一种单簧管乐器,号笛舞为一种活泼的民间舞,原为英国水手所跳。

斜着碧眼对他频送秋波，给他献上一大束向日葵和荨麻，还做出许多哀婉动人的哑剧表演来博取他的怜悯。她这一番求爱的举动没有赢得欢心，遭到拒绝的女巨人便做了个绝望和气恼的姿势，然后突然抽出一支硕大的手枪来，对准冷酷无情的雕塑家的胸口，扣动了扳机。那一枪还是真的，因为那讨厌的东西居然像儿童玩具手枪一样射出了一股东西，将肯甬罩在一团石灰粉末之中，那个报复的村姑就在其掩护下大步走开了。

这时来了一大群怪里怪气的人物围着他，假心假意地对他的不幸表示同情。那是些小丑们和穿杂色衣服的哈里昆们，还有猩猩、熊头、牛头和狗头人身者，长着一张特大鼻子的人脸，胸口正中有一张人脸的可怕东西，以及其他种种千奇百怪的妖魔鬼怪和夸张形象。这些妖物看来是按照一种验尸官陪审团的程序，来调查这桩案子。他们把画着一成不变的笑脸的厚纸板糊的面孔凑近雕塑家的脸，再加上又惊又悲的滑稽动作，造成了更大的荒谬可笑的效果。就在这时，来了一个人物，头戴灰色假发，身穿泛黄的褪色袍服，扣眼上别着一个角质墨水瓶，耳后插着一支笔，他自称是公证人，提出要做最后的遗嘱和被害人的证明。可是，这一庄严职责却被一位外科医生所阻，他挥着一根三英尺长的刺血针，建议由他来吸血。

这件事很像发烧时做的梦，肯甬完全听凭他们继续进行下去。所幸，嘉年华会上的这种谐谑，一个花样接着另一个花样，每一种都没有持续太久，以免有谁感到哪怕最轻微的厌烦。他那种消极的态度也没有留下多少让戴面具的人得到更大乐趣的余地。没过多久，他们就从他身边走开了，就像梦中景物似的，只留下他自己，他得以自由地寻找他的目标，除去拥塞了步行道的人群之外，再无其他阻碍了。

他没走多远，那对农夫和农妇就和他相遇了。他们依然手

401

牵着手,看来只是随着这光怪陆离和生气勃勃的人流走动,并没有对那场面热衷参与。或许是因为雕塑家认出了他们,并且了解他们那庄重的秘密,便设想他们两人的行动和态度表达了一种忧郁的情感,甚至那两只把他俩紧密相连的紧握着的手,似乎也把他俩置于远离他们所关注的世界的伤心地位。

"我很高兴遇上你们。"肯甬说道。

但他们透过黑色面具的眼洞望着他,没有回答一个字。

"请你们告诉我一些有关我心中惦记的那件事的消息,"他说道,"若是你们知道希尔达的什么情况,看在上天的份上,说吧!"

他们仍然沉默不语,雕塑家开始怀疑他可能认错了人,毕竟类似装束的人太多了。不过,再没有第二个多纳泰罗,也没有第二个米莲。他还觉得,精神上的把握会使我们感知到朋友的存在,而不需要感官上的证实。

"你们真忍心,"他继续说,"明知道我忧心忡忡,却不肯帮我解脱——若是你们有这能力的话。"

这一指责显然产生了效果,因为那个农妇终于开口了,声音就是米莲的。

"我们能说的已经都说了,"她说道,"在这种时刻来打扰我们,虽然你自己没认为有多严重,你自己才真忍心呢。哪怕在欢庆期间,也有庄严时刻啊。"

换一种心态,肯甬可能会为这种冲动的答复感到开心。那种朝气蓬勃,是他时常在米莲的谈话中注意到的。但他意识到了她语气中的一种深沉的伤感压倒了一时的兴奋,让他相信,藏在她那个面具背后的,一定是一张泪水模糊的苍白的脸。

"原谅我!"他说道。

多纳泰罗这时伸出了手——不是和米莲握着的那只,而她也把那只空着的手伸进了雕塑家的左手中。于是他们三个人就互相拉着手形成了一个圆圈，他们的心中都闪过了许多回忆和预感。肯甬本能地感到，这两个一度十分亲密的朋友，此时要和他告别了。

"再见！"他们三人异口同声地说。

这话刚刚说完，他们就都松开了手。欢庆的喧嚣之声如同暴风雨中的大海，在将他们关闭的与世隔绝的感情的小圈子中翻腾着。

通过这次会面，雕塑家没有得到有关希尔达的任何消息，但他明白他必须坚持遵循已经接到的指示，等候那个谜以某种他还预料不到的方式解开。他举起双手在眼前挥了挥，向四下打量——上述会面使得这场面比原先更像梦了。他发现自己这时接近了毗邻科尔索的广场，其中心就是那根石雕的安东尼立柱。米莲要他等候的地点就在这一带。他迎着欢乐的人流尽快地向前挤，不久就到了克罗纳宫殿外面，便开始数房子。第五个门是座宫殿，长长的正面对着科尔索，肃穆高大，不过由于年深日久，显得有些狰狞。

在那宫殿带立柱的拱门入口上方有一座阳台，悬挂着五颜六色的挂毯和绸缎。在这段时间，这里由一位外表令人起敬的绅士和一些女士租住。老先生须发银白，面颊红润，长着英国人的相貌。那些女士也显出金发的撒克逊人的美，似乎带着新鲜感观看这见所未见的场面，品尝着嘉年华会的欢乐。老绅士面带优雅的专注神情，仿佛在保卫一座城堡，而他的年轻女伴则在兴致勃勃地嬉戏，他们所有的人都不倦地向路人抛撒纸花。

在阳台的后部，可以看到一顶宽檐的教士用帽。一位修士——可能是这个英国家庭的熟人和向导，坐在那里欣赏这场面，但稍稍后仰，避免被人看到，这是他的身份所应遵守的礼仪。

看来既没有更好的也没有其他的途径,所以肯甫只好在这指定地点东张西望,等候接下来可能发生的无论什么事。他用胳臂搂住一根灯柱,防止被骚动的人流带走,同时端详着每一张面孔,心想其中某张面孔可能会以熟悉的一瞥迎上他的目光。他看着每个面具——哈里昆、猩猩、牛头妖魔,或者什么最荒谬的形象——或许甚至在这样古怪的化妆中走来了传信人,也未可知。说不定那些身穿三个世纪前的庄重的折皱颈箍、披风、束腰长背心和宽松短套裤的离奇人物,可能从遥远的过去为他带来希尔达的消息。有的时候,他的不平静采取了一种有希望的表现方式,他幻想着希尔达可爱的本人可能会以某种化妆走来,凭爱的本能他一定会看穿。或许,她会乘着一辆凯旋车而过,就像现在正在驶来的这辆,缓缓转动的车轮和辐条上缀满纸花,拉车的马的挽具上也饰着鲜花。他既然毫不受合理推论的束缚,也就竭力去预测最荒唐的可能,或许他会发现他的希望或担心恰恰在看似最可能之中消失了。

对面阳台上的那位英国老先生和他的女儿们,一定是从雕塑家的举止中看出了难言的古怪之处:如此专注地凝视着那胡闹的旋涡,以寻求是什么使他的生活黑暗或明亮。想从人类的存在中得到一种真实感的人,必然会在狂欢和戴面具的人的眼中显得荒谬。无论如何,在对他那忧郁的外表大大取笑了一番之后,阳台上的那些漂亮人士纷纷向他投下纸花,冰雹般噼噼啪啪地落在他周围。他本能地抬起头来,惊讶地发现,坐在背后的那个修士俯身向前,做出了一个表明已认出他来的礼貌表示。

这正是他见过的曾和希尔达在忏悔室里的那位老教士,也是他在街上遇见的谈到希尔达失踪的那同一位老教士。

不过,无论出于什么原因,肯甫此刻并没有把这位天主教士和希尔达联系起来。他的目光只在那老人身上停留了片刻,然

404

后就又回到科尔索旋涡似的人流上,他一心只想着:能够发现她的踪迹的惟一机会就全在这仔细搜寻上了。大约就在这时,街对面起了一阵骚动,肯甬并不知为了何故,也不想费力去弄清。一小伙士兵或宪兵似乎与此有关,他们可能正在逮捕某个不守秩序的人,那人多喝了两杯,可能做出了超越欢庆活动神秘限度的举动。

雕塑家听到身边有人在谈那件事。

"那个戴面具的农妇倒是个漂亮女人呢。"

"她是不错,"一个农妇的声音回答道,"不过她的同伴还要漂亮得多呢。他们真是农夫和农妇吗,你看呢?"

"不,不是。"另一个说。"这是嘉年华会上的嬉戏,有点出格了。"

这番谈话本可激起肯甬的兴趣的,只是在最后那句话说出来的时候,他刚好被两颗飞弹击中,都是欢乐战场上满天飞的那种。我们实在羞于启齿———一颗是卷心菜,是由正在驶过的一辆马车上的一名青年抛出来的,那个大家伙有力地砸到了他的肩头;另一颗飞弹只是一朵玫瑰花蕾,像是刚摘下来的那么新鲜。这朵花来自对面的阳台,轻轻地打在他的嘴唇上,然后落在他手中。他抬头一望,便看到了他那失踪的希尔达的面孔。

她身穿白色跳舞外衣,看上去有些苍白和迷乱,但充满温柔的喜悦。尤其是她眼中那种娇美兴奋的光彩,雕塑家在他俩相识期间虽只见过两三次,却认为那是希尔达表情中最为迷人和最像仙女的。那柔和、兴奋的微笑,使她融进了嘉年华会的疯狂嬉戏中,变得与这场面不再那么陌生和格格不入,正适合于她这异乎寻常的幽灵该成为的那样。

与此同时,那位可敬的英国绅士和他的女儿们都瞪着希尔达,他们的态度表明,他们被希尔达突然闯到他们的私家阳台上

405

这一举动惊得目瞪口呆。他们的样子——真的,如果一位天使未经他们的熟人介绍而落到他们的圈子里,那些可敬的英国人也会如此的——他们的样子仿佛是一个人不可原谅地冒冒失失闯了进来,在表示了应有的道歉后,理应立即退出。

不过,那位修士却把老先生推到一旁,悄声低语了几句话,让他平息了下来,虽然他仍带着困惑疑虑的神色,却相当慈祥地用手势请希尔达安心。

然而,无论咎责在谁,我们的羞怯温柔的希尔达都未曾梦想过要闯进来。她何时来到,藏在了哪里,我们只能在这次神秘的会见中勉强猜测,而且目前也不能对读者就此作出正式解释。或许最好是设想她被摄到一片如画的土地上,她在那里和克劳德在他惯于为他的风景投射的金色光线中漫步,不过当他在那更美好的世界中醒来之前,从来不能用惺忪睡眼把周围看清。我们可以想象,由于希尔达的纯朴之心热爱那片美景,获准在一段时间内与那些故去的绘画大师们交谈,并观看他们用上天的色彩绘制的预言者的作品。圭多给她看贝雅特丽丝·钦契的另一幅肖像,那是照天国的生活绘出的,画中那种凡世面孔上的孤凄神秘变成了焕发的欣悦。佩鲁吉诺允许她看上一眼他的画架,她在那上面辨出似是一位妇女的面孔,其女性的深沉和温柔显得十分神圣,她不由得涌出了幸福的泪水,遮得眼睛发花,未能看清。拉斐尔则拉着希尔达的手——就是肯甬所雕的那只精美有力的手——揭开带金穗的遮帘,让她看他最近的杰作。拉斐尔曾在人间画过基督变容。自那以来,他不是依靠想象,而是靠眼前实际看到的上天景象来作画,那又是什么高度啊!

我们也不必追寻她回到现实世界的脚步。目前,只说这些就足够了:希尔达从一个神秘之地被召回——我们也不知是通过什么神秘途径——来到了生活的喧闹突然冲进她耳鼓的一处地方。她听到脚步咚咚,车轮辚辚,人声嘈杂,其中还夹杂着乐音和大笑。她走进了一座窗帘被拉到一边的阴暗大厅。她觉得自己被轻轻推进一座阳台,她从那里向外望着节日的街道,所有的宫殿正面都飘着挂毯,窗口挤着笑脸,下面的街道上吵吵嚷嚷地走着一群戴面具的人。

她似乎当即成了这景色的一部分,她苍白的面孔,明亮的大眼,柔弱的娇美,她那惊诧的表情和迷惘的优雅,吸引了众多人的目光。在她身边落下了许多花束和糖果——最新鲜的花和最甜蜜的夹心糖,甜中之最甜的——是嘉年华会的狂欢者留下来献给特别可爱之人的。希尔达以手加额,垂下复又抬起眼帘,看遍那光怪陆离、灿烂豪华的表演和狂欢作乐的混乱,从中寻找某个目标,以便使自己确信整个场面绝非幻觉。

她发现阳台下有一个记忆中的亲切的熟悉面孔。当时当场的那种气氛作用于她迅捷而敏感的天性,她抓起抛给她的一支玫瑰花蕾,瞄准了雕塑家。一掷中鹄,他抬起伤心的目光,是希尔达在那儿。面对着她,他自己心头的悲哀和狂欢的冲天喧闹同时都从他的感觉中消失了。

当晚,圣母神龛下的长明灯就像从未熄灭过似地燃亮了,虽然那只忠实的鸽子曾飞回它那忧郁的栖息处,次日一早便欢天喜地向希尔达问候,并招来那些不够坚定的伙伴,不论它们曾飞向哪里,都回来恢复自己的家园。

第五十章

米莲,希尔达,肯甬,多纳泰罗

我们相信,我们以如此冗长乏味而且如此令人不满的这样一段不足道的阐释来澄清一个故事的浪漫神奇之处,温文的读者定然不会感激我们的。以读者之明智,在充分看过艺术家以最佳技艺编织出来的色彩和谐、景色奇美的挂毯的正面之后,是不会坚持还要看背面的。如果对于这样鲜艳美丽、经过千辛万苦才织出的花样,善心的读者认为它物有所值而肯于接受,就不致撕开织物,抱着无聊的目的要弄清丝线是如何编织到一起的。因为,以他卓著的精明,应该早已知晓,有关人类行动和历险的任何叙述——不管我们称之为历史抑或罗曼史——肯定是一件脆弱的手制品,易于破裂而不易缝补。哪怕最普通生活的实际经历也充满永远解释不清的事件,无论就其源还是流。

从我们和雕塑家的交谈中,不难探查出希尔达神秘失踪的蛛丝马迹,尽管在她滞留意大利期间,她始终对此事缄口不言,哪怕对她最亲密的朋友们。无论是受到一个神秘誓约的束缚,抑或一种谨慎动机的警告,当她仍处于他们的辖区之内时,就不

408

能披露某个宗教组织的阴谋或一个专制政府——不管是什么应在目前事件中负责的机构的神秘行动。很可能连她自己也并不完全清楚，是什么势力把她监禁了那几天。不过，在希尔达的历险中，我们最为不解的是她获释的方式，似乎有某种不可思议的力量参与了嘉年华会的嬉戏。我们只能假定，一个女人——她很好动，不然就只有绝望了——突发奇想地安排了这件事，作为她的良心或另一个人的良心要求她采取的一个步骤的条件。

希尔达重新露面的几天之后，她和雕塑家一起漫步在罗马街头。他们沉湎于谈话，却偶然发现已来到有雄伟的立柱门廊和巨大的黑色圆厅的万神庙附近。那座古建筑几乎位于现代罗马迷宫般错综复杂的市区的中心点，当一个外地人寻找其他目标时，这里往往会出现在迷路的他面前。希尔达抬头看了看，便提议进去。

"我每次经过这里都要进去，"她说道，"对拉斐尔的坟墓表示我的敬意。"

"我也一样，"肯甬说道，"总要停下来瞻仰由早期的蛮族和后来更加野蛮的主教和亲王为我们留下的这座最高贵的建筑。"

他们就此进去，站在中间的空地上。周围的圆形墙壁上排列着拱形壁龛和庄严的圣坛，早先供奉的是天神，但在逝去的这十二个世纪中已经被基督教改造了。世界上再无别处可与万神庙相比了。其雄伟是高高的檐口上纸浆做的雕像所无法动摇的，更不消说那些锡制的王冠和心脏，以及悬在神龛上的蒙满灰尘的人造假花和各色各样中看不中用的玩艺了。锈迹和斑点遮暗了墙上珍贵的大理石，用大块方形和圆形花岗岩和斑岩砌就的地面纵横交错、四面八方裂开，表明烦难的岁月曾经多么粗暴地践踏过这里。上面灰色的穹顶有朝天的开口，仿佛上天向下俯瞰这表达崇拜的处所的内部，以便让祈祷可以毫无阻滞地直达天听。所有这一切都有一种连圣·彼得本人都创造不出的庄严肃穆感。

"我想,"雕塑家说道,"正是有了穹顶上的孔——那只巨眼对天凝视,万神庙才具备其特殊效果。事实上这里十分异教化——与我们当代文明的一切舒适如此不同!看那地面,刚好在那空洞的正下方!在过去的两千年间,那里落下了这么多的雨,以致因长了细小的青苔都发绿了,就像在潮湿的英国墓园中的墓碑上那样。"

"我更喜欢,"希尔达回答道,"看明朗湛蓝的天空,在建筑者们留下的开口处笼罩着这座庙宇。在一个风和日丽的日子,看着片片白云飘过开口,然后就像现在这样,阳光又适时地射下来。若是我们看到天使们忽内忽外地盘旋,脸上是上天的和蔼,不但不遮拦光线,而且将阳光变成美丽的色彩,岂不是奇迹吗?看看那宽阔的金色光柱吧,那阳光的斜射从天孔穿过来,正落在进口右边的神龛上!"

"圣坛上有一幅昏暗的绘画,"雕塑家提议说,"咱们过去看看,这样强的光线是不是照亮了画中的什么。"

他们走进神龛,发现那画还颇值一看,但看到有一只肥大的条纹猫——我们都常看到它在万神庙中出没——安安稳稳地卧在神坛上,在和暖的阳光下,在圣烛中间舒舒服服地熟睡着。他们忍俊不禁地笑了。他们的脚步声惊动了那只母猫,它醒后站起身,眼睛在阳光中一闪一闪的,镇定自若且神气十足,仿佛知道自己在代表一位圣徒。

"我估计,"肯甬议论道,"它是从古埃及时代起在万神庙或别的地方把自己竖为崇拜对象的第一只猫科动物。看嘛,那边有一个从附近市场上来的农夫,正给它下跪呢!它倒像是个十足的慈祥的圣徒呢。"

410

"别逗我笑了，"希尔达嗔道，"帮我把这家伙赶走吧。我看到那可怜的人或别的人对着错误的东西祈祷，心里真不痛快。"

"那么说，希尔达，"雕塑家更严肃地说，"在这万神庙里，你我能够下跪的地方只有中央天孔下的那块地面了。如果我们在圣徒的神龛处祈祷，我们就得说出世上的希望；但如果我们与上帝面对面地祈祷，我们就会感到要求狭窄而又自私的东西是不够虔敬了。我想，正因为这个，天主教徒才乐于崇拜圣徒，他们能提出他们所有的小小的世俗愿望和念头，他们个人和人类的弱点并不是需要悔过的事情，而是由被宣告为圣徒的人来满足的人们所祈祷的一切。真的，这一点挺诱人的！"

希尔达可能作何回答，只有留待猜测了，因为她转身离开神龛时，她的目光被一个悔罪的妇女的身形所吸引，那女人跪在中间那大孔眼之下的地面上，就在肯甫刚才指出是祈祷惟一可以上达天听的地方。她仰起的面孔蒙着棉纱或面具，和身上的衣服连成一体，看不到她的长相。

"不可能！"希尔达激动地悄声说，"不，不可能！"

"是什么惊扰你了？"肯甫问道。"你怎么抖成这副样子？"

"若是可能的话，"她回答道，"我就会把那跪着的人想象成米莲！"

"你说得对，那不可能，"雕塑家接口说，"我们太清楚她和多纳泰罗的遭遇了。"

不过，她的声音仍在发抖，而且似乎无法把目光从那跪着的人身上收回。突然之间，似乎有关米莲的念头打开了希尔达回忆的全部卷宗，她对雕塑家问道：

"多纳泰罗当真是个农牧神吗？"

"若是你像我一样研究过贝尼山承袭久远的家谱，"肯甫回答道，面带按捺不住的笑容，"你对这一点就不会保留什么怀疑

411

了。是农牧神也罢,不是农牧神也罢,他有讨人喜欢的天性,若是其余的人类都有相应的天性的话,这个世界对我们可怜的朋友就不啻是天堂了。他的故事的寓意似乎在于:多纳泰罗式性格的人类特别追求幸福,所以在这个世界上或别的地方就再也无能为力。生活已然变得严峻得令人伤心,这样的人要么改变他们的天性,要么就此消失,如同大洪水之前那种比我们现在要更像夏季的气候。”

“我不同意你的寓意!”充满希望、生性快活的希尔达回答道。

“好吧,这里还有另一种寓意,你可以任选!”雕塑家想起了米莲最近在谈到同一个问题时提出的看法,便说道。“他犯下了大罪,他的懊悔咬啮着并且惊醒了他的灵魂,从而在我们所了解的多纳泰罗的狭小圈子内,发展起来了我们从未想要的上千种高级能力、道德和智力。”

“我不知道是不是这样,”希尔达说道,“但是然后呢?”

“然后就是我的困惑了。”肯甬继续说道。“罪孽教育并提高了多纳泰罗。那么,是不是罪孽——我们视为宇宙间最可怕的黑暗——像伤心一样,仅仅是教育人的一个因素,我们可借以向比我们靠其他方式所能企及的更高尚、更纯洁的境界奋争呢?是不是亚当的堕落使我们能够最终升到一个比他的天堂更要高得多的天堂呢?”

“噢,嘘!”希尔达叫道,面带恐惧的表情从他身边躲开。这使可怜的爱思索的雕塑家伤心透顶。“这太可怕了,你若是真这么想,我会为你哭的。你难道看不出,你的信条不仅对一切宗教感情、而且对道德法则是多么大的嘲弄吗?你的信条是如何废除和抹煞了最深地写在我们中间的那些上天的律条的呢?你使我感到难以形容的震惊!”

412

"原谅我吧,希尔达!"雕塑家为她的激动所惊,连忙说道,
"我从来没相信过那种观点!但人的思维是漫无边际的,何况我
生活和工作得那么孤独,既没有北极星在上,也没有茅屋小窗的
灯光在下,来给我引路。如果你是我的向导,我的顾问,我的知
心朋友,有着如同上天的袍服般笼罩着你的公正无私的智慧,一
切就都会好了。噢,希尔达,指引我回家吧!"

"我们两个都很孤独,都远离家园!"希尔达说着,眼中充满
了泪水,"我是可怜的弱女孩,我可没有你所设想的那种智慧。"

这对恋人此时漫步到带立柱的神龛和作为拉斐尔墓志的大
理石圣母像前并站在那里之后,又进一步说了些什么,我们无法
记录。但是,当跪在万神庙开孔之下的那个人站起身时,她向那
对恋人望过去,并伸出双手做了个祝福的姿势。这时他们确信
那就是米莲。然而,他们听凭她飘然走出前廊,没有和她打招
呼,因为那双伸出的手即使在祝福之时也在推拒,似乎米莲站在
一个不可测量的深渊的另一侧,用手势告诫他们切勿靠近其边
缘。

于是,肯甬赢得了温柔的希尔达的羞怯的爱,她同意做他的
新娘。从此以后需要另一只手为圣母神龛前的长明灯添油了,
因为希尔达从她那座古塔中搬了下来,在丈夫壁炉的火光中,她
本人作为家庭中的圣徒受到供奉和崇拜了。既然生活本身有如
此多的人性承诺,他们便决定返回他们自己的祖国,因为当我们
在国外住得太久时,岁月就难免有一种寂寥感。在这种情况下,
我们就把现实生活推迟,直到我们再次呼吸家乡的空气的那一
未来时刻。不过,在一拖再拖之下,就没有未来时刻了。或者,
我们有朝一日返乡之后,却发现故里的空气已然失去了其勃勃
生气,而且生活也将其现实移到我们注定只能充当临时过客的
地点。于是,在两个国家之间,我们在哪一方都无最终安置我们

的不满的骨骸之地。因此,明智之举是:要么及早回归,要么永远不要回去。

在他俩告别罗马之前,一件给新娘的礼物放到了希尔达的桌子上。那是一只手镯,显然价值不菲,手镯上有从七处墓葬中出土的七颗古代伊特拉斯坎宝石,每一颗都是某位王公的私人印章,他们生活的时间都在很久之前。希尔达记得这一珍贵的饰品,那是米莲的。有一次,米莲以她特有的那种丰富无比的幻想,自寻开心地为每颗宝石讲出了一个神奇的魔幻的传说,其中都包含着宝石原先的佩戴者的历险和灾难。于是,伊特拉斯坎手镯就把七个奇妙故事的系列连成了一圈。由于那七颗宝石是从七座坟墓中出土的,就带有七重的墓葬的阴暗。按照米莲那由于她个人的不幸而变得阴暗的想象力,那只手镯往往被抛来抛去,飞出很远的距离。

如今,尽管希尔达很幸福,手镯还是使她热泪盈眶,因为那整个一圈都是和米莲给每颗宝石分别编的神秘故事同样悲惨的象征。那么,米莲的生活该是什么样子呢?多纳泰罗又在哪里呢?如果希尔达有一个充满希望的灵魂,便能看到山巅上的阳光。

结 语

　　许多读者在读完前面的篇章之后，便对作者提出，要求进一步阐明本故事的神秘之处。

　　本人却不愿借此新版之机，将那些多已留在黑暗之中的事件和章节加以解释。为此他要重复一遍。而他之所以不情愿，是因为人们的这一需要使他敏锐地察觉到：在为这篇罗曼史创造他追求的效果所必需的那种气氛时，其成功充其量也是不完美的。

　　诚然，他设计这故事和人物要与人类本性和人类生活有一定关系，但仍要杜撰和虚幻得远离我们的世俗生活，以便他们自己的一些法则和礼仪得以含蓄而淡漠地为人承认。

　　比如说，关于当代农牧神的概念，如果将其置于实际的光天化日之下，就会失去作者在他身上所设想的诗意和美，变得不啻是一个荒谬绝伦的怪物。作者希望把这个异常的生灵写得介于真实和想象之间，以这种神秘方式，读者的呼应可能会激发到一定的兴奋程度，而不必强迫他去询问居维叶[①] 该怎样将多纳泰

---

　　① 乔治·居维叶男爵(1769—1832)，法国动物学家，比较解剖学和古生物学奠基人。

415

罗分类,或者坚持要讲清他是否长着毛茸茸的耳朵。就那些提出这样问题的人而言,本书在这一点上纯属失败。

然而,作者尚幸运地有权在他的一些读者似乎感兴趣的几件事上加以阐明。说句老实话,在他刚刚消解了读者方面的某些好奇之时,他本人也被类似的好奇心所折磨,于是他一旦抓住机会,便盘问他的两位朋友——希尔达和雕塑家,探询故事中此前他们未使他充分了解的几个不明之处。

我们三人曾爬到圣·彼得大教堂的顶上,俯瞰着我们即将离开的罗马,但进一步描写(——那样的方式已然够亵渎的了)并非我愿。我忽然想到,我们既然高高地居于半空之上,我的朋友在这里尽可以安全地吐露那些在下面哪怕悄声耳语也有危险的秘密。

"希尔达,"我开口说,"你能告诉我米莲委托交给钦契宫卢卡·巴尔博尼先生的那个神秘封套的内容吗?"

"我从来不了解更多的情况,"希尔达回答道,"而且也觉得不应该对这件事好奇。"

"至于其具体内容,"肯甫接口说,"是不可能说的。不过,米莲看似形只影单,在罗马还是有亲戚的,其中之———我们有理由相信——在教皇政府中任职。

"这位卢卡·巴尔博尼先生既不是我们所指的那个任公职的人的姓名,也不是那个人和米莲之间谈话的中介。在罗马这样的政府的治下,显而易见,米莲的与世隔绝的私生活,只有在与政务有关的某个有势力的人物的默许和支持下才有可能。她看似自由自在,我行我素,其实她的每一行动都处于那个教士统治的严密监视和调查之下,他们比她的最亲密的朋友知道的要多得多。

"如果我没弄错的话,米莲有意摆脱这种讨厌的监视,到其

416

它国家去寻求真正的退隐;在她走后很久才送出的封套,就包含与这样一个意图有关的内容,当然还有些家庭文件,要给她的亲戚一个印象:该人已死。"

"是啊,这和伦敦雾一样是人人可见的,"我明确地说,"在这方面也就无须进一步阐释了。可是希尔达在悄悄送去那封套时,为什么会神秘地失踪呢?"

"你应该记得,"肯甫答道,同时瞥了我一眼,对我的愚钝表示出友好的怜悯,"米莲彻底消失了,没有留下丝毫踪迹,没人知道她的下落。这时,市政当局已经知悉了那个嘉布遣修士被害一事。从以前他们到处跟踪米莲等情况来看,他们大概看出了米莲和那桩悲剧事件的明显联系。何况,有理由相信,他们怀疑米莲与某个阴谋或政治诡计有牵连,那个封套中可能就有什么证据。当希尔达作为信使出现时,在一个专制政府统治下,要把她扣起来也就理所当然了。"

"照你所说,确实是理所当然,"我回答道,"我没早看到这一点真是愚蠢透顶! 不过还有些谜。在长明灯熄灭的那天晚上,你遇上了多纳泰罗穿着悔罪的袍服,后来又看见米莲坐在一辆马车里,她胸前有一颗宝石闪着亮光,你还和她说了话。这两个负罪的人在罗马做什么呢? 米莲车中的同伴又是谁呢?"

"谁!"肯甫重复着说,"为什么不是她的当官的亲戚呢? 这可以肯定嘛。至于他们在罗马做什么,由于多纳泰罗仍然懊悔不迭,遂不听米莲的恳求,来到这里。他滞留在罗马附近,最终的目的就是要自己走上法庭。希尔达的失踪发生在那之前的一天,他们通过某个秘密渠道已经获悉,于是便进了城。我估计,即使在当时那种情况下,米莲还在为嘉年华会的那次伤心的嬉戏作着安排。"

"在那段阴暗的日子里,希尔达在哪儿呢?"我询问道。

"你在哪儿呢,希尔达?"肯甬微笑着问。

希尔达四下张望一阵,看到连一只鸟都不会把那秘密带着飞走,除去下面市场上方尖塔附近有人闲逛之外不见人影,她才告诉我们她那秘密囚禁之处。

"我被关在特利尼达·德·蒙特的圣心修道院。"她说。"不过,我受到那些虔诚的嬷嬷的好心照管,而监视我的又是个亲切的老教士——若不是一两件烦人的往事,而且还因为我是清教徒的女儿——我可能心甘情愿地在那儿住一辈子呢。

"我与米莲不幸事件的纠葛,还有那位好心修士要我改宗的错误指望,在我看来,似乎是整个谜的足够线索了。"

"整个情况正在令人高兴地澄清着,"我议论道,"但还有一两件事仍然使我费解。你能告诉我——我向你保证,我一定严守秘密——米莲的真实姓氏和爵位,还有造成这一切可悲结局的麻烦的本质,到底是什么呢?"

"你难道还需要这两个问题的答案吗?"肯甬大惊失色地叫道。"你难道没推断出米莲的姓氏吗?再好好想一会儿,你肯定记得的。若是记不起来,我倒要最衷心地祝贺你了,因为那表明,你的感情从来未受到本世纪一件最可怕和最神秘事件的折磨!"

"好吧。"我经过一段深思之后,继续说。"不过我还有几件事要问。此时此刻,多纳泰罗在哪里呢?"

"圣·安吉罗堡,"肯甬伤感地说,转过脸去,对着那座阴森森的要塞,"那里不再是监狱,不过那里还有一些同样深的地牢,我担心,其中一个里面就躺着我们的农牧神。"

"那么,为什么米莲倒逍遥法外呢?"我问。

"若是你愿意,就称之为残酷好了。"肯甬答道。"不过,她的罪行终归只是一个眼色,她并没有杀人啊!"

418

"只剩下一个问题了。"我极其真诚地说。"多纳泰罗的耳朵当真像普拉克西泰尔斯的农牧神像吗?"

"我知道,但不一定说。"肯甫神秘地微笑着说。"无论如何,在这一点上,还没有任何解释。"

利明顿

一八六〇年三月十四日

图书在版编目(CIP)数据

玉石人像/(英)霍桑著;胡允桓译—南昌:百花洲文艺出版社,2000
ISBN7－80647－193－6

Ⅰ.玉…Ⅱ.①霍…②胡…Ⅲ.长篇小说－美国－近代
Ⅳ.1712.44

中国版本图书馆 CIP 数据核字(2000)第 14703 号

书　　名:玉石人像
作　　者:霍桑著　　胡允桓　译
出　　版
发　　行:百花洲文艺出版社(南昌市新魏路 17 号)
经　　销:各地新华书店
印　　刷:南昌市光华印刷厂
开　　本:850mm×1168mm　1/32
印　　张:13.75
字　　数:30 万
版　　次:2000 年 8 月第 1 版
　　　　　2001 年 5 月第 2 次印刷
印　　数:2001－7000
定　　价:19.80 元
　　　　　ISBN 7－80647－193－6/I·140

邮政编码:330002
(江西文艺版图书凡属印刷、装订错误请随时向承印厂调换)